BASTEI
LÜBBE

ANNE McCAFFREY IM TASCHENBUCH-PROGRAMM:

24 226 Die Kolonie der Catteni
24 252 Die Siedler von Batany
24 261 Die Diener von Eosi

Der Raumschiff-Zyklus
24 198 Band 1 Helva – Das Raumschiff, das sang
24 173 Band 2 Nancia – Das Raumschiff, das ein Mensch war (mit Margaret Ball)
24 175 Band 3 Tia – Das Raumschiff, das sich verliebte (mit Mercedes Lackey)
24 182 Band 4 Channa – Die Frau, die ein Computerwesen schützte (mit Shirley Stirling)
24 196 Band 5 Carialle – Das Raumschiff, das siegte (mit Jody Lynn Nye)

Anne McCaffrey

Die Diener der Eosi

Roman

Ins Deutsche übertragen
von Michael Kubiak

BASTEI LÜBBE

BASTEI LÜBBE TASCHENBUCH
Band 24 261

Erste Auflage: August 1999

Sie finden uns im Internet unter
http://www. luebbe.de

Deutsche Lizenzausgabe 1999 by
Bastei-Verlag Gustav H. Lübbe GmbH & Co.,
Bergisch Gladbach
Originaltitel: Freedom's Challenge
Lektorat: Dr. Lutz Steinhoff / Stefan Bauer
Titelbild: Mark Harrison / Agentur Schlück
Umschlaggestaltung: QuadroGrafik, Bensberg
Satz: Fotosatz Steckstor, Rösrath
Druck und Verarbeitung:
Brodard & Taupin, La Flèche, Frankreich
Printed in France
ISBN 3–404–24261-0

Der Preis dieses Bandes versteht sich einschließlich der gesetzlichen Mehrwertsteuer

Gewidmet dem Andenken an
Joe Mulcahy
(1980-1997)

Blick nicht zurück im Zorn, höre ich dich sagen.

Nicht länger klag um mich, wenn ich dahin,
Als jene dumpfe Glocke klagt vom Turm,
Kündend der Welt, daß ich gegangen bin …

Shakespeare

Danksagungen

Wie üblich muß ich mich für das Material bedanken, das ich in FREEDOM'S CHALLENGE benutzt habe.

Besonders hilfreich war Dr. Susan Edwards, Autorin von *Men Who Believe in Love* und Psychologin. Sie hat mich mit den sozialpsychologischen und Traumatechniken vertraut gemacht, die sich als ausgesprochen nützlich erwiesen haben, in dem Bemühen, Kriegsteilnehmer und Opfer von Geiselnahmen von ihren Streßsymptomen zu befreien. Eine ähnliche Anwendung dieser Techniken war für meine Geschichte von unschätzbarem Wert.

Margaret Ball, Gott segne sie, hat Swahili-Dialekte studiert und einen Doktor in Linguistik erworben. Sie lieferte mir nützliche Phrasen sowie Informationen über die Sitten und Traditionen der Massai-Stämme von Ostafrika.

Ich möchte auch Georgeanne Kennedy für ihre sorgfältige Bearbeitung und wertvollen Vorschläge hinsichtlich dessen danken, »worüber sie (in dieser Geschichte) mehr wissen« wollte. Was ein Korrekturprogramm, auch wenn es das raffinierteste, modernste ist, an Fehlern nicht findet, das findet das scharfe Auge des intelligenten Lesers. Und ich gebe meinem Korrekturprogramm ganz schön schwierige Namen, mit denen es zurechtkommen muß. Zum Glück kann es sich nicht beklagen ... jedenfalls nicht laut!

Personenverzeichnis

Menschen

Aarens, Dick – jugendliches technisches Genie
Ainger, Geoffrey – ehemaliger Marineoffizier
Ansible, Dr. – Opfer
Areson, Sandy – Köchin, Töpferin und Managerin
Ayckburn – ehemaliger Gouverneur
Balenquah, Sev – ehemaliger Testpilot
Barrow, Norma Sophie – ehemalige Laborleiterin
Baxter, Nathan – Fotograf
Beggs – Scotts Adjutant
Belton, Mavis – Krankenschwester
Bempechat, Iri – Richter
Beverly, John – ehemaliger General
Bjornsen, Kris
Bjornsen, Zane – Kris' Sohn
Bollinger, Anna – Reaktionärin
Bovalan, Ben – Psychologe
Caleb Materu – Massai-Häuptling
Clune – Führer des Diplomatischen Corps
Dane, Leon – Arzt
Dargle, Mack – Tausendsassa
Dity – Mitglied des Diplomatischen Corps
Doyle, Lenny – ehemaliger Installateur
Doyle, Ninety – Tausendsassa
Duxie, Walter – Bergbauingenieur
Dwardie, Dorothy – Psychologin
Easley, Peter – Publizist
Farmer, Richy – Opfer
Fawcett, Jeff – Opfer

Ferris – Mitglied des Diplomatischen Corps
Fetterman, Bull – ehemaliger General
Flex, Marjorie (Marge) – Opfer
Floss – treibende Kraft im Diplomatischen Corps
Gambino, Fred – Koch
Greene, Patti Sue – Opfer
Hessian, Herman – Freudianischer Psychologe
Ihde, Peggy – Opfer
Isbell, Beth – beherrscht die Sprache der Catteni
Kamei, Riz – Optiker
Langsteiner, Kurt – Computerfachmann
Latore, Joe
Laughrey – ehemaliger Concorde-Pilot
McDouall, Sarah – Sanitäterin
Maizie – Waise
Marley, (Francis) Joe – Sanitäter und Botaniker
Marrucci, Gino – Pilot
Massuri, Leila – gehört zum Dritten Abwurf
Mayock, Thor – Physiker, Branntweinhersteller
Mitford, Chuck – ehemaliger Sergeant der US Marines
Moussa, Hassan – ehemaliger Spion
Mpeti Ole Surum – Massai-Häuptling
O'Hanlan, Jane – ehemaliger Rundfunkmoderator
Pakai Olonyoke – Massai-Häuptling
Palit, Yuri – Wiederansiedlungsbeamter der UN
Parmitoro Kasiaro – Massai-Medizinmann
Put, Bert – Einsatzspezialist
Rastancil, Jim – ehemaliger Generalmajor
Salvinato – ehemaliger Colonel
Scott, Ray – ehemaliger Admiral
Seissmann, Will – Opfer
Sikai Ole Seret – Massai-Häuptling
Simonova, Raisha – Pilotin
Slavinkovin, Boris – Pilot

Snyder, Peter – Ingenieur
Stoffers, Sally – beherrscht die Sprache der Catteni
Tepilit Ole Saitoti – Massai-Häuptling
Tomi, Bart – Koch
Turbin, Janet – Reaktionärin
Whitby, Basil – Opfer
Worrell (›Worry‹) – Administrator
Yowell, Vic – ehemaliger Flugzeugträger-Landeoffizier

Catteni und Eosi

Ba – Eosi
Bazil – Zainals älterer Sohn
Bolemb – abtrünniger Emassi
Co Mentat – Junior-Eosi
Ix Mentat – Senior-Eosi
Kabas – Catteni-Kapitän
Kamiton – abtrünniger Emassi
Kivel – Emassi Statthalter
Klotnik – Emassi Kontrollbeamter auf Catten
Kulak – von Zainal benutztes Alias
Le Mentat – Senior-Eosi
Lenvec – Zainals jüngerer Bruder; übernommen von Ix Mentat
Milista – Nitins Gefährtin
Niassen – Kommandant von Schiff der H-Klasse
Nitin – abtrünniger Emassi
Pe – Junior-Eosi
Peran – Zainals jüngster Sohn
Perizec – Zainals Vater
Plovine – Administrator auf der Erde
Rodinit – Raumschiffkapitän

Se Mentat – Junior-Eosi
Sibbo – Kamitons Gefährtin
Tibound – abtrünniger Emassi
Tubelin – abtrünniger Emassi
Ugred – abtrünniger Emassi
Valicon – abtrünniger Emassi
Venlik – von Zainal benutztes Alias
Wenger – Catteni-Pilot
Yoltin – Reparaturchef
Zainal – abtrünniger Emassi

Deski und Rugarianer

Coo – Deski
Fek – Deski
Fil – Deskikind
Pess – Deski
Slav – Rugarianer

Vorwort

Als die Catteni, Söldner einer Rasse namens Eosi, die Erde besetzten, wendeten sie ihre übliche Taktik der Unterwerfung an, indem sie in fünfzig Städten des Planeten landeten und die gesamte Bevölkerung gefangennahmen. Diese verteilten sie auf den Catteni-Welten und verkauften sie zusammen mit anderen unterworfenen Rassen als Sklaven.

Eine Gruppe, die auf Barevi, dem Mittelpunkt des Sklavenhandels, zusammengetrieben worden war, wurde auf einem M-Typ-Planeten unbekannter Beschaffenheit abgesetzt, erhielt Verpflegung und Werkzeuge und wurde sich selbst überlassen, um zu überleben oder unterzugehen. Ein ehemaliger Marinesergeant, Chuck Mitford, übernahm das Kommando über die gemischte Gruppe, zu der widerspenstige Turs, spinnenähnliche Deski, behaarte Rugarianer, verträumte Ilginish und hagere Morphins gehörten, in der die Menschen jedoch in der Überzahl waren. In der Gruppe befand sich auch ein Catteni, Zainal, der gegen seinen Willen in das Gefangenenschiff gebracht worden war.

Obgleich viele ihn sofort töten wollten, vertrat Kris Bjornsen, die aus Denver stammte, die Meinung, daß er vielleicht genug über den Planeten wüßte, um ihnen helfen zu können.

Der Catteni konnte sich dank eines flüchtigen Blicks auf den Erkundungsbericht an einige Eigenheiten erinnern, so daß er ihnen empfahl, sich nachts am besten nur auf felsigem Grund aufzuhalten, um zu verhindern, von nachtaktiven Aasfressern angegriffen zu werden, die aus dem Boden krochen, um alles Eßbare zu verschlingen.

Nachdem sie eine felsige Bleibe gefunden hatten mit Klippen und Höhlen, die ihnen einigen Schutz gewährte, organisierte Mitford schnell die Einrichtung eines festen Lagers, indem er sich der speziellen Fähigkeiten der Aliens bediente und jedem Mitglied dieser ungewöhnlichen Gemeinschaft Aufgaben zuwies. Sehr schnell stellten sie jedoch fest, daß der Planet bereits bewohnt war – von Maschinen, den Mechanos, die automatisch Landwirtschaft betrieben und sechsbeinige, rinderähnliche Tiere versorgten. Nachdem sie von den Mechanos gefangengenommen wurden, konnten Zainal und sein Erkundungstrupp nicht nur fliehen, sondern auch andere Menschen befreien, die von den Mechanos in einer Einrichtung festgehalten wurden, die sich als Schlachthaus entpuppte.

Da in dieser gemischten Gruppe der menschliche Einfallsreichtum besonders stark entwickelt war, lernten sie schon bald, die Maschinen zu demontieren und aus den Einzelteilen nützliche Geräte zu entwickeln.

Im Verlauf eines Gesprächs mit einem der Drassi-Kapitäne, die die Abwürfe von Sklaven ausführten, sicherte Zainal sich nicht nur einen Vorrat an *plersaw*, der Droge, dank derer die Gruppe der Deski vor einem Tod durch Unterernährung bewahrt wurde, sondern auch Luftaufnahmen von dem Planeten. Und er entdeckte einen Kommandoposten, der vermutlich von den eigentlichen Besitzern des Planeten eingerichtet worden war. Dieser war offenbar lange nicht mehr benutzt worden, auch ein neugieriges Mitglied des Erkundungstrupps startete einen Zielflugkörper.

Sowohl die Eosi-Herren, die nach Zainal suchten, wie auch die eigentlichen Eigentümer des Planeten bemerkten den Start des Zielflugkörpers. Die Bemühungen, Zainal zurückzuholen, damit er für seine Vergehen zur Rechenschaft gezogen werden konnte, wurden fortgesetzt, aber Zainal schaffte es, den Suchtrupp in die Klauen der nächtlichen Aasfresser zu locken und ihr Scout-Schiff zu kapern.

Unterdessen ließen sechs weitere Abwürfe von Dissidenten von der Erde und einiger anderer Aliens die Bevölkerung von Botany, wie der Planet nun genannt wurde, auf fast zehntausend anwachsen. Einige verfügten über Fertigkeiten, die der Kolonie zugute kamen und die Lebensbedingungen erheblich verbesserten. Zainal und seine ständige Begleiterin Kris Bjornsen und andere erforschten diese neue Welt.

Kris erfuhr im Laufe der Zeit von ihrem ›Freund‹ Zainal, daß er einen Drei-Phasen-Plan durchführen wollte. Es war ein Plan, der die Unterdrückung seines Volkes durch die Eosi beenden und gleichzeitig zur Befreiung der Erde führen sollte. Zainal erklärte Mitford und anderen ehemaligen Marine-, Luftwaffen- und Armeeoffizieren, wie er dabei vorgehen würde. Zuerst wollte er das nächste Schiff kapern, das weitere Sklaven auf Botany absetzen würde. Als es soweit war, mußte der Plan in einigen Punkten geändert werden, da sich das Schiff in einem derart schlechten Zustand befand, daß nur schnelles Handeln seine Explosion kurz nach der Landung verhinderte. Sein Kapitän hatte jedoch noch genügend Zeit gehabt, einen Notruf auszusenden, und wartete nun darauf, von dem Planeten geborgen zu werden. Durch eine raffinierte List wurde das Rettungsschiff, ein ziemlich neues Modell, von Zainal und anderen ›Catteni‹-

Mannschaften übernommen, so daß sie nun über zwei einsatzfähige Schiffe sowie die Ausrüstung der Kommandobrücke des Schiffs verfügten, das sie zerlegt hatten, um Ersatzteile für Reparaturen zu gewinnen.

Zainals jüngerer Bruder Lenvec wurde gezwungen, dessen Platz einzunehmen, indem er als Wirtskörper für einen Eosi herhalten mußte. Der Eosi, das Mentat Ix, entdeckte zu seiner Freude, daß sein Wirtskörper seinen Bruder leidenschaftlich haßte. Schon bald war das Mentat Ix geradezu besessen auf der Suche nach dem Abtrünnigen.

Während eines Vorbeiflugs an Botany ersetzte ein gigantisches Schiff die Maschinen, die die Kolonisten ausgeschlachtet hatten, um daraus nützliche Fahrzeuge und andere Geräte zu bauen. Auf diese Weise daran erinnert, daß sie auf Botany nur geduldet wurden, beschloß die gesamte Kolonie, ihren unbekannten Gastgebern gegenüber guten Willen zu beweisen, indem sie den landwirtschaftlich genutzten Kontinent, auf dem sie abgeworfen worden waren, verließen und auf einen anderen, kleineren, nicht benutzten Kontinent auf der anderen Seite einer schmalen Wasserstraße, einer Art Meerenge, umzogen. Sie hatten gerade mit dem Umzug begonnen, als das Mentat Ix den Planeten nach Zainal absuchte – allerdings ohne Erfolg.

Kaum war diese Inspektionstour beendet, erschienen die eigentlichen Besitzer des Planeten, die Farmer, in ungewöhnlicher Gestalt. Sie waren in der Lage, allen, denen sie begegneten, persönliche Botschaften zukommen zu lassen. Die wichtigste Nachricht besagte, daß die Kolonie auf dem Planeten bleiben durfte. Die Farmer beschützten sie sogar mit einer geradezu unglaublichen Einrichtung, der Blase, die den gesamten Planeten umschloß. Obgleich sie immer noch die Sonnenstrahlen ungehindert durchließ, behinderte die Blase das Eindringen des flüchtenden Schiffs des Ix Mentats. Sobald das Schiff das Hindernis überwunden hatte, befahl das Mentat Ix, auf die Blase zu schießen, aber das hatte überhaupt keine Wirkung. Der undurchdringliche Schutz des Planeten versetzte das Mentat in rasenden Zorn, und es beschloß, daß der Schutzschild zerstört und die aufsässige Kolonie bestraft werden sollte. Aus diesem Grund zog das Mentat sich auf seine Heimatwelt zurück, um dort eine Kriegsflotte zusammenzustellen und das Hirn menschlicher Experten auf bedeutsames Wissen hin zu untersuchen.

Während die Überwachungssatelliten der Eosi sich auf der anderen Seite der Welt befanden, konnten die beiden Schiffe, die der Kolonie gehörten, den Schutz der Blase verlassen und auf Barevi dringend gebrauchten Treibstoff und alle möglichen Geräte und mehr *plersaw* für die richtige Ernährung der Deski einladen. Kris, die bereits genug Barevi gelernt hatte, um mit Kaufleuten zu verhandeln, und andere begleiteten Zainal bei diesem Unternehmen. Während ihres Aufenthalts auf Barevi erfuhren sie von der Not dieser Menschen, deren Hirn von einer eosischen Vorrichtung geleert worden war, um das Grundwissen der Rasse der Catteni zu vergrößern. Von Barevi aus nahm Zainal Verbindung mit abtrünnigen Emassi auf, die ebenfalls das Ziel hatten, die Vorherrschaft der Eosi zu beenden. Nachdem sie Ställe voller hirngeleerter Opfer der Eosi fanden, konnten die Menschen von Botany unmöglich ihre Gefährten dem sicheren Tod in den Sklavenlagern ausliefern und sie beschlossen daher, ein weiteres Raumschiff zu kapern.

Indem sie die Frachträume beider Schiffe bis an die Grenze ihrer Aufnahmefähigkeit nutzten, konnten sie mehrere tausend Opfer retten, ungeachtet der Probleme, die damit für die Kolonie verbunden waren.

Die ersten beiden Phasen von Zainals Plan waren erfolgreich abgeschlossen. Der Planet war sicher, und die Kolonisten besaßen Schiffe, mit denen sie weitere Nachschubgüter heranschaffen konnten. Aber würde er es schaffen, die Kolonie zur Durchführung der dritten Phase zu überreden – nämlich der Befreiung nicht nur der Erde, sondern auch der Catteni von der Vorherrschaft der Eosi?

I. Kapitel

Nachdem Zainal die Daten zusammengestellt hatte, die er den Farmern mittels des Zielflugkörpers schicken wollte, ließ er Boris Slavinkovin und Dick Aarens damit zum Kommandoposten fliegen, um von dort zu starten.

»Du hast einen ziemlich seltsamen Sinn für Humor, Zainal«, sagte Kris, als sich die Luke des Scout-Schiffs Baby hinter den Boten schloß. Es war für sie eine Überraschung, daß er Aarens ausgewählt hatte, wenn sie daran dachte, wie dieser Mann sich während ihres ersten Besuchs im Kommandoposten benommen hatte.

»Nun«, meinte Zainal und zuckte grinsend die Achseln, »Aarens hat schon mal einen Flugkörper auf die Reise geschickt. Dann soll er es diesmal mit offiziellem Auftrag tun. Sozusagen als Belohnung für die Fortschritte, die er mittlerweile gemacht hat.«

»Welche Fortschritte?« Kris hatte noch immer nichts für diesen selbsternannten technischen Experten übrig, der während ihres ersten Ausflugs zum Kommandoposten willkürlich und ohne ausdrücklichen Befehl einen Zielflugkörper gestartet hatte.

Sie zogen sich beide aus der Startzone zurück, um sowohl die Abgase wie auch den Wind zu meiden, obgleich Boris das kleine Schiff langsam und vorsichtig aufsteigen ließ. Sie beobachteten, wie es beinahe lautlos senkrecht in den Himmel schwebte, ehe es die Richtung änderte und davonjagte, um schließlich schnell in der Abenddämmerung eines sehr langen und ereignisreichen Tages zu verschwinden.

Das weitläufige Landefeld, das sich tischeben um den riesigen, von den Farmern erbauten Hangar erstreckte, bot einem halben Dutzend Schiffe der K-Klasse, die heute angekommen waren, ausreichend Platz. Sie standen im Hangar und waren nicht mehr zu sehen. Am Ende des Landebereichs wuchsen kleine Gruppen von Zeltstangenbäumen, die, verglichen mit dem Alter der dichten Wälder oberhalb und hinter dem Hangar, noch sehr jung waren. Im nächstliegenden dieser Wälder wurden die Hütten der Siedler aus Stein oder Holz und in separaten Lichtungen gebaut, um ihnen die Privatsphäre zu lassen, die jeder wünschte. Ein Stück hangaufwärts befanden sich das Krankenhaus, in dem heute lebhafter Betrieb herrschte, und die geräumige Kantine, in der den ganzen Tag bis tief in die Botany-Nacht Essen bereitgehalten wurde. Das größte Gebäude an der Retreat Bay war die Verwaltung, wo Richter Iri Bempechat zu Gericht saß. Das Gefängnis, das sich direkt vor dem Gebäude befand, sollte eine Erinnerung daran sein, daß Vergehen gegen die Gemeinschaft durch öffentliche Bestrafung geahndet wurden. In dem Gebäude befanden sich auch die Privatquartiere des Richters und anderer Mitglieder des Rates, zu denen all jene gehörten, die über ausreichende Erfahrungen in Management und Verwaltung verfügten, um die Kolonie in allen Bereichen zu leiten und zu lenken. In den frühesten Tagen, als Master Sergeant Charles Mitford die Führung der halbbetäubten und verängstigten Kolonisten des Ersten Abwurfs übernommen hatte, hatte er auf Schieferplatten mit Kreide offizielle Verlautbarungen notiert. Nun gab die Verwaltung allwöchentlich Pläne heraus, in denen die verschiedenen Gemeinschaftsarbeiten aufgeführt wurden, an denen sich jeder beteiligen mußte. Dabei bekam Kris noch immer einen leichten Schock, wenn sie Richter Iri beim Geschirrspülen sah – dabei schien er diese Arbeit weitaus fröhlicher auszuführen als viele andere.

Ex-Admiral Ray Scott wohnte auf eigenen Wunsch in einem kleinen Zimmer hinter seinem Büro im Hangarkomplex. Er war es gewesen, verkleidet als Catteni Drassi, der darauf bestanden hatte, daß die Opfer vor dem Schicksal gerettet werden sollten, zu dem die Eosi sie verurteilt hatten, nämlich als hirn-geleerte Sklaven zu arbeiten, bis sie unter den schrecklichen Bedingungen, die in den Bergwerken, Steinbrüchen und auf den Feldern herrschten, jämmerlich umkamen. Niemand aus seiner Truppe, die zu den ersten gehörte, die auf Botany abgesetzt worden waren, hätte es zugelassen, daß diese armen, gepeinigten Kreaturen zurückgelassen wurden.

Verglichen mit der Hektik des Tages – dem Ausladen der Opfer des eosischen Experiments der Hirnleerung, an dem ein gutes Drittel der Siedler Botanys beteiligt war –, herrschte auf dem Feld nun eine geradezu unnatürliche Ruhe. Kris seufzte, und Zainal betrachtete sie liebevoll.

»Zainal? Kris?« Chuck Mitfords Exerzierplatzstimme drang über den gedämpften Lärm des Scout-Schiffs an ihre Ohren. Sie drehten sich um und sahen Chuck vor dem Hangar stehen und heftig winken. Er unterhielt sich mit jemandem, der soeben mit einem Rutscher vorgefahren war.

»Was ist denn jetzt schon wieder?« Kris konnte ihre Verärgerung nicht verbergen. Sie war müde und wünschte sich sehnlichst eine Dusche und ausgiebigen Schlaf. Sie hatte sogar mit der Kinderkrippe vereinbart, daß man Zane auch für die Nacht dort behielt. Sie wußte, daß sie nach der anstrengenden Heimreise und dem mühsamen Ausladen all dieser bemitleidenswerten hirn-geleerten Menschen die Grenzen ihrer Belastbarkeit erreicht hatte.

»Wir sollten besser hingehen«, sagte Zainal, ergriff ihre Hand mit seiner großen Pranke und drückte sie aufmunternd.

»Wirst du denn niemals müde, und hast du von all dem niemals ... genug, Zainal?« Dies war einer der Momente, in denen sie seinen Gleichmut als Affront empfand.

»Ja, aber das geht schnell vorbei«, sagte er und ging mit ihr auf Chuck Mitford zu, der mit dem Lenker des Rutschers auf sie wartete.

Es war kein weiter Weg, den sie zurücklegen mußten, aber lang genug für Kris, um ihre Ungehaltenheit und ihre Ungeduld unter Kontrolle zu bekommen. Wenn Zainal sich in der Gewalt halten konnte, dann konnte sie das erst recht. Aber wann käme sie endlich zu ihrer Dusche? Sie stank regelrecht! Nun, vielleicht würde ihr Körpergeruch dazu beitragen, daß wer immer es war, der da etwas von ihnen wollte, sein Anliegen so schnell wie möglich vorbrachte und sie dann in Ruhe ließ.

»Was ist los, Sarge?« fragte sie und sah, daß er mit einer Frau redete, die ihr, wie sie sich flüchtig erinnerte, unter den Leuten des Vierten Abwurfs aufgefallen war – weil die Frau in dem einfachen cattenischen Overall durchaus elegant wirkte. Kris fragte sich, ob sie das Kleidungsstück an bestimmten Stellen verändert hatte, damit es etwas flotter wirkte. Insgeheim beneidetet sie die Fremde um diese Fertigkeit.

»Das ist Dorothy Dwardie, Chefin des Psychologischen Dienstes. Sie hat ein wichtiges Anliegen«, sagte Chuck. Er war immerhin feinfühlig genug, um hinzuzufügen: »Obgleich ich mir vorstellen kann, daß eine weitere Besprechung sicherlich das letzte ist, was Sie beide sich jetzt wünschen.«

»Das stimmt«, sagte Kris spontan, aber sie lächelte, um ihre spitze Reaktion ein wenig zu mildern.

»Ist es etwas Wichtiges?« Zainals Frage klang schon eher wie eine Feststellung.

»Ja, das ist es, und dringend«, erwiderte Dorothy mit einem entschuldigenden Lächeln. »Wir müssen mehr über diese Geistsonde wissen, ehe wir mit einer halbwegs wirksamen Behandlung oder Therapie beginnen können.«

»Warum gehen Sie nicht in das kleine Büro?« fragte Chuck und deutete zum Ende des riesigen Hangars.

Zainal drückte Kris' Hand und murmelte: »Das wird nicht allzu lange dauern. Ich weiß nämlich nur sehr wenig über diese Sonde.«

»Ich hatte gehofft, daß wenigstens Sie ein wenig darüber erzählen könnten, und wenn auch nur, wie sie in der Vergangenheit bei Ihrem Volk eingesetzt wurde«, sagte Dorothy traurig. Sie schaute sich nach einem Platz um, wo sie den Rutscher parken konnte.

»Ich erledige das schon für Sie«, sagte Chuck so hilfsbereit, daß Kris unwillkürlich lächeln mußte.

Dorothy Dwardie bedankte sich mit einem freundlichen Lächeln. »Wir hatten wirklich unglaubliches Glück«, sagte sie, während sie zur rechten Seite des Hangars hinüberschlenderten, wo andere kleine Büros angebaut und eingerichtet worden waren.

»Das war aber auch mal nötig«, sagte Kris und gab sich Mühe, ein Mindestmaß an Freundlichkeit aufrechtzuerhalten.

»Das stimmt, allerdings muß ich sagen, daß die Rettung all dieser Menschen aus der Gewalt der Eosi eher ein großes Glück ist. Und Ihnen gebührt eine Menge Dank für diesen freundlichen Akt.«

Was sie nicht sagte, blieb Kris nicht verborgen. Gab es welche, die nicht überzeugt waren, daß ihr und Zainal Dank gebührte? Auch in ihrem Interesse hatte Ray Scott laut verkündet, daß er die volle Verantwortung für die Entscheidung übernahm, die geschädigten Menschen zu retten, damit niemand Zainal und ihr daraus einen Vorwurf machen konnte. Eigentlich waren die Eosi die Schuldigen, aber zu viele Leute machten einfach keinen Unterschied zwischen Herren und Untertanen. Kris Laune verschlechterte sich wieder merklich.

»Aber bis wir ...« – Dorothy schloß alle Psychologen und Psychiater auf Botany ein, die sich jetzt um die Hirn-Geleerten kümmern würden – »soviel wie nur irgend möglich über diesen Mechanismus wissen ... Ah, da sind wir ja schon ...« Sie öffnete die Tür zu dem kleinen Büro und tastete auf der Suche nach einem Lichtschalter automatisch mit der Hand über die Wand.

Kris hatte die Schnur gesehen und zog daran.

»Oh ... ich denke, im Laufe der Zeit gewöhne ich mich noch daran«, sagte Dorothy mit einem entwaffnenden Lächeln.

»Sie waren bei der vierten Gruppe, nicht wahr?« erwiderte Kris so neutral wie möglich, während Zainal hinter ihnen die Tür schloß. Mehrere Tische standen vor einer langen gemauerten Wand. Unter dem breiten Fenster bildeten ein Tisch und mehrere Stühle einen geeigneten Konferenzplatz. Draußen herrschte Dunkelheit, da der Hangar nach Süden ausgerichtet war und sich auf dieser Seite jenseits des Landefeldes noch keine Behausungen befanden. »Sie sagten, Sie hätten unglaubliches Glück?« fragte Kris, als sie Platz genommen hatten.

»Ja, nicht jeder von der Gruppe, die Sie hergebracht haben, war tatsächlich hirn-geleert.«

»Die Deski, Rugarianer und die Turs sicherlich nicht«, sagte Kris.

»Ich meine nicht alle Menschen«, sagte Dorothy und gestattete sich ein kleines Lächeln des Triumphs.

»Ihr Hirn war nicht geplündert?« fragte Kris und wechselte mit Zainal einen überraschten Blick.

»Ja, einige täuschten die Hirn-Leere ihrer Leidensgenossen nur vor ...«

»Sie haben so getan als ob?«

Dorothy nickte lächelnd. »Das war sehr clever von ihnen, und sie sind tatsächlich damit durchgekommen. Weil diejenigen, die sie der Prozedur unterzogen, sich nicht gemerkt hatten, wer schon ... abgefertigt worden war.«

Kris stieß einen halblauten Pfiff aus. »Sehen wir Menschen für die Eosi etwa alle gleich aus? Das beweist doch, nicht wahr, daß die Eosi gar nicht so klug sind. Clever von uns Menschen, auf eine solche List gekommen zu sein.«

»Sie konnten uns außerdem die Namen vieler der Leute nennen, die sich nicht mehr daran erinnern können, wer sie sind.« Dorothy erschauerte leicht. »Ich habe schon früher mit Leuten zu tun gehabt, die unter Amnesie oder Schocktraumata nach Unfällen gelitten haben, aber dies hier ist viel tiefgehender ... und viel komplizierter, weil wir es auch mit einem physischen Schock und seinen Folgen zu tun haben. Dank Leon Danes Erfahrungen mit verletzten Catteni wissen wir, daß es zwischen unseren Rassen mehr Ähnlichkeiten als Unterschiede gibt, da beide Rassen zweibeinig und fünffingrig sind und zahlreiche gleiche äußere Erscheinungsmerkmale wie Augen, Nase und Ohren besitzen. Allerdings ist eine Kreuzung der Rassen nicht möglich.« Zu Kris' Überraschung senkte Dorothy den Kopf, um ihr Erröten zu verbergen.

»Sieh mal an«, meinte Kris trocken.

Dorothy warf ihr einen entschuldigenden Blick zu und fuhr fort: »Die Catteni haben größere Herzen, Lungen und innere Organe, aber Leon sagt, daß der Hauptunterschied die spezifische Dichte der Gehirnmasse ist. Das cattenische Gehirn ist größer, wenn auch ähnlich aufgeteilt wie unseres, was die Lage der vier Hauptlappen betrifft. Leon staunte, welche Schädigungen ein cattenischer Schädel ohne dauernde Schäden hinnehmen konnte. Ich denke ...« – und sie hielt kurz inne und runzelte die Stirn, als sie überlegte, wie sie fortfahren sollte – »daß die ersten Verletzungen, die an den Gefangenen festzustellen waren, von dem Versuch herrührten, das Instrument für menschliche Gehirne neu zu eichen.«

»Innere Verletzungen?« fragte Kris.

»Ja.« Dorothy schien dieses Thema so schnell wie möglich abhandeln zu wollen. »Allerdings wären sie längst gestorben, bevor ihr Nervensystem irgend etwas hätte wahrnehmen können.«

»Oh!«

»Ja, und belassen Sie es lieber dabei, Kris«, fuhr Dorothy schnell fort. »Will Seissmann sollte sich nicht allzu intensiv mit den Details beschäftigen, obgleich offenbar genau das sein Wunsch ist ... es ist wohl Teil seines Traumas.«

»Will Seissmann?« fragte Kris.

»Ja, er und Dr. Ansible ...«

»Dr. Ansible?« Kris richtete sich kerzengerade auf. »Aber er ist – oder eher war – im Observatorium. Ich dachte, er sei bei irgendeiner Konferenz gewesen, als die Catteni nach Denver kamen.«

»Ja, das war er, und er fand Zuflucht in Stanford«, erwiderte Dorothy und nickte. »Er versuchte andere, die er kannte, dazu zu überreden, Wills Beispiel zu folgen. Ich habe keine Ahnung, ob der dogmatische Wissenschaftler einen angeborenen Märtyrerkomplex hat, aber nur wenige wandten den Trick an, um sich zu schützen.« Sie seufzte. »Auf jeden Fall konnten wir den meisten Opfern Namen zuordnen. Aber ich muß wissen, welche Einzelheiten Sie vielleicht noch wissen, Zainal. Sie wären sicherlich hilfreich bei der weiteren Behandlung der Traumata ... falls wir dazu überhaupt in der Lage sind.«

Zainal schüttelte den Kopf. »Ich weiß nur sehr wenig über diese Geräte der Eosi.« Dann trat in sein Gesicht dieser, wie Kris es insgeheim nannte, »Catteni-Blick«, kalt, leidenschaftslos, verschlossen. »Ich weiß wohl – es gehört zur Geschichte der Catteni –, daß sie ein Gerät haben, das Intelligenz mißt und erhöht.«

»Tatsächlich?« Dorothy lehnte sich mit gespannter Miene über den Tisch. »Dann könnte es genausogut auch Informationen herausziehen, nicht wahr?«

Zainal blinzelte, und seine Miene entspannte sich und wirkte nicht mehr so abweisend. Er lächelte sogar. »Das ist wahrscheinlich, auch wenn ich nur dieses einzige Gerät kenne. Die Eosi setzten es bei den besonders primitiven Catteni ein, damit sie sie als Wirte benutzen konnten.«

»Wirklich?« Dorothys Gesichtsausdruck zeigte lebhaftes Interesse. Sie beugte sich vor, um Zainal zum Weiterreden zu bewegen.

»Ja. Vor rund zweitausend Jahren entdeckten die Eosi Catten und seine Bewohner. Wir waren kaum mehr als Tiere, eine Tatsache, die uns die Eosi niemals haben vergessen lassen. Vor etwa tausend Jahren begann meine Familie damit, historische Aufzeichnungen zu machen, da unser Urahn zu den ersten Hundert gehörte, deren ... Gehirn durch dieses Gerät stimuliert wurde. Jede Familie hat ihre eigenen Aufzeichnungen – wie viele Männer sie den Eosi als Wirte überlassen hat, sowie Details zu den Kindern und den jeweiligen Paarungen.«

»Eintausend, zweitausend Jahre, um sich zu einer die Raumfahrt betreibenden Rasse zu entwickeln? Das ist höchst beeindruckend«, sagte Dorothy.

»Die Menschen haben es ohne solche Hilfe geschafft, und das beeindruckt mich«, sagte Zainal mit einem seltsamen Lachen. »Aber so wurden die Emassi entwickelt, um den Eosi zu dienen.«

»Sie haben diese Geistmaschine nicht bei den Drassi eingesetzt?« fragte Kris.

»Weitaus sparsamer«, erwiderte Zainal und wandte sich zu Dorothy. »Es gibt jetzt drei Arten von Catteni. Emassi« – und er klopfte sich auf die Brust – »Drassi, die bereitwillig alle Befehle befolgen, aber selbst nur wenig Initiative an den Tag legen und kaum Ehrgeiz zeigen. Einige wurden bei einem möglichen Eintritt in die Gruppe der Emassi zurückgewiesen, können aber immer noch mehr sein als Drassi – Schiffskapitäne und Soldatenführer. Und dann waren da noch die Rassi, die so belassen wurden, wie sie waren.«

»Rassi?« wiederholte Kris überrascht. »Von denen habe ich noch nie gehört.«

»Sie rühren sich nicht von Catten weg und sind wie wir alle waren, als die Eosi uns fanden.«

»Demnach haben Sie sich als Rasse nicht aus eigener Kraft weiterentwickelt? Sie haben sich ihre Intelligenz stimulieren lassen?« fragte Dorothy. Sie wandte sich an Kris. »Die Eosi haben sicherlich noch nie etwas von der Primären Direktive gehört?«

Kris kicherte. Eine Psychologin, die ein *Raumschiff Enterprise*-Fan war? »Die Primäre Direktive verlangt, daß eine hochentwickelte Kultur sich nicht in die natürliche Evolution einer anderen Rasse oder Kultur mischen darf«, erklärte sie Zainal.

»Die Anthropologen werden sich darüber freuen«, sagte Dorothy und machte sich eine weitere Notiz. »Reichte eine ... Anwendung aus, um den höheren Grad an Intelligenz auch zu behalten?« wollte sie von Zainal wissen.

Er zuckte die Achseln. »Das weiß ich nicht.« Abrupt schaltete seine Miene wieder auf seinen verschlossenen ›Catteni‹-Blick um. »Als ich meine volle Größe erreicht hatte, mußte ich den Eosi vorgeführt werden, damit sie sich überzeugen konnten, ob ich als Wirt tauglich war. Und welche Ausbildung ich erhalten sollte.«

»Und?« versuchte Dorothy ihn zum Weiterreden zu animieren, als er innehielt.

»Ich bestand und sollte zum Raumschiffpiloten ausgebildet werden.« Sein Grinsen bekam eine diabolische Note, und sein ›Catteni‹-Blick verschwand völlig. »Mein Vater und meine Onkel hatten Sorge, daß die Eosi mich zu wißbegierig und daher nicht annehmbar finden würden.«

»Zu wißbegierig? Weshalb machte diese Eigenschaft Sie unannehmbar?« fragte Dorothy.

»Die Eosi sagen den Emassi, was sie wissen müssen. Das ist alles, was sie wissen dürfen.«

»Ehe Sie mit der Ausbildung begannen? Bestimmt hatten Sie so etwas wie eine grundschulische Erziehung?« fragte Dorothy überrascht.

Zainal schnaubte. »Emassi werden trainiert, nicht schulisch erzogen.«

»Aber haben Sie denn nicht Lesen, Schreiben und Kombinieren gelernt, ehe Sie vierzehn waren?« Dorothy hatte Schwierigkeiten mit diesem Modell. »Sie mußten doch sicherlich mathematische Kenntnisse erwerben, um Raumschiffe steuern zu können, nicht wahr?«

Zainal nickte. »Männlichen Emassi wird das von ihren Vätern beigebracht ...« Er verzog das Gesicht.

»Auf die strenge Art und Weise?« fragte Kris und deutete die Anwendung einer Energiepeitsche an.

»Ja, auf die strenge Art und Weise. Man paßt im allgemeinen bei diesen Lektionen sehr genau auf.«

»Und trotzdem waren Sie so neugierig, daß sie mehr wissen wollten?« fragte Dorothy.

»Weil es verboten war«, sagte Zainal und zwinkerte wieder zweideutig. Er mußte als Kind eine ziemliche Nervensäge gewesen sein. Kris war ungemein erleichtert, daß seine Intelligenz, die ihrer Meinung nach wesentlich höher war als ihre eigene, natürlichen Ursprungs war und nicht von einer künstlichen Stimulation herrührte.

»Demnach hat dieses Gerät Ihnen geholfen. Können Sie es mir irgendwie beschreiben?«

Zainal blickt auf seine gefalteten Hände, während er seine Antwort überdachte. »Ich wurde in einen sehr großen, weißen Raum mit einem großen Sessel in der

Mitte und zwei Eosi, davon einer an einem Kontrollpult, gebracht. Ich wurde in diesen Sessel geschnallt, und dann kam die Vorrichtung aus der Decke und stülpte sich über meinen Kopf.«

»Konnten Sie erkennen, wie sie genau aussah?« fragte Dorothy, und Kris sah ihr deutlich an, wie gespannt sie auf weitere Einzelheiten wartete.

Zainal zuckte die Achseln. »Ein großes Gebilde«, und er deutete mit beiden Händen eine Glockenform an, »mit zahlreichen daran befestigten Drähten – und Skalen.«

»Bedeckte die Vorrichtung ihren ganzen Kopf oder nur das Gesicht?«

»Meinen Kopf bis hinunter zu meiner Schulter. Sie war schwer.«

»Haben Sie irgendwelche blauen Lichter gesehen?« fragte Dorothy und schrieb wieder.

»Ich sah gar nichts.«

»Und was haben Sie gespürt? Wie hat es sich angefühlt?« Sie wandte sich an Kris, während Zainal wieder über seine Antwort nachdachte. »Wir wollen herausbekommen, ob irgendeine eindringende Sonde benutzt wird. Nadeln, vielleicht, oder ein Elektroschock. Wir müssen wissen, ob etwas ins Gehirn selbst eingedrungen ist und es geschädigt hat, ob es zu physischen Schäden oder nur zu Gedächtnis-, Emotions- oder Faktenlöschungen gekommen ist.«

»Sind an den Opfern denn keine Narben zu erkennen?« fragte Kris.

Dorothy schüttelte den Kopf. »Keine sichtbaren. Deshalb ist das, woran Zainal sich erinnert, für uns so immens wichtig.«

»Wie Elektrizität«, sagte Zainal, legte die Hände an die Schläfen und schob sie hoch auf seinen breiten

Schädel. »Und dort.« Dabei berührte er seine Schädelbasis. »Aber kein Blut. Keine Narbe.«

»Oh, ja, das ist interessant, sehr interessant.« Dorothy schrieb einige Sekunden lang hastig auf ihrem Notizblock. »Keine Schmerzen an den Schläfen?«

»Wo?« fragte Zainal.

»Dort«, sagte Kris und berührte die betreffenden Stellen.

»Oh. Kein Schmerz – Druck.«

»Ist das nicht der Bereich, wo Lobotomien vorgenommen werden?« wollte Kris von Dorothy wissen.

Die Psychologin nickte. »Noch irgendwo anders? Druck oder Schmerz oder irgendwelche seltsamen Empfindungen? Ich versuche nur herauszubekommen, welche Bereiche von dieser ... Vorrichtung berührt wurden. Ob sie den sachbezogenen, emotionalen und Gedächtnis-Zentren entsprechen, über die die Menschen verfügen«, meinte sie als Anmerkung halblaut zu Kris. »Es gibt mehr Parallelen, als Sie vielleicht vermuten.«

»Eine Art Stechen, sehr schnell, in die ...« Zainal legte eine Hand auf seinen Kopf.

»Möglicherweise eine allgemeine Stimulation«, murmelte Dorothy. Dann fuhr sie mit einem aufmunternden Lächeln fort: »Sie wurden also bewertet und hatten bestanden. Was geschah dann?«

»Mir wurde gesagt, ich solle mich zum Training melden.« Er grinste. »Ich weiß, daß meine Onkel enttäuscht waren, daß ich als annehmbar eingestuft wurde. Mein Vater war erleichtert. Mehr Ruhm für unseren Zweig der Familie.«

»Wie alt sind Sie jetzt?« fragte Dorothy, eine Frage, die zu stellen Kris nie in den Sinn gekommen war.

Zainal zögerte und antwortete dann grinsend und

mit einem Achselzucken: »Fünfunddreißig. Ich erkunde diese Galaxis seit sechzehn Jahren.«

»Sechzehn?« Das überraschte Kris.

»Soll das bedeuten, daß Sie nur vier Jahre lang eine formale Ausbildung absolviert haben? Trifft das zu?« fragte Dorothy und machte aus der Tatsache, daß sie ebenfalls überrascht war, keinen Hehl.

»Drei. Ich bin jetzt zwei Jahre hier. Zwei Cattenijahre.« Er grinste Kris an.

»Haben Sie nur eine Pilotenausbildung genossen?«

»Ich habe gelernt, was ich wissen mußte, um den Job auszuüben, den die Eosi mir zugeteilt hatten. Ich habe hart gearbeitet und gut gelernt«, sagte Zainal mit einem Anflug von Stolz.

»Erstaunlich«, murmelte Dorothy, während sie sich weitere Aufzeichnungen machte.

»Aber du weißt doch über eine ganze Menge anderer Dinge Bescheid«, protestierte Kris.

Zainal zuckte die Achseln. »Sobald ich offiziell als Pilot galt« – er grinste Kris verschmitzt von der Seite an – »war es mir nicht mehr verboten, weiterzulernen, solange ich meine Tätigkeit als Pilot tadellos ausübte. Die Eosi« – der bekannt starre Ausdruck überzog für einen kurzen Moment wieder sein Gesicht – »legen Wert darauf, daß ihre Wirte weit herumgekommen sind und viel gesehen haben.«

»Demnach wissen Sie nichts über ihren eigenen Körper? Über seine Biologie?« fragte Dorothy.

»Bi-o-lo-gie?« wiederholte Zainal.

Dorothy erklärte ihm den Begriff, und er lachte.

»Solange mein Körper tut, was ich von ihm erwarte, frage ich nicht nach, *wie* er es tut.«

Nun lächelten auch Dorothy und Kris.

»Wenn ich das damit vergleiche, was unsere Astronauten über sich ergehen lassen mußten, um sich als Raumpiloten zu qualifizieren ...« Dorothy verdrehte verzweifelt die Augen und hob die Hände in einer Geste der Hilflosigkeit.

»Die ersten Flieger sind mit dem Hintern geflogen«, bemerkte Kris.

»Mit dem Hintern?« fragte Zainal stirnrunzelnd. Dorothy und Kris wechselten sich dabei ab, ihm die Bedeutung dieses Bildes zu erklären. »Das habe ich auch getan«, sagte er, als sie damit fertig waren, »als das Training nicht alles vermittelte, was ich wissen mußte. Daher veranlaßte ich diejenigen, die die Raumschiffe bauten, mir zu zeigen, wie alles funktionierte.«

»Und diese ... Ingenieure waren von Familien ausgebildet worden, die ebenfalls aus Ingenieuren bestanden?« fragte Dorothy, und Zainal nickte. »Ein sehr eingleisiges Erziehungssystem. Es wird nur das weitergegeben, was man unbedingt wissen muß. Wie haben Sie das nur gemanagt?«

»Die Eosi waren für das ›managen‹ zuständig«, sagte Zainal nicht ohne Schärfe. »Emassi befolgen Befehle genauso wie Drassi und Rassi.«

»Es ist erstaunlich, das sogar die Emassi tun können, was sie tun«, bemerkte Kris und betrachtete Zainal mit gesteigertem Respekt.

»Ja, das ist es«, stimmte Dorothy ihr zu, »und wir verlassen uns viel stärker auf den Ausbildungsprozeß ... oder das genetische Erbe.« Sie warf Kris einen vielsagenden Blick zu. »Je nachdem auf welches Denkmodell man sich stützt.« Sie seufzte erneut und meinte dann ein wenig forscher: »Gibt es irgendwelche speziellen Fähigkeiten bei den Catteni, die die Menschen nicht haben? Zum Beispiel denke ich an die

Deski, die senkrechte Wände ersteigen können und über ein besonders empfindliches Gehör verfügen.«

»Nachtsicht«, antwortete Zainal sofort. »Ihr Gehör ist empfindlicher als das Ihre, aber nicht so gut wie das der Deski. Wir können uns länger mit minderwertiger Nahrung durchschlagen ... aber das betrifft wohl eher körperliche Unterschiede als auf das Gehirn bezogene?«

»Ganz sicher liegt das an Unterschieden im Organismus«, sagte Dorothy, nachdem sie ›Auge‹ und ›Ohr‹ auf ihrem Schreibblock notiert hatte. Kris konnte die kurzen Worte rückwärts lesen. Dann kritzelte die Psychologin etwas. »Können Sie mir vielleicht aufzeichnen, wie die Vorrichtung ausgesehen hat, die man bei Ihnen eingesetzt hat?« Sie wandte sich an Kris, um ihre Bitte zu erläutern. »Diejenigen, die sie gesehen haben, können nicht reden, und die, die reden können, haben sie nicht richtig gesehen.«

»Zainal ist sehr gut im Zeichnen von technischen Dingen«, sagte Kris und machte auch jetzt keinen Hehl aus ihrem Stolz.

»Ja«, meinte Zainal bereitwillig und benutzte den Schreiber mit der gleichen Sicherheit, als Kris ihn die Mechanos zeichnen gesehen hatte. »So!«

Dorothy betrachtete die akkuraten Zeichnungen und gab einen undeutbaren Laut von sich. »Ja, hm, das sieht aus wie die Schöpfung eines wahnsinnigen Gelehrten.« Sie seufzte. »Wenn man sich ansieht, wessen Gehirne die Eosi untersucht haben, könnte man meinen, daß sie auf der Jagd nach Informationen sind. Aber warum? Ihre Technologie ist so viel raffinierter als die der Erde. Oder haben sie nur versucht, Hirne zu leeren, die gegebenenfalls zu Widerstand und

Rebellion hätten aufrufen können? Oder wollten sie Menschen auf das Niveau von Rassi reduzieren?«

Zainal knurrte kehlig, und sein Lächeln, das diesmal nicht seine Augen erreichte, war böse. »Ray Scott sagte, daß er einige Wissenschaftler erkannt hat. Wenn sie Hirne leeren, um euch zu Rassi zu machen, fangen sie eher bei Kindern an und brechen deren Lernprozeß ab.« Er grinste. »Die Eosi halten Ausschau nach Ideen. Während der vergangenen hundert Jahre oder so hatten sie daran einen empfindlichen Mangel.«

»Wirklich?« Dorothys Miene spiegelte Zuversicht wider.

»Vielleicht müssen sie nur ihr eigenen Gehirne stimulieren«, sagte Kris. »Würde das bei ihnen funktionieren?«

Zainal zuckte die Achseln.

»Will Seissmann und Dr. Ansible hatten den Eindruck, daß die Eosi sich an den Menschen rächen, indem sie deren Geister massenweise zerstören«, erklärte Dorothy mit ausdrucksloser Stimme. »Es schien keinen plausiblen Grund dafür zu geben, bestimmte Personen einzuschließen – zum Beispiel Fernsehreporter und Moderatoren ... und Moderatorinnen ...«

»Tatsächlich? Wen?« fragte Kris erstaunt.

»Wen? Moderatoren und Moderatorinnen?« Zainal kannte die Begriffe nicht.

»Oh«, sagte er, nachdem Kris ihm die notwendige Erklärung geliefert hatte, »das erste, was die Eosi kontrollieren möchten, ist sicherlich das Informationssystem. Sämtliche Satelliten und Kommunikationsnetze wurden schon während der Anfangsphase der Invasion vernichtet.«

»Hatten Sie damals eine Ahnung, weshalb sie überhaupt die Erde ausgesucht haben?« fragte Dorothy.

Zainal schüttelte den Kopf mit einem traurigen Lächeln. »Ich war gerade auf der anderen Seite der Galaxis unterwegs. Ich war auf Barevi gelandet, um Vorräte und Treibstoff aufzunehmen ...« Er hob die Schultern und verstummte, als müßten beide Frauen seine weitere Geschichte von diesem Zeitpunkt an kennen.

»Zainal ist in einen Streit geraten«, sagte Kris als Reaktion auf den fragenden Ausdruck in Dorothys Gesicht, »tötete dabei einen Drassi und tauchte unter. Ich sah seinen Flitzer abstürzen und schaute nach, wen die Catteni diesmal jagten. Ich hatte keine Ahnung, wen oder was ich rettete. Wenn ich es gewußt hätte«, – sie schickte Zainal einen gespielt spöttischen Blick – »dann hätte ich ihn vielleicht den Wölfen vorgeworfen. Aber ich dachte, ich bringe ihn lieber nach Barevi zurück. Nur gerieten wir beide in eine dieser Gas-Razzien, die die Catteni veranstalteten, um den Widerstand der Leute zu brechen.« Kris wußte, daß Dorothy mit dieser Taktik vertraut war, da sie auch auf der Erde oft eingesetzt wurde. »Und so kamen wir am Ende hierher nach Botany.«

»Wofür viele von uns außerordentlich dankbar sind«, erklärte Dorothy ernst. »Will Seissmann, Dr. Ansible und eine ehemalige Fernsehreporterin, Jane O'Hanlon, konnten uns hinsichtlich der Lage auf der Erde auf den aktuellen Stand bringen. Was ich mit Ihnen ebenfalls tun kann, und zwar ganz ohne Sponsoren oder Werbespots«, fuhr sie fort. »Ich denke, es gab wahrscheinlich mehr als nur einen Grund für die Eosi, sich von den Menschen Informationen zu holen. Wir haben nicht nur hier auf Botany mit der Blase eine neue Ladung Sand ins Getriebe geworfen, sondern auf der Erde nimmt der allgemeine Widerstand trotz der Versuche der Eosi, ihn zu kontrollieren oder zu unterdrücken, ständig zu. Ich nehme an, daß es jetzt, da uns drei Raumschiffe zur Verfügung stehen, Versuche geben wird, die Aktivitäten auf der Erde zu unterstützen, oder?«

Sie schaute Zainal fragend an und wartete auf eine Reaktion.

»Wir haben nichts dergleichen gehört«, sagte Kris und fügte ein »noch nicht« hinzu. Zainal war so sehr damit beschäftigt gewesen, eindeutige Beweise zu suchen, die er den Farmern zukommen lassen wollte, daß sie noch nicht über Zukunftspläne gesprochen hatten.

Er zuckte die Achseln. »Drei Schiffe sind einfach zu wenig gegenüber den vielen Schiffen, die die Eosi besitzen.«

»Noch nicht einmal ein klitzekleiner Vorstoß?« Dorothy ließ nur sehr wenig Distanz zwischen Zeigefinger und Daumen, die sie einsetzte, um ihre Bitte zu unterstreichen. »Nur um uns bei den Eosi in Erinnerung zu bringen?«

»Ich denke, das haben wir gerade getan«, meinte Kris grinsend.

»Sie werden versuchen, in die Blase einzudringen«, sagte Zainal. »Sie müssen erforschen, was es damit auf sich hat und wie sie aufrechterhalten wird. Das dürfte sie einigermaßen stören.« Er war hocherfreut. »Wir müssen hoffen, daß sie bestehen bleibt. Die Eosi haben andere Waffen, mit denen sie Planeten zerstören können.«

»Haben Sie das?« Kris verspürte einen Anflug von Angst, trotz aller Unbeschwertheit.

»Was sie nicht für sich haben können, das gönnen sie auch keinem anderen.«

»Oh!« Darauf fiel Kris keine launige Bemerkung ein.

»Weiß der Rat Bescheid?« erkundigte Dorothy sich besorgt.

»Ich werde ihn davon in Kenntnis setzen«, versprach Zainal und nickte bekräftigend.

»Nun, dann war das alles, womit ich Sie belästigt habe«, sagte Dorothy und begann, ihre Notizen einzusammeln. Sie hielt inne und schaute Zainal fragend an. »Sie haben keine Idee, woher die Eosi kommen, oder?« Als Zainal den Kopf schüttelte, brachte sie ein unsicheres Lachen zustande. »Aus einer Galaxis unendlich fern?«

Kris lachte verhalten. Dorothy kannte sich nicht nur mit *Raumschiff Enterprise* aus, sondern sie konnte auch aus *Star Wars* zitieren.

»Danke, Zainal«, sagte Dorothy. »Sie haben mir wertvolle Informationen gegeben.«

»Habe ich das?«

Die Psychologin schmunzelte. »Mehr, als Sie vielleicht denken. Ich entschuldige mich, daß ich Sie nach einem sicherlich sehr anstrengenden Tag belästigen mußte, aber wir brauchten diese Angaben.« Sie hielt ihre Notizen hoch. »Wir können jetzt eine wirksame Behandlung in die Wege leiten. Zumindest soweit unsere Möglichkeiten es erlauben.«

Zainal öffnete die Tür, und sie traten hinaus in eine mondhelle Nacht.

»Hier drüben, Dorothy«, sagte Chuck und schaltete die Scheinwerfer des Rutschers ein.

»Oh, vielen Dank, und auch noch einmal vielen Dank an Sie, Zainal, Kris.« Dorothy eilte zu dem kleinen Fahrzeug hinüber, bedankte sich bei Mitford, ehe sie Kurs nach Norden nahm.

»Ich habe einen der Tieflader bereitstehen, und auf den Kisten ist Platz für Sie beide, um bis zu Ihrer Hütte mitzufahren«, sagte Chuck. »Ich möchte nicht, daß Sie den Aasfressern in die gierigen Klauen fallen.«

»Danke, Chuck«, sagte Kris und freute sich sowohl über das Angebot als auch die Weitsicht. Die Müdigkeit machte ihr jetzt die Beine schwer. Sich für einen Moment hinzusetzen war keine so gute Idee gewesen, wie es ihr anfangs erschienen war. Die kurze Pause ließ sie ihre Erschöpfung nur noch deutlicher spüren.

»Kommen Sie.« Chuck erreichte den Tieflader und schaltete die Beleuchtung ein, um ihnen den Weg zu zeigen.

Kris kletterte bereits auf die Fracht, als sie erkannte, daß die Kisten keinerlei Ähnlichkeit mit denen hatten, die sie auf Barevi gekauft hatte.

»Was ist denn das, Sarge?« Sie konnte im schwachen Licht die Aufkleber nicht entziffern.

»Das sind die Bücher, die wir gefunden haben«, erklärte Zainal zu ihrer Verblüffung.

»*Bücher?*«

»Ja, Bücher«, wiederholte Zainal gleichmütig. »Ray hat sie gesehen. Als Handel treibender Kapitän der KDI dachte ich, daß das Papierzeug sicherlich als Verpackungsmaterial bestens geeignet ist.« Er grinste. »Die Drassi haben nicht widersprochen – sie waren froh, daß sie das Zeug los wurden.«

»Aber das müssen doch an die fünfzig Kisten sein. Darin sind doch nicht etwa nur dieselben Bücher, oder?«

»Nein«, sagte Chuck. »Die Catteni haben auch Büchereien ausgeplündert. Wir haben ein paar ehemalige Bibliothekare, die es kaum erwarten können, alles zu katalogisieren, was wir ›befreien‹ konnten. Das ist nur ein Teil von dem, was wir ausgeladen haben. Unsere Kinder werden nicht dumm und ahnungslos aufwachsen, obgleich sie in ihrer Erziehung einige interessante Lücken bekommen dürften.«

»Bücher«, sagte Kris und begriff endlich, wie sehr sie Bücher vermißt hatte ... und erst recht die Möglichkeit, sich Bücher zu beschaffen. »Donnerwetter! Das war ein reicher Fischzug!«

»Bücher?« meldete sich nun Zainal wieder zu Wort. »Schulbücher?« Er klang leicht ironisch, allerdings konnte Kris in der Dunkelheit seinen Gesichtsausdruck nicht erkennen. »Bi-o-lo-gie?«

»Das weiß ich noch nicht«, erwiderte Chuck. »Aber das wäre durchaus möglich.

»Zainal hat gerade sein Interesse daran entdeckt«, erwiderte Kris. Nun ja, sie hatte in Biologie immer gute Noten gehabt, aber inwieweit die Humanbiologie Zainals Wissen um die Funktionen seines Körpers erweiterte, war völlig unklar. Darüber hinaus war sie sowieso zu müde, um das zu erforschen.

Alle drei verbrachten den Rest der Fahrt schweigend.

Sobald Zainal die Tür hinter ihnen geschlossen hatte, verwarf Kris die Idee, noch unter die Dusche zu gehen, als zu anstrengend. Sie wünschte sich nur noch, sich lang ausstrecken zu können und zu schlafen, sobald sie in die Nähe eines Bettes gelangte. Sie streifte ihre Stiefel ab, was auch Zainal als erstes tat, aber weiter kam sie nicht.

Der Skipper des Schiffs der K-Klasse, das auf Feld 45 landete, um eine Ladung Sklaven für die Bergwerke auf einem Eisplaneten aufzunehmen, reagierte wütend, als er feststellen mußte, daß schon jemand anderer sie mitgenommen hatte. Er beschwerte sich offiziell darüber und schob eine zweite Beschwerde nach, weil er gezwungen wurde, acht Tage zu warten, bis genügend Sklaven vorhanden waren. Der Bericht verschwand ungelesen in den Archiven.

Die Kosten, mit denen ein Schiff mit einem KDI-Identifikationscode belastet wurde, wurden vorschriftsmäßig registriert, obgleich später festgestellt wurde, daß dieses Schiff als ›verschollen‹ gemeldet worden war. Die Gebühren wurden bezahlt, und damit war die merkwürdige Angelegenheit vergessen.

2. Kapitel

Es hätte Kris nicht überraschen dürfen, daß bis zum nächsten Nachmittag viele Leute über den Inhalt ihrer Unterhaltung mit Dorothy Dwardie orientiert waren. Gerüchte durchliefen die Siedlung genauso schnell wie ein Orbiter der Farmer. Glücklicherweise wirkte sich dies mehr zu Zainals Vorteil als zu seinem Nachteil aus. Die Catteni wurden nun, wenn auch nur für kurze Zeit, ebenfalls als Opfer der Eosi-Aktivitäten angesehen und somit als Gruppe, die einem eher leid tat, als daß man sich vor ihr fürchtete.

Ein Quintett von Anthropologen, das laut über die Zwangsbehandlung der Catteni schimpfte, erkundigte sich sehr höflich bei Zainal, ob er bereit sei, ein paar Tests zur Bewertung seiner ›stimulierten‹ Intelligenz über sich ergehen zu lassen. Kris reagierte wütend und Zainal amüsiert. Mehr noch, Kris geriet derart in Rage, daß sie sogar wütend auf ihn war, weil er zusagte.

»Sie können mir nichts Schlimmes antun«, meinte Zainal, indem er versuchte, sie zu beruhigen.

»Es ist diese ganze Prozedur ... als wärest du nichts anderes als eine Labormaus oder eine Ratte oder ein Affe«, sagte sie und ging im Haus wütend auf und ab. Ihr Gefährte und ihr Sohn starrten sie überrascht an.

»Sie testen außerdem die Deski und die Rugarianer.« Er grinste sie an. »Ich würde gerne wissen, wie ich im Vergleich zu ihnen abschneide.«

»Wie sollen sie dich denn halbwegs fair bewerten können? Zuerst einmal verlangen viele Fragen«, sagte sie und ruderte wild mit den Armen, während sie auf und ab ging, »einen gleichen kulturellen Background ... und eine ähnliche Geschichte und Dinge, die du niemals hast lernen können.«

»Und?« Zainal streckte die Hand aus und stoppte sie, als sie an ihm vorbeimarschieren wollte. »Ärgerst du dich *wegen* mir? Oder *über* mich?« fragte er sanft und hatte dabei einen seltsamen Glanz in seinen gelben Augen.

»Über *dich*! Ein solche Frechheit, eine Unverschämtheit!«

Sie versuchte sich aus seinem Griff zu befreien.

»Manchmal, Kris Bjornsen, beschützt du mich, wenn ich es gar nicht brauche«, sagte er und strich ihr das Haar aus dem Gesicht. »Genauso wie du es auch mit Zane tust.«

»Unsinn!« versetzte Kris und versuchte ihn wegzuschieben. »Du weißt ja nicht, wann du beleidigt wirst. Ich bin beleidigt. Für dich.«

Zainal lachte und vereitelte ohne Mühe ihre Versuche, sich von ihm loszumachen. »Es ist schwierig, einen Emassi zu beleidigen«, sagte er. »Ich denke, es ist besser, wenn die Anthropologen herausfinden, daß ich sehr, sehr klug bin. Das wird andere Probleme lösen.«

Diese Bemerkung brachte sie dazu, ihren Kampf abzubrechen. »Welche Probleme?« fragte sie mißtrauisch.

»Die, die ich lösen muß.«

»Und die wären?«

»Wie ich uns ...« er deutete zuerst auf sich selbst und dann auf sie »und dein Volk von den Eosi befreie.«

»Aber dazu brauchen wir die Hilfe der Farmer, und wir haben keine Ahnung, wann – wenn überhaupt –

eine Antwort auf den Bericht eingeht, den du ihnen geschickt hast. Was hast du vor, Zainal?«

»Diesmal mußt auch du abwarten«, sagte er und drückte noch einmal sanft ihren Arm, ehe er sie losließ.

Danach konnte sie ihm nichts mehr entlocken.

Er begab sich zu seiner Sitzung bei den Anthropologen, während sie bei ihrer alltäglichen Hausarbeit leise vor sich hin schimpfte.

Sie hatte viel Zeit, da ihre Schicht erst am Spätnachmittag begann. Sie fand noch nicht einmal Ruhe, als sie sich mit Zane beschäftigte, was ihr normalerweise das größte Vergnügen machte. Als Zainal ein paar Stunden später nach Hause zurückkehrte, stürzte sie ihm sofort entgegen. »Und?« fragte sie, sobald er die Hütte betrat.

Sein Grinsen wirkte beruhigend, aber sie wollte Einzelheiten wissen. »Sie sagen, ich wäre sehr klug. Ich stünde ganz oben.«

»Wie haben Sie das denn herausbekommen? Was haben sie gefragt? Wie hast du geantwortet?«

»Sehr vorsichtig«, sagte er und schenkte sich einen Becher Wasser ein. »Arbeit macht durstig.«

Kris atmete explosionsartig aus. Sie war frustriert. »Bei dir würde sogar ein Heiliger zum Säufer.«

»Heiliger? Schon wieder etwas von diesem Gottzeug?«

»Welche Fragen?« Sie wollte sich nicht ablenken lassen.

»Logikfragen, die ich sehr gut beantworten kann. Sorrell erzählte mir, daß einige auch zum Mensa-Test gehören. Was das ist, weißt du doch, oder?«

Kris nickte. Sie schien beruhigt zu sein. »Und?«

»Ich habe bestanden«, sagte er und beugte sich

dann vor, um den Deckel vom Kochtopf zu nehmen, der auf dem Feuer stand. »Essen wir heute hier?«

»Ja, es ist dein Lieblingseintopf. Welches Ergebnis hast du erreicht?«

Zainals Grinsen wurde hochmütig. »Ein sehr hohes. Sie waren überrascht und ...« er hielt inne, und sein Grinsen wurde breiter, »sie legten viel mehr Respekt an den Tag.«

»Nun, das wurde auch Zeit.«

Er drehte sich um und umarmte sie. Er zog sie zu sich heran, damit er ihr in die Augen blicken konnte. »Respekt muß man sich erwerben. Man bekommt ihn nicht geschenkt.«

»Aber du hast ihn dir zwanzigfach verdient, Zainal«, sagte sie, nicht bereit, sich durch seine Nähe besänftigen zu lassen, obgleich auch sie nun die Arme um ihn schlang. »Wenn ich daran denke, wieviel Glück wir hatten, daß du auch abgeworfen wurdest ...«

»Ich hatte großes Glück«, sagte er und vergrub sein Gesicht in ihrem Haar. »Sogar sehr großes Glück.«

Sie blieben für einige Zeit in dieser Umarmung stehen, genossen das Gefühl, den anderen zu spüren und in der Nähe zu wissen, bis Zane, der aus seinem Mittagsschlaf aufwachte, sie aus ihrer Versunkenheit aufschreckte.

»So, und was hat dein auf Höchstleistung stimulierter Cattenischädel ausgebrütet?« fragte Kris.

»Ich denke, wir müssen auf die Erde«, sagte er so beiläufig und selbstverständlich, daß sie beinahe ihren Sohn fallen ließ.

»Einfach so? Zur Erde? Wie? Warum? Geht das so einfach? Sind sie einverstanden?«

»Zur Zeit wäre es viel sicherer als ...« setzte er an,

nahm ihr Zane ab, um ihn auf seinem Knie reiten zu lassen, was der Junge vor Vergnügen quietschend tat, während sie den Eintopf abschmeckte.

»Hm-m.« Sie streute eine kleine Prise Salz hinein.

»Ja, denn es dürfte einige Zeit dauern, bis die Eosi feststellen, daß die Opfer nicht an ihrem Bestimmungsort eingetroffen sind. Sie werden außerdem über eine Methode nachdenken, wie sie in die Blase eindringen können. Sie mögen solche Verteidigungsanlagen überhaupt nicht.«

»Und? Welchen Nutzen hätte eine Reise zur Erde?«

»Es gibt noch andere Catteni, die von den Eosi mehr als genug haben«, sagte er und grinste sie an. »Ich bin nicht der einzige, der selbständig denkt. Der klüger ist, als die Eosi es zulassen würden. Ich weiß allein von fünf Catteni, die genauso sind wie ich. Ich muß wissen, wo sie zur Zeit sind. Und ich muß wissen, ob es mittlerweile schon mehr von unserer Sorte gibt.«

»Fünf? Gegen wie viele Eosi?«

Zainal überlegte, während er Zane an den Zehen kitzelte. Der kleine Junge kicherte, zog die Füße weg, um sie gleich wieder vorzustrecken. »Ich denke, es sind nicht mehr als einhundert.«

»Weil es nur Catteni sind, die sie aufwerten? Vermehren sie sich denn nicht?«

Zainal schüttelte den Kopf. »Nicht daß wir wüßten.«

»Wir?«

»Die anderen, die ich gerade erwähnt habe, die genauso sind und denken wie ich. Wir haben uns von Zeit zu Zeit in kleinen Gruppen getroffen, um unser Wissen auszutauschen.«

»Du meinst, du schmiedest schon seit längerer Zeit

Pläne gegen die Eosi? Was wäre denn passiert, wenn du übernommen worden wärest?«

»Dieses Risiko gehen alle Emassi ein«, meinte er achselzuckend. »Ja, ich glaube, daß wir schon immer nach einer Möglichkeit gesucht haben, die Herrschaft der Eosi abzuschütteln. Dein Volk hat wie keine andere Rasse Widerstand geleistet. Das ist gut.«

»Was hat uns das genutzt? Und dann sieh dir an, was mit Menschen geschieht, die sich wehren ...« Kris' Geste schloß den gesamten Planeten ein. »Wie viele Welten beherrschen die Eosi? Ich meine, da sind die Deski, die Rugarianer, die Turs, die Morphins und die Ilginish ... Wie viele andere sonst noch?«

»Die Eosi kontrollieren fünfzehn Sternensysteme, in denen mindestens eine intelligente Rasse existiert. Weitere zehn, wo sie sich mit Erzen und anderen Rohstoffen versorgen.«

Kris lachte.

»Und du glaubst ernsthaft, daß eine Rebellion das alles erschüttern kann?«

»Wenn wir uns die Hilfe der Farmer sichern ...«

»Mein lieber Freund, du bist ein hoffnungsloser Optimist.«

»Es wäre ein Anfang. Es ist mehr, als wir jemals hatten.«

»Mit zwei Raumschiffen und einem Scout-Schiff sollen wir uns mit einem solchen Gegner anlegen?«

»Es ist ein Anfang.«

»Das muß ich dir lassen, Zainal, Gott hat etwas für Kämpfer übrig«, sagte Kris und schüttelte den Kopf, als sie sich die unmögliche Aufgabe vorstellte, die er lösen wollte. Und dennoch ... »Hast du darüber schon mit jemand anderem gesprochen?«

»Mit Chuck. Und ich werde mit den anderen reden.

Wir müssen so bald wie möglich zur Erde. Die Erde muß wissen, daß es Botany gibt.«

»Laß uns aber vorher noch essen, okay?« sagte Kris so freundlich sie konnte und versuchte zu verarbeiten, was sie gerade gehört hatte.

Dorothy Dwardies Team verbrachte die erste Woche damit, den Zustand der Hirngeleerten festzustellen, und teilte sie entsprechend der festgestellten Schädigungen in mehrere Gruppen auf. Wie sie schon während der ersten Diskussion mit ihren Helfern hervorgehoben hatte, gab es zwei Heilungsstufen. Die eine betraf die physischen Schädigungen des Gewebes und/oder die Funktionsstörungen des Gehirns, während die andere auf die psychischen Traumata nach der Attacke auf Psyche und Persönlichkeit abzielte. Sie erwartete, daß einige Traumata zeitlich begrenzt waren.

»In solchen Fällen ist der Geist in eine Art Kälteschlaf abgetaucht«, erklärte sie. »Wenn er wieder auftaut, dürfte er ohne weitere Hilfe seine normale Funktion wieder aufnehmen. Da die meisten der Opfer ausgebildete und erfahrene Wissenschaftler waren, ist es durchaus möglich, daß viele einfach die alten neuralen Wege wiederherstellen. Es kann zu gewissen Gedächtnisverlusten kommen – vielleicht sogar zu recht umfangreichen. Aber auch das Verlorengegangene könnte nach einiger Zeit wieder vorhanden sein.«

»Im Augenblick brauchen sie Zuspruch, Interaktion, Musik, Gerüche, Güte, Ermutigung und leichte Übungen. Möglichst viel Routine. Reden Sie mit ihnen über alles und jedes. Helfen Sie ihnen, sich wieder neu aufzubauen. Wo Sie den Namen kennen, wiederholen Sie ihn so oft wie möglich. Wo wir etwas über ihre Herkunft, ihre Vergangenheit wissen, sprechen Sie möglichst oft darüber. Helfen Sie ihnen, sich aufs neue selbst kennenzulernen.«

Kris übernahm drei Frauen, alle Ende fünfzig. Zwei hatten in der wissenschaftlichen Abteilung eines Arzneiherstellers gearbeitet – Peggy Ihde und Marjorie Flax. Die dritte nannten sie Sophie, weil Sarah McDouall meinte, daß sie *aussähe* wie eine Sophie.

Kris sollte ihre Mahlzeiten beaufsichtigen. Man brauchte ihnen nur einen Löffel oder eine Gabel in die Hand zu drücken, um sie zum Essen anzuregen. Sie las ihnen aus Jane Austens *Stolz und Vorurteil* vor, ein Buch, daß sie vielleicht sogar in früheren Jahren gelesen hatten. Sie unternahm mit ihnen Spaziergänge im Zeltstangenwald oder setzte sich mit ihnen an die Bucht, wo Bänke zum Verweilen aufgestellt worden waren.

»Eine angenehme Umgebung ist nach den Ställen, in denen sie zusammengepfercht waren, ungemein wichtig«, sagte Dorothy. »Leise, freundliche Stimmen und eine behutsame Behandlung wirken sich beruhigend auf diejenigen aus, die am schlimmsten geschädigt wurden.«

Es gab einige, die sich in einem eindeutig katatonischen Zustand befanden, aber Dorothy war sich ziemlich sicher, daß auch sie sich erholen würden.

»Dieser Ort«, sagte sie und breitete die Arme aus, um den gesamten Subkontinent einzuschließen, »hat eine Atmosphäre, die die Heilung begünstigt. Hier riecht es gut, die Verpflegung ist frisch und wohlschmeckend, und die allgemeine Stimmung ...« sie lächelte, »ist gut, weil wir dafür sorgen. Schönheit und Frieden sind natürliche Streßableiter. Sie vermitteln den Leuten auf einer nonverbalen Ebene, daß sie sich nun in Sicherheit befinden.

Sehen Sie«, fuhr sie mit ihrer leisen Stimme fort, »wir haben uns zu einer mehrstufigen Behandlung dieser Streßfolgen entschlossen. Die rechte Gehirnzone – die in Bildern denkt – kann den einen Zustand nicht vom anderen unterscheiden, daher braucht sie Bilder, um den negativen Bildern des Traumas entgegenwirken zu können. Die linke Hemisphäre speichert rationale Denkprozesse in einzelnen Gedanken und Ideen. Die beiden Hemisphären interagieren, und jede Unterstützung des einen Bereichs kann dem anderen helfen. Wir brauchen nur die positiven Reize zu maximieren und dabei die eigenen Ressourcen des Gehirns einzusetzen. Viele unserer Freunde werden sich wahrscheinlich niemals daran erinnern, was mit ihnen geschehen ist. Und das wäre wirklich ein Segen.«

»Aber müssen wir ihnen nicht irgendwie erklären, wie sie überhaupt hierhergekommen sind?« fragte Sarah McDouall.

»Oh, ja«, sagte Dorothy lächelnd, »und bis dahin haben wir sicherlich eine einleuchtende Antwort für sie. Im Augenblick machen sie sozusagen Ferien von ihrem eigenen Geist.«

»Wir könnten ihnen erzählen, sie wären hier im Zauberland Oz«, meinte jemand.

»Und es sind nirgendwo rote Schuhe zu sehen«, fügte jemand anderer hinzu.

Dorothy lachte amüsiert. »Wir sind alle in Oz.«

»Die Eosi sind die bösen Hexen ...«

»Brechen wir den Vergleich an dieser Stelle lieber ab, okay?« sagte Dorothy mit einem Unterton in der

Stimme, der keinen Widerspruch duldete. Kris spürte, wie ihre Schultern sich entspannten. Sie hatte sich innerlich darauf vorbereitet, Zainal schützen zu müssen. Sie mußte wirklich damit aufhören. Er hatte sich auf Botany eine eigene Position geschaffen und war fest etabliert. Sie brauchte sich nicht mehr über unfreundliche Bemerkungen und Zeichen von Animosität aufzuregen. Sie hoffte inständig, daß es so war!

Als Zainal an diesem Abend von der Baustelle der neuen Wohneinheiten für die Opfer nach Hause kam, legte er behutsam ein Buch auf den Tisch.

»Das ist für Kindergartenkinder«, sagte Kris überrascht, als sie den Titel las.

»Für Kindergartenkinder? Das ist zum Lesenlernen«, sagte Zainal und strich mit einem großen und sehr schmutzigen Daumen darüber.

»Bitte wasch dich, das Essen ist gleich fertig«, sagte sie, denn sie konnte Zainal unmöglich bitten, das Buch – wahrscheinlich das einzige seiner Art auf dem Planeten – nicht mit seinen schmutzigen Fingern anzufassen.

»Ich lerne lesen«, sagte er und klopfte fast ärgerlich auf das Buch.

»Du?«

Zainal machte ein finsteres Gesicht, und Zane, der in dem Hochstuhl saß, den sein Adoptivvater angefertigt hatte, begann ängstlich zu weinen. Das Kind spürte sehr schnell, wenn Streit in der Luft lag. Sofort lächelte Zainal wieder und lenkte Zane ab, indem er ihn an den Fußsohlen kitzelte, bis er vor Lachen kreischte.

»Ich muß lesen können, um Computer zu benutzen.«

Kris blinzelte überrascht, da sie für einen Moment vergessen hatte, daß Botany mittlerweile über funktionsfähige Computer verfügte ... die auch vielfältig zu aller Nutzen eingesetzt wurden. Es hatte lange Diskussionen gegeben, in denen Adapter entwickelt wurden, dank derer die Einheiten mit Sonnenenergie betrieben werden konnten.

»Oh, ja, natürlich willst du das«, sagte Kris. »Für jemanden mit deiner Intelligenz ein Kinderspiel.«

Zainal warf einen mürrischen Blick auf das kleine Buch. »Aber nicht, wenn all diese ... Schnörkel ... keinen Sinn ergeben.«

»Gibt es viele ...«, und Kris suchte hastig nach einer weniger herablassenden Bezeichnung als ›Kinderbücher‹, »Lehrbücher bei dem, was wir mitgebracht haben?« Sie hatte noch nicht die Gelegenheit gehabt, sich in diesem Teil ihrer hastig zusammengestellten ›Bibliothek‹ umzusehen.

»Es wurde mir gegeben. Ich wasche mir mal die Hände ... und Zanes Füße ...« fügte er hinzu und deutete auf die schwarzen Ölflecken, die jetzt die nackten Füßchen des Jungen zierten.

Sobald Zane im Bett lag, nahm Kris nicht das Buch, sondern einen Schreibblock und einen Bleistift und schrieb das Alphabet in Groß- und Kleinbuchstaben, so groß es ging, quer auf das oberste Blatt.

»Aber ich wollte in dem Buch lesen ...« sagte er und zog es zu sich heran.

»Zuerst mußt du die ... Schnörkel kennen, aus denen sich die Worte zusammensetzen, die wir benutzen. Schade, daß wir kein Buch über Englisch als Fremdsprache haben ... obgleich dir das, wenn man es recht bedenkt, auch keine große Hilfe wäre. Also, das ist der erste Buchstabe des Alphabets ... aah. Es handelt sich um einen Vokal, einen Selbstlaut. Beh ist der zweite Buchstabe und ein Konsonant, ein sogenannter Mitlaut.«

Zainal hatte den Begriff ›Vokal‹ wiederholt und sprach nun ›Konsonant‹ aus. Er hatte keine Schwierigkeiten damit, die Folge des Alphabets auswendig zu lernen oder sich die Namen der Buchstaben zu merken, die Kris ihm nannte. Seine Konzentrationsfähigkeit war unglaublich. Er ließ sie weitermachen, bis ihr die Buchstaben vor den Augen verschwammen. Er hatte am Ende das Buch neunmal durchgelesen und kannte es auswendig.

»Was ist denn nun mit den Computern?« fragte er.

»Damit beschäftigen wir uns morgen«, meinte sie und stand schwerfällig von ihrem Stuhl auf. Sie gähnte.

»Ich arbeite noch ein wenig weiter«, sagte er und sah sie erwartungsvoll an.

»Okay, dann such dir jeweils Wörter, die gleich klingen, und überlege, wie viele du findest wie Sonne, Tonne, Wonne ... und so weiter.«

»Ja, gerne«, sagte er erfreut über diese neue Übung.

Sie ging zu Bett. Als Zainal sie, weil er Hunger hatte, im Morgengrauen weckte, hatte er die Seiten mit gleichklingenden Wörtern gefüllt, die zwar nicht alle richtig geschrieben waren, aber sie mußte ihm schon allein wegen seines Fleißes ein ›sehr gut‹ geben. Die Rechtschreibung würde später kommen. Was sie am meisten erstaunte, war die Bedienungsanleitung für Computer, die sie unter einem Stapel sorgfältig handgeschriebener Blätter fand. Er hatte alle Abkürzungen – ctrl, del, esc, Pgdn, Pgup, num, menu – unterstrichen.

»Er kann das Handbuch unmöglich gelesen haben«, murmelte sie und unterdrückte ein Lachen. »Wahrscheinlich ist er einer der wenigen, die es getan haben, ehe sie einen Computer einschalten.«

Sie und Zane schliefen wieder ein, und als der Tag anbrach, war Zainal längst zur Arbeit gegangen. Er hatte bis auf das Lehrbuch alles in einem kleinen akkuraten Stapel auf dem Kaminsims zurückgelassen. Bestimmt war er in die Bibliothek zurückgekehrt, um sich etwas Schwierigeres zu holen. Das Computer-Handbuch lag noch dort, aber die hatten sie in großer Zahl in den Kisten gefunden, die sie vom Markt auf Barevi zurückgebracht hatten.

Warum war es ihm plötzlich so wichtig, sich mit Computern auszukennen? Ach ja. Es hatte wahrscheinlich etwas mit Zainals Plan zu tun. Oder mit mehreren Plänen, da er nicht nur die Erde befreien und die Eosi vernichten, sondern auch Catten von der Sklaverei befreien wollte. Hatte er außerdem vor, den Hirn-Stimulator bei jedem einzusetzen? Und damit die Rasse der Catteni gleichwertig zu machen? Autsch, irgendwie kam ihr der Gedanke, daß das vielleicht keine so gute Idee wäre. Zainal war ein höchst ungewöhnlicher Catteni.

Trotzdem gab es vielleicht ähnlich denkende Emassi unter denen, die er als Helfer holen wollte. Aber die Drassi ... und die Rassi waren anders, wobei es ihr gar nicht gefiel, daß sie in dieser Form verallgemeinerte, zumal es doch sehr großgewachsene Zeitgenossen mit einer Menge Muskeln und wenig Vernunft waren.

Sie hatte an diesem Tag Frühschicht, daher machten sie und Zane sich schon zeitig auf den Weg zur Kindertagesstätte. Er krabbelte überall herum, versuchte sogar zu klettern, und verbrachte mehr Zeit damit hinzufallen, als sich an ihrer Hand festzuhalten. Aber sie ließ ihn hinfallen und wieder aufstehen. Er tat sich nur sehr selten weh. Auf Anraten anderer Mütter hatte sie ihm zusätzliche Kniepolster auf seine Hosen genäht, die ihn vor schmerzhaften Prellungen und sogar Wunden schützen sollten. Eigentlich, dachte Kris, war Botanys neue Generation ziemlich robust, und nur wenige Mütter hatten Zeit und Gelegenheit, ihre Kinder zu verhätscheln. Eine Ausnahme bildeten Jane Turbin und Anna Bollinger. Ihre Kinder tobten so wild und ausgelassen in der Kindertagesstätte herum, daß sie auf übertriebene mütterliche Fürsorge sicherlich allergisch reagiert hätten.

Daß es kein Fernsehen, kein Coca-Cola, keine Schokolade gab – obgleich Kris' Hunger nach Schokolade manchmal beinahe überwältigend war –, durfte als Vorteil betrachtet werden. Sie vermißte Koffein, und während Experimente mit Bier und anderen alkoholischen Getränken erfolgreich verlaufen waren, gab es noch immer keinen Tabakersatz. Sobald die Kinder dazu fähig waren, wurden ihnen kleine Arbeiten und Aufgaben übertragen, damit sie genauso selbständig wurden, wie ihre Eltern es hatten sein müssen.

Raisha Simonova beaufsichtigte an diesem Morgen die Kinder in der Tagesstätte. Zane krabbelte normalerweise sofort zu dem Raum, in dem sich die Kinder seiner Altersgruppe versammelten. Eines der Deskikinder, Fil, war gerade eingetroffen – das Geschlecht entwickelte sich bei den Deskis erst später –, daher wartete Zane auf Fil. Rassismus auf Botany gab es nicht, zumindest keinen nennenswerten – ein weiteres Plus für die Kolonie auf dieser Welt. Die wenigen, die Probleme hatten, sich mit den Rugarianern und den Deski zu vertragen, verloren nach und nach das Gefühl humaner Überlegenheit. Es wäre auch schwierig aufrechtzuerhalten, wenn ein Deski mühelos an senkrechten Wänden hochstieg oder ein Rugarianer mit Lasten herumhantierte, für deren Bewältigung mindestens zwei oder drei Menschen nötig waren. Beide Rassen beherrschten das Englische zunehmend besser, allerdings hatten sie Schwierigkeiten mit den Vergangenheitsformen der Verben. Wer hatte die nicht? Und etwa zwei Dutzend Menschen versuchten, deren Sprachen zu erlernen.

Es wäre beinahe eine Schande, dachte Kris, als sie an der Bibliothek haltmachte, um ihr tägliches Lesematerial zu holen, wenn Botany geöffnet werden müßte. Damit könnte die Harmonie, die mühsam erreicht worden war, gleich wieder gestört werden. Und doch ...

Jede ihrer drei Schutzbefohlenen saß auf ihrem Stuhl neben dem Bett und wartete.

»Sie wissen auf die Minute genau, wann man dran ist, Kris«, sagte Mavis Belton.

»Das ist gut, nicht wahr?«

»Sie ahnen gar nicht, wie gut«, sagte Mavis mit einem tiefen Seufzer und drehte den Kopf in Richtung einer der ›schwierigen Abteilungen‹, wo die am schlimmsten geschädigten Opfer untergebracht waren.

»Guten Morgen, Marjorie«, begann Kris und setzte ihre Morgenroutine in Gang, indem sie nacheinander einen Arm jeder der drei Frauen berührte. »Guten Morgen, Peggy. Guten Morgen, Sophie.«

»Warum nennen Sie mich Sophie? Das ist mein zweiter Name. Mein Vorname lautet Norma«, sagte die Frau mit einem schmollenden Unterton. »Norma Sophie Barrow. Miss Barrow.«

»Ich entschuldige mich, Miss Barrow«, erklärte Kris ernsthaft und streckte der Frau zur Begrüßung die Hand entgegen. »Ich bin Kris Bjornsen, die Hilfsschwester.«

»Natürlich sind Sie das. Wir haben Sie schon erwartet«, sagte Miss Barrow spitz. »Haben wir das nicht?«

Marjorie und Peggy nickten.

»In diesem Fall können wir gemeinsam zum Speisesaal gehen«, sagte Kris.

Hinter der wiederhergestellten Miss Barrow brach Mavis Belton beinahe in Freudentränen über diesen Durchbruch aus. Aber es war eine getrübte Freude. Miss Barrow war entsetzt, sich in einer so primitiven Umgebung wiederzufinden.

»Rustikal, würde ich meinen«, bemerkte sie, als sie den aus Holzbalken erbauten Hauptsaal betraten. »Ich würde in einer solchen Umgebung niemals meine Ferien verbringen.«

Sie wünschte Kaffee und weigerte sich, den Kräutertee zu trinken, der alles war, was an Getränken serviert wurde. Sie wünschte Weißbrottoast und Butter und lehnte die Beerenmarmelade ab, die als Brotaufstrich diente. Ebensowenig wollte sie heiße Haferflockensuppe essen. Das wäre etwas für Kinder oder alte Leute. Sie verlangte ein Ei, gekocht, drei Minuten.

Obgleich Marjorie und Peggy ausreichend hungrig waren, um zu essen, was Kris ihnen anbot, begannen sie zu schwanken, als Miss Barrows Klagen ihre eigene Erinnerung an Frühstücke und an ein Zuhause und an das weckte, woran sie einmal gewöhnt gewesen waren.

Gerade als Kris spürte, sie würde diese Art von Rebellion nicht ertragen können, tauchte Dorothy Dwardie neben Miss Barrow auf. »Ich freue mich ja so sehr, daß Sie heute so gut aussehen, Miss Barrow.«

Miss Barrow wich vor Dorothy zurück, wobei ein Anflug von Angst ihre Miene verzerrte.

»Sie erinnern sich doch an mich – Dr. Dwardie?«

»Doktor?« Miss Barrow war nur ein wenig beruhigt, obgleich Kris den freundlichen, aber nicht zu vertraulichen Tonfall bewunderte, den Dorothy anschlug.

»Ja, Dr. Dwardie, ich bin für Ihren Fall zuständig.«

»Geht es mir nicht gut?« Miss Barrow legte eine Hand auf ihre Brust. Während ihr Gesichtsausdruck tiefste Verwirrung widerspiegelte, nickte Dorothy und lächelte noch immer beruhigend. »Ja, aber es ist nichts Lebensbedrohendes, wie ich Ihnen versichern kann. Die Tests sind allesamt negativ verlaufen. Sie können sich zwar nicht mehr genau an Dinge aus Ihrer Vergangenheit erinnern, aber wir sind überzeugt, daß Sie sich wieder vollständig erholen werden.«

»Ich habe mich sehr angestrengt«, sagte Miss Barrow und fuhr mit einem Finger nervös über die Tischkante. »Der Zusammenschluß, wissen Sie.«

»Ja, genau, der Zusammenschluß. Eines der Elemente ihres Heilungsprozesses war die Umstellung auf eine sehr milde, reizlose Diät. Damit sollten die Giftstoffe der Erschöpfung aus ihrem Organismus entfernt werden. Wenn Sie sich Marjorie und Peggy ansehen, dann erkennen Sie, wie gesund und munter die beiden erscheinen. Und Ihr Zustand hat sich auch erheblich gebessert.«

»Gifte ... ja, da waren Gifte«, sagte Miss Barrow. »Einige ...« Sie schloß den Mund und lächelte matt. »Ich darf nicht über meine Arbeit reden, wie Sie sicher verstehen werden.«

»Ja, ja, Miss Barrow, wir verstehen. Miss Bjornsen ist sicherlich ein Ausbund an Diskretion, aber da ich die oberste Sicherheitsüberprüfung absolviert habe, sollten wir uns mal unter vier Augen in meinem Büro unterhalten, damit ich dort Ihr Gewissen erleichtern kann und wir über eine neue Therapie nachdenken können, damit Ihre Wiederherstellung beschleunigt wird.«

Sanft zog Dorothy Miss Barrow auf die Füße hoch und führte sie aus dem Speisesaal zu ihrem angeblichen Büro.

»Sie kommt wieder auf die Beine, nicht wahr?« fragte Marjorie mit angstgeweiteten Augen. Es war das erste Mal, daß Marjorie mehr als nur »ja« oder »nein« oder »vielleicht« gesagt hatte. Peggy schaute von einem zum anderen und dann wieder zu Kris.

»Sie erholt sich ganz bestimmt«, sagte Kris überzeugt und nickte dann aufmunternd. »Aber ich denke, wir sollten erst einmal das Frühstück beenden. Dann suchen wir uns ein ruhiges Plätzchen, wo ich weiter aus *Stolz und Vorurteil* vorlesen kann.«

»Das habe ich mal gelesen«, sagte Peggy mit vager Stimme und runzelte leicht die Stirn.

»Ich mag es, wenn Kris vorliest«, sagte Marjorie.

»Vielen Dank, Marjorie.«

»Sie brauchen gar nicht so formell zu sein, Kris. Ich habe nichts dagegen, wenn Sie mich Marge nennen, wie jeder andere es auch tut.« Sie verzog das Gesicht, starrte vor sich auf den Tisch und ließ dann wieder verstohlene Blicke durch den Raum huschen. Peggy hielt ihren Becher hoch und bat um mehr Tee, den Kris sofort einschenkte.

»Einige Ihrer Freundinnen sind nicht hier bei Ihnen, Marge«, sagte Kris und dachte, sie sollte sich lieber eine Erklärung einfallen lassen, ehe das zurückkehrende Bewußtsein Marjorie Kummer bereitete.

»Sie sind es nicht?«

»Noch ein wenig Tee?« bot Kris an. Marge schüttelte den Kopf.

»Er schmeckt gar nicht so wie Tee.«

»Das alles gehört zu der Diät, um das Gift abzubauen, das Sie aufgenommen haben«, sagte Kris.

»Aber Sie trinken das Zeug doch auch. Haben Sie auch eine Dosis abbekommen?«

»Nein«, erwiderte Kris, »aber wir Helfer dachten uns, es wäre nicht fair, wenn wir etwas trinken, das Ihnen verboten ist.«

»Oh!« Marjorie akzeptierte diese Erklärung.

Kris versuchte nicht darüber nachzudenken, was sonst noch an diesem Tag passieren würde, wer alles einen Durchbruch erleben würde, aber der Rest ihrer Acht-Stunden-Schicht verlief ohne weitere Zwischenfälle, abgesehen von der Tatsache, daß Marge sich über die wunderschöne Umgebung und die herrliche frische Luft äußerte. Peggy sagte gar nichts mehr und schien tief in Gedanken versunken zu sein. Kris hoffte, daß sie tatsächlich solche hatte. Sie brachte ihre beiden Schutzbefohlenen zum Mittagsschlaf zurück, und diesmal legten sie sich sofort zu Bett und waren schon nach Sekunden eingeschlafen.

Mavis winkte sie zu sich ins Schwesternbüro. »Diese Miss Barrows ist eine Nervensäge«, meinte sie in ziemlich unprofessioneller Ausdrucksweise. »Und genau das hat sie hierhergebracht.«

»Wie das?«

»Sie leitete ein großes Labor bei Erkind Pharmaceuticals, und dort mußte alles akkurat an seinem Platz liegen und sofort erledigt werden.«

»Ach so! Und plötzlich gerieten ihre Neuronen durcheinander, und hier war nichts so, wie es sein sollte in ihrem kleinen Geist?«

»Genau.«

»Begreift sie denn, wo sie sich im Augenblick befindet?«

Mavis legte den Kopf schief.

»Sie kämpft dagegen an, aber mit jedem Widerspruch, jeder Meinungsverschiedenheit erinnert sie sich an mehr. Bei ihr dauert es nicht mehr lange, bis sie wieder normal ist.«

Kris verzog das Gesicht. »Wenn Genauigkeit und Ordnung ihre Art von Normalität sind, dann kann sie einem wirklich auf die Nerven gehen.«

Diesmal schüttelte Mavis den Kopf. »Nein, wir lassen sie unser Labor leiten, wenn sie völlig wiederhergestellt ist. Alle werden uns darum beneiden ...« Dann kicherte sie. »Wir können uns keine Bessere wünschen.«

Kris dachte an Leon Dane, an Thor Mayocks selbstgebrannten Schnaps und an die lässige, lockere, aber auch effiziente Art und Weise, in der das Krankenhaus bisher betrieben worden war, und wunderte sich.

»Sie werden schon sehen«, sagte Mavis. »Wie geht es den beiden anderen?«

»Marge ... sie möchte ausdrücklich so genannt werden ... redet ein wenig, und Peggy hat auch einen

Satz gesagt, aber darüber hat sie offenbar den ganzen Tag angestrengt nachdenken müssen.«

»Gut.« Mavis machte sich einige Notizen auf einem Schreibblock. »Mal sehen, was wir aus Ihren ersten Erfolgen machen können. Haben Sie morgen die Mittelschicht?«

Kris nickte. Eine andere Gruppe kam gerade in den Schlafsaal zurück. Mavis entfernte sich, um den Pflegerinnen der Gruppe behilflich zu sein.

Während sie unterwegs war, um Zane aus der Tagesstätte abzuholen, fragte sich Kris, wie die adrette Miss Barrow wohl auf die Deski und die Rugarianer reagieren würde, mit denen die Menschen sich den Planeten teilten. Und was sie wohl zu Zainal sagen würde, wenn sie ihm begegnete. Sobald die Opfer wieder zu Menschen geworden waren, müßten sie sich an den Catteni gewöhnen, da er derjenige war, der ihre Rettung organisiert hatte.

Zane machte gerade ein Schläfchen, und Kris betrachtete all die kleinen zugedeckten Körper auf der Matte, die für diesen Zweck geflochten worden war, nicht ohne Neid.

»Legen Sie sich auch schlafen«, murmelte Sheila, die die Aufsicht führte. Sie arbeitete gleichzeitig an einer detaillierten Landkarte von der Ostküste des Kontinents, wobei sie sich auf Messungen stützte, mit denen Kris' Erkundungstrupp zurückgekehrt war. »Ich werde mich niemals an die langen Tage hier gewöhnen. Geschweige denn an die langen Nächte. Ich wecke Sie, wenn Zane sich rührt. Ich sage immer, Hunde und Kinder soll mal schlafen lassen, so lange sie wollen.«

Es gab einige Etagenbetten für den Nachtdienst. Zwei untere waren bereits besetzt, daher kletterte Kris so leise wie möglich in ein Hochbett und schlief gleich darauf ein.

Ein schmatzender feuchter Kuß weckte sie. Es war eindeutig ihr geliebter Sohn, der es geschafft hatte, die Leiter am Kopfende ihres Bettes hinaufzuklettern.

»Hey, Kleiner, du weißt doch eigentlich noch gar nicht, wie man auf Leitern herumsteigt«, sagte sie und schwankte zwischen Angst wegen des Risikos, das er eingegangen war, und Stolz darauf, daß er es tatsächlich versucht hatte.

Er kicherte vor Freude über seine Leistung, während Kris eigentlich nur froh war, daß er dieses kleine Abenteuer unversehrt überstanden hatte. Wenn sie das nächste Mal hier schlafen sollte, würde sie die Leiter vorher wegnehmen.

Kris schob die Decke zurück und sprang aus dem Bett auf den Fußboden hinunter. Sie streckte ihm die Arme entgegen. Er warf sich ihr, ohne zu zögern, entgegen und kreischte vor Freude, als sie ihn auffing. Schnell verließ sie den Schlafraum, in dem immer noch zwei Betten belegt waren.

Zane war gut aufgelegt, und da es Essenszeit war, spazierten sie Hand in Hand in den Speisesaal, in dem aufgeregtes Gedränge herrschte. An so langen Tagen wurden gewöhnlich vier bis fünf Mahlzeiten angeboten: ein kräftiges Frühstück, ein Vormittags-Sandwich, ein dreigängiges Mittagessen, ein Stück Obst und ein Sandwich am Nachmittag und schließlich ein ausgiebiges Abendessen. Ein Imbiss zur Nachtzeit bestand aus Brot- und Kuchenresten und allem, was verzehrt werden mußte, weil es sich nicht länger aufbewahren ließ. Kräutertee und – da der Frühling allmählich in den Sommer überging – Fruchtsäfte wurden zu jeder Tageszeit angeboten. Der Küchendienst arbeitete in mehreren kurzen Schichten, hatte aber trotzdem einen Zwölf-Stunden-Tag. Die Essenszubereitung war schon mal eine Strafe für kleinere Verstöße gegen die Gesetze der Kolonie, trotzdem nahm jeder regelmäßig diese Aufgaben wahr. Der große Unterschied hier auf New Land war der, daß die Nahrungsmittel nicht mehr gepflückt, ausgegraben, geangelt oder ausgenommen werden mußten. Das hatten andere Gruppen bereits erledigt.

An der nördlichen Wand der Halle hingen die Listen und Zeitpläne, so daß niemand sich damit entschuldigen konnte, nicht gewußt zu haben, wo er jeweils eingesetzt wurde. Besucher der Kantine schauten gewöhnlich vor oder nach ihrer Mahlzeit nach, welches ihre Pflichten am nächsten Tag oder in der nächsten Woche waren.

Zainal arbeitete laut Liste zusammen mit Ex-Admiral Ray Scott, Bull Fetterman, Bert Put, John Beverly, Chuck Mitford, Jim Rastancil, Salvinato, Gino Marrucci, Raisha Simonova, Boris Slavinkovin, Hassan Moussa, Laughrey, Ayckburn, Peter Easley und Worrell. Diese wochenlangen Treffen fanden im Hangar statt. Da die meisten dieser Männer Ex-Soldaten in ihren Herkunftsländern gewesen waren, konnte Kris sich sehr gut vorstellen, daß Zainal mit ihnen wahrscheinlich über seinen großen Plan sprach. Ob die anderen sich dafür aussprechen würden, ließ sich nicht voraussagen. Es gab immerhin bedeutsame Lücken in der Liste, wie zum Beispiel den abscheulichen Geoffrey Ainger, den englischen Marinekommandeur, Beggs, der Scotts Adjutant gewesen war, und Sev Balenquah, der beinahe ihre Tarnung während ihres Fluges nach Barevi hatte platzen lassen, als sie Vorräte wegschaffen wollten, die die Effizienz und Produktivität ihrer Kolonie in der Folge erheblich gesteigert hatten.

Und wenn all jene, die Erfahrung im Flug mit den Catteni-Schiffen hatten, darunter auch Raisha, zugegen waren, fragte sich Kris, welche Eskapade wohl gerade geplant würde. Und warum sie nicht dabei war.

Sie und Zane nahmen ihren Imbiß ein, ein getoastetes Sandwich mit einer Art Wurstfüllung, deren Zusammensetzung sie gar nicht wissen wollte, die jedoch sehr gut schmeckte. Zane leckte sich derart genußvoll die Finger ab, daß sie ihm noch ein zweites Sandwich besorgte.

»Wir müssen uns jetzt um unseren Garten kümmern, Liebling«, sagte sie, und er hüpfte ausgelassen um sie herum, als sie zu ihrer Hütte zurückkehrten. Sie holte eine Hacke und eine kleine Harke hervor, und sie beendeten ihre Arbeit in dem Augenblick, als sie sahen, wie Zainal vom Tieflader hinuntersprang, auf dem noch all die anderen saßen, die weiter oben in der Nähe des Verwaltungsbereichs wohnten.

»Daddy! Daddy!!«

Zane rannte schwankend auf seinen Vater zu, der den Jungen so hoch in die Luft schleuderte, daß Kris erschreckt die Luft anhielt, obgleich sie genau wußte, daß Zainal den Jungen niemals fallen lassen würde.

»Und was treiben du und all die hohen und mittleren und niederen militärischen Tiere ständig im Hangar?« fragte sie ihn.

»Ich habe gehört, eins deiner alten Mädchen kann sich daran erinnern, wer sie ist«, erwiderte er.

»Ich staune, wie gut das inoffizielle Informationssystem arbeitet«, sagte sie in anerkennendem Tonfall. »Aber zuerst die Antwort auf *meine* Frage, bitte.«

»Diejenigen, die sich ... nicht gerührt haben?« Zainals gelbe Augen zwinkerten. »Sie wissen sehr viel mehr, als sie angenommen haben.«

»Das ist gut. Worüber wußten sie mehr?«

»Ich glaube, Scott nennt es den ›Zustand der Nation‹.«

»Und?«

»Wir bereiten eine Expedition vor.« Er wich ihrem Blick aus und warf seinen begeistert kreischenden Sohn erneut in die Luft.

»Bald?«

»Höchstwahrscheinlich.«

»Und wer geht mit?«

»Das zu entscheiden hat so lange gedauert.« Zainal seufzte.

»Überleg doch mal, wieviel Zeit du dadurch gewinnst, mein Lieber, um zu lernen, wie man Computer bedient.«

»Das ist der einzige Grund, weshalb ich so guter Laune bin.«

Kris nahm lachend zur Kenntnis, daß Zainal ihre Sprache immer besser beherrschte.

»Können wir heute zu Hause essen? Kurt Langsa ... nun, wie immer du den Rest seines langen Namen aussprechen magst, wollte heute herkommen.«

»Bin ich nicht gut genug als Gesellschaft?«

Er hatte sich Zane mittlerweile auf die Schulter gesetzt und zog Kris an sich und küßte sie auf die Wange. »Ich habe während der Besprechung neun Bücher gelesen.« Er rümpfte die Nase. »Ich brauche jemanden, der die ganze Zeit mit dem Computer arbeitet, um mir zu zeigen, was im Handbuch steht. Es benutzt Wörter, die ich kenne, aber nicht auf die gleiche Weise.«

»Ich weiß genau, was du meinst, Zainal. Ich hole uns aus der Kantine etwas zu essen.«

»Nein. Kurt bringt es mit. Ich möchte mit dir die Wörter durchgehen, die ich gelernt habe, damit ich sie richtig ausspreche. Die Schreibweise ist unterschiedlich, aber sie klingen trotzdem ziemlich gleich.« Er seufzte verzweifelt.

»Ich denke nicht, daß es für dich ein Trost ist, Zay, aber wir Kinder mußten das alles genauso lernen wie du jetzt.«

»In Catteni ist der Klang immer gleich ...«

»Wenn du ans Gurgeln gewöhnt bist, ja, dann trifft es zu«, gab Kris ihm recht und erinnerte sich daran, wie heiser sie gewesen war, als sie mit dem Catteni-Schiff kommunizieren mußte, ehe sie es kaperten. »Ich spreche ein wenig Catteni«, fügte sie mit einem Seitenblick auf ihn hinzu. »Und noch mehr Barevi.«

Er streifte sie mit einem kurzen Blick, den sie nicht bemerkte. »Das ist bekannt«, sagte er so beiläufig wie möglich. »Aber du mußt lernen, noch mehr zu verstehen.«

»Wann fängt der Unterricht an?« fragte auch sie so beiläufig und desinteressiert wie möglich.

»Bald.«

»Gut, dann sollten wir mit der Behandlung der Antonyme fortfahren.«

Zane saß in seiner Spielecke und beschäftigte sich mit den Klötzen und den Minifahrzeugen, die Zainal für ihn gebastelt hatte. Er machte mit dem Mund das Summen der Solarzellen nach und achtete nicht auf die Erwachsenen.

Kris hatte kaum die Liste mit den Antonymen hervorgeholt, als es auch schon an der Tür klopfte und Zainal »Herein!« rief.

Kurt Langsteiner lugte vorsichtig durch den Türspalt.

Er war ein Mann mit schmalem Gesicht, auf dem ständig ein Ausdruck der Angst zu liegen schien. Er lächelte, was seinem Gesicht sofort eine weitaus angenehmere Ausstrahlung verlieh, und trat ein, wobei er die Tür behutsam mit einem Fuß zudrückte, da er keine Hand frei hatte.

»Namensschilder wären eine große Hilfe«, sagte er. »Das ist schon das dritte Haus in Ihrem Waldstück, an dem ich mein Glück versucht habe.«

»Warten Sie, ich helfe Ihnen«, sagte Kris und stand auf um ihm den Korb abzunehmen. Erfreut bedankte sie sich für die drei langen Brotlaibe, die um den Kochtopf mit dem Eintopfgericht herum arrangiert waren. »Felsläufer ...«

»Was sonst?« meinte Kurt lachend. »Aber es ist auch ein wenig Salat dabei und etwas für den kleinen Zane.« Er ging zum Tisch und stellte sechs große Flaschen Bier darauf, die am Hals zusammengebunden waren und leise klirrend gegeneinanderstießen. »Eine Erinnerung an meine Studentenzeit, als ich herausfand, daß das Studieren mit Bier viel leichter fällt.« Er schüttelte seine vom Tragen tauben Finger, um den Blutkreislauf wieder in Gang zu bringen.

Kris stellte drei Gläser auf den Tisch. Sie waren

unregelmäßig geformt und hatten Schlieren und Luftblasen von der nicht ganz fachmännischen Arbeit der Glasbläser. Einige meinten, die Gläser sähen mit ihren leicht schiefen Seitenwänden irgendwie betrunken aus. Daraus entwickelte sich ein ganz neuer Test: Wenn jemand gefragt wurde, ob sein Glas absolut gerade sei und er antwortete mit »ja«, dann war das der Beweis, daß der Betreffende genug getrunken hatte.

Sie deckten Teller und Besteck auf, während Kurt die Notizblöcke und Bücher aus den verschiedenen Taschen seiner Schiffskombination hervorholte. Sie sah noch immer ziemlich neu aus, woraus Kris schloß, daß er mit dem Sechsten Abwurf gekommen sein mußte. Diese Gruppe kannte sie nicht so gut wie die fünf anderen davor.

»Wo haben Sie die größten Schwierigkeiten, Zainal?« fragte Kurt, während er sein Material ordentlich und übersichtlich aufstapelte.

»Es sind die Worte, die gleich klingen, aber nicht die gleiche Bedeutung haben«, erklärte Zainal mit beträchtlichem Widerwillen.

»Durchaus verständlich. Die bereiten jedem Schüler Mühe.« Dann wandte er sich an Kris. »Ich habe früher in der Junior High-School Computer-Kurse abgehalten, ehe ich mitgenommen wurde, daher meinte Mitford, ich wäre für Zainal wohl der beste Lehrer, um ihm gleich beides beizubringen«, sagte Kurt, während er sein Lehrmaterial auf dem Tisch bereitlegte. »Und Zainal« – Kurt deutete mit einem Kopfnicken auf den Catteni – »hat versprochen, er würde mir dafür seine Sprache beibringen.«

Zainal grinste Kris an und deutete auf den dritten Stuhl. »Du wirst mitlernen.«

Das war wieder mal typisch Zainal, dachte sie. Er setzte einfach voraus, daß sie sich für seine Belange interessierte. »Man lernt aber viel besser mit vollem Magen ... und außerdem hat man dann die richtige Grundlage für das Bier. Zane, wasch dir bitte die Hände vor dem Essen«, sagte sie und hob mit Hilfe von Topflappen den Kochtopf auf den Tisch.

Die drei Männer wuschen sich gehorsam die Hände, während Kris den Tisch zu Ende deckte. Kurt mußte beim Kantinenpersonal sehr beliebt sein, denn ein ganzer Kuchen tauchte zwischen zwei Backblechen auf. Desgleichen eine reichliche Portion grüner Salat, allerdings hatte die Hitze, die der Topf ausstrahlte, einige Blätter vorzeitig welk werden lassen.

Sie genossen die Mahlzeit, wobei Zainal mit dem Catteni-Unterricht begann, indem er jeden Gegenstand auf dem Tisch mit dem entsprechenden Catteni-Wort benannte.

Sogar Zane versuchte die Worte zu wiederholen und kicherte sowohl über seine eigenen Fehler wie auch die seiner Mutter, aber er war vernünftig genug, den Mund zu halten, als Kurt mit der Aussprache Schwierigkeiten hatte.

Langsteiner schien jedoch mit den Kehllauten ziemlich gut zurechtzukommen. »Meine erste Sprache war Deutsch«, meinte er als Erklärung zu Kris.

»Das würde man niemals annehmen, wenn man Sie Englisch sprechen hört«, erwiderte sie.

»Meine Eltern haben beide Sprachen gesprochen«, erläuterte er.

»Wir sollten auch Zane Catteni lernen lassen«, meinte Kris zu Zainal.

»Und Rugarianisch und Deski«, sagte Zainal.

»Die natürlich auch«, versicherte sie schnell.

Kurt lachte. »Die sprechen bestimmt ein furchtbares Kauderwelsch«, sagte er.

»Es wird auf jeden Fall hilfreich sein«, meinte Zainal, »wenn wir Rugar und Desk ebenfalls befreien.«

Kurts Augen weiteten sich, und er schaute schnell zu Kris, um ihre Reaktion mitzubekommen.

»Warum soll man sich damit zufrieden geben, nur unseren Planeten zu befreien?« sagte sie achselzuckend, obgleich dies das erste Mal war, daß sie etwas über diesen Teil von Zainals Plan zu hören bekam. »Außerdem spricht Zane bereits ein wenig Rugarianisch und Deski in der Kindertagesstätte.«

»Tatsächlich?« fragte Kurt erstaunt.

»Dort geht es manchmal zu wie beim Turmbau zu Babel«, sagte Kris und tauchte den Schöpflöffel in den Eintopf, um einen Nachschlag anzubieten. Der Topf war großzügig gefüllt worden.

Jeder aß zwei Stücke von dem hervorragenden Kuchen mit Nußgeschmack, der mit einer Schicht dicken, süßen blauen Beeren belegt war, die jedoch gar nicht wie irdische Blaubeeren schmeckten und auch keine Samenkörper wie diese enthielten.

Wie meistens war Zane, nachdem er sich den Bauch vollgeschlagen hatte, müde und wollte schlafen. Kris brachte ihn zu Bett, während die beiden Männer den Tisch abräumten. Als sie zurückkam, glaubte sie, daß das belustigte Funkeln in Kurts Augen der Selbstverständlichkeit galt, mit der der Catteni den Küchendienst versehen hatte.

Das Bier war eine große Hilfe für Kris und Kurt, als sie sich mit den kehligen, harten Catteniworten abmühten, in dem sie sie zuerst in Lautschrift und dann in Cattenischrift notierten. Diese war ein Mittelding zwischen Runen, wie Kurt erklärte, und Glyphen, wie Kris meinte.

Als das Bier getrunken war, konnten die beiden auf Catteni bis dreitausend zählen, und Zainal konnte alle Wörter buchstabieren, die ihm Probleme bereitet hatten, und er verstand sämtliche Computerabkürzungen, an denen er herumgerätselt hatte. Sie vereinbarten einen Termin für die nächste Unterrichtsstunde, und dann stieg Kurt in den Rutscher und wendete, um zur Siedlung zurückzukehren.

Da die Geist-Sonde nur wenige nützliche Informationen gefunden hatte – abgesehen von Hinweisen auf ein paar zweifelhafte Geschäfte zwischen den ehemaligen Administratoren und den Vertretungen der politischen Gruppierungen des Planeten – hatte das Ix Mentat das Projekt abgebrochen. Sogar die gelegentlich aufgespürten wissenschaftlichen Theorien, die noch bewiesen werden mußten, langweilten ihn. Die meisten wurden von Eosi bereits angewendet, und das auf eine weitaus raffiniertere Art und Weise, als den Menschen jemals einfallen würde.

Unglücklicherweise hatte der Wunsch, die zu vernichten, die durch die Blase geschützt wurden, im Geist des Ix Mentats den Grad einer Obsession erreicht, so daß es an nichts anderes mehr dachte als an die Mittel, mit denen so etwas zu bewerkstelligen wäre.

Woher die Blase kam und woraus sie bestand war beinahe schon von zweitrangiger Bedeutung. Die Junioren – die in Catteni nicht so bezeichnet wurden, obgleich die Übersetzung ihrer tatsächlichen Position und Bedeutung bei den Eosi entsprach, da sie ja Befehle von den älteren Mentats entgegennahmen – hatten wiederholt versucht, das Ix Mentat mit anderen Dingen abzulenken.

Wenn das Ix Mentat durch ihre Gegenargumente nicht in einen neuerlichen Anfall gestürzt werden sollte, hatten sie keine andere Wahl, als mit der Ausführung seines jüngsten Plans fortzufahren, nämlich die größte Streitmacht zusammenzustellen, die die Eosi jemals aufgeboten hatten, die sogar noch größer sein würde als die, mit der sie einen Planeten angegriffen hatten, von dem viele Hohe Emassi sich nun wünschten, sie hätten ihn lieber in Ruhe gelassen. Aber er war ihnen als ein höchst nützlicher Ort erschienen, da seine Bevölkerungsdichte einen unerschöpflichen Nachschub an Arbeitskräften zu garantieren schien, die nötig waren, um die Rohstoffe zu gewinnen, mit denen die Catteni-Schiffe durch den Weltraum kreuzen konnten. Hinzu kam, daß die Eosi ihren Einflußbereich in diesem Teil der Galaxis so weit – und so schnell – wie möglich ausdehnen wollten.

So ergingen Befehle an die Schiffswerften und Fabriken und Planeten, die die Güter herstellten, die nötig waren, um weitere AA-Schiffe zu bauen und schwerere, leistungsstärkere Raketen zu entwickeln, mit denen man der rätselhaften Blase zu Leibe rücken wollte.

Das Ix Mentat wurde von einem seiner Kollegen, dem Le Mentat, angesprochen und taktvoll gefragt, weshalb es sich eine einzige kleine, unbedeutende Welt als Ziel ausgesucht hätte.

»Weil sie dort ist«, hatte das Ix Mentat erwidert und

dabei seine rasende Wut nur mühsam im Zaum halten können. »Weil sie uns verspottet!«

»Spott ist nicht erlaubt.« Das Le Mentat gab ihm recht, und damit war diese Diskussion beendet.

3. Kapitel

Marge wurde immer redseliger, suchte aber krampfhaft nach Sätzen oder Worten und brach oft in Tränen aus.

Dann betrachtete Peggy sie, beugte sich zu ihr vor, legte ihr eine Hand auf die Schulter und versank sofort in das, was Kris ihren ›meditativen Zustand‹ nannte.

Als Kris sich darüber mit Dorothy unterhielt, riet die Psychologin ihr, Worte vorzuschlagen und mit Bildern als Illustration oder sogar mit den Zeichnungen zu begleiten, die Peggy so gut anfertigen konnte. Marge bekam offensichtlich mit, was um sie herum geschah, und das war ein sehr gutes Zeichen.

»Miss Barrow«, sagte Dorothy und zeigte das verschmitzte Lachen, das sie um vieles jünger erscheinen ließ, »möchte die Leitung unseres Labors übernehmen. Sie ist natürlich entsetzt über die primitiven Einrichtungen und wundert sich, daß wir nicht an der einen oder anderen tödlichen Krankheit leiden. Leon, Thor und die anderen brauchen ihre Kenntnisse so dringend, daß sie bereit sind, sich mit ihrer ... Desorientierung zu arrangieren.« Dorothy seufzte. »Miss Barrow wird nicht erfreut sein, wenn sie erst einmal begreifen muß, daß sie sich auf einem fremden Planeten befindet und niemals mehr Ausrüstungsgegenstände zur Verfügung haben wird, als wir zur Zeit besitzen.«

»Darauf würde ich keine Wetten annehmen, Dorothy«, meinte Kris grinsend.

»Was wissen Sie, was ich nicht weiß?« fragte Dorothy und betrachtete Kris mit einem Ausdruck gespielten Unmuts.

»Ich bin mir nicht sicher, ob sie mir mehr erzählt haben, als Sie ebenfalls gehört haben dürften. Zum Beispiel, daß sie versuchen wollen, zur Erde zurückzukehren.«

»Sie könnten nicht eine Einkaufsliste von mir mitnehmen?« fragte die Psychologin in wehmütigem Tonfall; dann fügte sie forsch hinzu: »Ich bin optimistisch. Wir erleben täglich neue Fortschritte. Wie wir einige dieser Leute auf Botany einsetzen wollen und können, das weiß ich jedoch nicht. Ich denke an einen Astrophysiker, der zum Hubble-Team gehört hat, oder an einen Meteorologen, wo das Wetter hier doch vollständig kontrolliert wird ... Wir haben ja noch nicht einmal die geringste Ahnung, wie das geschieht?«

»Zainal meint, daß der riesige quadratische Block, den wir am Meeresufer entdeckt haben, irgend etwas damit zu tun hat. Es gibt davon noch vier weitere in einer Art regelmäßigem Muster.«

»Irgendeine Idee, wann dieser Flug zur Erde stattfinden soll?«

»Wir müssen noch einige wichtige Untersuchungen durchführen«, sagte Kris. Sie stand auf, da sie nicht noch weitere Gerüchte verbreiten wollte, auch nicht bei jemanden, der so verschwiegen war wie Dorothy, und zwar in jeder Hinsicht, nämlich professionell wie auch persönlich.

Kris fand ihren Namen auf dem Ankündigungsbrett für eine Nachmittagskonferenz mit dem Zentralrat. Sie sagte in der Kindertagesstätte Bescheid, daß sie

Zane nicht zur gewohnten Stunde abholen würde. Sarah McDouall war bereits informiert worden. Zane bemerkte seine Mutter gar nicht, da er mit Feks Kind und zwei Rugarianern, die Kris nicht kannte, in ein kompliziertes Spiel vertieft war. Rugarianische Babys wurden mit einem ebenso dichten Haarkleid wie ihre Eltern geboren, und es war für Menschen schwierig, sie voneinander zu unterscheiden, ohne die Liste der Namen durchzugehen, bis das Yaya – der rugarianische Begriff für alle Nichterwachsenen – auf den richtigen Namen reagierte. Junge Deski, Sibs genannt, waren einfacher zu identifizieren, da ihre Haut unterschiedlich gefärbt war.

Zainal und Kris trafen sich im Speisesaal, wo sie beide eine schnelle Mahlzeit einnahmen.

»Was hat das alles zu bedeuten?« wollte sie von ihm wissen.

»Pläne wurden erstellt. Jetzt Diskussion.«

Sie kannte ihn gut genug, um zu wissen, daß sie nicht mehr aus ihm würde herausholen können. Dann bemerkte sie Miss Barrow, die auf einen freien Tisch zusteuerte.

Auf ihrem Gesicht lag ein Ausdruck des Unmuts, als wollte sie sich von einer Umgebung abschotten, der sie nicht entfliehen konnte. Im Gegensatz zu allen anderen, die ihre Schiffskombinationen trugen, hatte sie sich für ein streng geschnittenes Kleid aus einem der dunkelgrünen Stoffe entschieden, die Kris von ihrem Ausflug nach Barevi mitgebracht hatten. Es war wadenlang, hatte lange Ärmel und eine Art zuknöpfbaren Stehkragen.

Zu Kris' Verblüffung neigte Miss Barrow hoheitsvoll den Kopf, als sie Kris entdeckte, verzog aber sofort mißbilligend das Gesicht, als sie gleichzeitig bemerkte, daß Kris mit einem Catteni zusammensaß. Sie wandte sich hochmütig ab.

»Die arme Frau«, sagte Kris und schüttelte den Kopf.

»Warum? Sie wurde vor den Bergwerken gerettet.«

»Eines Tages wird ihr das hoffentlich bewußt«, meinte Kris. »Die Vorstellung, daß sie dir einiges zu verdanken hat, dürfte sie umhauen.«

»Sie soll im Labor ganz gut sein, wie man sich erzählt«, sagte Zainal.

»Das ist sie wohl. Laß uns lieber gehen.«

Kris sah, wie der größte der Tieflader vor dem Speisesaal stoppte, und hörte sein Hupsignal. Die Hälfte aller Esserenden eilte daraufhin zur Tür und stieg auf die Ladefläche.

Sie wurden zum Haupthangar gebracht, wo das Scout-Schiff und die beiden Transporter im Schatten einer Arbeitsleuchte standen, die in diesem Bereich noch eingeschaltet war. Nicht zum ersten Mal fragte sich Kris, wofür die Farmer diesen weitläufigen Bereich gebraucht hatten, der so präzise aus der Bergflanke herausgeschnitten worden war.

In der Mitte des ungenutzten Raums waren Stühle und Bänke aufgestellt worden. Außerdem hatte man fünf große Schieferplatten aufgerichtet, die auf Botany als Displays dienten. Kris konnte sehen, daß auf zwei Platten ein Diagramm ihres Systems sowie der Erde zu sehen war.

Die anderen beiden Platten zeigten vermutlich die Systeme, zu denen Barevi und der Heimatplanet der Catteni gehörten. Auf der fünften Platte befanden sich verschiedene Listen und Namen.

So, dachte Kris erwartungsvoll, wir wagen uns wieder hinaus.

Auf einer Seite der Tafeln stand ein Tisch mit mehreren Stühlen. Richter Iri Bempechat saß in der Mitte und war offensichtlich der Moderator der Konferenz. Kris mochte den alten Mann wegen seines Witzes, seines Humors und seines ungeheuren juristischen Wissens. Bisher hatte noch niemand seine Entscheidungen angefochten, und sie hoffte, daß es auch in Zukunft so blieb. Rechts von ihm erkannte sie Ray Scott, und links saßen zwei Männer, die ihr vage bekannt vorkamen. Trotz zweier Wochen Therapie und intensiver Pflege sahen sie aus wie frische Opfer. Sogar diejenigen, die sich stumm gestellt hatten, zeigten die Auswirkungen ihres Eingesperrtseins in den offenen Stallungen der Eosi. Dorothy Dwardie saß hinter diesen beiden Männern. Die restlichen Ratsmitglieder von Chuck Mitford bis hin zu Leon Dane teilten sich die anderen Plätze. Raisha und Gino saßen auf der rechten Seite ganz am Ende und versuchten, gleichgültig und unbesorgt auszusehen.

Zwei Plätze waren noch nicht besetzt, und als Kris und Zainal eintraten, deutete der Richter mit einer leichten Kopfbewegung auf den Tisch und signalisierte damit, daß die Stühle für sie bestimmt waren. Kris war froh, sich dort hinsetzen zu können, denn nun konnte sie sich darüber informieren, wer sonst noch eingeladen worden war. Es waren vorwiegend Leute mit technischen Fertigkeiten, darunter auch Dick Aarens und viele von denen, die mit dem Fünften und dem Sechsten Abwurf auf den Planeten gekommen waren.

Nun, dachte sie, wir brauchen nicht mit Anna Bollinger und Janet auszukommen.

Ray stand auf, und sämtliche privaten Gespräche verstummten. »Zainal hat verschiedene Aktionspläne aufgestellt, da wir nicht wissen, ob die Farmer auf unsere letzte Nachricht antworten, oder wann. Wir können von Glück reden, daß wir die jüngsten Informationen über die Erde von denen erhalten haben, die wir aus den Sklavenställen auf Barevi gerettet haben. Zainal«

Ray setzte sich, und Zainal trat zu den Displaytafeln.

»Zuerst einmal müssen wir in Erfahrung bringen, wer oder was Botany von außerhalb der Blase beobachtet«, sagte er. »Dies ist der Punkt, wo die Eosi versucht haben, sich den Weg freizusprengen.« Er deutete auf die entsprechende Stelle. Jemand hatte dort Trümmersymbole eingezeichnet. »Sie haben dort genug zurückgelassen, so daß ich denke, daß ein Scout-Schiff sich dort einmal umsehen kann.«

»Was ist mit dem geosynchronen Satelliten?« fragte Aarens und sprang auf, um denen zuvorzukommen, die etwas höflicher waren und nur die Hände zum Zeichen gehoben hatten, daß auch sie eine Frage stellen wollten.

»Möglich daß er das Scout-Schiff zwischen den Trümmern entdeckt, aber es ist auch möglich, daß er es übersieht«, sagte Zainal, »aber wenn ein Bericht abgesetzt wird, ist Baby schon lange nicht mehr dort. Die Aufzeichnungen werden nur zeigen, was dort vorher gesichtet wurde. Solange der Film nicht an einen hochrangigen Eosi geschickt wurde, dürfte es als kleiner Defekt behandelt werden. Um die Blase zu verlassen, müssen wir Geschwindigkeit und Flugrichtung des neuen Satelliten berechnen, den die Eosi dort installiert haben. Dann können wir uns ausrechnen, wo wir die Blase unbemerkt verlassen können.«

»Ja«, sagte Aarens in zweifelndem Tonfall, »aber dieser Sat würde doch die Ionenspur des Scout-Schiffs registrieren, oder nicht?«

»Nicht wenn die Geschwindigkeit des Scouts ausreicht, um ihn hinter einen der Monde zu bringen. Die Richtung wäre dann unbekannt.«

»Und wenn ein schnelles Schiff nur darauf wartet, daß wir so etwas versuchen?«

»Es gibt immer gewisse Möglichkeiten«, meinte Zainal grinsend. »Der Scout ist viel schneller als jedes Schiff, das zur Überwachung eingesetzt wurde.

Aarens setzte sich achselzuckend.

»Das ist der erste Schritt«, sagte Zainal.

»Wenn ihr wieder nach Barevi geht, dann habe ich eine umfangreiche Einkaufsliste für euch«, meinte jemand und rief damit ein allgemeines Gekicher hervor.

»Nein, Barevi ist für uns im Augenblick ein zu heißes Pflaster«, sagte Zainal. »Wir gehen zur Erde und nehmen dazu zwei Schiffe: den Scout und die KDM, die mit einem neuen Namen versehen und derart umgebaut wird, daß sie aussieht, als wäre sie im Raum von irgend etwas getroffen worden ... einem Meteoriten, zum Beispiel.«

»Das Metall ist nur schwer zu verformen«, meinte Gino und schüttelte den Kopf. »Ihr Catteni baut gute Rümpfe.«

»Es wird getarnt«, sagte Hassan Moussa grinsend. »Darin bin ich Meister.«

»Aber zur Erde zurück?« fragte Aarens benommen.

»Dort erwarten sie uns am wenigsten.« Zainal wandte sich an eins der Opfer, das zustimmend nickte. »Ricky Farmer war leitender Fluglotse auf dem O'Hare Airport, als dort noch normaler Flugverkehr herrschte. Als alle Flugzeuge vom Himmel geholt worden waren und er als Opfer ausgewählt wurde, notierte er sich die Routen und Prozeduren der Catteni. Er weiß Codewörter – obgleich sein Catteni in etwa meinem Englisch in der Anfangszeit ähnelt« – damit handelte er sich einiges Gelächter im Publikum ein – »und mit deren Hilfe finden wir einige der Landeplätze, die jetzt von den cattenischen Transportschiffen benutzt werden. Von Jeff Fawcett weiß ich« – dabei deutete er auf das andere Opfer, »daß große Vergnügungsparks für die Mannschaften in der Nähe der Landeplätze eingerichtet wurden. Dort sollten wir leicht weitere Informationen beschaffen können.«

»Sie meinen tatsächlich, daß wir auf die Erde wollen?« fragte Lenny Doyle.

»Wir haben auch die Absicht ...« Zainal deutete ein flüchtiges Lächeln an, »auf Catten zu landen.«

Das erzeugte eine heftige Reaktion im Publikum, mehr erfreut als ängstlich, obgleich auf einigen Gesichtern ein skeptischer Ausdruck lag.

»Hey, ist das nicht ein ziemlich überflüssiges Spiel mit dem Feuer?« fragte Lenny Doyle und erhob die Stimme, um sich bei dem allgemeinen Gemurmel Gehör zu verschaffen.

»Nur Freiwillige«, sagte Zainal mit einem verschmitzten Lächeln. »Und vorwiegend deshalb, um zu lernen, was man auf Ihrem Planeten unmöglich lernen kann. Weitere Codes sind notwendig, und Catten ist er einzige Ort, wo man die findet.«

Kris wartete darauf, daß jemand die Frage stellte, die für sie nun auf der Hand lag: Würde Zainal auch mit cattenischen Dissidenten Kontakt aufnehmen? Sie hatte keine Ahnung, wie viele Leute auf Botany – außer Chuck Mitford – über diesen Aspekt des Unternehmens Bescheid wußten. Bestimmt hatte Zainal zu Ray von seiner Hoffnung gesprochen, sich auf seinem Heimatplaneten Hilfe zu holen, um die Eosi zu stürzen.

»Wir brauchen Informationen, und wir können sie auf keine andere Art und Weise beschaffen«, meinte Ray Scott. Kris seufzte erleichtert auf. Ray wußte Bescheid und war offenbar dafür. »Wir suchen auch Freiwillige, die auf der Erde bleiben und mit den Widerstandsgruppen Kontakt aufnehmen.«

»Ich kenne nicht alle«, sagte Jeff Fawcett mit immer noch heiserer Stimme nach seiner gerade überstandenen Folter. »Aber ich kenne genug, um die Botschaft zu verbreiten.«

»Jeff braucht Freiwillige, die ihn begleiten«, sagte Scott, »am besten aus dem Ersten oder Zweiten Abwurf ...«

Die Zahl von Händen, die hochschossen, erfüllte Kris mit Stolz. Die eifrigsten waren sogar aufgesprungen, um ihre Bereitschaft mit Nachdruck kundzutun: Joe Latore, die beiden Doyle-Brüder, Mack Dargle, Bart Lincoln, Matt Su und Sandy Areson waren unter denen, die sie als erste erkannte.

»Vielen Dank«, sagte Zainal.

»Sehr beruhigend«, sagte Ray und hob wie alle anderen Vertreter des Militärs, die am Tisch saßen, die Hand. »Das ist mehr, als in die Schiffe hineinpaßt.«

»Einige müssen die cattenische Sprache beherrschen«, sagte Zainal.

»Wir lernen«, rief jemand.

»Dann müssen Sie sich noch mehr anstrengen«, sagte Zainal mit einem freudlosen Lachen.

»Was ist mit den Farmern?« fragte Jay Greene, als das Gelächter über diese Bemerkung verstummt war. »Sollten wir nicht lieber auf eine Reaktion warten? Und auf ihren Rat?«

»Nein, jetzt muß gehandelt werden«, sagte Scott.

Zainal stand auf. »Die Eosi werden versuchen, die Blase zu durchbrechen. Das ist ihre Vorgehensweise. Sie ersticken jede Opposition mit ihren Waffen. Wir müssen starten, ehe sie ihre Kriegsschiffe verstärken. Und sie haben sehr viele davon.«

»Aber sie konnten nicht in die Blase eindringen – und wir wissen, daß sie es versucht haben«, sagte Jay.

»Sie werden es weiter versuchen, bis sie es geschafft haben«, sagte Zainal. »Deshalb haben sie nach neuen Informationen in den Gehirnen Ihrer Spezialisten gesucht.«

Dick Aarens meldete sich mit wütender Miene zu Wort.

»Und was geschieht mit denen, die hier zurückbleiben, wenn die Eosi in die Blase eindringen? Haben Sie dafür irgendwelche Verteidigungspläne parat – wenn Sie alle drei Schiffe mitnehmen?«

»Wir bewegen uns schnell und nicht dort, wo sie uns erwarten. Wir bringen in Erfahrung, was sie vorhaben, und wie wir ...« Zainal schaute fragend zu Kris.

»Vereiteln«, murmelte sie.

» ... ihre Pläne vereiteln.«

»Wir sind immer noch nicht mehr als Flöhe auf einem Hund«, sagte Jay, »bei all den Schiffen, die sie haben. Ich habe mit Rick Farmer gesprochen, und er meinte, sie hätten einige hundert in ihrer Marine. Wenn sie die nun alle gegen die Blase einsetzen?«

Richter Iri Bempechat hob eine Hand und erhielt

vor allen anderen das Wort, die ebenfalls Kommentare abgeben wollten.

»Zainal, so eine Flotte ist doch weit verstreut, nicht wahr?« Als Zainal nickte, fuhr der Richter fort: »Und es würde Wochen, wenn nicht gar Monate dauern, sie alle hierher zu dirigieren. Demnach haben wir ein wenig Spielraum, wenn wir schnell agieren. Admiral Scott glaubt, daß sie eine Batterie auf den Monden zu installieren versuchen, die sich außerhalb der Blase befinden. Dazu müssen sie Maschinen und Material heranschaffen – und lebenserhaltende Systeme für die unglückliche Rasse, die für ein solches Unternehmen zwangsverpflichtet wird. Ich bin der gleichen Meinung wie unsere Vertreter der Armee und der Marine« – und mit einer Hand auf der Brust bewegte er den Kopf hin und her, »daß die Farmer eine Art Wächter abgesetzt haben, der unsere Schutzblase kontrolliert. Sie haben uns während des bedauerlich kurzen Gesprächs klargemacht, daß sie die Absicht haben, uns zu beschützen. Ich glaube an ihre Aufrichtigkeit ... selbst wenn es nur das Interesse eines Wissenschaftlers ist, der Ameisen beobachtet ...«

»Moment mal, verdammt noch mal ...« Geoffrey Ainger kam auf die Füße. Kris hatte ihn nicht bemerkt, da er etwas weiter hinten saß, und freute sich gar nicht über seine Teilnahme. »Was soll uns das alles nützen? Außer daß die Kolonie dadurch in noch größere Gefahr gerät? Nur weil eine ...« Und seine Pause enthielt sein geballtes Mißtrauen und seine Antipathie gegen Zainal, »... Person einen privaten Rachefeldzug veranstalten will?«

»Die erste Pflicht eines gefangenen Soldaten ... Sir ...« Es war ein ernster Mitford, dessen Exerzierplatzstimme die Protestrufe der zornigen Zuhörer übertraf, »besteht darin, sofort zu fliehen und zu seiner Einheit zurückzukehren. Meine befindet sich auf der Erde. Und wenn Zainal sein Volk von der Herrschaft der Eosi befreit sehen möchte, dann tun wir es, denn es bedeutet, daß dann auch wir sie abschütteln. Militärisch betrachtet, hat ein kombinierter Angriff viele Vorteile.«

Diese Ansprache hat die Katze zwischen die Tauben gesetzt, dachte Kris und hätte am liebsten in den Beifall eingestimmt. Oder vielleicht die Aasfresser auf lebendes Fleisch.

Mit Hilfe Peter Easleys und Richter Bempechats stellte Ray Scott schließlich wieder so weit die Ordnung her, daß die Konferenz fortgesetzt werden konnte. Easley war an der Seite auf einen versteckten Platz gesetzt worden, wo Kris ihn nicht hatte sehen können. Nicht weit von Beggs, den sie neben dem englischen Ex-Marineoffizier entdeckte. Hatte Pete seinen Platz dort, um diese Dissidenten im Augen zu behalten? Höchstwahrscheinlich, dachte sie.

»Sie haben mir den Eindruck vermittelt, Sergeant, als hätten Sie gar nicht den Wunsch, Botany jetzt zu verlassen.« Ainger konnte jede noch so harmlose Bemerkung mit einem ätzend giftigen Unterton versehen.

»Den habe ich auch nicht, aber ich tue alles, um zu erhalten, was wir hier geschaffen haben. Damit ich mich an dem erfreuen kann, was ich – wir – uns so hart erarbeitet haben.«

Zufrieden mit dem Applaus auf seine Antwort, setzte Chuck sich wieder.

»Es gibt Risiken«, sagte Ray und ergriff erneut das Wort. »Die meisten von Ihnen können sich vorstellen, welche, aber wenn unsere Gefährten auf der Erde wüßten, daß es einen organisierten Widerstand im Weltraum gegen die Cat ... ich meine, die eosianischen Herren gibt, dann steigerte das ihren Mut und ihre Entschlossenheit, diese Risiken auf sich zu nehmen. Vor allem wenn wir ihnen außerdem beweisen können, daß wir diejenigen gerettet haben, denen die Eosi das Hirn geleert haben.«

»Von wegen enorme Risiken, Admiral...« Ainger war schon wieder aufgesprungen, »wie groß ist die Flotte? Das wäre nützlich, zu wissen, auch wenn das Heranschaffen der gesamten cattenischen Marine hierher seine Zcit dauern würde.« Er schaute Zainal fragend an.

»Einige der ältesten Schiffe sind langsam, und ihre Ausrüstung ist mangelhaft«, erwiderte Zainal. »Es gibt nur vier schwere ... Dreadnoughts, so haben Sie sie doch genannt, nicht wahr, Ray?« Als Scott nickte, fuhr er fort: »Sie sind gerade erst in Dienst gestellt worden. Das haben Admiral Scott und ich auf Barevi erfahren. Bisher haben die Werften Schiffe wie die KDL und die KDM gebaut, um die zu ersetzen, die nicht mehr einsatzfähig sind, wie zum Beispiel das erste Schiff, das wir angegriffen haben.«

»Welche Schiffstypen und Waffen haben sie, um die zu bombardieren, die auf Botany zurückbleiben?« fragte Ainger.

Junge, Junge, dachte Kris, dieser Ainger denkt aber verdammt negativ.

»Nur vier von den Dreadnoughts, aber es gibt ... Schiffe, die Satelliten, kleine Monde und große Asteroiden zerstören können. Meines Wissens, das natürlich nicht ganz auf dem neuesten Stand ist, gibt es dreißig von dieser Sorte. Es sind Angriffsschiffe, die gewöhnlich große Transporte wie den begleiten, der auf Ihrem

Planeten gelandet ist. Sie sind größer als die beiden K-Klassen-Schiffe, über die wir verfügen.«

Ray Scott beugte sich über den Tisch zu Ainger. »Zainal hat uns eine Liste der Raumschiffe gegeben, die von der Marine benutzt werden. Wir haben außerdem eine recht anständige Übersetzung der Daten aus dem Scout-Schiff erhalten, so daß wir einiges über Reichweite, Mannschaftsstärke, Feuerkraft und Manövrierbarkeit aller Typen wissen – bis auf die Dreadnoughts, die noch zu neu sind. Sie sind herzlich eingeladen, die Daten nach Bedarf zu benutzen.«

Ainger wischte die Bemerkungen des Offiziers mit einer herrischen Handbewegung beiseite. »Diejenigen, die auf Botany bleiben, werden ziemlich verletzlich sein . . .«

»Nur wenn die Blase versagt«, meinte Ray Scott in einem unwirschen Tonfall, »was unwahrscheinlich sein dürfte, wenn man an die fortgeschrittene Technologie der Farmer denkt, die die Eosi so sehr beunruhigt.« Dann löste er den Blick von Ainger. »Demnach müssen wir zuerst drei Expeditionen starten: die erste zum Rand der Blase, zweitens die Aussendung des Scouts und des Transporters zur Erde, um uns zu vergewissern« – er grinste – »welchen Verdruß wir dort stiften und wie wir den Widerstandsbewegungen helfen können, und drittens einen Abstecher nach Catten zur Beschaffung von Informationen. Ich denke, letzteres Unternehmen sollte unter Ihrer Führung stattfinden, Zainal.« Er nickte in dessen Richtung. »Sie sollten sich auch selbst die Mannschaft zusammenstellen, aber wir nehmen auch Freiwillige für die beiden anderen Expeditionen an.«

»Wer darf einen Blick aus der Blase hinaus werfen?« rief jemand.

Zainal stand auf. »Eine vollständige Mannschaft.« Dann deutete er auf einige Personen. »Gino, Raisha, Bert, Laughrey, Boris und Hassan. Nur die, die Catten beherrschen und die die richtige Körpergröße haben, begleiten mich.« Er blinzelte kurz zu Kris hinüber.

»Ich denke, wir sollten auf die Erd-Expedition so viele wie möglich mitnehmen und sie dort einschleusen«, sagte Ray und mußte die Hand heben, um seinen Satz zu beenden, als die meisten seiner Zuhörer aufsprangen und ihre Namen riefen, »um die gute Nachricht zu verbreiten.«

»Und wenn sich unter uns Verräter befinden?« fragte Dick Aarens.

Ray Scott bedachte den Mechaniker mit einem langen ungläubigen Blick. »Was meinen Sie denn, wie viele es sein könnten?«

Vereinzelt erklang unterdrücktes Kichern, und Aarens schwang herum und schaute, von wo es gekommen war. »Nun, es könnte doch sein«, murmelte er mit verhaltener Wut. »Vor allem aus dem letzten Abwurf – oder sogar unter den Opfern. Einer könnte sich aus triftigen Gründen stumm gestellt haben. Sein Hirn blieb heil, während andere geleert wurden.«

»Einen Moment mal.« Will Seissmann war aufgesprungen und drohte Aarens quer über das Publikum hinweg mit der Faust.

»Junger Mann ...« begann Miss Barrow indigniert.

Dr. Ansible war puterrot im Gesicht und konnte nur mit Mühe davon abgehalten werden, zwei Sitzreihen zu überklettern und sich auf Aarens zu stürzen.

»An Ihrer Stelle würde ich die Bemerkung zurückziehen«, sagte Pete Easley.

»Das tue ich nicht, weil es verdammt noch mal sehr

gut möglich ist«, sagte Aarens und schob das Kinn vor, als bäte er um einen Kinnhaken, den ihm viele sicherlich liebend gerne verpassen würden.

Dorothy Dwardie stand auf. »Nach meinem Dafürhalten, Mr. Aarens, besteht nur eine geringe Wahrscheinlichkeit des Verrats unter denen, die die eosianische Hirnleerung mitgemacht oder sogar vermieden haben. Unsere traumatherapeutischen Sitzungen hätten jeden Verräter sofort entlarvt.«

Was, so hoffte Kris inständig, zutraf. Aber der Verdacht war geweckt und würde bleiben, ein dunkler Zweifel im Geist eines jeden, sogar bei denen, die viel voneinander erfahren hatten, während sie auf Botany zusammenarbeiteten.

Ein anderes Mitglied des Psychologenteams, Ben Bovalan, meldete sich zu Wort. »Wir haben weder einen Lügendetektor noch eine Wahrheitsdroge, aber es gibt bestimmte Möglichkeiten, Reaktionen zu testen. Das heißt, wenn jemand meint, daß eine solche Prozedur neben unserer Traumabehandlung nötig ist.« Er bedachte Aarens mit einem unheilverkündenden Blick.

»Ich will eine sehr konstruktive Versammlung nicht mit einer häßlichen Mißstimmung beenden«, sagte Ray Scott. Er war nicht der einzige, der finster in Aarens' Richtung blickte. »Ich werde zusammenfassen, was wir«, und er deutete auf die anderen am Tisch, »geplant haben und weshalb es einigermaßen dringend ist, eine Erkundungsfahrt zu unternehmen. Wir schließen uns Zainals Rat an, daß die Erde der letzte Ort wäre, wo die Eosi uns erwarten würden«, und er lächelte, »und der beste Ort, um einen *coup d'état* in Gang zu setzen. Wenn Zainal bereit ist, sein Leben aufs Spiel zu setzen, indem er nach Catten zurückkehrt, um Informationen zu beschaffen, die er für lebenswichtig hält, um das Ziel der Befreiung von der eosianischen Vorherrschaft zu erreichen, dann wünsche ich ihm alles Glück, das er braucht, und die Unterstützung durch jeden auf diesem Planeten. Wir alle haben viele Gründe, dankbar zu sein, daß er zum Ersten Abwurf gehörte. Oder etwa nicht?«

Der spontane Applaus und die Wärme, die darin steckte, ließ Kris die Tränen in die Augen treten. Sie hätte niemals mit dieser Art von offener Dankbarkeit gerechnet ... vor allem nicht von Ray Scott, der nicht immer mit Zainal einer Meinung gewesen war. Der Applaus und das Füßestampfen dauerte so lange, daß sie ihm bedeutete, er sollte aufstehen und sich dafür bedanken. Er tat es mit seiner typischen Schüchternheit, doch sein Winken schloß das gesamte Publikum ein und wurde zu einem förmlichen Salut vor Ray Scott.

In diesem Moment bemerkte Kris das sehr zufriedene Lächeln auf Bempechats Gesicht. Chuck wirkte verdächtig gleichgültig. Eine Augenbraue zuckte, während er mit seinem Bleistift spielte und ihn zwischen den Fingern seiner rechten Hand hin und her schob. Es war ein sicheres Zeichen der inneren Teilnahme. Und plötzlich war Aarens' stichelnde Bemerkung nichts anderes als ein Versuch, seinen Schraubenschlüssel in ein Getriebe zu werfen, das ohne seine Beteiligung seine Arbeit verrichtete.

Schon am nächsten Tag starteten die vorgesehenen Piloten mit Baby, dem Scout-Schiff, um einen Blick aus der Blase hinaus zu werfen. Sie ließen das Los darüber entscheiden, wer den Start, die Landung und andere flugtechnische Aufgaben ausführte, da das Ganze gleichzeitig eine Trainingsmission sein sollte.

Die offiziellen Leiter der Mission fanden sich in Ray Scotts Büro ein und versammelten sich um die Brückenkonsole, die aus dem bruchgelandeten Transporter des Fünften Abwurfs geborgen worden war. So hatten sie die Möglichkeit, das gleiche zu sehen, was sich der Baby-Besatzung darbot. Jemand hatte daran gedacht, Lautsprecher am Hangar anzubringen, so daß diejenigen, die im Büro keinen Platz gefunden hatten, wenigstens hören konnten, was im Gange war.

»Wir sind am Zielort«, sagte Raisha, und ihre Stimme vibrierte von verhaltener Erregung. »Immer noch der gleiche Raummüll. Nichts hat sich auch nur einen Zentimeter bewegt. Gino bugsiert Baby zwischen den beiden größten Brocken durch, die das Eosi-Schiff zurückgelassen hat.« Sie lachte leise.

»Sehr gut«, meinte Ray grinsend. »Der geosynchrone Satellit bemerkt wahrscheinlich nichts davon, daß wir hinausschauen.«

»Moment mal.« Raishas Tonfall änderte sich in einer Weise, die alle gespannt aufhorchen ließ. »Wie groß sollte laut Zainal der cattenische Flottenteil sein?«

Fragend blickte Ray zu Zainal. Der Catteni beugte sich über den Lautsprecher.

»Wie viele sehen Sie?« fragte er in einem Tonfall, als spräche er übers Wetter.

»Zwei von diesen Dreadnoughts, glaube ich. Wir befinden uns noch nicht außerhalb der Blase, aber die Haut ist durchsichtig, so daß wir draußen einiges erkennen können.« Und hoffentlich können sie nicht zu uns reinschauen, dachte sie dabei und verkniff sich, diese Bemerkung laut auszusprechen.

Kris spürte, wie sich auf ihren Armen eine Gänsehaut bildete, und begann sie hektisch zu reiben.

»Ich sehe außerdem drei Formationen kleinerer Schiffe«, ergriff Hassan Moussa nun das Wort. »Fünf in jeder Gruppe neben und über den dicken Ottos, die Sie wahrscheinlich auf dem Brückenmonitor sehen können.«

»Ja, wir sehen sie. Sind das die Dreadnoughts, Zainal?« fragte Ray und winkte den Catteni zu sich an den Bildschirm.

Zainal nickte.

»Was sonst noch?«

»Reicht das denn noch nicht?« fragte Jim Rastancil scherzhaft.

Zainal zuckte die Achseln.

»Hey, wir haben noch weiteren Schrott am Himmel«, fuhr Hassan fort. »Soll ich mal den Blickwinkel vergrößern?«

»Ja, bitte«, sagte Zainal, verschränkte die Arme vor der Brust und bot so den Anblick eines nüchternen Beobachters.

»Es sind die Dreadnoughts, über die ich mir Sorgen mache«, sagte Ray und massierte sich nervös das Kinn.

»Welche anderen Schiffe sind dort, Hassan?« fragte Zainal.

»Plumpe Frachtschiffe und ein Transporter, der größer ist als die KDL oder die KDM. Alle sind unterwegs zum nächsten Mond.«

Ray nickte Zainal anerkennend zu. »Sie hatten recht mit der Mondbasis. Welche Art Luft-Boden-Raketen haben sie wohl, die stark genug sind, um die Blase zu durchschlagen?«

»Bleiben Sie, wo Sie sind, Gino«, fuhr Zainal fort.

»Ich weiß es nicht, Ray. Eosianische Waffen sind sehr stark, aber die Blase ist eine unbekannte Größe.«

»Baby ist nicht vollständig durch die Blase gedrungen«, sagte Gino. »Hassan meldet nur, was er durch die Haut erkennen kann.«

Plötzlich zuckte ein greller weißer Blitz auf, so daß alle für einen kurzen Moment geblendet waren. Es dauerte mehrere Sekunden, bis jeder wieder eine klare Sicht hatte.

»Ich glaube, sie versuchen, die Blase aufzubrechen«, sagte Hassan. Er klang höchst amüsiert.

»Was war das für ein Blitz?«

»Der kam von unseren Freunden«, erwiderte Hassan. »Wahrscheinlich haben sie jede an Bord verfügbare Waffe eingesetzt.«

»Ich würde meinen, sie haben alle Waffen gleichzeitig abgefeuert«, meinte auch Laughrey, »allerdings war die Lichtentwicklung so stark, daß ich nicht glaube, irgend jemand von uns konnte mehr als nur diesen Blitz erkennen. Baby hat uns wahrscheinlich das Schlimmste mit einer Art automatischem Schutz erspart.«

Zainal nickte.

»Schmerzen die Augen? Oder der Kopf?« fragte Leon Dane in seiner Funktion als Arzt.

»Nein. Haben Sie irgendeine Idee, was da unten passiert ist?«

»Wir haben nur den Blitz gesehen«, sagte Ray und blinzelte heftig, »aber ich sehe noch recht gut ...« Er schaute fragend in die Runde, und alle nickten bestätigend.

»Wir auch«, meldete Laughrey, »wenngleich wir einige Nachbilder hatten. Ja, und durch die Blase ist nichts bis zu uns vorgedrungen.«

»Alle Systeme funktionieren einwandfrei«, sagte Raisha, die sich wieder beruhigt hatte.

»Und wißt ihr was?« Ginos Stimme klang triumphierend. »Da draußen ist kein Schiff – bis auf das, welches zum Mond unterwegs ist –, das seine Position gewechselt hat.«

»Einige kleinere taumeln durch den Raum«, sagte Bert Put. »Es muß eine Art Rückschlag gegeben haben. Sie wurden ganz nett durchgeschüttelt.«

»Ich glaube nicht, daß sie es so bald mit einer weiteren Breitseite versuchen werden«, sagte Boris mit seiner tiefen Stimme und lachte dröhnend.

»Sie haben schon wieder jede Menge Gerät verloren«, sagte Gino. »Wahrscheinlich können sie noch nicht mal etwas von den nächsten Schiffen aufschnappen.«

»Ist es möglich, daß sie gefeuert haben, weil sie unser Baby sahen?« fragte Ray nervös.

»Nein. Wir haben sofort abgebremst, als Raisha sich meldete. Der vordere Schirm befand sich dicht an der Haut der Blase, hatte sie aber noch nicht durchstoßen«, sagte Gino.

»Man könnte sagen, daß unsere Zeitplanung perfekt war«, sagte Laughrey glucksend.

»Können Sie irgendwelche Nachrichten vom Satelliten der Eosi auffangen?« fragte Ray und erinnerte sie an den zweiten Zweck dieses Ausflugs.

»Auf dem Schirm«, sagte Boris. »Wir suchen und zeichnen auf. Er ist nicht so schnell wie das Orbitalobjekt der Farmer. Genaugenommen ist er wie eine Pferdekutsche neben einem Formel Eins-Rennwagen.«

»Tatsächlich?« fragte Jim Rastancil.

Kris nahm sich vor, Boris zu sagen, was für ein treffender Vergleich das war. Und sehr beruhigend. Sie wandte sich zu Zainal um und sah, daß er lächelte, obgleich er sicherlich keine Ahnung von Formel Eins-Rennwagen hatte. Von Pferden hatte sie ihm schon erzählt. Aber Formel Eins-Rennwagen waren bisher in ihren Unterhaltungen noch nicht zur Sprache gekommen.

Nun nickte Zainal. »Sobald wir wissen, daß es um Richtung und Timing geht, müssen der Scout und die KDM verschwinden. Die Eosi werden einige Zeit brauchen, um die Kommunikation von Schiff zu Schiff wiederherzustellen, und dann haben sie erst einmal genug damit zu tun, sich mit der Wirkungslosigkeit ihrer Waffen abzufinden. Sie werden so wütend sein, daß sie sicherlich tagelang herumdiskutieren, ehe sie zu einer Entscheidung gelangen, was als nächstes geschehen soll.«

»Was ist mit der Mondbasis?« fragte Ray.

Zainal zuckte die Achseln. »Ehe die fertiggestellt ist, dürfte es noch einige Wochen, wenn nicht gar Monate dauern. Sie wissen vielleicht noch nicht einmal, daß wir rauskommen, wenn wir es wollen.«

»Aber wir sind auf Barevi gelandet und haben ein Schiff gestohlen«, erinnerte Ray.

»Sie haben keine Ahnung, daß diese Schiffe jetzt innerhalb der Blase sind.«

»Wie dumm sind diese Eosi eigentlich?« fragte Bull Fetterman und hob überrascht die Augenbrauen.

»Sie wären überrascht«, sagte Zainal.

»Wie lange dauert es denn, um den Scout und die KDM mit Besatzung und Proviant auszurüsten?« meldete John Beverly sich zum ersten Mal zu Wort.

»Wie lange dauert dieser Trip zur Erde?« erkundigte Chuck sich bei Zainal.

»Bei Höchstgeschwindigkeit zehn Tage«, sagte Zainal.

»Ich hatte keine Ahnung, daß wir so nahe dran sind«, meinte Beverly.

»Von hier aus schon. Von Barevi ist es weiter.«

»Ich würde meinen, mit Proviant und Wasser und einem schnellen General-Check können wir es in drei Tagen schaffen«, sagte Chuck.

»Versuchen Sie es in anderthalb Tagen«, sagte Zainal. »Je eher wir wegkommen, desto besser ist es.«

»Okay, dann nichts wie ran an den Speck«, sagte Chuck und klatschte als Zeichen zum Aufbruch in die Hände. An der Tür von Rays Büro blieb er stehen und wandte sich um. »Wer nimmt alles teil?«

Ray Scott schob gerade einen Schnellhefter in die Mitte des Tisches. »Ich sag's Ihnen nach dem Abendessen. Aber zunächst brauche ich die provisorische Liste, die wir aufgestellt haben.«

Das Abendessen war eher ein Fest als eine normale Mahlzeit, und es gab laute Rufe nach den Köchen, daß sie herauskommen und die Ovationen für ihre Leistungen entgegennehmen sollten.

Dowdall kletterte auf seinen Tisch und bat um Freiwillige, die genügend Felsläufer schießen und Fisch fangen sollten, um die Schiffe mit ›genießbarem‹ Proviant zu versorgen und nicht mit Catteni-Rationen. »Dorothy hat mich gewarnt, daß auf der Erde alles mögliche knapp geworden ist. Die Catteni holen sich fast alles, was dort hergestellt wird«, schloß er mit ernster Miene.

»Hey, Dow, wir haben immer noch kistenweise von diesen Catteni-Proviantriegeln«, sagte Joe Latore. »Sie schmecken nicht besonders, es sei denn man hat großen Hunger.«

»Es gibt eine Menge hungrige Menschen«, sagte Dr. Ansible mit trauriger, aber lauter Stimme, so daß viele ihn hören konnten.

Sandy Areson sprang nun auf einen Tisch. »Wir haben eine ganze Menge Dinge, die wir mitschicken können. Botany Carepakete. Meldet sich jemand freiwillig?«

»Wir können alle Kinder heute im Center schlafen lassen«, rief Patti Sue Greene. »Das gefällt ihnen, und ich melde mich freiwillig ...«

»Wir werden mehr brauchen als nur eine Person«, sagte Mavis Belton.

»Ich werde Patti Sue helfen«, sagte Anna Bollinger. Sie gab Janet Turpin, die neben ihr saß, einen Rippenstoß, und Janet nickte schnell, wenn auch ohne große Begeisterung.

Zane! Kris preßte eine Hand auf den Mund. Wenn sie nun nicht mehr von Catten zurückkehren würde? Wenn sie Zane niemals wiedersähe ... Dann spürte sie eine Hand auf ihrer Schulter, und sie schaute hoch in Pete Easleys Augen. Er nickte und lächelte aufmunternd. Kris unterdrückte ein Schluchzen und tätschelte seine Hand. Nein, es würde Zane gutgehen.

Sie würde Zainal nach Catten begleiten. Noch hatte er keinen Zeitpunkt für den Start festgelegt. Er müßte noch entsprechende Korrekturen am Anstrich der KDM vornehmen und den Erkennungsstrahl manipulieren, daß er einen Teil des bekannten Signalmusters sende, ehe er versagte. Das wäre außerdem ein Beweis für die Schäden, die das Schiff abbekommen hatte. Uniformen mußten geschneidert werden, sie müßten sich die Haare grau färben und die gelben Kontaktlinsen einsetzen, damit sie noch cattenischer aussahen als während der ersten Expedition nach Barevi. Sandy Areson hatte Wangenpolster für Zainal und mehrere ziemlich häßlich aussehende Narben vorbereitet, die ihm ins Gesicht geklebt würden – sie erklärte Kris diesen Prozeß sehr genau. Damit ließ sich sein Aussehen hinreichend verändern, und es wäre außerdem ein Nachweis für die Rolle, die er für diese Expedition zu spielen gedachte. Sandy gab Kris ebenfalls Wangenpolster, damit sie ein runderes, cattenihaftes Gesicht hätte. Für Chuck hatte sie ein Polster, das er sich zwischen die Lippen und die Zähne schieben sollte. Es waren zwar nur kleine Veränderungen, die die äußere Erscheinung der Betreffenden jedoch nachhaltig verfremdeten.

Die lange Reise nach Catten würden sie nutzen, um soviel wie möglich von der cattenischen Sprache zu erlernen.

Desgleichen gewisse Handlungsweisen, die sie als Drassi identifizieren würden. Coo und Pess sollten ebenfalls zur Besatzung gehören. Rugarianer traten wegen ihre Körperkraft oft als Begleiter der Transportmissionen in Erscheinung. Auch auf Catten gab es stets Rugarianer. Coo und Pess konnten sich von ihren Rassegenossen ebenfalls wichtige Informationen besorgen.

Als das Abendessen – und die Würdigung des Küchenpersonals – beendet war, stieg Ray Scott auf einen freigeräumten Tisch und verlas die Namen der Besatzungsmitglieder für jedes Schiff. Am Ende gab es mehr Freudenrufe als lange Gesichter.

»Wenn diese erste Mission klappt«, sagte Ray, »dann unternehmen wir weitere und retten so viele Leute, wie wir können.«

Die Reaktion darauf war heftiger Applaus und lautes Füßestampfen.

»Können wir denn überhaupt noch mehr Menschen auf Botany unterbringen?« rief jemand.

»Reden Sie keinen Unsinn«, erwiderte eine Frau verärgert. »Wir haben doch jede Menge Platz.«

»Ja, aber wer will denn entscheiden, wer tatsächlich gefährdet ist?«

»Das kriegen wir schon raus«, sagte Ray und schnitt mit einer Handbewegung den anderen das Wort ab, die ebenfalls in die Diskussion über diesen Punkt eingreifen wollten. »Wir haben Vertreter aller möglichen Nationalitäten unter uns, so daß wir ganz gute Kontakte nach allen Seiten herstellen können.«

»Jeder Spezialist ist in Gefahr.« Norma Barrow überraschte alle mit ihrer Aussage und mit einer Stimme, die Widerspruch von vornherein ausschloß.

»Und Kollaborateure werden nicht aufgenommen«, erklärte eine männliche Stimme im Speisesaal.

Aarens wirbelte herum, um zu sehen, wer das gesagt hatte.

»Ganz ruhig, Aarens«, sagte Scott. »Es ist ja nicht so, als hätten die Eosi viele Menschen umgedreht. Zumindest hoffe ich das nicht.«

»Ich besorge mir einen Lügendetektor und ein wenig Wahrheitsserum«, sagte Leon Dane. »Damit prüfen wir jeden, den wir für verdächtig halten. Und ehe sie rauskriegen, was wirklich los ist, haben wir unsere eigene Transportmöglichkeit«, fügte er grinsend hinzu. Er flog als Arzt und als Fachmann für medizinisches Gerät mit, um nachzusehen, welches medizinische Material er beschaffen könnte. Er hoffte, daß nicht jeder seiner rebellischen Freunde in Sydney gefangengenommen worden war. Joe Marley dagegen hoffte, in Perth Hilfe zu finden. Ricky Farmer hatte erzählt, daß Catteni-Schiffe ohne spezielle Befehle oder Aufträge zwischen den Kontinenten hin und her flögen.

»Es ist mittlerweile so weit gekommen, daß schon beim Anblick eines Catteni-Schiffs jeder in Deckung geht«, sagte Ricky. Er hatte sich bereit erklärt, nach Chicago zu gehen, wo viele jetzt in Abwasserkanälen und den U-Bahntunneln lebten, die um 1800 erbaut und fast in Vergessenheit geraten waren.

Leila Massari und Basil Whitby wollten nach London und Paris. Der Kanaltunnel bot bereits die Möglichkeit, den Kontinent schnell zu verlassen oder zu erreichen. Boris und Raisha würden den Scout lenken und sich darüber informieren, was sie in ihrer Heimat Rußland finden und mitnehmen könnten. Bull Fetterman, Mic Rowland, Lenny Doyle und Nat Baxter vervollständigten die Crew des Babys. Bert Put und Laughrey würden die KDM steuern. Die Mannschaft bestünde aus Lex Kariatin, Will Seissmann, Joe Latore, Vic Yowell, Ole, Sandy Areson und Matt Su. Zum ›Kapitän‹ wurde John Beverly bestimmt. Sie hofften, alle vier Decks mit Flüchtlingen beladen zu können, wenn sie zurückkehrten, und wenigstens einem Teil der Maschinen, Werkzeuge und sonstigen Ausrüstungsgegenstände auf den Wunschlisten.

Zainal, Gino Marrucci als Ersatzpilot, Kris, Chuck Mitford, Coo, Pess, Mack Dargle, Ninety Doyle und Jim Rastancil würden mit der KDL die Reise nach Catten antreten.

4. Kapitel

Es war gut, daß die Botany-Tage so lang waren. Jede Minute wurde von den technischen Gruppen unter Pete Snyder gebraucht, als sie die Schiffe überprüften und mit Proviant versahen. Dick Aarens arbeitete genauso fleißig wie alle anderen, obgleich er gegen alles protestierte und sich gegen jede Änderung wehrte.

»Wenn er mit einer Platzwunde durch einen Schraubenschlüssel in die Krankenstation käme ...«, meinte Pete leise zu Thor Mayock, als sie beim Frühstück saßen.

»Würde ich ihm kein Schmerzmittel geben, wenn ich ihn zusammenflicken müßte«, beendete Thor den Satz für ihn. »Sie sehen entsetzlich aus.«

»Ha! Sehen Sie sich doch mal selbst an.«

Worrell war überall, überprüfte Listen und versuchte alles zu besorgen, was er als Hilfsgüter zur Erde mitnehmen könnte. Beth Isbell und Sally Stoffers folgten ihm wie seine Schatten und überprüften unauffällig alles, was er in die Wege leitete, während er, genauso wie alle anderen, unermüdlich daran arbeitete, die nötigen Wunder zu vollbringen.

Damit bei den Berechnungen keine Fehler auftraten, beschäftigten fünf Leute sich mit dem Kurs und den Zeiten des dreißig Stunden langen Orbits des zweiten eosianischen Satelliten. Dabei wurden verschiedene Startfenster identifiziert. Bert entschied sich für die südpolaren, da sie seiner Meinung nach dem Scout-Schiff und der KDM die beste Möglichkeit boten, sich vom Planeten zu entfernen. Das erste Fenster, das sich öffnete, ließ ihnen nur wenig Zeit, aber KDM und Baby waren startbereit, so daß die Besatzung sich schnellstens an Bord begab. Müde, aber zufrieden applaudierten die Teams, als sie starteten. Genauso wie bei ihrem ersten Ausflug nach Barevi flogen sie mit Höchstgeschwindigkeit zur Blase, bremsten und drangen mit minimalem Antriebsdruck durch die Haut. Der Scout bildete die Vorhut und meldete dann der KDM, daß die Luft rein sei und sie folgen könne. Danach war das Schiff für die Beobachter nicht mehr zu sehen. Außerdem verhinderte die Blase, daß aus dem Schiff eine Nachricht an die Gefährten auf Botany gefunkt wurde.

Zainal, Ray Scott, Pete Easley und Richter Iri verbrachten Stunden damit, mit Hilfe der Aufzeichnungen aus dem Scout-Schiff eine plausible Mission zu konstruieren, mit der sich erklären ließ, wo Zainal und sein Schiff sich aufgehalten hatten, ehe sie nach Catten zurückkehrten. Zainal konnte sich nicht erinnern, ob eins der ersten Schiffe der K-Klasse verschwunden war, obgleich man so gut wie sicher davon ausgehen konnte. Die Schiffe der K-Klasse wurden für umfangreiche Erkundungen von Planeten, für Bergbau-Expeditionen und Versorgungsflüge benutzt. Aber die am Rumpf angebrachten Schäden deuteten auf eine Kollision im Raum hin. Pete Snyder verlangte von Aarens, er solle über einen möglichen Defekt nachdenken, der die Maschinen stillgelegt hatte – irgendein kleines Teil, das, wie jeder wußte, bei einer Inspektion übersehen werden konnte, das aber trotzdem umfangreiche Fehlfunktionen auslöste, falls es versagte. Ein Ersatzteil für die Steuerung wurde konstruiert, wobei mangelhaftes Material verwendet wurde, um das plötzliche Versagen plausibel erscheinen zu lassen. Aarens war mit seiner Arbeit sehr zufrieden und heimste dafür großes Lob ein. Sein ständiges Bedürfnis nach Anerkennung ging all jenen, die mit ihm zusammenarbeiten mußten, zunehmend auf die Nerven. Aber wie alle zugeben mußten, leistete er hervorragende Arbeit, wenn es wirklich darauf ankam.

Dann machte Aarens erneut alles wieder gut, indem er darauf hinwies, daß die Teile des Brückenruders die gleiche Möglichkeit boten. Alles Brauchbare war aus dem gestrandeten Schiff herausgeholt worden, für den Fall, daß die Teile irgendwann gebraucht würden. Sogar die scheinbar nicht mehr verwendbaren Teile waren gesammelt und in einer Höhle gelagert worden. Zainal suchte sich einige angesengte Teile heraus, die er, sobald sie Catten erreicht hatten, gegen intakte auswechseln würde, um so die erheblichen Schäden nachweisen zu können, die ihre Rückkehr verzögert hätten. Dies und die defekte Steuerung würden als Erklärung sicherlich ausreichen.

»Mit solchen Schäden werden sie nicht zulassen, daß wir an der Raumstation andocken«, sagte Zainal und schwenkte die verbrannten Bretter. »Sie werden uns nach unten auf ein Notlandefeld dirigieren, wo wir warten müssen, bis sie uns Techniker zur Inspektion schicken. Aber wir brauchen etwas als Fracht. Ein Schiff, das Rohstoffe aus einem Bergbauzentrum mitbringt ...«

»Duxies Bergleute haben mehr Gold gefördert, als wir brauchen«, schlug Richter Iri vor.

»Und Platin ebenfalls«, meinte Ray.

»Sehr gut«, sagte Zainal. »Auch noch andere wertvolle Metalle? Sogar eine oder zwei Kisten mit Roherz wären nützlich. Rhenium oder irgend etwas aus der

Platin-Gruppe. Wir sagen einfach, wir hätten Fracht zurücklassen müssen, um mit einem derart beschädigten Schiff starten zu können. Die Steuerungsanlage hätte als erstes ihren Geist aufgegeben ... in einem Meteoritenschauer ... wir hätten lange gebraucht, um die Bretter auszuwechseln. Ich denke, das dürfte eine einleuchtende Begründung sein.« Er grinste Kris an, als sie erstaunt über seine Fortschritte im Gebrauch der englischen Sprache die Augenbrauen hob. »Gute Drassi bringen soviel nach Hause mit, wie sie können. Und ich kann einen derartigen Wirbel wegen der mangelhaften Konstruktion des Schiffs veranstalten, daß ich mit meiner Beschwerde von einem Büro zum anderen geschickt werde. Auf diese Art und Weise erfahre ich alles, was ich wissen muß. Ich beklage mich lauthals über schlechten Service und mangelhaftes Material.«

»Ist man auf Catten genauso bürokratisch wie auf der Erde?« fragte Ray stirnrunzelnd.

»Nur die Eosi treffen schon mal schnelle Entscheidungen.«

»Sind Sie sicher, daß Sie Ihr Schauspiel lange genug durchhalten?« Richter Iri machte sich ernste Sorgen.

Zainal zuckte die Achseln. »Warum nicht? Welches außer einem Catteni-Schiff würde denn nach Catten fliegen? Es ist kein besonders angenehmer Ort.« Er ließ einen Blick über seine Freiwilligen gleiten, die vorwiegend aufgrund ihres kräftigen Körperbaus ausgewählt worden waren, der ihnen gestattete, die schwerere Gravitation auf Catten leichter zu ertragen. Was ihre eigene Fähigkeit anging, so war Kris sich nicht sehr sicher, aber nichts würde sie davon abhalten mitzufliegen, auch wenn sie die ganze Zeit im Schiff bleiben müßte. Sie beherrschte jetzt genügend

Catten, um alle Anfragen zu beantworten, die an das Schiff ergehen mochten.

»Wir waren sehr lange weg, wer immer wir waren«, sagte Zainal lachend, »daher macht es nichts, wenn wir gelandet sind und unsere Identität wechseln. Wer weiß das schon?«

»Wie schnell trocknet die Farbe?« fragte Ninety scherzend.

Sie besaßen noch die Uniformen, die geändert worden waren, damit sie den Teilnehmern der Ersten Barevi-Mission paßten, aber Sandy Areson hielt noch einige zusätzliche Hilfsmittel bereit. Zuerst gab es eine entsetzlich riechende Mixtur, die ihr Haar schmutziggrau färbte. Eines der wiederhergestellten Opfer, Riz Kamei, war ein geschickter Optiker – was er auf der Erde tatsächlich getrieben hatte, das ihn in die Hände der Eosi hatte geraten lassen, wußte niemand. Als er erkannte, daß graues Haar und graue Haut nicht ausreichten, um das Team überzeugend als Catteni auftreten zu lassen, stellte er gelbe Kontaktlinsen her. Obgleich er sich darüber beklagte, erheblich improvisieren zu müssen, erwies sich sein erster Versuch bereits als erfolgreich.

»Sie müssen sie täglich herausnehmen und reinigen«, sagte er. »Sie bestehen nämlich nicht aus hochwertigem Kunststoff.«

»Dennoch ...«, meinte einer seiner Helfer grinsend.

»Wie auch immer.« Riz schnippte ungehalten mit den Fingern. »Die Linsen wirken hinreichend echt.« Dann schüttelte er den Kopf, als wäre es schon eine Beleidigung für ihn und sein Können, über gelb als Augenfarbe auch nur nachzudenken.

Er zeigte der Mannschaft, wie man die Kontaktlinsen einsetzte, wie sie in der Lösung gereinigt wurden, die er hergestellt hatte, wobei er erneut seinem Ärger über unzureichende Hilfsmittel Luft machte, bis sich wirklich jeder zu fragen begann, was für einen Job er auf der Erde ausgeübt hatte. Er gestattete sich allerdings ein anerkennendes Lächeln, als die Kontaktlinsen offenbar ihre Aufgabe zu aller Zufriedenheit lösten.

Kris war eigentlich nie besonders eitel gewesen, aber es wollte ihr gar nicht gefallen, als ihr Haar nicht nur extrem kurz gestutzt, sondern auch noch grau getönt werden mußte. Dafür sah sie mit den gelben Kontaktlinsen so cattenisch aus, daß ihr von ihrem eigenen Anblick beinahe schlecht wurde.

»Sie sind noch immer viel zu schön, um eine echte Catteni-Braut zu sein«, bemerkte Ninety Doyle. Er fügte ein Lächeln hinzu, das ihn mit seinen künstlich vergilbten Zähnen und der gefärbten Haut genauso aussehen ließ wie andere Drassi, denen sie schon auf den Märkten von Barevi begegnet war.

Sie schüttelte sich angeekelt. »Sie sehen schrecklich aus, Ninety. Lenny würde sofort jede Verwandtschaft mit Ihnen leugnen.«

»Lenny ist wütend, daß er nicht mitkommen konnte«, erwiderte Ninety und inspizierte im Spiegel sein grau gefärbtes Gesicht. Ihre Sonnenbräune trug dazu bei, daß das Cattenigrau wirklich überzeugend wirkte.

Sandy hatte versichert, daß die Körperfarbe und die Haartönung etwa zwei oder drei Wochen erhalten blieben, je nachdem, wie oft sie badeten.

»Ja, aber Lenny ist einem Guinness-Bier viel näher als ich«, meinte Ninety düster.

Indem sie sich umschaute, erinnerte Kris sich, daß die Catteni, die die Besatzung des Scout-Schiffs gebildet hatten, sich überhaupt nicht gewaschen hatten. Deutlich spürte sie noch den Gestank in ihren Quartieren in der Nase.

»Was das Guinness angeht, so war Ricky Farmer sich nicht ganz sicher, ob davon auf der Erde noch etwas übrig ist. Aber er wird Ihnen bestimmt eine Flasche mitbringen«, sagte Kris, um ihn zu trösten.

»Eine Flasche?« rief Ninety entsetzt, als hätte sie etwas ganz Schlimmes von sich gegeben.

»Eine Dose?«

»Was wetten Sie darauf, daß er das letzte Faß in Dublin findet?« fragte Mack Dargle.

»Ich wette nie, wenn ich genau weiß, daß ich gewinne«, sagte Kris grinsend.

»Sie müssen Ihnen die Zähne noch etwas nachdunkeln, Kris. Ihr Lachen verrät Sie.«

»Und nirgendwo auf diesem Planeten gibt es Zahnpasta, um meine Zähne wieder sauberzukriegen«, sagte sie wehmütig.

»Vielleicht bringen sie etwas von ihrer Reise mit«, sagte Mack Dargle und nahm Doyle den Spiegel ab, um sich selbst zu begutachten. Er riß ungläubig die Augen auf. »So würde mich ja nicht mal meine eigene Mutter erkennen!«

»So lange keine Catteni-Frau ein Auge auf Sie wirft, ist das doch nicht schlimm«, meinte Ninety.

Mack schüttelte sich.

»Ich hab mal ein paar von deren Frauen gesehen. Vielen Dank, dann wäre mir ein Ringkampf mit einem Krokodil um einiges lieber.«

Die Vorbereitungen für einen Vorstoß auf feindliches Territorium waren bald abgeschlossen. Es war schon längst dunkel, daher begab Kris sich in die Kindertagestätte, um einen letzten Blick auf ihren Sohn zu werfen. Zane schlief.

Zainal kam zu ihr und legte seine beiden großen Hände auf ihre Schultern. »Er ist ein kräftiger Bursche. Er wird hier gut zurechtkommen«, flüsterte er ihr ins Ohr und drückte sie an sich.

Ein Geräusch an der Tür ließ sie beide herumfahren. Pete Easley stand dort und lächelte. »Ich habe zufälligerweise Nachtschicht«, sagte er, obgleich alle drei wußten, daß er sich diesen Dienst ganz gezielt ausgesucht hatte. »Er ist okay. Machen Sie sich keine Sorgen um ihn.«

»Tun wir auch nicht«, versicherte Zainal mit einem Kopfnicken und verließ mit Kris im Arm den Saal. An der Schwelle blieben sie noch einmal stehen, um sich mit einem letzten Blick von dem Kind zu verabschieden.

Kris versuchte tapfer zu sein, aber auf dem Weg zum Hangar mußte sie sich zweimal über die Augen wischen. Sie hätte nicht gedacht, daß ihr bei all der Aufregung, die die Vorbereitungen der Reise mit sich brachten, die Trennung von ihm genauso schwer fallen würde wie bei ihrem Flug nach Barevi.

»Zane wird es bei Easley an nichts fehlen«, murmelte Zainal, während er sie vom Tieflader herunterhob, der sie zu der nun ramponiert und verwittert aussehenden KDL gebracht hatte, die bereits vor dem Hangar wartete.

Richter Iri, Ray Scott, Worry, Pete Snyder, Jay und Patti Sue Greene und sogar Dick Aarens hatten sich eingefunden, um ihnen eine gute Reise zu wünschen.

Worry war sogar kühn genug, Kris zu umarmen. Der Richter küßte ihr die Hand und dann beide Wangen. Während Ray ihr nur die Hand drückte, weinte Patti Sue ganz offen, als sie Kris an sich drückte, und murmelte in einem fort: »Ich werde Sie niemals vergessen, niemals.«

»Ich nehme Sie beim Wort«, sagte Kris und hatte das Gefühl, als würde sie gleich genauso losweinen wie Patti Sue. Dann ging sie über die Rampe hinauf in die KDL. Die anderen folgten ihr, wobei Chuck Mitford ungehalten meinte, wie sehr er Abschiede hasse.

Zainal verfügte, daß Gino den Start durchführen sollte, während er die letzten Passagen der Geschichte ihrer ›verspäteten Heimkehr‹ ins Logbuch des Schiffs eingab. Er grinste zufrieden, als das Logbuch die Speicherung der Angaben bestätigte. Es gab genügend Computerspezialisten auf Botany, die die Geschichte konstruiert hatten ... »so lange«, neckten sie Zainal, »unser Catteni okay ist.« Sie hatten sogar die entsprechenden Koordinaten auf der Sternenkarte kodiert. Falls überhaupt jemand wagen sollte, an dem Bericht von Emassi Venlik, Zainals neuem Alias, zu zweifeln.

»Er hat mal gelebt. Und er hat einen schlimmen Tod gefunden, und nur ich weiß wo«, war alles, was Zainal von dem Mann erzählte, dessen Identität er angenommen hatte.

»War er ein Auserwählter?« fragte Chuck.

Zainal schüttelte den Kopf. Sein nächstes Wort ließ alle zusammenzucken: »*Schkelk!*«

Chuck war der erste, der die Haltung eines wachsamen Drassi annahm. Kris folgte eine Sekunde später, ehe Mack und Ninety überhaupt begriffen, was gesagt worden war: »Achtung!« Sogar Coo und Pess legten ihre lässige Haltung ab und strafften sich.

Deutlich und langsam, so daß alle ihn verstanden, gab er die entsprechenden Befehle für den Start des Schiffs und den Kurs, den es einschlagen sollte, sobald es vom Boden abgehoben hatte.

»Emassi!« lautete die vorgeschriebene Antwort, die alle unisono geben mußten, und dann begab sich jeder auf den ihm zugewiesenen Posten.

Coo und Pess schnallten sich in die beiden Sitze, die auf der Brücke installiert worden waren, damit sie sie während der Lande- und Startphase des Schiffs benutzen konnten.

Zainal sagte während der gesamten achttägigen Reise kein englisches Wort mehr. Desgleichen die anderen nach einem heftigen Rippenstoß Zainals, und Kris bildete keine Ausnahme – obgleich sie meinte, er hätte sie sicherlich nicht so heftig geknufft, wie er es mit Gino, Chuck, Mack oder Ninety getan hatte. Aber es bewirkte immerhin, daß sie sich eng an ihre Rolle hielt.

Die gelben Kontaktlinsen reizten Macks Augen. Riz hatte darauf hingewiesen, daß der eine oder andere damit Schwierigkeiten haben könnte, und hatte ihnen Augentropfen und den Hinweis mitgegeben, in einem solchen Fall die Augen erst langsam an den Kontakt mit den Linsen zu gewöhnen. Als das Schiff schließlich in den Orbit um Catten einschwenkte, konnte Mack sie die meiste Zeit des Tages an Ort und Stelle lassen.

Vom Weltraum aus betrachtet, war Catten ein schöner Planet! Fast so schön wie die Erde auf den Bildern, die von den amerikanischen und russischen Astronauten aufgenommen worden waren. Es gab größere

Landmassen, aber auch Binnenseen, so groß wie Meere, und mehrere mächtige Flüsse. Auch herrschte die grüne Farbe in einem Maße vor, die alle Reisenden überraschte.

Zainal lächelte und sagte auf Catteni: »Sie haben genügend Planeten zerstört, so daß sie mit dem hier etwas behutsamer umgehen. Sämtliche Produktionsarbeiten werden auf anderen Welten erledigt.«

»Sie sollten mal die Erde sehen«, sagte Ninety stolz.

»Nicht alles ist so schön wie ...« Mark hielt inne, denn es gab keinen cattenischen Namen für Irland, »dort, wo man lebt.«

»Viel häßlicher, seit die Catteni kamen«, fügte Gino grimmig hinzu, entschuldigte sich aber mit einem Blick bei Zainal, der nur nickte. »KDM und ... *yaya* ...« was für Gino die einzige cattenische Bezeichnung für das Scout-Schiff Baby zu sein schien, »wird gar nicht gefallen, was dort im Augenblick los ist.«

Jeder ließ sich diese Überlegung durch den Kopf gehen.

Dann deutete Gino auf einen ziemlich großen Satelliten. »Wie viele Monde?«

»Vier«, antwortete Zainal. Als sich eine riesige Raumstation in ihrem geosynchronen Orbit über Catten träge ins Gesichtsfeld der KDM schob, fügte er hinzu: »Dort werden wir lieber nicht andocken.«

Jeder hielt beim Anblick des monströsen Bauwerks mit seinen Kränen und seinen Netzen voller Versorgungsgüter, die an Seilen oberhalb und unterhalb schwebten, die Luft an. Schiffe aller Größen waren an den Anlegebrücken zu sehen, entweder im Begriff zu landen oder wieder in den Raum zu starten. Ein gesamter Quadrant schien als Werft benutzt zu werden, da es die dort herrschende geringe Schwerkraft gestattete, schwere und unhandliche Bauteile einfach an Ort und Stelle zu manövrieren.

Plötzlich drang aus dem Bordlautsprecher ein heiseres Bellen, jedoch so gedämpft oder verzerrt, das nur Zainal alles verstand und die anderen höchstens den Sinn eines einzelnen Wortes erkannten.

»... *chouma.*«

Zainal rasselte seinen neuen Namen herunter sowie die Tatsache, daß sein Schiff beschädigt war, und bat um eine Landeerlaubnis auf einem abgelegenen Notlandefeld auf dem Planeten.

Indem sie konzentriert der cattenischen Sprache lauschte, verstand die Crew den größten Teil des folgenden Dialogs, in dem Einzelheiten über die Beschädigungen verlangt wurden. Zainal erwiderte, daß er mit seinem derzeit schadhaften Schiff die Mondbasis auf keinen Fall ansteuern könne. Sofort wurde er dazu aufgefordert, seinen derzeitigen Kurs zu ändern und zu warten, bis ein Landefeld für seine kurzfristige Ankunft vorbereitet sei. Zainal gab den anderen hinter seinem Rücken Handzeichen, um ihnen anzudeuten, wie gut sein Plan bisher funktionierte. In Anbetracht der Größe und der Bedeutung der Raumstation hatten die Menschen durchaus Verständnis für die Vorsichtsmaßnahmen und die Bedingung, daß eintreffende Schiffe ihre volle Manövrierbarkeit haben mußten. Die Catteni waren in bezug auf unsichere Landungen sicherlich genauso empfindlich.

Die Befragung wurde fortgesetzt. Welche Probleme hatten Sie? Wo hatte die KDL operiert? War das Schiff kontaminiert? Welche Fracht hatte es an Bord?

Zainal gab Gino durch Zeichen zu verstehen, er solle seine sorgfältig einstudierten Antworten geben.

Der Pilot kramte hastig seine Notizen aus der

Tasche hervor, für den Fall, daß er sie zu Rate ziehen mußte. »Hier spricht Ingenieur Tobako«, meldete er sich. Es hatte ihm Spaß gemacht, sich einen falschen Namen auszusuchen. »Steuerungseinheit, 238 ...« und er nannte die cattenischen Kennbuchstaben des Ausrüstungsteils, »zeigte in einem Meteorschwarm eine Fehlfunktion, Rückschlag zerstörte mehrere Instrumente der Kontrolltafel und führte zu weiteren Problemen. Manövrierbarkeit stark eingeschränkt. Schäden am Ruder und an inneren Einrichtungen. Mußten auf größtem Meteor landen, um Reparaturen durchzuführen. Steuerungsteil fehlerhaft gefertigt.« Gino ließ einen zornigen und abfälligen Unterton in seine Stimme einfließen. »Schlechte Metallegierung. Mußten Fracht ausladen, um Gewicht für Start zu verringern. Nur ein Frachtdeck noch gefüllt. Drei Mannschaftsangehörige tot.«

»Nur ein Frachtdeck?« Die Enttäuschung und die Verärgerung waren nicht zu überhören, kein Wort wurde über die Todesopfer verloren. »Steuern Sie zu Feld ...« Der cattenische Leitoffizier gab die Koordinaten so schnell durch, daß Gino es gerade schaffte, die englischen Symbole der ersten vier Nummern zu notieren, ehe die Durchsage beendet war. Er sah Zainal erschrocken und hilfesuchend an. Zainal nickte beruhigend, um den Anwesenden anzudeuten, daß er alles gehört hatte, um den Befehl auszuführen.

»Was ist Ihre Fracht?«

»Platin, Gold, Rhenium, ein wenig Germanium.« Zainal antwortete jetzt.

»Aha ...« Diese gedehnte Reaktion klang durchaus zufrieden. »Gibt es dort, wo dies alles gefunden wurde, noch mehr Material in dieser Qualität?«

»Ja. Es braucht nur aufgesammelt zu werden. Ich

werde mit einem reparierten Schiff und tapfereren Mannschaftsangehörigen als den Drassi, die gestorben sind, dorthin zurückkehren. Die standen nur eine Stufe über den Rassi ...« Zainal hielt inne, um zu gewährleisten, daß diese Beschwerde auch richtig verstanden wurde. »Es ist eine Ladung, die ich niemand anderem überlassen möchte.«

»Ah ...« Wieder signalisierte die Antwort Zustimmung. »Ein Fahrzeug und mechanische Hilfe erwarten Sie auf dem Landefeld, Klotnik.«

»Klotnik«, antwortete Zainal. »Ende.«

Als die Verbindung unterbrochen war, reagierte jeder mit Seufzen oder Pfeifen oder indem er so tat, als wische er sich den Schweiß von der Stirn. Ninety machte Anstalten, einen Lappen aus der Tasche zu ziehen und sich das Gesicht abzuwischen, als Zainal ihm einen heftigen Stoß versetzte. Sofort benutzte Ninety seine Finger, um sich vom Schweiß zu befreien, wie es ein echter Drassi zu tun pflegte.

»Viel Fracht ist eigentlich nicht da«, sagte Kris zweifelnd. Würden sie mit dem, was sie hatten, nicht in Schwierigkeiten kommen? Alles, was für die Catteni von Wert war, war das, was Walter Duxie, der Chef-Bergbauspezialist in der kurzen Zeit hatte zutage fördern können. Der Germaniumfund war ein reiner Glücksfall gewesen, wie auch das Platin, das sie entdeckt hatten. Während das Gold herzugeben für einige Leute ein echtes Opfer gewesen war, hatte das Metall auf Botany eher geringen Wert. Die beiden professionellen und die vielen amateurhaften Juweliere benutzten es als Fassung für einige der prächtigsten Schmuckstücke, die auf dem Planeten während der Untersuchung auf seine Mineralien- und Erzvorkommen gefunden worden waren.

»Es ist genug, da sie annehmen, daß wir zurückkehren, um zu holen, was wir zurückgelassen haben«, sagte Zainal und grinste. Dabei ähnelte er viel mehr dem Mann, den sie so gut kannte, als dem Catteni Emassi, der seine Antworten ins Mikrofon gebellt hatte. »Es ist gutgegangen. Jetzt langsam weiter vordringen, bis wir in Atmosphäre eingetaucht sind, und denken Sie daran, des öfteren Rauch abzulassen.«

Dies war ein Effekt, den Pete Snyder besonders gerne eingebaut hatte. Der Rauch verflüchtigte sich im Raum ziemlich schnell, wäre jedoch von der Raumstation deutlich sichtbar, so daß sich die Glaubwürdigkeit ihrer Geschichte von einem ›beschädigten‹ Schiff wesentlich erhöhte.

»Viel Verkehr«, stellte Gino fest und war froh, sich von der heftig umschwirrten Raumstation entfernen zu können.

»Zwei Dreadnoughts stehen im Dock sowie neun große Landeschiffe«, sagte Zainal und deutete auf die Heckenden. Sie waren deutlich zu erkennen, sobald man wußte, wonach man Ausschau halten mußte, stellte Kris fest. Ihr kamen sie größer vor als das Imperium-Schiff in *Star Wars*.

»Ich zähle achtzehn Schiffe der H-Klasse.« Erneut zeigte Zainal ihnen, wohin sie blicken mußten. Was anfangs wie Unregelmäßigkeiten in der Außenhaut der Raumstation ausgesehen hatte, waren in Wirklichkeit angedockte Raumschiffe. Die H's ähnelten denen, die, wie Kris sich erinnern konnte, in Denver gelandet waren. Sie erschauerte. Zainal fuhr fort: »Schauen Sie mal nach rechts, hinter die Frachter und Drohnen.« Sein Finger deutete auf die Drei-Uhr-Position auf dem Sichtschirm vor ihm. »Dort ist eine vollständige Flottille.«

»Weiter draußen kann ich noch eine zweite erkennen«, sagte Gino und deutete auf den Schirm mit den eingeblendeten Entfernungsangaben.

»Donnerwetter!« Mack schluckte krampfhaft, als er die schier unglaubliche Zahl von Schiffen sah, die von der Station versorgt wurden. Er starrte auf den Schirm, während ihr Schiff sich allmählich von der gigantischen Raumstation entfernte.

»Wie umfangreich ist die Marine der Catteni?« fragte Ninety und machte einen ziemlich nervösen Eindruck.

»Mehr, als Sie hier sehen«, sagte Zainal.

»Und hier herrscht außerdem ziemlich viel Verkehr«, sagte Chuck.

»Das ist gut für uns.« Zainal grinste.

Als sie von der Raumstation weit genug entfernt waren, um wieder das Gefühl haben zu können, daß niemand sie direkt beobachtete, entspannten Kris und die anderen sich ein wenig. Sie konnten sich auf den Landeanflug konzentrieren, wobei immer mehr Einzelheiten auf der Planetenoberfläche hervortraten.

»Ich kenne das Feld, das uns zugewiesen wurde«, sagte Zainal, während ihr Schiff in die Bremsphase überging. »Es gibt dort einige Hilfseinrichtungen. Achten Sie stets auf Ihre Rolle als Catteni. Ich übernehme jetzt das Steuer.«

»Klein?« murmelte Kris und vergaß nicht, Catteni zu sprechen, während sie das Landefeld betrachtete. Mindestens neun Footballfelder breit und so lang wie eine Landebahn auf dem Flughafen von Denver und damit beinahe noch länger als das Landefeld am Hangar der Farmer auf Botany. Niedrige weitläufige

Gebäude säumten die eine Seite, und dahinter, auf der anderen Seite einer Zufahrtsstraße, befanden sich einzelne Bauwerke, die klein genug waren, um als Wohnbauten zu dienen. Sie erinnerten sie an die Baracken in einem brasilianischen *Barrio*.

Sie kamen herunter und gaben effektvolle dicke Rauchwolken ab. So wie Zainal das Schiff lenkte, waren alle froh, daß sie sich angeschnallt hatten, aber die Manöver imitierten auf jeden Fall ein Schiff, das kaum noch lenkbar war. Er hielt in einiger Entfernung von einem Bauwerk an, das entweder ein Hangar oder eine Servicewerkstatt war.

Sofort entfernten er und Gino, der sich für einen so flinken Mann ziemlich langsam bewegte, die Paneele der Kontrolleinheiten und ersetzten sie durch die vom Feuer gezeichneten. Die guten reichten sie Ninety und Chuck, damit diese sie verpackten und in einem vorbereiteten Versteck deponierten. Ninety und Chuck ächzten und schienen sich wie alte Männer mühsam von ihren Sitzen zu erheben. Zainal tauschte die demolierten Platten aus, während Gino Schwierigkeiten hatte, die nötigen Handgriffe auszuführen.

»Was ist mit mir los?« fragte Gino auf Englisch und betrachtete seine Hände.

Ninety und Chuck schienen eine Ewigkeit zu brauchen, um den kurzen Gang zu überwinden, und dann begriff Kris, daß auch sie sich furchtbar schwer vorkam. Sie hatte einige Mühe, eine Hand zu heben, um den Sicherheitsgurt zu lösen.

»Ich auch«, meldete sie und kämpfte sich in den Stand hoch.

»Hmm«, meinte Zainal besorgt. »Die Schwerkraft von Catten ist höher als die der Erde. Sie alle werden sich daran gewöhnen – aber es wird einige Zeit dauern. Bewegen Sie sich stets langsam und tun Sie so, als wäre das Ihr ganz normales Bewegungstempo.«

»Donnerwetter!« rief Gino aus, während er sich mit einigen Anstrengung aufrichtete. »Meine Knie werden das gar nicht mögen.«

»Beeilen Sie sich mit dem Verstecken!« rief Zainal Ninety und Chuck zu, die sich durch den Verbindungsgang schleppten.

»Wir geben uns alle Mühe, Emassi. Ganz bestimmt.« Sogar Chuck Mitfords Baritonstimme klang angestrengt. Auch ihm schien die größere Schwerkraft Schwierigkeiten zu machen.

»Sie werden mich sicherlich für einen phantastischen Piloten halten«, sagte Zainal und grinste auf Catteniart, »daß ich ein Schiff in einer solchen Verfassung heil nach unten gebracht habe.«

»Nehmen sie uns die Catteni ab?« fragte Gino.

Zainal zuckte auf seine unnachahmliche Weise die Achseln und hob warnend die Augenbraue, während er ihn ansah. »Wer außer Catteni soll denn schon hierherkommen?«

»Das leuchtet natürlich ein«, sagte Gino, auch diesmal auf Englisch.

Zainal versetzte ihm einen heftigen Rippenstoß und schickte ihm erneut einen warnenden Blick.

»Kotik«, sagte Gino, dem sein Fehler jetzt erst bewußt wurde.

Zainal nickte ihm besänftigend zu und klopfte ihm auf die Schulter.

An der Tür erklang nun ein lautes Pochen, und Zainal beugte sich vor, um den Verriegelungsmechanismus der Tür zu lösen.

Cattenische Befehle wie »Aus dem Weg!« wurden vom Getrappel genagelter Stiefel auf den Decksplatten begleitet, als drei Männer, jeder von ihnen ein Riese, die enge Brücke betraten. Kris schaffte es irgendwie, auf die Füße zu kommen und die vorschriftsmäßige Haltung anzunehmen. Sie hatte das Gefühl, ihre Arme würden immer länger, und sie hatte Schwierigkeiten, das Kinn hochzurecken. Glücklicherweise brauchte sie weder etwas zu sagen noch zu tun.

»Kivel«, sagte der erste Mann, der ebenso wie Zainal als Emassi fungierte. Daß er weder erklärte, daß er Emassi war, noch salutierte, machte Kris deutlich, daß er im gleichen Rang sein mußte. Mit seinen brutalen Gesichtszügen und den kleinen hellgelben Augen war er für die Rasse eine viel typischere Erscheinung als Zainal.

»Venlik«, erwiderte Zainal und deutete auf die mit Brandflecken übersäten Wandplatten, während Gino, der ebenfalls einen Emassi darstellen sollte, das defekte Steuerungsaggregat hervorholte.

»Hmph«, machte Kivel, inspizierte die Steuerungsanlage und reichte sie dem Drassi, der hinter ihm stand.

Kris stellte fest, daß es ihr immer leichter fiel, die verschiedenen Rangstufen der Catteni voneinander zu unterscheiden.

Kivel verlangte jetzt durch eine entsprechende Geste, daß das beschädigte Paneel geöffnet werden sollte, und drehte sich halb zur Seite, damit Kris, eine niedere Drassi, diesen Befehl ausführen konnte.

»Hier sind zu viele«, sagte Zainal verärgert und gab Kris ein herrisches Zeichen. »Öffnen Sie Frachtraum Drei. Haben Sie verstanden?«

Kris nickte, was ihr bei höherer Gravitation schwerer fiel, als sie erwartet hatte. Mit reiner Willenskraft ging sie an den beiden anderen Drassi vorbei und stützte sich, als sie sich außer Sicht von der Brücke wußte, mit beiden Händen gegen die Seitenwand des Durchgangs, um sich aufrecht zu halten. Sie gelangte zum Frachtdeck und war insgeheim dankbar, daß sie wußte, wie man hineinkam. Sobald die Luke aufschwang, sah sie das Fahrzeug, das mit der Ladefläche neben dem Schiff stand, und trat beiseite, als sieben Männer an Bord kamen. Einer war ein Drassi, und die anderen armen Teufel waren zweifellos Rassi, die primitiven Vertreter einer Rasse, aus der die Eosi die beiden intelligentesten Gruppen herausgefiltert hatten.

Der Drassi rief seine Befehle und genoß offensichtlich seine Autorität über diese dummen Kreaturen. Denn genau das waren sie. Er mußte ihnen zeigen, wo sie die Kisten anfassen und wie sie sie zur Lukenöffnung schieben sollten, mußte ihnen den Lastwagen zeigen und ihnen erklären, wo die Kisten aufgestapelt werden mußten. Er schickte sie zurück, um die nächste Ladung zu holen, hielt aber lange genug inne, um einen der Goldklumpen aufzuheben, ehe er ihn mit einem dumpfen Poltern in die Kiste fallen ließ. Dann ging er hin und her, kein bißchen durch die hohe Schwerkraft gehandikapt, wie Kris neiderfüllt feststellte, während er das Ausladen beaufsichtigte.

»Ist das alles?« fragte er und musterte Kris drohend.

»Alles, was an Bord war«, erwiderte Kris nachlässig.

»Hmph«, lautete der gelangweilte Kommentar. Sie reichte ihm die Quittung, die Zainal schon vorbereitet hatte.

»Alles muß schriftlich bestätigt und abgezeichnet werden«, hatte Zainal ihr erklärt, als er die Abladeprozedur beschrieb. »Er muß die Bescheinigung seinem Vorgesetzten vorlegen und bei uns unterschreiben.«

»Unterschrift«, sagte sie mit Nachdruck und hielt ihm das zur Ausrüstung der Catteni gehörende Klemmbrett hin, das sie unter den Vorratsgütern der KDL gefunden hatten.

»Hmph.« Der Drassi schrieb einige Zeichen auf das Formular.

Sie deutete auf den Niedergang, damit er das Paneel seinem Kommandanten brachte. Mit einem weiteren »hmph« stampfte er davon. Sie lehnte sich gegen die Kontrolltafel, bis sie ihn zurückkommen hörte, dann richtete sie sich wieder mühsam auf. Er rammte ihr das Klemmbrett gegen die Hüfte. Glücklicherweise hatte sie eine Wand im Rücken, so daß er sie nicht umstieß. Sie dachte rechtzeitig daran, sich zu vergewissern, daß zwei weitere Zeichen auf dem Formular eingetragen waren, ehe sie nickte und ihn mit einer hoheitsvollen Geste entließ. Staunend verfolgte sie, wie er vom Frachtdeck auf den Boden hinuntersprang ... aber er war schließlich ein Catteni und trug außerdem schwere Stiefel. Ihre Fußgelenke schmerzten alleine schon vom Hinschauen. Er schlenderte zum vorderen Teil des Fahrzeugs, und sie schaffte es, die Luke zu schließen und sich an der Innenwand nach unten rutschen zu lassen und sich auf den Decksplatten auszustrecken. Sie war von dem Kampf gegen die Schwerkraft von Catten völlig erschöpft.

Kris war den Tränen nahe, denn sie war überzeugt, daß sie Zainal bei dieser Mission keine Hilfe wäre, da sie ja noch nicht einmal mehr als nur ein paar Minuten stehen konnte, ohne zusammenzubrechen.

Als sie Stimmen und schwere Stiefelschritte vom

Gang hörte, machte sie Anstalten, wieder aufzustehen, doch dann verstummten die Geräusche, und sie hörte, wie Zainal für sich und seine Leute ein Fahrzeug für einen Landurlaub verlangte.

»Hier nicht viel«, sagte Kivel. »Versuchen Sie Blizte. Klein, aber solide.«

»Ich kenne den Ort«, lautete Zainals Entgegnung.

»Wenn wir zur Basis zurückkehren, wird Fahrzeug hierher geschickt.«

»Gut.«

Sie hörte nicht, wie die Luke geschlossen wurde, und fragte sich, was sie tun sollte: sich hinstellen oder wieder zusammenbrechen. Sie wußte, was ihr lieber war, tat es aber nicht, weil sie Zainal nicht enttäuschen wollte.

Plötzlich war er da, schob ihr die Hände unter die Achselhöhlen und hob sie fast mühelos vom Boden auf. Er hauchte ihr einen Kuß auf die Wange.

»Du und Chuck müssen als Wachen an Bord bleiben«, sagte er schnell auf Englisch. »Wenn der Reparaturtrupp erscheint, hast du wachfrei und schläfst. Chuck braucht bloß herumzustehen und ein mißtrauisches Gesicht zu machen.«

»Das kann er gut«, murmelte sie.

»Du hast deine Sache gut gemacht, Kris«, sagte Zainal, und seine Stimme klang warm und liebevoll. Sie lehnte sich an ihn, spürte seine Kraft, bis sie Schritte hörten, die sich näherten, und sie ihre enge Umarmung lösten. Zainal behielt eine Hand unter ihrem Ellbogen, um sie zu stützen.

»Sie sind weg, und ein kleineres Fahrzeug ist hierher unterwegs«, meldete Chuck und ergriff Kris' anderen Arm.

Wenn sie nicht ihre Hilfe gebraucht hätte, hätte

sie die beiden sicherlich weggestoßen, um aus eigenen Kräften zu gehen, aber sie hatte nicht mehr die Kraft dazu und war viel zu dankbar für ihre Unterstützung.

Sie geleiteten sie zurück in die Brückenkabine und dort auf den Kommunikatorsitz.

»Dein Catteni ist gut genug für die Kommunikation«, sagte Zainal und legte eine Hand auf ihre Schulter. »Laß sie alles wiederholen, was du nicht verstehst. Erkläre ihnen, die Komm-Konsole arbeite ebenfalls nicht einwandfrei. Dann spiel die dumme Drassi und sag, du würdest dem Emassi Bescheid sagen, wenn er zurückkommt. Du wüßtest nicht, wo er hingegangen ist ... aber das werden sie dich sowieso nicht fragen, weil du es gar nicht wissen kannst.«

Kris war froh, daß die Schwerkraft ihre Ohren nicht in Mitleidenschaft zog. Sie verstand jedes Wort in Catteni, das Zainal aussprach.

»Chuck, Sie lassen nur Serviceleute herein, die ein vorschriftsmäßiges Klemmbrett haben. Sie müssen unterschreiben, wenn sie reinkommen, und die Zeit eintragen – ich habe Ihnen gezeigt, wie das geht –, wenn sie wieder gehen. Kris hat, egal, wann sie kommen, immer dienstfrei und schläft.«

Ein schrilles Signal zeigte an, daß das Taxi auf seine Passagiere wartete.

»Schon verstanden«, murmelte Chuck auf Englisch.

Zainal beugte sich zu Kris' Ohr hinab. »Die ersten Tage sind die schwersten. Bewege dich, so viel du kannst, und nimm heiße Bäder«, sagte er auf Englisch. »Geh im Schiff umher, wenn du kannst. Wir werden nicht allzulange hierbleiben, wenn ich es irgendwie einrichten kann.«

Dann drückte er noch einmal zärtlich ihre Schulter

und bedeutete Gino, Ninety, Mack und den beiden Drassi mit einem Kopfnicken, ihm zu folgen.

Kris sah das Bodenfahrzeug, wie es quer über das Feld zur Straße flitzte und sich dann vom Kommandoposten und von den Schuppen entfernte. Viel zu schnell war es verschwunden, da die Straße sich in einem dichten Wald üppigen Grüns verlor. Sie hatte noch nicht einmal die Energie, die Flora von Catteni mit der Botanys zu vergleichen.

In ihrem Sitz ruhend, hörte sie Chuck umhergehen. Als er die Brückenkabine wieder betrat, hatte er Tassen mitgebracht, von denen er ihr eine reichte. Genauer gesagt, er drückte ihr eine in die rechte Hand, die, beinahe nutzlos aufgrund der Schwerkraft, auf der Armlehne lag.

»Versuchen Sie's, Mädchen. Sie brauchen die Energie. Es ist eine von Mayocks Spezialmischungen.«

»Oh, Gott«, stöhnte sie. Sie mußte beide Hände zu Hilfe nehmen, um dic Tasse an den Mund zu führen, und sie konnte einen kräftigen Schluck trinken. Sorgte die größere Schwerkraft dafür, daß die Flüssigkeit den Magen noch schneller erreichte? Sie nahm einen weiteren Schluck, und die Mixtur schien tatsächlich sehr schnell in ihren Magen zu fallen.

»Geht's besser?« fragte Chuck in versöhnlichem Tonfall.

»Keine Ahnung. Es scheint alles ziemlich mühsam zu sein.«

»Es ist niemals zu mühsam, etwas zu trinken, Kris«, sagte er, setzte sich auf den anderen Sessel und schaute hinaus auf die Umgebung. »Sie scheinen in Sachen Forstwirtschaft nicht viel zu tun.«

»Ich habe die Rassi gesehen ...« Trotz der Schwerkraft erschauerte sie ein wenig. »Als Arbeitstrupps ist mit ihnen nicht viel anzufangen. Sie haben es kaum geschafft, die Kisten auf den wartenden Laster zu schleppen. Ich fange allmählich an zu verstehen, weshalb Drassi so leicht aufbrausen ... wenn sie mit soviel Unintelligenz zusammenarbeiten müssen. Der IQ entspricht noch nicht einmal der Zimmertemperatur. Eher nähert er sich dem Gefrierpunkt.«

Sogar das Reden fiel schwer, denn dazu mußte sie den Unterkiefer bewegen.

»Setzen Sie sich einfach, meine Liebe«, sagte Chuck und berührte leicht ihren Arm.

»Werden wir uns je daran gewöhnen?« fragte sie.

»Wenn Zainal es sagt, dann wird es wohl so sein. Wissen Sie was, Kris, trinken Sie aus, und gehen Sie schlafen. Das hilft. Wir hatten einen anstrengenden Tag.«

»Fühle ich mich denn nicht zu schwer, um zu schlafen?«

»Trinken Sie aus, und glauben Sie mir – Sie werden ganz bestimmt schlafen.«

Sie tat genau das, trank die zweite Hälfte ihres Getränks in einem Zug und ließ sich von Chuck zu den Mannschaftsquartieren bringen. Sogar das Bett, das eigentlich nie richtig weich gewesen war, fühlte sich für sie härter an. Die Decke war zwar nicht schwerer geworden, aber sie fühlte sich viel rauher an, und das sogar durch die Uniform. Das Kissen war ein Stein, aber das hielt sie nicht davon ab, tief und fest zu schlafen.

Zainal nahm am folgenden Morgen noch einmal Verbindung mit ihnen auf, wobei seine allgemeine Ausdrucksweise ihnen klar machte, daß alles in Ordnung war. Er erfuhr, daß der Reparaturtrupp am nächsten Tag erscheinen würde. Er nannte ihnen eine Komm-Nummer. Drassi Chuck würde dem Drassi-Führer die vorbereitete Liste gewünschter Teile weitergeben. Zainal würde den Rest erhalten.

Gegen Mittag fühlte Kris sich ein wenig besser, nachdem sie des öfteren Mayocks Spezialmedizin eingenommen hatte. Sie fühlte sich tatsächlich leichter. Aber nicht irgendwie benommen. Ihr Kopf war klar. Sie bestand darauf, Wache zu halten, während Chuck schlief, und sie beantwortete mehrere Anrufe über die Komm-Konsole zufriedenstellend. Vier Anrufe sollten wahrscheinlich überprüfen, ob die Schiffswache wirklich Dienst tat. Ein anderer Anruf kam von einem ziemlich selbstherrlichen Emassi, der sich erkundigte, ob das Schiff sich noch immer in einem gefährlichen Zustand befand. Sie erwiderte mit Nachdruck, daß dies nicht der Fall sei. Als der Emassi Zainal verlangte, nannte sie ihm die Nummer, die er hinterlassen hatte, wobei sie ihm im nachhinein dafür dankbar war, denn sie hatte keine Ahnung, wo er sich aufhielt. Während Zainals Anruf hatte sie im Hintergrund Lärm hören können, woraus sie schloß, daß er sich an einem anderen Ort als Blizte befand, den Kivel erwähnt hatte.

Sie zwang sich dazu, das Schiff zu verlassen und mit langsamen Schritten einen Rundgang zu unternehmen. Danach setzte sie sich für einige Zeit auf die Stufen der Rampe und startete dann zu einem zweiten Rundgang, der sie auf die andere Seite des Schiffs führte. Als sie wieder ins Schiff zurückkehrte, fühlte sie sich, als hätte sie einen rekordverdächtigen Marathonlauf absolviert. Eine weitere Dosis von Mayocks Spezialgetränk, die sie mit Wasser verdünnte, linderte ihre Erschöpfung ein wenig. Tatsächlich ging es ihr danach so gut, daß sie zwei Stunden später einen dritten Spaziergang unternahm, da sie nichts anderes zu tun hatte und sich langweilte. Nach diesem Ausflug war sie nicht mehr so ausgepumpt wie nach den ersten beiden.

Sie bereitete für Chuck und sich eine Mahlzeit. Mittlerweile hatte Chuck auch viel länger geschlafen als seine legendären sechs Stunden, aber er hatte es wirklich gebraucht. Sie weckte ihn, und sie aßen gemeinsam und rundeten ihren Imbiß mit einem Schluck Mayock-Medizin ab.

Sie entschieden, daß sie beide lieber auf ihrem Posten sein sollten, wenn die Reparaturtrupps einträfen, um ihnen ein Beispiel für gewissenhafte Dienstauffassung zu geben. Chuck ließ Kris deshalb bis zum Morgengrauen schlafen.

»Sie müssen hier den Sonnenaufgang miterleben, Kris. Ich habe so etwas noch nie in meinem Leben gesehen«, erklärte er ihr. »Danach halte ich ein Nickerchen, bis Sie das Eintreffen der Trupps melden.«

Damit war sie einverstanden. Das Essen hatte fast die gleiche hilfreiche Wirkung wie Mayocks Gebräu, und sie schlief tief und fest, bis Chuck sie weckte und mit ihr die Brückenkabine aufsuchte, so daß sie das Erwachen des neuen Tages gemeinsam miterleben konnten.

An einem Cattenihimmel gab es nicht viele Wolken – die Atmosphäre war einfach zu schwer, dachte Kris, denn sie würden einfach absinken. Aber die Himmelsfarbe wechselte von einem feinen Wasserblau zu einem phantastischen – beinahe blitzähnlichen – Farbenspiel von gelb über orange zu rot und wieder zurück zu gelb, das schließlich über grün in das normale Blaugrün des Catteni-Himmels überging, und dann stieg die sehr helle weiße Sonne auf. Automatisch verdunkelten sich die Sichtschirme der Kommandobrücke.

»Zu hell für Emassi und Drassi?« fragte sie scherzhaft.

Chuck gähnte ausgiebig und stand auf. Er zumindest schien sich an die größere Schwerkraft gewöhnt zu haben. Vielleicht schaffte sie das auch ... wahrscheinlich genau zu dem Zeitpunkt, an dem sie aufbrechen würden.

Er legte sich schlafen, und sie bereitete sich ein Frühstück. Ihr Magen paßte sich offenbar an, denn er fühlte sich leer an und nicht schwer und wie bereits gefüllt.

Sie nahm diesmal nur eine kleine Dosis Mayock-Saft. Sie wollte nicht, daß der Reparaturtrupp Alkohol in ihrem Atem roch, denn es würde schwierig sein zu erklären, woher sie ihn hatte. Außerdem hatten sie gerade genug für ihren eigenen Bedarf mitgenommen. Selbst wenn es so aussah, als wäre ihr Konsum aus Gründen der Notwendigkeit geradezu exzessiv, wenn man bedachte, daß sie normalerweise praktisch abstinent lebte.

Wenn sie an den Zustand von Baby und der KDL dachte, als die Leute von Botany sie gekapert hatten, fragte sie sich, ob dieses Schiff nicht zu sauber und aufgeräumt wirkte, um ein echtes von Catteni benutztes Schiff zu sein. Sie würde Chuck fragen, ob sie nicht für ein wenig Unordnung sorgen sollte. Um einen Anfang zu machen, ließ sie Geschirr auf dem Tisch und die Bratpfanne auf dem Hitzefeld stehen.

Sie hatte keine Chance, über diesen Punkt mit Mitford zu reden, denn sie sah bereits die Fahrzeuge der Reparaturtrupps – massige Neunachser in typischer Catteni-Bauweise – über das Feld heranrollen. Sie hatte gerade noch Zeit, ihn richtig wach zu rütteln, ehe die Trucks mit kreischenden Bremsen vor der Frachtluke anhielten. Jemand hämmerte gegen die Luke.

Chuck schob sie nach vorne in Richtung Brückenkabine.

»Sie machen Funkwache«, murmelte er und rief dann in ungehaltenem Catteni, daß er käme, er wäre schon unterwegs, um zu öffnen.

Er öffnete die Luke und wurde beinahe von dem Emassi niedergewalzt, der hereinstürmte und Chuck wütend aus dem Weg stieß. Aber Jahre militärischer Disziplin machten sich bemerkbar, und Chuck nahm eine vorschriftsmäßige militärische Haltung an, die weitaus unterwürfiger ausfiel, als jeder amerikanische Soldat sie zustande gebracht hätte, selbst wenn ein Vier-Sterne-General oder gar der amerikanische Präsident vor ihm gestanden hätte.

Kris' Kommunikationszentrale meldete sich mit einem Piepsen, das ihre Antwort verlangte.

»Trupp angekommen?« lautete die knappe Anfrage.

»Ja, Emassi«, antwortete sie unterwürfig.

»Holen Sie Emassi Yoltin.«

»Ja, Emassi.« Und Kris schaffte es, ihre Schritte soweit zu beschleunigen, daß so etwas wie ein ›Eilen‹ daraus wurde, mit dem sie sich zur Luke begab, wo sie nach einem formvollendeten Salutieren Emassi Yoltin zur Komm-Konsole bat, um mit dem Emassi zu reden.

Unterdessen marschierte der Reparaturtrupp, beladen mit schwerem Werkzeug und anderen tragbaren

Geräten, die an die Phantasiewaffen aus einem schlechten Science-fiction-Film erinnerten, zur Steuerungsanlage am Heck. Ein anderer Trupp wartete draußen vor der Luke, beladen mit anderen sorgfältig verpackten Geräten, die aussahen wie Ersatzaggregate für die Kontrolltafel. Als sie einen Blick nach draußen werfen konnte, entdeckte sie andere Techniker, die, angeführt von einem zweiten Emassi, die ›Meteor‹-Schäden begutachteten, die Pete Snyder installiert hatte. Mehrere der Außensensoren an Backbord waren ebenfalls abgebrochen worden, um der angeblichen Bauchlandung mehr Wahrscheinlichkeit zu verleihen. Es hatte zwar einige Zeit gedauert, entsprechende Blessuren vorzutäuschen, aber der Emassi nickte, betastete die Schäden und gab seinen Leuten dann in rascher Folge weitere Befehle.

Eine vierte Gruppe baute etwas auf, das einer Feldküche frappierend ähnlich sah. Kris atmete erleichtert auf, daß man offenbar nicht von ihr erwartete, die ganze Truppe zu verpflegen. In Anbetracht dessen, was sie sah und roch, hoffte sie, daß sie und Chuck nichts davon essen müßten.

»Ihr«, sagte Emassi Yoltin, als er von der Kommandobrücke zurückkam, und deutete auf den Trupp, der draußen wartete, »repariert Kontrollen.« Er überging Kris, als existierte sie gar nicht.

Chuck folgte Yoltin nach achtern. »Emassi Venlik gab mir den Befehl, die Ersatzanlage zu überprüfen«, sagte er.

Emassi Yoltin bedachte Chuck mit einem Blick, der so giftig war, daß sogar eine Schlange daran gestorben wäre, aber Chuck blieb standhaft, bis Yoltin abrupt nickte und Chuck gestattete, ihm zu folgen.

Unnötigerweise entschied Kris, daß sie noch mehr

von Mayocks Wundertrank brauchte, um dieses Vorhaben zu überstehen.

Als die Reparaturen an der Kontrolltafel abgeschlossen waren, kehrte sie wieder auf ihren Posten an der Komm-Konsole zurück und verfolgte die Ankunft eines weiteren Vehikels. Diesmal erinnerte sie sich daran, wie man die Verbindung zu einem Bodenfahrzeug herstellte, und meldete sich.

»Fracht, Proviant. Luke öffnen«, hörte sie und befolgte diese Befehle, wobei sie gespannt war zu erfahren, was Zainal hatte beschaffen können.

Es war beträchtlich: Lebensmittel, Kisten, die mit Zeichen beschriftet waren, die sie nicht entziffern konnte, von denen sie jedoch annahm, daß sie sich auf Ersatzteile bezogen. Eine beträchtliche Anzahl von Treibstoffkanistern wurde eingeladen und füllte eineinhalb Frachtdecks aus. Einige offene Kisten enthielten frische Speisen.

»Gut«, sagte sie, als der Drassi, der das Beladen überwachte, sie ansah und auf eine Reaktion wartete. Sie schnalzte mit der Zunge. »Wir hatten lange nichts Frisches mehr zu essen«, fügte sie hinzu. Sie erkannte einige der Früchte, die sie auf dem Markt auf Barevi gesehen und gekauft hatte. Sie hatte gedacht, sie wären ungenießbar. Dann erinnerte sie sich daran, daß Zainal erzählt hatte, die Rassi bearbeiteten das Land und produzierten große Mengen an Nahrung für die Eosi – wie auch für die Catteni-Schiffe. »Wir essen gut.«

»Das tun wir. Und bald«, sagte der Drassi und deutete mit einem Kopfnicken nach draußen zu den ziemlich ungewöhnlichen Gerüchen, die von der Außenküche hereindrangen. Er hatte Teile auf seiner Liste abgehakt, als die Rassi mit ihrer Last an Bord kamen. Diese Träger schienen ein wenig intelligenter zu sein als die vorherigen. Wahrscheinlich deshalb, weil sie schon viel öfter Schiffe mit Nachschub versorgt hatten.

Dann war der Truck leer, und die Rassi saßen auf dem Boden und warteten darauf, was als nächstes mit ihnen geschehen würde.

Der Drassi reichte ihr das Schreibbrett. Sie setzte ihr Zeichen darauf und nahm es dann mit, um Chucks Unterschrift zu holen. Mitford stand in der Passagierluke und sah zu, wie die Reparaturtrupps Pause machten und aßen. Er unterschrieb und zwinkerte ihr zu.

»Wir wurden nicht eingeladen«, sagte er halblaut.

Sie verdrehte erleichtert die Augen, wobei sie aus den Augenwinkeln beobachtete, mit welcher Gier und mit welchem Schmatzen und Schlürfen die Mahlzeit eingenommen wurde. In einer solchen Gesellschaft zu essen wäre sicherlich fast genauso ekelerregend gewesen wie die Speisen selbst, die sie so gierig in sich hineinschlangen.

Sie kehrte mit den zweifach unterschriebenen Listen zum Drassi zurück, und er sprang ebenfalls auf den Boden hinab und gab den apathischen Rassi einen lauten Befehl. Sie erhoben sich langsam und folgten ihm um das Schiff herum zum Eßplatz.

Kris schloß und verriegelte die Frachtluke. Drei der Frachtdecks des Schiffs waren nun mit Nachschubgütern gefüllt. Zainal hatte gründlich zugeschlagen. Kämen sie mit einem derartig dreisten Akt von Piraterie durch?

»Wir können essen«, murmelte Chuck, während er sie an der Frachtluke vorbeischob. »Das Wasser ist ganz gut.«

Mit dem Wasser verdünnten sie das Mayock-Gebräu und spülten damit das frische Obst und das cattenische Brot hinunter. Es war so frisch, daß es leicht zu kauen war. Es schmeckte nicht allzu schlecht.

»Wissen Sie zufälligerweise, was die da draußen essen?« fragte sie Chuck.

»Seien Sie froh, daß Sie es nicht wissen«, erwiderte Chuck und nahm einen großen Schluck aus seiner Tasse.

Das reichte aus, um Kris klarzumachen, daß die Catteni vermutlich Rassi verzehrten. Sie aß nichts mehr, obgleich Chuck ihr andeutete, sie solle weiter zugreifen.

Der Außentrupp hatte die Risse und das große Loch geschlossen und mit einer Art Mastix ausgefüllt. Als die Innenspezialisten ihre Arbeit beendet hatten, verschwanden sie und ließen Emassi Yoltin zurück, damit er die restlichen Reparaturarbeiten beaufsichtigte.

Ein Catteni-Tag war länger als ein Erden-, aber kürzer als ein Botany-Tag. Es gab tatsächlich außer den Meteoritentreffern weitere umfangreiche äußere Beschädigungen. So mußten zum Beispiel die Überreste der abgebrochenen äußeren Einrichtungen entfernt und ersetzt werden. Deshalb mußten Techniker in dem Schiff ein und aus gehen und gerieten auf diese Weise auch in nächste Nähe der unversehrten Kontrolltafeln in ihrem Versteck. Einmal geschah es, daß Kris glaubte, sie würde zum ersten Mal in ihrem Leben in Ohnmacht fallen, aber sie schaffte es, sich heftig genug zu kneifen, um hellwach zu bleiben. Sie waren nun schon so weit gekommen, daß sie ihre Mission durch eine solche Reaktion unmöglich in Gefahr bringen konnte.

Sie mußte die Nähe der verschwitzten Catteni ertragen, deren Kleidung auch noch mit der Reparaturmasse besudelt war, welche den Gestank erheblich verschlimmerte.

Chuck bot dem Emassi das Kapitänsquartier an, was jedoch mit knappen Worten abgelehnt wurde, und dann waren Chuck und Kris sich selbst überlassen. Als die Nacht sich auf das Landefeld herabsenkte, schlossen sie die Passagierluke, damit sie nicht riechen mußten, was immer die Catteni aßen. Kris hatte mittlerweile einen Bärenhunger und bereitete ihnen beiden eine umfangreiche Mahlzeit.

»Ich übernehme die erste Wache«, erklärte Chuck, und Kris widersprach nicht. Die Anstrengungen des Tages und die erhöhte Schwerkraft hatten sie erschöpft.

Er weckte sie sechs Stunden später. »Wir hatten einige Anrufe und eine Anfrage von Yoltin, der sich vergewissern wollte, ob wir auch tatsächlich Wache halten. Also werden Sie auch mit einem Anruf von ihm rechnen müssen.«

»Das ist völlig okay, Chuck«, beruhigte sie ihn. Es fiel ihr tatsächlich gar nicht mehr so schwer, sich aufzurichten und aus dem Bett aufzustehen, obgleich sie noch immer das Gefühl hatte, als würden all ihre Muskeln und ihr Fleisch mit unwiderstehlicher Gewalt zu Boden gezogen.

Kurz nachdem sie ihren Platz an der Komm-Konsole eingenommen hatte, meldete Yoltin sich. Er war ein richtiger Catteni-Bastard. Er kontrollierte. Ihr kam plötzlich ein Gedanke, den sie sofort in die Tat umsetzte, indem sie die unbeschädigten Kontrollpaneele aus ihrem Versteck holte und sie hinter einer großen Kiste im Frachtdeck, das im Augenblick zugänglich war, deponierte. Fall sie dort entdeckt würden, was sie bezweifelte, brauchte sie sich deswegen keine Sorgen zu machen. Die Drassi hatten alle Güter, die an Bord gebracht worden waren, überprüft, und da sie selbst auch eine Drassi war, konnte sie so tun, als könnte sie nicht richtig lesen. Nicht viele echte Drassi konnten es, es sei denn, sie ›mußten Bescheid wissen‹, wie Zainal es ausgedrückt hätte.

Nachdem alle Reparaturarbeiten ausgeführt worden waren, nahm Emassi Yoltin eine Inspektion jeder Schalttafel und jedes verschließbaren Fachs im Hauptschiff vor. Chuck verfärbte sich dunkelgrau, bis Kris es schaffte, ihm zuzuzwinkern. Danach lehnte er sich für einen kurzen Moment gegen eine Wand und atmete beruhigt auf.

Yoltin konnte nichts finden, weshalb er sie hätte tadeln können, abgesehen vom schmutzigen Geschirr in der Küche, und deshalb beschimpfte er sie aufs heftigste, wobei sie unterwürfig und schüchtern zu Boden starrten.

Während Yoltin sie verließ, sagte Chuck sehr zornig zu Kris. »Die Küche muß einwandfrei sauber sein, wenn Emassi Vanlik zurückkehrt. Sie sind dafür verantwortlich. Sie werden dafür sorgen, daß es geschieht.«

»Ja, Drassi Chuck«, antwortet Kris mit ernsthaftem Diensteifer. Beide amüsierten sich köstlich über ihre kleine Scharade und brachen in schallendes Gelächter aus, als die Passagierluke geschlossen wurde.

Sie hörten, wie die Motoren der Fahrzeuge aufheulten, und begaben sich sofort in die Brückenkabine, um zu verfolgen, wie die letzten Reparaturtechniker, begleitet von dichten Staubwolken, abfuhren. Sie sahen außerdem, wie sich ein kleineres Fahrzeug von einem der Gebäude neben dem Landefeld aus näherte.

»Oh, Gott, was soll das denn?« rief Chuck. »Bringen Sie sofort die Küche in Ordnung, für den Fall, daß wir wieder inspiziert werden!«

Sie waren wirklich nicht so unordentlich gewesen, aber sie stürzte mit Wasser und dem, was als Reinigungsflüssigkeit diente, an die Spüle. Ihre Hände röteten sich, und sie vergewisserte sich, daß die Lösung ihre Hautfärbung nicht angegriffen hatte. Sie war zwar ein wenig verblaßt, aber Kris wagte nicht, sie aufzufrischen – die Farbe verströmte einen strengen Geruch –, ehe der letzte Besucher das Schiff verlassen hatte.

Es war Kivel mit zwei Drassi, der das Schiff einer Inspektion unterzog, wobei er die meiste Aufmerksamkeit der Außenhaut schenkte.

»Sie starten bald?«

»Emassi Venlik ist noch nicht zurück«, erwiderte Chuck.

»Er sollte bald kommen. Dieses Feld wird benötigt«, sagte Kivel wichtigtuerisch.

»Wir waren monatelang im Weltraum«, meinte Chuck und imitierte, so gut es ging, ein zainalsches Achselzucken.

»Monatelang? Wo?«

Die Frage erschien völlig unschuldig, aber in Kivels Augen lag ein Glanz, der auf gewisse Gerüchte schließen ließ – Gerüchte von einer zurückgelassenen Fracht von beträchtlichem Wert.

Chuck zuckte erneut die Achseln.

»Wir werden während des Abendessens darüber reden«, sagte Kivel viel zu freundlich, um sogar einen Rassi zu täuschen.

Chuck mimte den Eifrigen, dann entspannte er sich. »Ich halte Wache. Emassi Venlik ist ein strenger Kommandant.«

Kivel neigte den Kopf in Kris' Richtung. »Die Kleine kann Wache stehen. Wir werden uns heute abend ein wenig amüsieren«, fuhr er fort, und es klang wie eine versteckte Drohung.

Chuck tat so, als dächte er darüber nach und nickte schließlich, wobei er Kris vielsagend anschaute. »Du wirst dem Emassi nichts verraten?«

»Nein, Drassi Chuck.«

»Dann komm.« Kivel winkte Chuck und deutete an, daß er ihm an der Luke den Vortritt ließ.

Chuck verneigte sich höflich und bestand darauf, daß der ranghöhere Offizier als erster ausstieg. Als Kivel ihm den Rücken zuwandte, hatte Chuck die Chance, Kris einen fragenden Blick zuzuwerfen. Sie zwinkerte ihm ermutigend zu. Sie würde die Luke schließen und nicht mehr öffnen, bis er zurückkäme. Chuck hatte keine Wahl, da es ein Drassi war, der ihm mehr oder weniger den Befehl gab, ihm Gesellschaft zu leisten.

Kris aß alleine an der Komm-Konsole und verfolgte, wie sich die Dunkelheit über den wunderschönen Wald breitete und dann der erste Mond aufging, der nicht mehr als eine große orangefarbene Sichel war. Zwei weitere, einer sehr weit entfernt und klein, gingen ebenfalls auf, als der erste Mond hoch am Himmel stand. Fast wünschte Kris sich, daß die Komm-Konsole sich mit einem Ruf meldete, damit sie etwas zu tun hätte. Sie schenkte sich eine reichliche Portion von Mayocks Spezialdrink ein und fragte sich, wie Chuck wohl das entsprechende cattenische Getränk vertrug. Mitford hatte schon oft damit geprahlt, daß er jede Art von Alkohol trinken und trotzdem seinen klaren Kopf behalten könne. Sie hoffte, daß ihm das zumindest in dieser Nacht gelänge.

Die vierte Mond ging schon auf, und der Rest in der Mayock-Flasche war nur noch fingerhoch, als sie ein Fahrzeug und lauten falschen Gesang hörte. Kurz darauf ertönte ein lautes Klopfen – von mehr als einer Faust – an der Luke, und sie beeilte sich, sie zu öffnen.

Kivel warf Chuck beinahe hinein, dann wankte er zum Fahrzeug zurück und gab dem Chauffeur das Zeichen weiterzufahren.

»Sie haben es geschafft«, sagte sie und stellte fest, daß sie erhebliche Schwierigkeiten hatte, deutlich zu sprechen.

»Aber ... nur 'anz knapp«, erwiderte Mitford und hatte beim Sprechen noch größere Probleme als sie.

»Ich bringe Sie zu Bett«, sagte sie und war froh, daß sie doch um einiges nüchterner war als er.

»Was woll'e er?«

»Kooooo ... orrrr ... dinaten«, brachte Chuck mühsam hervor und schwankte dabei hin und her, trotz ihrer Bemühungen, ihn gerade zu halten.

»Das dachte ich mir.«

»Weiß ... sie ... aber nich. Nur ... Drassi«, sagte Chuck und bekam einen Schluckauf. »War ... das ... schlimmste ... Zeug, daß ich ... je ... getrunken habe.«

Sie hatten das Kapitänsquartier erreicht – es war das nächste –, und als Chuck an der Tür haltmachte, hatte Kris nichts dagegen. Es war viel näher als die Mannschaftsquartiere. Sie bezweifelte, daß er es in seinem Zustand auch nur in die unterste der dreistöckigen Kojen schaffen würde, ohne sich den Schädel einzuschlagen.

Das Bett des Kapitäns war außerdem breiter, und sie bugsierte ihn dorthin. Er ließ sich darauf fallen, richtete sich jedoch sofort wieder derart schnell auf, daß sie mit den Köpfen zusammenstießen.

»Ohhh«, stöhnte er. »Ich ... krieg ... die ... Schuhe ... nich' runter.«

Sie half ihm dabei, hatte aber Schwierigkeiten, die Verschlüsse zu öffnen. Ehe sie sich versah, hatte er die Arme um sie geschlungen und ließ sich mit ihr im Bett nach hinten fallen. Kaum war sein Kopf unten, da schlief er schon. Sie wartete einige Sekunden lang, wollte sich ebenfalls ausstrecken, weil das Mayock-Gebräu, das sie seit Stunden trank, sich plötzlich bei ihr bemerkbar machte. Aber Chuck hielt sie mit festem Griff umarmt, und sie konnte sich nicht von ihm losmachen.

Nun, sie lag fast genauso horizontal wie er, obgleich sie immer noch ihre Schuhe trug. Sie suchte sich vorsichtig eine bequemere Position, bettete den Kopf auf seine Brust und schlief ebenfalls ein.

Sie erwachte am nächsten Morgen als erste. Chuck schnarchte nicht mehr. Sein Kopf ruhte auf ihrer nackten Schulter. Sie hatte die lebhaftesten, beinahe pornographischen Träume gehabt und gab einen erstickten Seufzer des Ekels von sich.

Und ich bin nackt? Chuck war es ebenfalls – seine Kleider waren in der ganzen Kabine verstreut. *Oh, mein Gott, dieses Mayock hat schon wieder gewirkt!*

Sie schluckte. *Das ist unfair. Ich erinnere mich an nichts. Wenigstens hoffe ich, daß nicht wahr ist, was* ich geträumt habe! Sie betrachtete das entspannt schlafende Gesicht von Chuck Mitford und schüttelte langsam den Kopf. Sie konnte und wollte nicht glauben, daß er und sie so etwas getan hatten. Ein solches Verhalten, selbst in ihrem eindeutigen Rauschzustand, war untypisch und auch unwahrscheinlich. Eigentlich sogar unmöglich. Sie schüttelte, diesmal noch heftiger, den Kopf.

Dann versuchte sie sich in Erinnerung zu rufen, wann sie das letzte Mal ihre Periode gehabt hatte, und schaffte es nicht. Sie konnte nicht feststellen, ob sie sich zur Zeit in einer fruchtbaren Phase befand. Sie schaute hinüber zu Chuck. Nun, wenn sie nicht von ihm schwanger war, dann hatte sie ihnen beiden wenigstens die Peinlichkeit erspart, eigentlich aus diesem Grund ins Bett gegangen zu sein. Aber sie wünschte sich sehr, sich sowohl an etwas Logisches als auch an etwas ihren Rollen Entsprechendes erinnern zu können.

Ein Summen unterbrach ihre Überlegungen. Die Komm-Konsole der Kommandobrücke kündigte eine eingehende Botschaft an.

Mitford war so entspannt – nun, wenigstens hatte sie ihm dazu verholfen –, daß sie sich von ihm lösen und aufstehen konnte.

Sie breitete eine Decke über ihn und hoffte dabei, daß er so fest schlief, daß er nicht hochschreckte, bevor sie die Brücke aufsuchte, um den Ruf entgegenzunehmen. Sie sammelte ihre Kleider auf, ehe sie den Raum verließ. Sollte er ruhig denken, daß er alleine geschlafen hatte.

Sie vergeudete keine Zeit damit, sich anzuziehen – sie würde die Sichtverbindung ausgeschaltet lassen –, als sie Anstalten machte, das Summen zu unterbrechen. Sie brachte die korrekte Meldung in ihrem kehlig verfremdeten Tonfall zustande.

»Zainal hier. Alle Reparaturen ausgeführt?«

»Ja, Emassi.«

»Alle Fracht an Bord?«

»Ja, Emassi.«

»Bereiten Sie das Schiff für einen sofortigen Start vor.«

»Ja, Emassi.«

Er fragte noch nicht einmal, weshalb sie die Sichtverbindung nicht eingeschaltet hatte.

Hätte sie noch Zeit für eine schnelle Dusche? Nun, sie würde sowieso eine nehmen. Sie müßte es auf jeden Fall tun, da sonst die anderen Menschen einen ganz bestimmten anderen Geruch an ihr wahrnehmen würden. Und ihre Augen schmerzten. Oh, Gott, die Kontaktlinsen! Sie nahm sie vorsichtig heraus und säuberte sie. Dann dachte sie auch an Chucks Linsen. Sie kniete sich neben das Bett und schaffte es, indem sie ganz sacht über die Augenlider strich, seine Linsen ebenfalls herauszuholen. Seine Augen waren sicherlich ebenfalls gereizt, aber vielleicht dachte er, wenn er die Linsen in einem Becher Wasser sah, daß er noch so umsichtig gewesen war, selbst dafür zu sorgen.

Sie wusch sich schnell, trocknete sich ab und dachte daran, ihre Färbung zu überprüfen, ehe sie sich wieder anzog. Sie war noch immer grau genug. Oh, Gott, wie froh wäre sie, wieder ein Mensch sein zu dürfen. Sie benutzte ein wenig von der Augenspülung, um die Reizung zu lindern, in der Hoffnung, daß sie nachließ, ehe sie die Linsen wieder für eine wichtige Aufgabe brauchte. So tief, wie Chuck schlief, wären ihre Augen sicher wieder normal, wenn er aufwachte. Sollte sie ihn wecken, ehe Zainal zurückkehrte? Nein, sie würde sagen, sie hätte ihn soeben auf dem Wachtposten abgelöst.

»Du hast mich in der Dusche überrascht, Zainal«, übte sie laut, während sie sich anzog, für den Fall, daß er sie fragte, weshalb sich ihre Antwort verzögert hatte.

Verdammt, er hatte nicht erwähnt, wie lange vorher er schon hier gewesen war. Er hatte gesagt, das Schiff sollte für einen sofortigen Start bereit sein. War er auf Schwierigkeiten gestoßen?

Sie begann mit dem Vorflug-Check – sie hatte Zainal, Gino und Raisha oft genug dabei beobachtet, um den Ablauf zu kennen. Dann überprüfte sie jedes Frachtdeck, um sich zu vergewissern, daß alles für den Start verriegelt war. Als sie auf die Kommandobrücke zurückkehrte, bemerkte sie eine Staubwolke am Rand des Waldes. Der Truck, und zwar ein ziemlich großer, kam nicht, wie sie vage erwartet hatte, direkt auf das Schiff zu, sondern hielt vor dem Kommandoposten an. Als er schließlich auf das Schiff zusteuerte, erkannte sie, daß er zur Frachtluke wollte, daher eilte sie, so schnell sie konnte, den Niedergang hinunter, wobei sie froh war, daß sie sich mittlerweile ein wenig schneller bewegen konnte. Man gewöhnte sich tatsächlich daran. Sie öffnete die Luke, damit alles für ein schnelles Beladen bereit war. Der Truck rollte rückwärts heran, bis er den frisch gestrichenen Rumpf beinahe berührte.

Coo und Pess tauchten als erste auf, als sie die Harmonikatür des Trucks öffneten. Sie kamen schnell mit einem großen und offenbar ziemlich schweren Karton an Bord. Er verursachte einen dumpfen Laut, als sie ihn absetzten. Hinter ihnen mühten Ninety, Mack und Gino sich damit ab, weitere Kisten und Behälter hereinzuschleppen. Zainal erschien mit Paketen, die er vorsichtig am Bugende des Frachtraums ablegte. Er grinste sie an, wobei seine Augen triumphierend leuchteten, dann machte er sofort wieder kehrt, um weitere Kisten an Bord zu bringen.

»Wo ist Chuck?« fragte Zainal auf Englisch, als er das nächste Mal zurückkam.

»Er war gestern Gast des Emassi«, sagte sie und machte Anstalten, beim Umladen zu helfen. Zainal schüttelte den Kopf und deutete auf die Kontrolltafel, an der sie sich bereit halten sollte, um die Luke auf sein Kommando zu schließen.

Das Umladen dauerte nicht sehr lange, da Pess, Coo und Zainal sich schneller als die Menschen, die die leichteren Objekte trugen, an die cattenische Schwerkraft gewöhnt hatten. Dieses Deck war schließlich fast genauso voll wie die anderen, und Kris konnte ihre Neugier kaum zügeln.

»Pess«, sagte Zainal, zeigte auf den Truck und bedeutete dem Deski, er solle ihn zum Kommandoposten zurückbringen. Sie mußten warten, bis Pess zurückkam, wobei er die Distanz zügig mit seinen langen Beinen mit seinen seltsamen Gelenken überwand.

»Ist das alles?« fragte Kris, die Hände an den Kontrollen des Frachtdecks.

»Ja. Du hast nicht zufälligerweise schon einen Vorflug-Check durchgeführt?« fragte Zainal, während er die Frachtluke schloß. Sie nickte bestätigend. Er und Coo sicherten die Fracht mit Netzen, die sie an speziellen Bodenklammern befestigten.

Gino war bereits nach vorne gegangen. Mack und Ninety sahen ziemlich erschöpft aus und lehnten sich an eine Zwischenwand.

»Hatten ihr euren Spaß, Leute?« fragte sie unverblümt.

»Es wird sicher den ganzen Rückflug in Anspruch nehmen, um Ihnen alles zu erzählen«, sagte Ninety mit dem Anflug seines bekannt dreisten Grinsens. »Lenny wird niemals glauben, was ich gesehen und getan habe.«

»Doch, das wird er. Das bin ich mir ganz sicher.«

»Kommen Sie, wir müssen uns für den Start anschnallen«, unterbrach Zainal ihr Gespräch und deutete nach vorne.

»Werden wir verfolgt?« fragte Kris nervös.

»Nicht ganz«, erwiderte Zainal lächelnd, »aber sie würden uns am liebsten dorthin folgen, wo wir das wertvolle Erz zurückgelassen haben.«

»Wie können sie einen Asteroiden finden, der gar nicht existiert?« fragte Kris und lächelte ebenfalls.

»Ah.« Er legte eine Hand unter ihren Ellbogen und steuerte sie durch den Niedergang. »Genau das müssen wir herausfinden, ehe wir nach Botany zurückkehren können.«

Sie hatten die Brückenkabine beinahe erreicht, als Kris sich daran erinnerte, daß Chuck nicht angeschnallt war. »Ich muß Chuck sichern.«

»Vergeude damit keine Zeit«, sagte Zainal und drehte sich, um sich an ihr vorbeizuzwängen. Er hatte einen säuerlichen Geruch an sich, den sie nicht identifizieren konnte.

»Zay war fast einen ganzen Cattenitag lang verschwunden«, meinte Mack murmelnd zu ihr, als sie sich neben ihm anschnallte.

Kris verdrehte die Augen. »Kaum hat man diesen Mann nicht mehr unter Kontrolle, schon gerät er in Schwierigkeiten.«

Glücklicherweise hatte Zainal viel zuviel damit zu tun, zusammen mit Gino den Kurs festzulegen und an der Komm-Konsole die erforderlichen Gespräche zu führen, so daß er ihre leisen Bemerkungen nicht mitbekam.

»Eins kann ich Ihnen flüstern, Kris, mit diesem Mann möchte ich nirgendwo aneinandergeraten, noch nicht einmal unter meinen eigenen Schwerkraftverhältnissen«, sagte Ninety beeindruckt.

Mack kicherte.

Nachdem sie von Emassi Kivel persönlich die Freigabe für den Start erhalten hatten, hob das Schiff mit mäßiger Geschwindigkeit ab.

»Kivel hat gestern abend versucht, Chuck so betrunken zu machen, daß er ihn ausfragen konnte«, sagte Kris. »Ich weiß nicht, welches Zeug hier auf Catten für solche Zwecke benutzt wird, aber es war ein Wunder, daß Chuck es heute morgen hierhergeschafft hat.«

Sie schalt sich selbst, daß sie die Wahrheit derart zurechtbog, aber niemandem würde durch ihre Version geschadet – und mit ein wenig Glück hätte sie keinen Grund, weitere Erklärungen abzugeben.

Nach der höheren Schwerkraft Cattens empfanden sie den erhöhten Andruck während der Startphase als minimal.

Während sie Catten auf einem Startorbit umkreisten, fand Kris die Schönheit des Planeten fast atemberaubend.

Die Raumstation kam allmählich in Sicht. Einer der Dreadnoughts wurde gerade aus seinem Dock herausmanövriert. Indem sie einige der Schiffe der H-Klasse in der Nähe zum Vergleich heranziehen konnte, erhielt Kris eine etwas bessere Vorstellung davon, wie gigantisch die Dreadnoughts tatsächlich waren. Es war, als flöge eine 747 hinter einer Tomahawk her. Und diese Schiffe hatten die Blase nicht durchbrechen können?

Die Komm-Konsole meldete sich, und Gino antwortete mit völlig ausdrucksloser Cattenistimme.

»Ihr Bestimmungsort?« fragte die Konsole.

»Hier ist Emassi Venlik. Eosi Ba ist verantwortlich für unseren Bestimmungsort«, sagte Zainal.

»Verstanden.«

Vielleicht bildete Kris es sich nur ein, aber in der Antwort lag ein ehrfürchtiger Tonfall. Zainal grinste Gino an, der leise zu kichern begann, sobald die Komm-Verbindung unterbrochen war.

Die KDL nahm eine Kursänderung vor und wandte danach der Raumstation das Heck zu. Zainal steigerte das Tempo, als das Schiff dorthin raste, wo Tausende von Sternen in der Schwärze des Weltraums funkelten.

»Hat er jemanden verprügelt?« fragte Kris, als sie sich in sicherer Entfernung von Catten wußte.

»Aber gründlich«, sagte Gino und verdrehte die Augen. »Irgend so einen Schleimscheißer von Eosi. Ich glaube nicht, daß diejenigen, die wir trafen, so versessen auf Verdruß waren. Zumindest nicht die, denen Worry und Leon begegneten. Was nun die Typen angeht, die ich traf ... Einer war ungeheuer breit, und ich mußte mich so klein wie möglich machen und an die nächste Wand pressen. Und einige waren schlimmer als alles, was Hollywood sich ausgedacht hat, die Aliens in *Alien* inklusive.«

Zainal lehnte sich im Kommandantensessel zurück und reckte und streckte sich, bis jedes Gelenk knackte und jede Sehne zu reißen drohte.

»Hoffen wir, daß Duxie uns noch mehr von diesem wertvollen Erz besorgen kann. Wenn ja, dann sind wir die Stars der Hauptstadt«, fügte Gino hinzu, »und können raus und rein so oft wir wollen.«

»Gino, sind Sie okay?« fragte Zainal, während er sich erhob.

»Mir geht's prima, Zainal. Sie brauchen Ruhe.«

»Chuck liegt in deinem Bett«, sagte Kris.

»Wo, ist mir völlig egal, so lange ich mich ausstrecken kann«, sagte Zainal. Er deutete auf Mack und Ninety. »Sie haben auch dienstfrei. Vor uns müßte eigentlich alles klar sein, Gino, aber wecken Sie mich, falls sich irgend etwas ergibt, das Ihnen seltsam vorkommt.«

»Ruhen Sie sich aus, Zay«, sagte Gino und vollführte eine Geste, als wollte er ihn verscheuchen. »Sie auch.«

Kris suchte Pess und Coo. Bestimmt brauchten sie genauso wie die anderen ihre Ruhe, aber keiner der beiden Rugarianer war zu sehen.

»Sie haben schon geschlafen, kaum daß wir den Orbit erreicht hatten«, sagte Gino. »Kommen Sie rauf, Kris, und ich erzähle Ihnen, was wir getan haben und was Zainal geschafft hat.«

Einem Drassi fielen die hohen Kosten und die umfangreiche Fracht auf, die auf dieses spezielle Schiff entfielen. Als er bei der Verwaltung nachfragte und seine Komm-Leitung für fast eine Stunde in Betrieb hielt, wurde ihm mitgeteilt, daß das Schiff genügend Kredit hätte, um sämtliche Forderungen abzudecken. Es gäbe keinerlei Probleme. Er sollte sich gefälligst wieder auf seine Arbeit konzentrieren. Da er ein Drassi war, gehorchte er, doch er fühlte sich von seinen Vorgesetzten mehr denn je ausgebeutet. Es gab nun mal keine Belohnung, wenn man im Namen seines Emassi erhöhte Sorgfalt walten ließ. Aber welche andere Wahl hatte er schon?

5. Kapitel

»Eins muß ich Ihnen gestehen, Kris«, begann Gino, »ich war nicht allzu scharf darauf, einen Catteni auf Botany zu dulden, aber ...« Gino stieß einen schrillen Pfiff aus, »aber wenn man sich ansieht, was dieser Knabe alles zustande bringt ... Jetzt würde ich für ihn durchs Feuer gehen.«

»Er hat schon was Besonderes an sich«, gab Kris lächelnd zu. »Und was hat er getan?«

»Blizte war das reinste Loch von einer Stadt. Massenweise Rassi in armseligen Baracken starrten uns an. Oder um etwas genauer zu sein, starrten eigentlich nichts an. Zwei cattenische Veteranen – der eine hatte keine Beine mehr, und dem anderen fehlte ein Arm – betrieben das einzige ... kaum zu fassen ... Restaurant in Blizte. Sie saßen auf einer Bank, als wir daran vorbeifuhren. Zainal wurde mit einem Winken bedacht. Ein paar Klicks weiter, und wir gelangten zu einer Straße mit speziellem Oberflächenbelag. Ich weiß nicht, woraus er bestand, aber es gab nur wenige Rillen darin, und das alte Vehikel machte zügige Fahrt, wenn man das Pedal bis aufs Bodenblech durchtrat.« Gino streckte sich, daß seine Gelenke knackten, und Kris fragte sich, ob sie die Kommandobrücke nicht alleine bewältigte, damit auch er schlafen könnte. »Nein, mir geht's gut«, versicherte er ihr und legte die Hände wieder auf die Armlehnen. »Ich kann überall schlafen und bin nach einem Nickerchen von einer halben Stunde schon wieder fit. Ich habe auf dem Rückweg von der Stadt geschlafen.«

»Und das hat mir vielleicht die Augen geöffnet.«

Erneut erklang dieser Pfiff ehrfürchtigen Staunens. »Wie etwas aus der Zukunft. Wunderschöne Anordnung, und sogar die wichtigen Gebäude waren nicht mit Glas verkleidet, sondern ...« er imitierte eine professionelle Ansagerstimme, »›nach ökologischen Gesichtspunkten plaziert, um die natürliche Schönheit nicht zu stören und um Flora und Fauna bestmöglich zur Geltung zu bringen.‹ Keins höher als ein Stockwerk. Vorwiegend deshalb, weil die Gebäude eher nach unten als nach oben errichtet wurden. Zainal sagt, einige reichen gut hundert Plegs tief.«

»Worin wohnen die Eosi?«

Ihre Neugier gewann die Überhand über ihre Abscheu von den Herrschern.

Gino hob die Augenbrauen. »Ich hätte es nicht erraten können, wenn Zainal es uns nicht gezeigt hätte. Obgleich sie ihre Anwesen mit hohen Mauern und Kraftfeldern abschirmen. Wir sahen, wie ein vogelähnliches Ding bei dem Versuch verbrannte, auf einem zu landen. Daher konnten wir nicht in die Gehege hineinblicken. Sie sind über ganz Catten verstreut – weshalb sie der Stadt auch einen so bezeichnenden Namen verliehen haben. Trotzdem, wären da nicht die Nachbarn, dann wäre es besser als Beverly Hills. Oder sogar Carmel.

Zainal zeigte uns, wo seine Familie ihr Zuhause hatte, und es bestand aus einem ziemlich großen Stück Land. Zainal sagt, aus seiner Linie oder Ahnenreihe oder wie immer Sie es nennen wollen, kämen viele Eosi-Wirte.«

»Haben Sie einen Eosi gesehen?«

Ginos Erschauern war nicht gespielt. »Sogar vier von ihnen. Riesige Kerle, selbst wenn man bedenkt, daß der arme verdammte Catteni, der übernommen wurde, schon ziemlich groß war. Verrückte Augen! Haben mir eine Heidenangst eingejagt ...« Erneut stieß er einen Pfiff aus. »Ich war verdammt froh, daß Zainal aus all dem lebend rausgekommen ist. Da ist man ja schlimmer dran, als wäre man ein Zombie.

Wie auch immer, er machte auf einem Platz Halt, wo es öffentliche Komm-Konsolen gab, und führte ein halbes Dutzend Gespräche, während wir zu dem Restaurant schlenderten.« Diesmal verzog Gino das Gesicht. »Sie haben von anständigem Essen keine Ahnung. Sie stopfen sich einfach alles ins Maul, aber Zay hatte uns erklärt, was wir bestellen sollten, und das war ziemlich gut. Fast so gut wie das, was wir regelmäßig auf Botany essen.« Er sagte das in einem leicht herablassenden Tonfall.

»Er konnte nicht alle Bekannten erreichen, die er treffen wollte, aber er sagte, daß diese vier die besten wären und daß er froh wäre, überhaupt einen in Cattena aufgestöbert zu haben. Wir benutzten die geheimen Handzeichen und Paßworte und all dieses Zeug und trafen uns vor etwas, das wir hier als Tankstelle bezeichnen würden. Es war eine Art Gebrauchtwarenmarkt.« Er grinste koboldhaft über seine Formulierung. »Wir taten so, als versuchten wir, das Fahrzeug zu verkaufen, so daß sich der größte Teil des Gesprächs zwischen Zainal und den anderen um den Zustand des Trucks und seinen Motor zu drehen schien. Dieser Motor befindet sich über einem der unteren Paneele. Zainal hatte schräg zur Tankstelle geparkt, so daß niemand sehen konnte, ob jemand kam oder ging. Einer von uns war ständig anwesend, um die Techniker, oder was immer sie darstellten, abzuwimmeln, wenn sie uns zu nahe kamen. Da waren auch noch zwei oder drei andere Fahrzeuge, die inspiziert wurden, daher war es eine ganz gute Tarnung.«

Er hielt inne und kratzte sich an der Nase.

»Und?« fragte Kris.

Er kicherte mit einem Ausdruck selbstgefälliger Zufriedenheit. »Es scheint eine ganze Menge Catteni Emassi zu geben, die ...« und dabei hielt er die Hand in Höhe seiner Nase waagerecht vor sein Gesicht, »... von der Herrschaft der Eosi genug haben. Vor allem ...« und er hielt inne, um dem Folgenden Nachdruck zu verleihen, »seit Ix Mentat – das ist der, der Zays Bruder besetzt hat – und Co und Se den anderen Eosi vorgeworfen haben, daß sie Botany schädigen und die gesamte Marine zu diesem Zweck einsetzen.«

Gino schaute besorgt drein. »Niemand hat je erlebt, daß die Mentats derart schießfreudig zu Werke gehen. Sie müssen in die Blase eindringen oder sie zum Explodieren oder Implodieren bringen – weil sie dort ist, denke ich, und sie ratlos macht. Und ratlos zu sein gefällt ihnen ganz und gar nicht.«

»Wurde irgend etwas über die Erde gesagt?«

»Ja, und gar nichts Gutes. Sie haben nicht damit aufgehört, unsere Spezialisten einer Hirnleerung zu unterziehen, daher mußten diejenigen, die das Glück hatten, sich dieser Prozedur zu entziehen, untertauchen. Und geeignete Verstecke füllen sich allmählich und werden seltener ... vor allem da es auf der Erde keine Luftfahrt mehr gibt. Und nur sehr wenige funktionierende Lastwagen oder Pkws. Die Eosi haben für Erdölprodukte andere Verwendungen gefunden ... alles nur für sie. Es ist nicht so, als könnten sie ganz einfach die Blase verbrennen ... Gott sei Dank gibt es im Weltraum keinen Sauerstoff.

Und die Emassi, mit denen Zay gesprochen hat,

sind nicht die einzigen, die aufgrund der Rebellion auf der Erde auf gewisse Ideen kommen.« Gino nickte zufrieden. »Offenbar haben wir sie animiert, die Catteni und die Eosi. Es hat noch nie soviel Opposition gegeben. Wir mögen zwar technisch nicht so hoch entwickelt sein wie die Eosi, aber das kann ich Ihnen flüstern, es gibt gar nicht genug Emassi, um mit dem fertig zu werden, war wir ihnen auf der Erde entgegenwerfen.«

»Demnach könnten wir es vielleicht schaffen, die Erde durch Rebellion zurückzugewinnen?« Kris spürte, wie ein Gefühl des Triumphs ihre Brust füllte.

»Das habe ich nicht gesagt«, entgegnete Gino vorsichtig und machte ein skeptisches Gesicht. »Erstens«, er hielt einen Finger hoch, »sind Emassi und Drassi an der Erde interessiert und wollen sie behalten. Sie wollen schnellstens die lästige Urbevölkerung loswerden. Unterdessen schleppen sie alles weg, das nicht fest verankert ist, und manchmal benutzen sie sogar Preßlufthämmer, um mitzunehmen, was ihnen gefällt. Zweitens haben sie damit aufgehört, Fabrikanlagen zu zerstören, und halten jetzt einige spezialisierte Betriebe rund um die Uhr in Betrieb ... das heißt, bis die Arbeiter vor Erschöpfung zusammenbrechen. So extrem wurde das Prinzip der Schichtarbeit noch nicht angewendet. Nicht einmal in den Ausbeutungsbetrieben in Indien und Asien, von denen wir früher soviel gehört haben. Bei uns gibt es einige Güter, die bei den Eosi ganz oben auf der Wunschliste stehen, und die werden massenhaft hergestellt. Es mag zwar sein, daß es nicht genügend *gute* Emassi gibt, um eine weltweite Befreiungsaktion durchzuführen, aber eins kann ich doch feststellen: diese Eosi-Invasion hat jeden kleinlichen Streit beigelegt und dafür gesorgt, daß alle Staaten der Erde mit einem einzigen Ziel zusammenarbeiten, nämlich sich von den Invasoren zu befreien.«

»Ich habe schon immer gedacht, daß eine wirklich schlimme extraterrestrische Bedrohung die Welt vereinen würde«, sagte Kris.

»Das ist ja schon geschehen. Die Palästinenser verbünden sich mit den Israelis, die Nordiren führen zusammen mit den Engländern einen Untergrundkampf gegen die Catteni. Sogar Nord- und Südkorea kooperieren im Kampf gegen den gemeinsamen Feind. Die afrikanischen Staaten werden ziemlich unter Druck gesetzt – weil ihre Bewohner schwarz sind, verdammt noch mal, und weil die Catteni sie zu Rassi machen wollten.« Gino schüttelte den Kopf. »Das hat nicht funktioniert. Ich glaube, daß die Afrikaner unter den Drassi und den Emassi mehr Verluste bewirkt haben als jede andere Rasse. Wir können ihnen dankbar sein. Wenn wir das auch noch sind, nachdem wir die Eindringlinge hinausgeworfen haben, dürfte dies das erste Wunder des zwanzigsten Jahrhunderts sein.«

Kris seufzte hoffnungsvoll. »Ich denke, es könnte wirklich dazu kommen.«

»Vielleicht dauert es ja noch bis zum einundzwanzigsten, aber wir werden sehen. Schließlich haben wir bis dahin noch ein wenig Zeit.«

»Und was sollen wir jetzt tun?«

»Naja, ich weiß, daß einiges an Planung notwendig ist und die Bedingungen ziemlich schwierig sind. Wir müssen warten, bis Baby und die KDM zurück sind. Dann müssen wir irgendwie ein paar sympathisierende Emassi nach Botany schaffen, um Pläne und Aktionen aufeinander abzustimmen.«

»Mein Gott, wie sollen wir das denn schaffen?«

Gino lachte.

»Zay hat schon alles in die Wege geleitet, und so lange wir wertvolles Erz mitbringen können, wird niemand fragen, woher er es hat. Auf diese Weise kann er, so oft er will, einreisen, um mögliche Dissidenten zu mobilisieren.«

»Was meinte er damit, daß er verfolgt würde? Von den Freunden des Catteni, den er verprügelt hat?«

»Ach der. Dessen Freunde waren viel zu dämlich, um uns zu verfolgen. Aber es gibt andere, vor allem Eosi, die es vielleicht versuchen könnten«, meinte Gino grinsend. »Und es vermutlich auch tun. Aber einer seiner Emassi-Freunde gab ihm die Karte einer Asteroidenwolke, die so dicht ist, daß man die gesamte Flotte der Catteni darin verstecken und niemand herausfinden könnte, wo das nächste Schiff ist, wenn man nicht genau weiß, wo man suchen muß. Es gibt in dem Gürtel so viele schwere Elemente, daß sämtliche Funksignale entweder abgeschirmt oder extrem verzerrt werden. Wir können uns dort ziemlich frei bewegen. Und genau dorthin sind wir im Augenblick unterwegs.«

In einer unbewußten Reaktion auf den Hinweis, daß sie verfolgt werden könnten, drehte Kris sich auf ihrem Platz um.

Gino lachte. »Keine Angst, Kris.« Er tätschelte ihr Knie. »Zay und ich haben sie längst bemerkt. Schon ziemlich früh. Wir sind viel früher gestartet, als sie es erwarteten, daher kamen sie zu spät zur Raumstation. Sie werden versuchen, uns anhand unserer Ionenspur zu finden. Wir können nur hoffen, daß ein anderes Schiff unsere Spur kreuzt und sie auf diese Art und Weise verwischt. Außerdem dürften wir längst im

Asteroidengürtel sein, ehe sie dort eintreffen. Warten Sie ab, Kris, Sie werden es sehen.«

»Sehen, daß dieser sogenannte Freund Zainals uns reingelegt hat?«

Gino schüttelte den Kopf. »Nicht Kamiton. Sie wissen doch, wie reserviert sich die Catteni verhalten, nicht wahr? Aber dieser Bursche hätte Zainal beinahe geküßt, so sehr freute er sich, ihn zu sehen. Nicht daß er sofort wußte, wer er war ... im Gegenteil, er war verdammt mißtrauisch, weil er Venlik kannte, den Emassi, den Zay spielte, und haßte. Anfangs ging gar nichts. Bis Zainal seine Wangenpolster herausnahm und Kamiton einige Dinge erzählte, über die nur der echte Zainal Bescheid wissen konnte. Sie hätten Kamitons Gesicht sehen sollen, als er endlich begriff, wer Zainal wirklich war. Und ich mag Kamiton. Er kann lachen und hat den gleichen seltsamen Humor wie Zay.« Als Gino bemerkte, wie Kris ihn zweifelnd musterte, lachte er laut auf. »Sehen Sie, Schätzchen, ich bin schon immer ein guter Menschenkenner gewesen, und zwischen uns und den Catteni bestehen keine großen Unterschiede, wenn es um grundlegende Dinge geht.«

Dann errötete Gino unbegreiflicher Weise.

»Nun, wenn Sie das sagen, Gino«, meinte Kris und ignorierte sein Erröten, weil sie sich sehr gut denken konnte, was Gino Marruccis plötzliche Verlegenheit ausgelöst hatte. Es gab tatsächlich einen sehr deutlichen Unterschied zwischen Menschen und Catteni, den sie zufälligerweise hatte ausgiebig genießen können. Und daran hatte Gino sich plötzlich erinnert. »Ich behalte meine Meinung für mich, bis ich ihn selbst kennenlerne. Falls das jemals geschieht.«

»Ich denke, das werden Sie«, sagte der Pilot und

faßte sich schnell wieder. »Er ist der erste, den Zay in die Blase bringen will.«

»Wirklich?«

»Jawohl, denn wenn es auf Catten so etwas wie den Staat Missouri gäbe, dann käme Kamiton sicherlich von dort. Wir müssen ihm den von den Farmern versorgten Teil auf Botany und das zeigen, was wir aus eigener Kraft auf unserem Kontinent haben schaffen könne, ehe er glaubt, was wir ihm erzählt haben. Menschen, die Catten sprechen, sind heutzutage nichts Besonderes, aber daß es auch Menschen gibt, die außerhalb der Kontrolle durch die Eosi leben, das muß man erst mal beweisen.«

Kris nickte. »Manchmal glaube ich es ja nicht einmal selbst.«

»Mein Gott, Mädchen, Sie haben es doch geschafft, ehe ich abtransportiert wurde.«

»Das ändert nichts daran, daß es nahezu unglaublich ist, Gino.«

Sie schwiegen für längere Zeit, betrachteten die Sterne, dann deutete Gino auf einige anormale Primärfarbenerscheinungen und sogar auf einen Doppelstern. Sie waren so weit entfernt, daß sie eher milchigen Murmeln ähnelten als richtigen Sonnen. Gino verschränkte die Arme vor der Brust, deutete ein Grinsen an und schüttelte kaum merklich den Kopf.

»Sie hätten sicherlich niemals erwartet, so weit von unserem Sonnensystem entfernt zu sein, nicht wahr?« meinte Kris.

»Sie haben es erfaßt.«

»Hungrig?«

»Etwas Warmes wäre jetzt toll, etwas zu essen und zu trinken, wenn es Ihnen nichts ausmacht, Kris.«

»Drassi hört, Drassi gehorcht«, sagte sie mit gespielter Unterwürfigkeit und kehrte zum Niedergang zurück. Sie hatte sich so sehr an die größere Schwerkraft gewöhnt, daß sie bei normaler Schwerkraft wahrscheinlich umhergehüpft wäre.

Schnarchlaute aus den verschiedenen Schlafabteilen deuteten an, daß die anderen tief und fest schliefen. Damit hatte sie die Küche für sich alleine und bereitete einen Imbiß für sie beide. Dann fiel ihr ein, daß sie die Kontaktlinsen nicht mehr zu tragen brauchte, daher nahm sie sie heraus und reinigte sie, ehe sie sie in den kleinen dafür vorgesehenen Behälter steckte. Sie füllte eine zusätzliche Tasse mit Wasser, damit auch Gino sich von seinen Linsen befreien konnte.

Während sie ihm sein Essenstablett reichte, musterte er sie verwirrt und lachte dann. »Warten Sie einen Moment, bis ich meine eigenen Augen wieder benutzen kann.« Er legte die Kontaktlinsen ins Wasser und stellte die Tasse beiseite. »Ich reinige sie später. Im Augenblick habe ich einen derartige Hunger, daß ich sie als Appetithappen verspeisen könnte.«

»Bei ihrem Geschmack wurde Ihnen der Appetit ganz schön schnell vergehen«, erwiderte sie und kostete von dem Eintopf, den sie aufgewärmt hatte.

Mehrere Stunden später entschied sie, daß es nichts zu tun gab und daß sie sicherlich erkennen würde, welche Signallämpchen Probleme in den einzelnen Abteilungen des Schiffs anzeigten. »Legen sie sich schlafen, Gino. Ich kann hier sitzenbleiben und genauso wachsam die Anzeigen beobachten wie Sie.«

»Nicht ganz.« Er deutet nach vorne, ohne seinen Blick von dem empfindlichen Sichtgerät zu lösen, das er benutzte. »Dort ist der Pulsar, nach dem ich Ausschau gehalten habe. Wenn wir auf gleicher Höhe sind, nehmen wir eine Kurskorrektur vor. Danach gehe ich schlafen. Und wecke Zainal. Er hat mich darum gebeten.«

Als Zainal die Kommandobrücke betrat, begrüßte er Kris, drückte sie an sich und ließ den Arm auf ihren Schultern liegen, nachdem er sich hingesetzt hatte.

»Hat Gino dich ... wie hat er es genannt? Ins Bild gesetzt?«

»Deine Begegnung mit dem Catteni inklusive.«

»Er wollte es nicht anders. Aber er ist weniger als nichts.« Zainal machte eine wegwerfende Handbewegung. »Kamiton auf unsere Seite zu ziehen war mehr, als ich erwartet hatte. Tubelin, Kasturi und Nitin können ganz wertvoll sein, aber sie haben nun mal nicht die Verbindungen, die Kamiton hat. Oder die Zugehörigkeit zu einer angesehenen Familie.«

»Und?« fragte sie.

Er fuhr ihr durchs kurze Haar und drehte ihr Gesicht zu sich und sah, daß sie die Kontaktlinsen herausgenommen hatte. »Du siehst mit deinen eigenen Augen viel besser aus. Du warst eine sehr überzeugende Drassi.«

»Edler Emassi, Sie sind zu gütig.«

Zainal lachte verhalten mit seinem tiefen Bariton. Sie quittierte es mit einem zufriedenen Lächeln. »Behalte das aber einstweilen noch für dich. Wie dem auch sei, alle vier werden zur Erde gehen, um dort bestimmte Aufgaben auszuführen. Wenn wir es irgendwie schaffen würden, sie mit unseren Menschen dort in Verbindung zu bringen, könnten wir endlich damit anfangen, einiges in die Wege zu leiten, damit den Catteni leid tut, was sie mit deinem Planeten getan haben.«

Kris ließ sich seine letzten Worte durch den Kopf gehen.

»Aber du bist ein Catteni. Und du hast von ›unseren‹ Menschen geredet.«

»Mir gefällt die Art, wie die Menschen denken, viel besser, als mir die Denkweise der Catteni jemals gefallen könnte.«

»Aber einige denken wie die Menschen. Du auch.«

»Reiner Zufall.«

»Wie groß sind unsere Chancen, daß das, was du vorhast, Erfolg hat? Die Befreiung von den Eosi mit oder ohne Hilfe der Farmer?«

»Ich habe etwas über ein Eosi Mentat gehört, was ich vorher nicht wußte«, sagte er in ernstem, nachdenklichem Ton. »Derjenige, der meinen Bruder übernommen hat, geriet völlig außer Kontrolle, und seine Untergebenen hatte große Schwierigkeiten, seine ... Wildheit zu bändigen. Er ist derjenige, welcher unsere Blase aufbrechen will, ganz gleich, wie lange es dauert.«

»Eosi können einen Nervenzusammenbruch haben?« Sie staunte.

»Von Nerven weiß ich nichts, aber Ix war gefährlich außer Kontrolle geraten.«

»Was ist nötig, um einen Eosi zu töten?«

Er sah sie verblüfft an und zuckte die Achseln. »Ich habe nie gehört, daß jemals einer getötet wurde. Allerdings ...« er hielt inne und überlegte kurz, »ist das noch nie versucht worden. Sie sind sehr gut geschützt durch die Angst vor ihnen, die uns schon in der Kindheit eingepflanzt wurde, sobald wir zu einer solchen Empfindung fähig waren. Wir wissen noch nicht einmal, wie lange ein Eosi lebt, sondern nur, daß er den Wirt wechseln muß.«

»Kann man ihn vergiften?«

Zainal schüttelte den Kopf und ließ die Mundwinkel nach unten sinken. Er musterte sie von der Seite. »Ihr Menschen sagt doch immer, daß ihr etwas dagegen habt, Menschen zu töten. Es sei ein Verstoß gegen eure Gesetze.«

»Die Eosi sind keine Menschen«, entgegnete sie spitz.

»Den Farmern würde das nicht gefallen.«

»Demnach hast du es noch nicht aufgegeben, auf ihre Unterstützung zu hoffen?«

»Nein«, erwiderte er knapp.

»Was ist denn, wenn die Menschen es schaffen, einen Eosi zu töten ...«

Zainal vollführte eine ablehnende Geste. »Die Vergeltung, die die Eosi üben würden, dürfte eure Bevölkerung dezimieren.«

»Das tun die Eosi doch längst, oder etwa nicht?«

»Das tun sie, in geringem Umfang, aber wenn bekannt würde, daß ein Eosi durch Menschenhand zu Tode gekommen ist, hätten sie wahrscheinlich keine Hemmungen, den gesamten Planeten zu vernichten.«

»Nun, damit erledigt sich die nächste gute Idee. Wir werden sie alle töten müssen.«

»Wie hat Ninety es genannt? Blutdurst?«

Sie zuckte die Achseln. »Es mag so aussehen, aber ich will nichts anderes, als meinen Planeten von ihnen zu befreien.«

»Genauso wie ich *meinen* Planeten von ihnen befreien will. Wir haben sie schon länger bei uns. Deshalb sollten wir die erste Chance bekommen.«

»Aber nicht ohne uns an eurer Seite, Zainal. Ihr Catteni sollt nicht alleine das Vergnügen haben.« Dann mußte sie gähnen.

»Schlaf ein wenig, Kris. Du hast schon eine Doppelwache hinter dir.«

Sie wollte ihm widersprechen, aber er schob sie mit einer Hand aus dem Sessel. »Geh schlafen. Ich höre, wie der Sergeant sich im Bett herumwälzt.« Er griff in eine seiner Oberschenkeltaschen. »Sag ihm, er soll dieses Pulver in Wasser auflösen und trinken. Es wird ihm helfen.«

Sie nahm das Päckchen entgegen.

»Ich hatte keine Ahnung, daß die Catteni Medikamente gegen Kater nehmen müssen«, meinte sie belustigt.

»Kopfschmerzen können auch andere Ursachen haben als Mayocks Spezialmischung.«

Kris verließ die Brücke, ehe er ihren schuldbewußten Ausdruck im Gesicht sehen konnte. Sie fand Chuck, der eher grün als grau im Gesicht war, wie er aus der Toilette kam. Dabei stützte er sich mit einer Hand am Türrahmen ab. Er hatte offenbar die Medizin, die Zainal ihr gegeben hatte, dringend nötig, wenn er so lange gebraucht hatte, um seinen Kater auszuschlafen.

Sie räusperte sich und verdrängte alle anderen Gedanken.

»Zainal sagt, daß Ihnen das helfen wird.«

Sein Blick war noch ein wenig verschleiert, aber sie hatte die Linsen aus seinen Augen so rechtzeitig herausgenommen, daß die Lider nicht in Mitleidenschaft gezogen worden waren. Trotzdem waren seine Augen ziemlich blutunterlaufen. Sie ergriff seine Hand und – indem sie sich ganz bewußt bemühte, sich nicht daran zu erinnern, was seine Hände in ihrem erotischen

Traum mit ihr angestellt hatten – legte das Arzneipäckchen auf die Handfläche.

»Sie haben nur Ihren Dienst versehen, Sarge«, sagte sie fröhlich. »Nehmen Sie das mit Wasser ein. Ich kann Ihnen einen Becher voll holen ...«

»Ich hole mir mein Wasser selbst, Bjornsen«, sagte er würdevoll. Er straffte sich und marschierte, wenn auch mit langsamen und vorsichtigen Schritten, zurück zur Bordküche.

6. Kapitel

Es dauerte fast zwei Wochen, bis sie die Koordinaten erreicht hatten, die Kamiton Zainal genannt hatte. Kris ließ sich nichts anmerken, denn sie hatte nicht damit gerechnet, so lange von Zane getrennt zu sein. Sie dachte sehr oft an ihn, und sie hatte sehr viel Zeit, an ihn zu denken, während sie ihrem Bestimmungsort entgegenrasten. Ihre Höchstgeschwindigkeit wurde ein wenig durch ein Gerät verringert, das Zainal am Antriebsaggregat angebracht hatte, kurz bevor sie eine neue Richtung einschlugen und bevor sie die Region des von den Catteni kontrollierten Weltraums verließen.

»Das Gerät verändert die Ionenemissionen ein wenig«, erklärte er. »Aufgrund dessen dürften wir nicht mehr so leicht aufzuspüren sein. Auf jeden Fall wird eine Verfolgung stark behindert. Kamiton weiß, wo er uns erwarten muß.«

»Er erwartet uns?« rief Chuck.

»Hat Gino es Ihnen nicht erzählt?« fragte Zainal.

»Er erzählte mir, Kamiton müßte alles mit eigenen Augen sehen, ehe er sich mit uns verbünden würde«, sagte Kris.

»Oh.« Mitford war verblüfft. Er massierte seine Stirn. »Mir scheint eine Menge zu entgehen.«

»Es gibt alkoholische Getränke, die ich noch nicht einmal kosten würde«, meinte Zainal aufmunternd. »Ich denke, Kivel hat sich wirklich alle Mühe gegeben, irgendwelche Informationen aus Ihnen herauszuholen.«

»Und wie. Ich dachte, ich könnte alles vertragen

und würde kein Sterbenswörtchen verraten«, sagte Chuck. »Ich hatte gehört, daß Sie den Namen Kamiton erwähnten, aber ich hatte keine Ahnung, daß Sie ihn nach Botany mitnehmen wollten.«

»Ihn und viele andere, oder?« lautete Ninetys Frage.

»Nur Kamiton«, erklärte Zainal. »Er ist ein Scout. Deshalb kennt er auch den Asteroidengürtel, wo wir ihn treffen, um dann nach Botany zurückzukehren. Wir bewegen uns dabei auf einem Dreieckskurs, so daß es mit unserer Rückkehr nicht allzu lange dauern wird, sobald wir mit ihm Kontakt aufgenommen haben.«

»Müssen wir vor ihm so tun, als wären wir Catteni?« fragte Gino und rieb mit der Hand über seine Bartstoppeln.

»Nein, denn wir haben so die ... Oberhand.« Zainal grinste. »Wir können ihm zeigen, wie gut wir die Catteni täuschen können, und das sogar auf ihrer eigenen Welt.«

Kris war nicht die einzige, der die Bedeutung der letzten Bemerkung bewußt war. Ninety gab ein zustimmendes Brummen von sich, und Gino grinste noch breiter als sonst. Coo und Pess nickten. Mack Dargle verzog das Gesicht zu einer spaßigen Grimasse.

»Was habe ich gesagt?« fragte Zainal, der mehr und mehr lernte, menschliche Gefühlsregungen zu deuten.

»Ihrer eigenen Welt«, sagte Kris und sprach jedes Wort mit besonderer Deutlichkeit aus.

»Ich würde wer weiß was dafür geben, einmal zu hören, wie Emassi sich auf diese Art und Weise über Catteni äußern«, sagte Mack.

Das Asteroidenfeld bot einen spektakulären Anblick, als sie den Planeten vom Uranus-Typ in sicherem Abstand von der ihn langsam umkreisenden Trümmermasse passierten. Brocken, so groß wie kleine Monde, mischten sich mit kleineren, unregelmäßig geformtem Trümmern und umkreisten einander wie auch den großen Planeten, der wie ein interstellarer Geizkragen nicht bereit zu sein schien, einen von seinen unzähligen Satelliten abzugeben. Dieser kosmische Reigen wirkte seltsam berauschend. Gino fragte sich, wie viele ursprüngliche Welten und Monde an einer derart gigantischen Kollision beteiligt gewesen sein mochten. Und wie es überhaupt dazu gekommen war. Mehrere ausgebrannte und tote Planeten, pockennarbig von jahrhundertelangen Meteoriteneinschlägen, bewegten sich auf merkur- und venusähnlichen Umlaufbahnen. Jeder war von zahlreichen Trümmern umgeben, die von der Schwerkraft des jeweiligen Planeten festgehalten wurden und sich nicht davon lösen konnten, weil es ihnen an hinreichender Masse mangelte. Laut der spektroskopischen Analyse, die Gino durchgeführt hatte und die anzeigte, daß der Stern alles tat, um sein Leben fortzusetzen, war er doch dem Tod geweiht und lag im Sterben. Ja, all diese Trümmer waren eigentlich kein Asteroidengürtel ... sondern eine Wolke planetarer und lunarer Fragmente, die sich an das einzige klammerten, das ihnen ein wenig Stabilität versprach – den schweren Uranus-Planeten. Es würde Tage dauern, diese Region zu umgehen. Sich einen Weg hindurch zu suchen erforderte nicht nur einen sehr, sehr erfahrenen Piloten, sondern auch ein Schiff mit schwerer Panzerung und guten Kanonieren, um alle Brocken zu zerschießen, die zu klein waren, um ihnen auszuweichen, und zu groß, als daß sie von der Panzerung hätten abprallen können.

»Nur jemand wie Kamiton würde so etwas ... seltsames aufstöbern können.« Zainal zuckte die Achseln, setzte sich in seinem Pilotensessel in Positur und konzentrierte sich auf die Instrumententafel.

»Wie sollen wir in diesem Durcheinander etwas finden?« fragte Gino und hielt sich bereit, um auf Zainals Kommando die Steuerdüsen zu zünden. »Der Durchmesser beträgt fast ein Lichtjahr.«

»Nein«, entgegnete Zainal lapidar. »Aber diese Erscheinung ist sicherlich sehr groß.«

Sie hatten am Vortag sämtliche Manöver geübt und dabei das Diagramm zu Rate gezogen, das Zainal von Kamiton erhalten hatte. Sie sollten sich von einem bestimmten Punkt der Ekliptik nähern und einen Kurs fliegen, der eigentlich schon sämtliche Verfolger abschütteln müßte. Nicht daß die Detektoren des Schiffs irgendeinen Verfolger aufgespürt hatten. Kris fragte sich, wie jemand sich auf die Karte verlassen konnte, da jeder Fels, jeder Stein, jeder Berg oder kleine Mond sich auf einem ganz und gar zufälligen Orbit zu befinden schien.

»Ich verstehe jetzt, was Sie damit meinten, daß man sich hier verstecken kann ...« murmelte Chuck respektvoll.

»Rechte Steuerdüse, zwei Sekunden ...« unterbrach Zainal Chucks Bemerkung.

Gino gehorchte, und sie schienen genau auf eine Gruppe von Asteroiden zuzujagen, als Zainal verlangte, für drei Sekunden die rechte Düse zu aktivieren, und sie hatten wieder freie Bahn vor sich ... für kurze Zeit.

Niemand wagte etwas zu sagen, aus Angst, er

könne die Konzentration der beiden Piloten stören. Statt dessen saßen sie nur stumm da, abgesehen von gelegentlichen erstickten Seufzern wegen der entsetzlichen Nähe zu einem Weltraumobjekt, das groß genug war, einen zu erdrücken, klammerten sich an die Armlehnen ihrer Sessel und waren dankbar für die Sicherheitsgurte, die sie an Ort und Stelle fixierten. Zainal hatte darauf bestanden, daß sie Schutzhelme und Sauerstoffflaschen für den Notfall mitnehmen sollten, und diese Vorsichtsmaßnahmen, so traurig sie auch wirkten, als das Schiff seinen mühsamen Weg durch das Labyrinth suchte, schienen ihnen ein durch und durch irrationales Gefühl der Sicherheit zu vermitteln.

Es schien Stunden zu dauern, und die waren es auch möglicherweise, ehe sie wieder leeren Raum vor sich sahen.

Dann verlangte Zainal fünf Sekunden lang den Betrieb der linken Steuerdüse, welche das Schiff wieder genau auf den Gürtel ausrichtete. Die zweite Kursänderung, kurz bevor sie erneut in den Asteroidengürtel eingedrungen wären, ließ das Schiff parallel zu ihm weiterfliegen.

Ein Funkeln trat in Kris' Augen, und sie deutete nach vorne. »Seht! Bei 3:15 Uhr!«

Zainal nickte und bremste die KDL fast bis zum Stillstand ab.

Das Schiff trieb auf einen riesigen Asteroiden zu, der sich leicht drehte und den Blick auf eine Höhle freigab, die in ihn hineingegraben worden war. Zainal lenkte die KDL nun auf das Leuchten einer Fackel zu, wobei er mit dem Schiff einen weiten Bogen flog. Er aktivierte einen Außenscheinwerfer, und sie alle reagierten verblüfft auf den Anblick einer Gestalt in einem Raumanzug, die offensichtlich zur Einstiegsluke wollte.

»Luftschleuse leeren«, sagte Zainal, »und alles für die Ankunft eines Besuchers vorbereiten.«

Kamiton war für alle Angehörigen der Botany-Gruppe eine Überraschung. Er verhielt sich, dachte Kris, genauso wie Zainal während ihrer ersten Begegnung: abweisend, sogar geringschätzig, bis er erkannte, daß jeder von ihnen verstand, was er zu Zainal sagte.

»Ich hätte nicht erwartet, daß du so schnell herkommst, Zainal. Ich selbst bin soeben erst eingetroffen.«

»Wurdest du verfolgt?«

Kamiton zuckte die Schultern, die so breit waren wie Zainals, und begann seinen Raumanzug auszuziehen. Dabei quittierte er mit einem ungehaltenen Stirnrunzeln, daß offenbar niemand sofort bereit war, ihm dabei behilflich zu sein.

»Sie stehen am nächsten, Chuck«, sagte Zainal auf Catten, »helfen Sie ihm. Allein ist das eine mühsame Angelegenheit.« Er nahm Kamiton den Helm und das Tragegestell des Düsenantriebs ab.

»Ihre Kabine bietet den meisten Platz«, sagte Chuck, während Zainal ein Ablagefach öffnete, in dem der Helm und der Düsenantrieb aufbewahrt werden konnten. »Hier entlang, Kamiton, für den Fall, daß Sie mit dieser Schiffsklasse nicht vertraut sind.« In Tonfall, Gestik und eigenem Auftreten machte Sergeant Chuck Mitford deutlich, daß er sich mit dem Neuankömmling mindestens als gleichrangig empfand.

»Sprechen sie alle Catten?« fragte Kamiton überrascht, als Gino und Mack sich an die Gangwand preßten, um ihm Platz zu machen, daß er nach hinten gehen konnte.

»Alle«, bestätigte Zainal.

Auch Kris hatte ihm im Niedergang so gut wie möglich Platz gemacht, damit Kamiton an ihr vorbei konnte, doch er blieb stehen und starrte sie an. Sie hob kaum eine Augenbraue. Er war ein wenig größer als sie.

»Ist das eine Weibliche?« fragte er Zainal, ohne den Blick von ihr abzuwenden.

Kris war froh, daß ihre graue Haut nicht die Rötung zeigte, als ihr das Blut ins Gesicht schoß.

»Weiblich und in kommandierendem Rang«, sagte sie mit kalter, harter Stimme, wobei sie die cattenischen Silben regelrecht ausspuckte. »Das sollten Sie sich für die Zukunft merken.«

»Eine von den Terranern, oder nicht?« Er schaute Zainal fragend an.

»Reden Sie nicht *über* mich, Kamiton«, sagte sie wütend, »sondern reden Sie *mit* mir, wie Sie es mit jedem anderen tun würden, der den gleichen Rang wie Sie bekleidet.«

»An deiner Stelle würde ich darauf hören«, sagte Zainal zu Kamiton. »Es ist nie gut, sich mit ihr zu streiten. Gino«, und er blieb an seiner Kabine stehen, »nehmen Sie Kurs auf Botany, und zwar mit Höchstgeschwindigkeit.« Dann, sobald Kamiton und Chuck die Kabine betreten hatten, zwinkerte er Kris zu und schloß die Tür.

Was immer in der kurzen Zeit geredet wurde, in der Kamiton aus seinem Raumanzug herausgeholfen wurde, bewirkte, daß er sich von nun an direkt an Kris wandte, wie er es auch mit der restlichen Mannschaft tat. Er stellte viele Fragen, ließ seinen Blick über den unaufgeräumten Tisch in der Mannschaftsmesse schweifen, und schien jede Antwort zu akzeptieren, die sie ihm gab. Ein- oder zweimal formulierte er eine Frage ein wenig anders und schaute Gino auffordernd an.

»Kris weiß das bestimmt, und außerdem hat sie Ihnen, wie ich glaube, die Antwort bereits gegeben«, sagte Gino sehr direkt.

Kamiton war klug genug, diesen Trick nicht noch einmal zu versuchen.

»Wer von Ihnen war zuerst auf Botany?« fragte Kamiton.

Chuck hob die Hand, gefolgt von allen anderen, darunter auch die beiden Deski und Zainal, bis auf Gino. Ebenso wie Zainal hatte Kamiton die Angewohnheit, eine Augenbraue zu heben, wenn er eine Erklärung verlangte.

»Ich bin ebenfalls Raumpilot«, sagte Gino achselzuckend. »Ich war beim Dritten Abwurf.«

»Wir anderen«, sagte Chuck, »waren die ersten, die die Eosi nach der Invasion einsammelten.«

»Demnach haben Sie auch Barevi gelernt?« fragte Kamiton.

»Jedenfalls genug, um auf dem Markt zu feilschen«, sagte Kris.

»Und nicht nur dort«, fügte Chuck in sarkastischem Tonfall hinzu.

Kamiton machte Anstalten, die Arme zu verschränken, aber es war aufgrund der vielen Anwesenden in der Kabine zu eng dazu, daher stützte er die Ellbogen auf die Tischplatte. Gino stand auf und begann, die Überreste der Mahlzeit abzuräumen, womit er bei Kamiton eine überraschte Reaktion auslöste. Gino grinste.

»Wir wechseln uns überall ab«, sagte er. »Sie wissen sicher, Kamiton, daß im Asteroidengürtel viele Mineralien vorkommen. Wir haben entsprechende Spuren gefunden, als wir hindurchflogen.«

Kamiton nickte knapp. »Ich habe es auch bemerkt.«

Coo und Pess, die von dem Kennenlernritual genug hatten, erhoben sich und gingen hinaus.

»Und jetzt«, meinte Kamiton, »möchte ich mir die Photos von Ihrem Zufluchtsort ansehen. Und vor allem von der Blase, die unsere Führer so sehr ...« sein Ton war verächtlich, »... geärgert hat.«

Wenigstens war das die Bedeutung, die Kris dem Wort zuordnete. Der größte Teil dessen, was Kamiton gesagt hatte, war im Zusammenhang zu verstehen, wenn er Worte benutzte, die sie nicht kannte. Wenigstens war er höflich genug, kein Pidgin-Catteni zu sprechen.

In diesem Moment kam Mack Dargle herein. Er hatte Wache gestanden. »Hier ist niemand außer uns, Zay«, meldete er und nickte Kamiton zu. »Pess hat die Wache übernommen.«

Zainal nickte, dann bat er Mack, den Handbetrachter und den Ordner zu holen, den sie zusammengestellt und scherzhaft ›Reiseführer‹ getauft hatten. Kamiton blätterte den Ordner mehrmals durch. Das erste Mal tat er es sehr schnell und gab ab und zu unverständliche Laute von sich. Das zweite Mal nahm er sich etwas mehr Zeit und vergrößerte verschiedene Motive, zum Beispiel die geschlossenen Täler, die sein

Interesse weckten. Zainal hatte Baxter gebeten, Aufnahmen von den neuen Geräten der Farmer im Hangar zu schießen und sie auch zu fotografieren, wenn sie im Einsatz waren. Es gab außerdem Schnappschüsse von den Geräten, die die Siedler aus Teilen der ursprünglichen Maschinen zusammengebastelt hatten.

Gleichzeitig mit Chuck fiel Kris etwas auf, und beide warfen sich einen vielsagenden Blick zu. Auf keinem der Photos, die Zainal hatte aufnehmen lassen, war die genaue geographische Lage sowohl der ursprünglichen Einrichtungen wie auch der gegenwärtigen zu erkennen. Kris fragte sich, ob das Absicht war. Zainal hatte erklärt, daß er Kamiton vertraute. Aber wie weit?

In diesem Moment kam Kris der Gedanke, daß Kamiton möglicherweise ein Spion der Eosi war.

Chuck tippte ihr auf den Arm. »Ihre Schicht, Kris.« Er gab ihr mit einem Kopfnicken zu verstehen, daß er in der Nähe bliebe. Und daß er auf den neuen Rekruten aufpassen würde.

Kris warf einen Blick auf die Wanduhr. »Die Zeit ist wie im Flug vergangen, nicht wahr?« sagte sie sinnend. Dann umrundete sie den Tisch, wobei Kamiton genötigt wurde, sich kurz von seinem Platz zu erheben.

»Ich denke, der Catt ist okay«, sagte Gino, als er eine Stunde später erschien. Er hatte für sie und sich selbst eine Tasse Kräutertee mitgebracht. Er ließ sich in den Pilotensessel sinken und seinen Blick automatisch über die Kontrollinstrumente gleiten. »Coo und Pess sind der gleichen Meinung, und sie haben noch viel mehr Grund als wir, mißtrauisch zu sein. Außerdem kann ich mir nicht vorstellen, daß Zainal riskiert, Phase Drei seines Plans in Gefahr zu bringen.« Dann lehnte er sich leicht nach links, um einen Blick auf den Sichtschirm zu werfen, der den Bereich hinter ihnen abdeckte. »Keinerlei Anzeichen von einem Verfolger. Hoffentlich sind die anderen okay.« Zweifel schlich sich in die Stimme des Piloten.

»Bisher hatte Zainal recht ...« sagte Kris.

»Man braucht sich nur ein einziges Mal zu irren«, sagte Gino.

»Mein Gott, Sie klingen schon fast wie Balenquah.«

Gino richtete sich in seinem Sessel auf. »Behalten Sie Ihre Beleidigungen lieber für sich, junge Frau«, sagte er. »Zuerst einmal bin ich ein viel besserer Pilot, als dieser Idiot je einer war.«

»Tut mir leid«, sagte Kris und mimte die Eingeschüchterte.

Gino, der die Uhr im Auge hatte, nahm mit schnellen Bewegungen seiner geschickten Finger eine Kurskorrektur vor. »So, das wär's. Wir dürften schon in kürzester Zeit zu Hause sein.«

»Tatsächlich?«

»Wie der Mann richtig meinte, ist dieser Asteroidenhaufen nicht allzuweit von Botany entfernt.«

Ginos Einschätzung erwies sich als richtig: sie trafen zum Wachwechsel zu Hause ein. Davor hatten Zainal und Gino jedoch die entsprechenden Berechnungen durchgeführt, um die Anflugfenster zu finden, die sie benutzen mußten, um dem Dreißig-Stunden-Satelliten zu entgehen. Sie fanden drei, und Zainal entschied sich, das Fenster zu benutzen, daß sich knapp außerhalb der Reichweite des älteren geosynchronen Satelliten befand, während der Dreißig-Stunden-Satellit auf der anderen Seite der Blase stand.

Kamiton durfte den zweiten Pilotensessel einnehmen, damit er eine ungehinderte Sicht auf die Blase hatte und den Vorgang des Eindringens genau verfolgen konnte. Er saß da, nahm mit den vor der Brust verschränkten Armen die typische Cattenihaltung ein, während seinen gelben Augen keine noch so winzige Kleinigkeit entging. Zainal hatte empfohlen, daß Kris und Gino in der Kabine bleiben sollten. Die anderen sollten das Schiff für die Landung vorbereiten und die Sicherungsleinen und –netze der Ladung überprüfen. Es gab immer irgendwelche Turbulenzen, wenn sie in die Atmosphäre von Botany eindrangen.

Zainal änderte das Blickfeld eines Sichtschirms, um Kamiton die eosianischen Antennen zu zeigen, die immer noch in der Blasenhaut steckten. Kamiton schnaubte, dann verlangte er durch entsprechende Gesten von Zainal, er sollte alle Kameras auf die Blase richten. Er schien überrascht zu sein, als Zainal die Geschwindigkeit drosselte, um in die Blase zu gelangen. Sie schlüpften ungehindert hindurch und kamen innen an wie eine Erbse, die aus der Schote springt, dachte Kris. Nostalgische Gedanken schossen ihr durch den Kopf. Erbsen schmeckten ja so gut, wenn sie frisch aus der Schote kamen. Vielleicht hatte jemand daran gedacht, terranisches Saatgut mitzunehmen, damit sie damit auf Botany experimentieren konnten. Sie hoffte inständig, daß auch Erbsensamen dabei wären.

Nachdem sie durch die Blasenhaut geschlüpft waren, verlangte Kamiton auf einem Sichtschirm einen Blick nach hinten. Natürlich gab es absolut keinen Hinweis darauf, daß ein großes Schiff mit den gleichen Antennen, die von dem eosianischen Schiff abgerissen worden waren, durch die Blasenhaut gedrungen war.

Dann sah Kamiton Botany, den größten der Kontinente vor sich. Wolken verhüllten die Meere und die anderen Landmassen. Seine Augen weiteten sich. Er sagte nichts, aber das knappe Nicken seines Kopfes war für Gino und Kris Zustimmung genug, und sie grinsten einander zufrieden an.

Zainal schwenkte auf die notwendigen Umlaufbahnen ein, wies auf den Kontinent hin, auf dem sie sich ursprünglich niedergelassen hatten, und zeigte auch den halb wüstenartigen, den sie erforscht hatten und der unter der Wolkendecke nur teilweise sichtbar war. Dann führte er bei viel geringerer Höhe einen Vorbeiflug am Kommandoposten durch, wobei er die Vergrößerung der Schirme entsprechend erhöhte, damit Kamiton erkennen konnte, daß es sich um ein von Aliens errichtetes Bauwerk handelte.

Sie flogen weiter, überquerten die sorgfältig bearbeiteten Felder, um Kamiton einige Mechanos der Farmer bei der Arbeit zu zeigen. Ein Mechano führte Bewässerungsarbeiten durch, das andere erntete. Erneut nickte der Catteni kurz, um anzudeuten, daß er es gesehen hatte.

Beinahe im antriebslosen Gleitflug – das Einsparen von Treibstoff war den Piloten von Botany schon zur zweiten Natur geworden – lenkte Zainal die KDL über den schmalen Meeresarm und zum Landefeld.

»Gütiger Himmel, was ist passiert?« rief Gino entsetzt.

Zainal schaltete das Intercom ein. »Scott? Beverly? Irgend jemand. Landeanweisungen!«

»Fünf! Ich zähle fünf Schiffe!« sagte Kris, deren Stimme einen schrillen Klang annahm. »Wurden wir überfallen?«

»Willkommen daheim, Zainal!« Scotts Stimme klang viel zu fröhlich, als daß die drei zusätzlichen Schiffe eine Bedrohung darstellten.

Plötzlich begann Zainal auf Catteni zu fluchen, wovon Kris nur sehr wenig verstand, aber es hatte irgend etwas mit Kochen und Essen und anderen gewöhnlich tödlichen Prozeduren zu tun. Kamiton stimmte ein brüllendes Gelächter an und legte ein derart uncattenisches Benehmen an den Tag, daß Kris und Gino ebenfalls lachen mußten. Kris konnte Zainals wütende Reaktion überhaupt nicht verstehen, da er selbst es schließlich gewesen war, der einen Raub cattenischer Raumschiffe vorgeschlagen hatte.

Zainal war alles andere als erfreut, und er machte seinem Ärger während des gesamten Landevorgangs Luft. Sobald er die KDL auf einer Seite des nunmehr dicht besetzten Feldes sicher zum Stand gebracht hatte, deutete er Gino mit einem Kopfnicken an, er sollte die Energiezufuhr unterbrechen. Er drängte sich an Kris vorbei, die überlegte, welche Möglichkeiten sie hätte, ihn zu beruhigen, ehe er etwas tat, das wirklich für helle Aufregung sorgen würde. Sie schlängelte sich an Kamiton vorbei, der laut lachend den Niedergang zur Luke hinunterstolperte. Zainal wartete gar nicht erst ab, bis die Landerampe ganz heruntergeklappt war. Er sprang hinunter auf das Landefeld und hielt Ausschau nach jemandem, den er beschimpfen konnte.

Die anderen Schiffe konnten noch gar nicht so lange dort stehen, denn aus zweien wurden immer noch benommen dreinblickende Passagiere oder Fracht oder beides herausgeschafft. Die Passagiere boten einen überraschenden Anblick. Kris erkannte die unverwechselbaren schlanken Gestalten schwarzer Massai mit ihrem langen Haar und der typischen Tracht. Sie vermißte die Speere und Schilde, die sie bei ihnen in Dokumentarberichten und Nachrichtensendungen über die afrikanischen Hungersnöte gesehen hatte.

Die Fracht – Kisten und Kästen und größere Gegenstände, die den Einsatz eines schnell zusammengebastelten Flaschenzugs erforderlich machten – verrieten ihr, daß die Mission, ganz gleich wie umfangreich geplant, ein voller Erfolg gewesen war.

»*Ah! Scott*!« Zainal hatte sein Opfer entdeckt und schlug diese Richtung ein.

Ein gutes Stück entfernt auf dem Feld reagierte Scott auf den Zuruf mit einem Winken und dem fröhlichsten Gesichtsausdruck, den Kris jemals bei dem Ex-Admiral gesehen hatte. Sie stöhnte innerlich bei dem Gedanken, daß er sich sehr bald verflüchtigen würde, wenn Zainal seinen Zorn auf ihn abladen würde. In der offenen Frachtluke der KDL stehend, begann sie mit den Armen zu rudern, um Ray auf sich aufmerksam zu machen. Vielleicht half es schon, ihn nur zu warnen.

Da der Ex-Admiral gute Augen hatte, bemerkte er ihre aufgeregten Zeichen. Sein Lächeln erstarrte, während Zainal die Entfernung zwischen ihnen zügig überwand. Sogar Zainals Rücken sieht wütend aus, dachte Kris. Er war tatsächlich in Rage. Sogar Kris konnte verstehen, weshalb andere Rassen vor den Catteni Angst hatten. Was sie nicht verstehen konnte, war, weshalb er so wütend über ein anscheinend sehr erfolgreiches Unternehmen war.

Er diskutierte nun mit Scott, ruderte mit den Armen und schüttelte die Fäuste und deutete von einem frisch gekaperten Schiff zum nächsten. Zwei waren so groß wie Schiffe der H-Klasse, die sie vor einer halben Ewigkeit aus Denver fortgeschafft hatten. Das andere Schiff war ein neues Modell der K-Klasse. Auf die eine oder andere Art und Weise gelangte Botany allmählich zu einer ansehnlichen Raumflotte. Also weshalb regte Zainal sich auf?

Kamiton hatte die KDL verlassen, wobei Chuck Mitford und Gino Marrucci die Rolle seiner Führer übernommen hatten. Mack folgte ihnen in einem gemütlicheren Tempo und nahm die gesamte Aktivität, die die Neuankömmlinge und die Fracht umgab, in sich auf. Die emsig arbeitenden Schauerleute hatten nicht einmal für Kamiton einen zweiten Blick übrig. Kris beeilte sich, zu Zainal zu kommen und bekam dessen letzte Schimpftirade mit, die derart üppig von cattenischen Flüchen und Anschuldigungen begleitet wurde, daß Ray verblüfft und ratlos reagierte. Kris hatte auf Anhieb Mitleid mit ihm.

Plötzlich begann Scott zu lachen. »Sie haben uns beigebracht, wie es gemacht wird, Zainal. Jetzt machen Sie mir ja keine Vorwürfe, nur weil wir die Chance hatten, unsere Taktik zu verbessern und sehr viele Leute zu retten, auf die die Eosi ganz scharf waren.«

»Ein Schiff würde zur Zeit nicht vermißt werden«, setzte Zainal wieder an.

Seine Stimme klang rauh, und er wirkte so streitsüchtig, daß er eher wie ein Drassi als wie ein Emassi aussah.

»Diese wurden auch nicht bemerkt«, meinte Ray ganz ruhig und nahm Zainals unerwartetem Zornesausbruch die Spitze. »Und wen haben Sie da mitgebracht?«

Wenn tatsächlich so etwas wie Mißbilligung in Rays Stimme lag, als er Kamiton und seine Fremdenführer entdeckte, so konnte Kris ihm kaum einen Vorwurf daraus machen.

Aber offenbar hatte Zainal seine Wut zum größten Teil abreagiert. Er gab sich sichtlich Mühe, ruhig zu bleiben, und holte tief Luft. Indem er über die Schulter blickte, sah er, wie nahe Kamiton und die anderen bereits gekommen waren. Er sah außerdem den ängstlichen Ausdruck in Kris' Gesicht. Plötzlich hellte das Grau seiner Haut sich auf, er schüttelte und entspannte sich und gab Kamiton dann ein Zeichen, näher zu kommen.

»Admiral Ray Scott, das ist Emassi Kamiton, seit vielen Jahren ein guter Freund und ebenso wie ich entschlossen, die Herrschaft der Eosi zu brechen.« Zainal ließ die beiden Männer einander die Hand schütteln – er hatte Kamiton diesen Brauch genau erklärt, da Catteni einander höchst selten in freundlicher Absicht berührten –, und Ray zuckte nicht bei dem festen Griff zusammen, mit dem Kamiton seine Hand erfaßte.

»Herzlich willkommen, Emassi«, sagte Scott auf Catteni und erlaubte sich ein leichtes Grinsen, als er Kamitons überraschte Miene sah. »Die meisten von uns sprechen ein wenig Catteni. Kommen Sie, leisten Sie uns Gesellschaft, und Sie auch, Kris, Chuck, Gino. Wir können ja auch gleich die Mission abschließen, indem Sie Ihre Berichte abgeben.« Das letzte fügte er auf Englisch hinzu: »Damit alle wissen, wie der Stand der Dinge ist.«

Kamiton schaute sich mit unverhohlenem Interesse

um, vor allem hatten es ihm die ungewöhnlichen Leute angetan, die aus dem großen H-Klasse-Schiff herausgeführt wurden.

»Wir haben unsere Bevölkerung schon wieder fast verdoppelt«, sagte Ray und deutete an, daß sie die Richtung zum Hangar einschlagen sollten, wo sich auch sein Büro befand. »Später, Emassi Kamiton, wird es mir ein Vergnügen sein, Sie mit den Führern unserer Kolonie bekannt zu machen.

Während sie den Hangar betraten, sah Kris, daß Baby bereits abgestellt worden war. Die Luke stand weit offen. Wie hatten sie es geschafft, Piloten für drei weitere Schiffe zu bekommen? Die KDM hatte Laughrey als zweiten Piloten, und Boris hatte zusammen mit Raisha das Scout-Schiff gesteuert. Hinzu kam noch Ricky Farmer – vielleicht hatten sie es so geschafft. Sie schüttelte den Kopf. Aber keiner von ihnen außer Laughrey, der früher auf der Erde die Concorde geflogen hatte, verfügte über Erfahrung mit solch großen Schiffen, für deren Betrieb außerdem eine, wenn auch kleine, Mannschaft nötig war.

»Kris …« Offenbar hatte Ray Scott eine zweite wichtige Mitteilung für sie. »Da drüben ist Kaffee«, sagte er mit einem breiten Grinsen. »Und sogar halbwegs frische Milch.«

»*Wie bitte?*« Das riß sie aus ihren Gedanken. »*Kaffee?*«

Gino und Chuck erreichten die Theke zur gleichen Zeit wie sie. Chuck atmete das Aroma ein und schloß mit einem Ausdruck der Glückseligkeit die Augen.

»Ich nehme noch eine Tasse, Kris«, sagte Scott, während er den beiden Catteni am langen Tisch ihre Plätze zuwies.

»Vielleicht würde eine Tasse davon auch Zainal guttun«, murmelte Chuck, während Kris für alle Kaffee einschenkte. Seine Augen zwinkerten, aber seine Miene blieb ernst. »Ich möchte nicht, daß er auf mich jemals so wütend ist, und ich habe es in dieser Hinsicht schon mit einigen Spezialisten zu tun gehabt.«

»Sie?« fragte Gino und versuchte die Atmosphäre zu entspannen.

»Mit Zucker, Ray?« rief Kris, als sie das große Paket auf dem Tisch liegen sah.

»Zwei«, antwortete Scott. Sie fragte sich, wieviel Zucker mitgebracht worden war.

Ohne auch nur den Anflug eines Ausdrucks der Entschuldigung in seinem Gesicht nahm Chuck sich gleich drei Löffel, aber keine Milch. Kris überlegte noch, was sie mit den beiden Tassen tun sollte, die für die Catteni bestimmt waren, als Chuck Zucker und Milch hinzufügte und heftig umrührte.

»Schwarz können sie ihn später immer noch versuchen«, sagte er. »Das ist echter Armeekaffee.«

Auch Kris nahm drei Löffel Zucker, während Gino mit einem amüsierten Grinsen seine und Scotts Tasse zum Tisch brachte.

»Mal sehen, ob Sie das mögen, Zainal«, sagte Chuck und versuchte, Zainals immer noch nicht ganz verrauchte Wut zu besänftigen. Er sprach Catteni, aber als er fortfuhr, mußte er auch englische Worte benutzen, wenn es den bestimmten Begriff noch nicht einmal in Barevi gab. »Die Armee kann ohne Kaffee gar nichts tun, desgleichen die Marine.«

»Es ist für uns alle ein Vergnügen«, sagte Scott ebenfalls in Catteni. Dann blies er auf seinen Kaffee, ehe er ihn prüfend kostete. Ebenso wie die anderen Menschen folgten Zainal und Kamiton seinem Beispiel. Dann wechselte Scott ins Englische um. »Das erste, was Sandy Areson auslud, war eine große

Kanne mit dem Gebräu, das sie sofort verteilte. Ich hatte diese Tasse voll und zwei Nachschlage. Ich glaube, sie wird für den Rest des Tages nichts anderes tun, als Kaffee zu kochen, so wild sind alle auf diesen Geschmack. Es wurde auch kistenweise Tee mitgebracht, so daß Ainger ebenfalls glücklich und zufrieden sein dürfte.

»Wieviel Kaffee hat sie mitgebracht?« fragte Chuck hoffnungsvoll.

»Einige Säcke voll, allerdings dürfte nicht alles so frisch sein wie dieser hier«, sagte Ray, ehe er wieder zu Catten überwechselte. »Ich glaube nicht, daß die Catteni«, und damit deutete er mit einem Kopfnicken auf Kamiton, »begriffen haben ...« Er vollführte mit beiden Hände eine Mahlbewegung, »daß die Bohnen zermahlen werden müssen, um überhaupt ihren Nutzen entfalten zu können.«

»So ähnlich wie bei den Kartoffeln, als Sir Walter sie der Königin Elizabeth brachte«, sagte Kris und fügte diese Bemerkung ein, damit Zainal mehr Zeit hatte, sich zu sammeln und wieder seine würdige Haltung einzunehmen.

»Zu den drei Schiffen muß ich Ihnen etwas erklären, Zainal, Kamiton«, sagte Ray, beugte sich vor und legte beide Hände um seine Kaffeetasse.

»Ich höre«, erklärte Zainal mit sonorer Stimme und trank von seinem Kaffee. Kamiton machte es ihm nach und ließ die Flüssigkeit in seinem Mund kreisen, ehe er sie hinunterschluckte.

»Keines der beiden Schiffe, die wir zur Erde geschickt haben, hatte irgendwelche Schwierigkeiten mit seiner Identifikation oder während der Reise. Wie Sie schon angedeutet haben, Zainal, könnten sich die Schiffe der Catteni nahezu ohne irgendwelche Einschränkungen überall bewegen. Na schön, das ändert sich vielleicht in Zukunft aufgrund dessen, was dann passierte.« Ray ließ Zainal mit seinen Einwänden nicht zu Worte kommen. »Aber wenn man betrachtet, wie einfach es war, drei weitere Schiffe zu kapern, bezweifle ich ganz entschieden, daß ihr Verlust schnell bemerkt wird, wenn überhaupt.«

»Sie werden nicht vermißt«, sagte Kamiton, der Rays stockendes Catteni trotz des schrecklichen Akzents verstanden hatte. Er grinste breit. »Alle sind viel zu intensiv damit beschäftigt, wertvolle Güter einzusammeln und Frachtdrohnen zu beladen. Diejenigen, die den Eosi zugeteilt sind, haben nicht dieselben Freiheiten, aber sie sind, wie Sie wissen, Zainal, die wenigen Auserwählten!« Kamitons Lächeln war eine Mischung aus Verachtung und Überheblichkeit.

»Matt Su und Vic Yowell haben einen unbenutzten Kanal auf dem Kommunikationsband gefunden und darüber den Kontakt zu unserem Scout-Schiff aufgenommen«, fuhr Ray fort. Er rieb sich die Stirn und bat Zainal nach einem um Entschuldigung bittenden Nicken zu Kamiton, für Kamiton zu übersetzen, während er in Englisch weiterredete. »Das erwies sich als überaus nützlich, denn sobald Raisha und Boris gesehen hatten, was mit St. Petersburg geschehen war, waren sie so erschüttert, daß Bull Fetterman und Lenny Stunden brauchten, um sie zum weitermachen zu bewegen.« Ray hielt kurz inne. »Eins muß ich aber feststellen, sobald sie ihren ersten Schock überwunden hatten, zeigten sie, aus welchem Stoff sie wirklich gemacht sind. Mittlerweile hatten die Leute in der KDM bemerkt, wie einfach es war, die Landefelder der Catteni zu benutzen, dort zu landen und wieder zu starten, und setzten ihre Aufklärungstätigkeit fort.« Er seufzte tief. »Von den meisten Weltstädten ist nicht mehr viel übrig, außer von denen, die den Eindruck machen, als wären sie nicht groß genug, um wichtig zu sein. Nachdem die KDM Basil Whitby und Leila in England abgesetzt hatte, brachte sie Sandy in die Boston-Cambridge-Region und Joe Latore ins obere New Jersey. Dann flog die KDM wie geplant weiter nach Houston und zur dortigen Eosi-Einrichtung.

Dort hatte unser Trupp die Gelegenheit, zwei Schiffe der H-Klasse zu kapern. Die H's waren soeben mit weiteren Menschen beladen worden und sollten zu einem der Bergbauplaneten starten. Matt Su mimte den Kommandanten und setzte Bert Put und John Beverly als die neuen Drassi-Offiziere ein, die für die HTS verantwortlich waren. Sie war beladen, hatte aber nur zwei Mannschaftsangehörige an Bord, daher konnten sie leicht übertölpelt werden, so daß sie tatsächlich glaubten, es hätte einen Wechsel des Kommandanten gegeben ...«

Zainal grinste tatsächlich. »Vielleicht war das trotz allem doch keine so schlechte Idee.«

»Nein, weil John Beverly wußte, wo sich Angehörige der Luftwaffe versteckt haben könnten. Und dort waren sie tatsächlich. Damit brauchten sich nicht zwei falsche Catteni alleine mit dem großen Schiff abzumühen. Sie sind übrigens gar nicht so schwierig zu bedienen, aber eine Mannschaft ist dazu doch notwendig. Beverly gelangte zu dem Versteck – obgleich er dort in seiner Verkleidung als Catteni einige Schwierigkeiten hatte. Er mußte sich erst einen Teil der Schminke abwischen, und dann erkannte er zum Glück zwei Offiziere von früher. Danach hatte er genügend Leute, um gleich ein halbes Dutzend

Schiffe zu bemannen.« Ray lachte über die erschrockene Miene Zainals. Kamiton grinste und schüttelte anerkennend den Kopf.

»Wir haben jetzt auch Bodenpersonal der NASA hier, das die Wartung der Schiffe übernehmen kann.« Ray war darüber sichtlich erleichtert. »Beverly hat Laughrey und zwei weitere erfahrene Hercules-Piloten in der Fähre des H-Klassen-Schiffs nach Houston mitgenommen, um ein zweites H-Schiff zu bemannen.« Ray hielt inne, als er bemerkte, daß seine Tasse schon wieder leer war. Chuck stand auf, nahm sie an sich und entfernte sich, um seine und Rays Tasse erneut füllen zu lassen. »Dabei nahmen wir die Afrikaner mit. Sogar die Hutus und die Tutsis vereinigten sich im Kampf gegen die grauen Männer. Wir haben Massai und Kikuyo und auch ein paar Tuaregs und Zulus mitgebracht. Die Catteni haben in ganz Afrika schrecklich gewütet.«

»Davon habe ich gehört«, meinte Kamiton.

Drüben am Kaffeetisch meinte Chuck leise zu Kris: »Zainal hat einmal gelacht. Sie können sich ein wenig entspannen.«

Während er Kaffee aus der großen Flasche ausschüttete, inhalierte er den Duft mit dem Ausdruck reinster Lust, wie Kris ihn schon einmal – allerdings unter völlig anderen Umständen – bei ihm gesehen hatte. Glücklicherweise bemerkte er nicht, wie sie errötete.

»Und die K-Klasse? Daß drei Raumschiffe in der gleichen Region verschwinden, muß doch Verdacht erwecken«, sagte Zainal.

»Nein, das eine K-Schiff war Joe Latores Beitrag zu unserer stetig wachsenden Marine«, sagte Ray. »Er fand unzählige Menschen, die sich in den Wäldern von New Jersey versteckt hatten, und sie erzählten ihm von den vielen Schiffen, die in einem ständigen Kommen und Gehen in dem, was von New York City übrig ist, gelandet und gestartet sind. Er stellte eine Gruppe zusammen, um sich das ein wenig genauer anzusehen. Es meldeten sich genügend Freiwillige, um gleich eine ganze Armee zu bilden, aber er hielt die Gruppe trotzdem ziemlich klein. Viele Leute auf der Erde besitzen Gewehre und kleinere Waffen. Sie müssen jagen, um leben zu können. Sie gelangten durch den Lincoln Tunnel in die Stadt.«

»Den Tunnel?« fragte Chuck und wechselte mit Kris und Gino überraschte Blicke.

»Nun, alle Brücken sind zerstört, desgleichen der Holland Tunnel, aber die Trümmer des alten Port Authority verbargen die Einfahrt zum Lincoln Tunnel, und offenbar hatten die Catteni die Einfahrt in New Jersey noch gar nicht bemerkt. Mit Fahrzeugen kommt man nicht mehr durch, weil viele dort steckengeblieben sind. Einige Leute benutzen sie als Wohnwagen, seit die Catteni in die Stadt einfielen. Joe erzählte, sie hätten beinahe einen Erdrutsch ausgelöst, als sie sich durch den Schutt in der 40th Street arbeiteten, und das machte sie bei den Schutzsuchenden nicht gerade beliebt. Aber ...« Scott ging mit einem Achselzucken über die Beschwerden dieser Leute hinweg. »Laut den Tunnelbewohnern war der Central Park ein bevorzugter und wichtiger Lande- und Ladeplatz. Daher machten Joe und seine Leute sich über die 11th Avenue auf den Weg zum Park. Als Joe das K-Klassen-Schiff auf dem Dach des Cunard Building in der 54th Street entdeckte, beschloß er, es sich genauer anzusehen. Es war beladen, und die Mannschaft hatte zuviel Champagner getrunken und war völlig weggetreten.« Ray lachte fröhlich. »Übrigens können Catteni nicht schwimmen.«

Als Zainal das übersetzte, brach Kamiton erneut in schallendes Gelächter aus. Sogar Zainal mußte grinsen.

»Demnach wird niemand das K-Schiff so bald vermissen. Es ging nur darum, mit der KDL Verbindung aufzunehmen. Beverly hat seine Fähre mit zwei Hercules-Piloten der Luftwaffe geschickt und genügend Leute, um das Schiff in Betrieb zu nehmen. Joe brachte so viele Leute wie möglich zurück und versprach, weitere mitzunehmen, wenn es möglich wäre.« Scott seufzte.

Nicht, dachte Kris, daß er Joe für dieses Versprechen Vorwürfe machen würde, sondern weil es schwierig werden konnte, das Versprechen auch einzulösen.

»Wurden entsprechende Vorsichtsmaßnahmen ergriffen, um dem Dreißig-Stunden-Satelliten zu entgehen?« fragte Zainal auf Englisch.

»Sie haben sich hinter einem Mond versteckt, bis sie ein Zeichen bekamen«, berichtete Ray Scott mit einem verschmitzten Grinsen.

»Wie das?« Zainal schaute Kris fragend an. Zu ihrer Erleichterung zeigten seine Augen wieder ihre vertraute gelbe Farbe, und die Anspannung seiner Gesichtsmuskeln hatte sich gelöst.

»Sie haben gewartet, bis man ihnen das Okay gab. Keine schlechte Idee.«

»Aber wie ist das neue Schiff in die Blase hineingelangt?« fragte Zainal und runzelte die Stirn.

Ray machte eine wegwerfende Handbewegung, um die Einfachheit dieser Operation anzudeuten. »Baby brachte ein H-Schiff herein, indem es den gleichen

Trick anwendete wie Sie, Zainal, nämlich mittels einer Magnetverbindung. Dann holte die KDL die beiden anderen mit derselben Huckepack-Methode, als kein Beobachter in der Nähe war.«

Zainal blinzelte. »Huckepack? Etwa ein Kinderspiel?« fragte er irritiert.

»Soweit wir wissen, waren, ehe sie in die Blase eintraten«, fuhr Ray fort und legte wieder beide Hände um seine gefüllt Kaffeetasse, »auf keinem der Catteni-Kanäle irgendwelche Alarmsignale zu hören. Wenn sie die Schiffe in drei Wochen nicht vermißt haben, werden sie sie dann überhaupt irgendwann vermissen?«

Er trank einen großen Schluck Kaffee.

Zainal wiederholte das auf Catteni für Kamiton, dann stand er mit seiner leeren Tasse in einer Hand auf und streckte Kamiton die andere Hand entgegen, damit er ihm seine leere Tasse gab.

»Es ist ein sehr erfrischendes Getränk«, sagte Kamiton und reichte ihm die Tasse. Er beobachtete, wie Zainal zur Theke ging und ihre Tassen auffüllen ließ, während er Ray auf Catteni antwortete. »Ich bezweifle sogar, daß die Eosi wissen, wie viele Schiffe sie in ihrer Flotte haben. Die Werften bauen sie.« Kamiton hob die Schultern. »Die Schiffe, an die niemand heran darf, sind die, die nur von den Eosi benutzt werden. Sie sind deutlich markiert, und niemand betritt sie, der es nicht unbedingt muß.«

»Das kann ich gut verstehen«, sagte Ray fröhlich. Dann, als Zainal mit den vollen Tassen zurückkam, beugte er sich über den Tisch. »Aber sind es denn nicht genau die Schiffe, die wir kapern müssen, wenn Sie«, und damit deutete er auf Zainal und Kamiton, »die eosianische Herrschaft brechen wollen?«

Chuck grinste, obgleich Gino für einen kurzen Moment besorgt den Kopf wiegte.

»Es gibt mindestens einhundert Eosi«, sagte Kamiton. »Das heißt, es müssen einhundert Schiffe zerstört werden, und Sie haben ... wie viele sind es jetzt? Sechs?«

»Es ist ein Anfang«, sagte Ray und deutete ein Lächeln an. »Stehen Sie im Kampf gegen die eosianische Herrschaft auf unserer Seite?« Als Kamiton langsam nickte, fügte er hinzu: »Gibt es auf Ihrem Heimatplaneten noch mehr von Ihrer Sorte?«

»Die gibt es«, sagte Kamiton klar und ernst. Nun beugte er sich über den Tisch. »Wir müssen Pläne machen. Es wird nicht leicht sein.«

»Das sind wichtige Dinge niemals«, sagte Ray. »Jetzt sind Sie an der Reihe, Zainal.« Und er fügte auf Catteni hinzu: »Tikso.«

Zainal berichtete in Catteni, allerdings mußte Ray ihn gelegentlich um eine Übersetzung bitten. Er amüsierte sich über die List mit dem Asteroidengürtel. »Sehr gut. Raffiniert gemacht«, sagte er und rieb sich die Hände.

»Wir dürfen keine Fehler machen, Ray«, sagte Zainal, als ob er glaubte, daß Scott alle möglichen Kaperflüge planen, die am Ende auffallen, vielleicht sogar bis nach Botany verfolgt würden.

»Es gibt ein Mentat, das Ix«, sagte Kamiton und schaute Zainal mit einem vielsagenden Kopfnicken an, »das überzeugt ist, daß Sie alle«, und sein großer Finger schloß den ganzen Tisch ein, »für jedes Desaster verantwortlich sind, zu dem es in letzter Zeit gekommen ist. Ihnen ist sicherlich klar, daß zur Zeit eine Mondbasis errichtet wird, um Sie ständig überwachen zu können.«

Ray nickte. »Das wissen wir. Und es ist ein Grund, weshalb wir bei unseren Flügen ausschließlich die südpolaren Startfenster benutzen.«

»Gut.« Kamiton rutschte mit seinem Stuhl ein Stück vor. Das Holz ächzte unter seinem Gewicht. Er schaute hinunter, verlagerte probeweise sein Gewicht und ignorierte danach sämtliche Geräusche.

Kris hoffte insgeheim, daß der Stuhl, aus Zeltstangenbaumholz gezimmert, für den schweren Catteni stabil genug war.

»Das Ix Mentat hatte einen Anfall ...«

»Einen Anfall?« Rays Interesse war geweckt.

Kamiton nickte grinsend. »Interessant, nicht wahr? Die Unsterblichen machen Fehler. Wir müssen uns überlegen, wie wir sie zu *unserem* Vorteil nutzen können.«

»Taktisch«, sagte Ray und schien über die Information sehr zufrieden zu sein, »ist es immer klug, den Feind dazu zu bringen, sich selbst zu vernichten ... wenn man eine solche Möglichkeit findet.«

»Das wäre keine Rassenvernichtung«, meinte Chuck. »Nur, wie zum Teufel sollen wir das bewerkstelligen? Wenn ein Eosi die Fassung verliert, dann heißt das noch lange nicht, daß wir es schaffen, auch die anderen soweit zu bringen, daß sie durchdrehen.« Er streckte den Zeigefinger aus und stellte den Daumen hoch, so daß seine Hand aussah wie eine imaginäre Schußwaffe.

»Einen Anfall hat es bei einem Mentat noch nie zuvor gegeben«, sagte Kamiton auf Catteni, lehnte sich zurück und verschränkte die Arme vor der Brust.

»Nein, das hat es nicht«, sagte Zainal und schaltete

dann auf Englisch um, indem er sich an die anderen Versammelten wandte. »Daß so etwas passiert ist, hat für Sie keinesfalls die gleich große Bedeutung wie für uns.« Er drehte sich wieder zu Kamiton um. »Ich würde gerne mehr darüber erfahren, da ich auf Catten nichts davon gehört habe.«

»Wie solltest du auch«, sagte Kamiton. »Aber ich weiß darüber Bescheid und einige andere ebenfalls. Die Blase ist dem Ix Mentat ein Dorn im Auge. Die totale Vernichtung dieses Planeten wird von ihm als Vergeltung für die Erniedrigung gefordert, die Ix erfahren hat.«

»Aber dieser Ix kommt nicht in die Blase rein, und wir wissen, daß er alles möglich versucht hat«, meinte Ray Scott selbstzufrieden.

»Notwendigkeit ist die Mutter der Erfindung«, erinnerte Gino ihn vielsagend.

Zainal übersetzte für Kamiton.

»Haben Sie irgend etwas gehört, daß ihnen die Hirn-Leerungs-Prozedur bei den menschlichen Experten in irgendeiner Form geholfen hat?« fragte Ray.

»Wir wissen, daß es getan wurde«, sagte Kamiton. »Wir versuchen herauszubekommen, ob irgendwelche wertvollen Informationen zutage gefördert wurden. Oder ob sogar irgendwelche Projekte in Angriff genommen wurden. Soweit ich weiß, ist bisher nichts von alledem passiert.« Kamitons Tonfall machte klar, daß wenn überhaupt jemand darüber Bescheid wüßte, er es als erster wäre.

»Ich glaube«, sagte Ray langsam mit einem zufriedenen Funkeln in den Augen, »die Eosi haben die Menschen total unterschätzt.«

Kamiton lächelte. »Das haben sie, und das gefällt uns«, und sein dicker Daumen berührte seine Brust und bezeichnete gleichzeitig seine ganze Dissidentengruppe, »über alle Maßen. Es erfüllt uns mit Hoffnung. Wie können wir Ihnen am besten behilflich sein, Emassi?« Kamiton senkte den Kopf vor Ray in einer unerwarteten Geste der Unterwürfigkeit.

»Mein Rang *war* Admiral, Emassi Kamiton«, sagte Ray mit einem leisen Lächeln. »Und es sieht so aus, als würde ich ihn bald wieder innehaben. Wir müssen uns überlegen, wie wir Sie am besten einsetzen. Willkommen an Bord.« Er stand auf und wandte sich an Zainal. »Ich denke, es wäre klug, wenn Sie alle«, und er deutete auch auf Gino und Chuck, »Kamiton nach oben in die Halle begleiten und dafür sorgen würden, daß jeder erfährt, daß er auf unserer Seite ist. Ich werde mich darum kümmern, daß wir möglichst bald eine Strategiekonferenz abhalten, aber im Augenblick haben das Ausladen und die Unterbringung und Verteilung der Neuankömmlinge Vorrang.«

Kris sprang auf. »Und ich muß nach meinem Sohn schauen.« Sie konnte Zainal jetzt, da er sich offenbar wieder gefangen hatte, unbesorgt sich selbst überlassen.

»Nehmen Sie meinen Rutscher, Kris«, bot Ray ihr großzügig an. »Ich muß einige Berichte schreiben, solange das Gehörte in meinem Kopf noch ziemlich frisch ist.«

7. Kapitel

Zane war derart in das Spiel mit anderen Kindern seines Alters vertieft, mußte so heftig über etwas lachen, das alle besonders lustig fanden, daß Kris einfach dastand und ihn beobachtete und sich an seinem Anblick geradezu berauschte.

Plötzlich wurden sie totenstill, rissen die Augen weit auf und starrten in eine Richtung. Eines der kleinen Mädchen wimmerte vor Angst, wurde aber sofort von Sarah McDouall getröstet, die an diesem Tag Dienst in der Kinderkrippe hatte.

»Mein Gott, woher kommen die denn?« fragte sie, und in ihrer Stimme lag Erstaunen und gleichzeitig etwas Beruhigendes.

Kris drehte sich um und sah eine lange Schlange großer, schlanker Massaimänner und -frauen den Berg hinaufschreiten.

Sie waren nicht mit den üblichen Catteni-Overalls ausgerüstet worden, wahrscheinlich weil die Catteni sie bisher noch nicht in dieser Größe hergestellt hatten, daher trugen sie immer noch die Fetzen ihrer traditionellen Tracht.

Die Größe der Massai war wirklich dazu angetan, Zwei- und Dreijährige einzuschüchtern.

»Wie kommt es, daß Sie die Massai führen, Bart?« fragte Kris, als sie ihn an der Spitze entdeckte. Er wirkte zwischen den Schwarzen wie ein Zwerg.

»Sie scheinen mir zu trauen. Wenn jetzt ein wenig gelächelt würde, wäre das sicherlich eine nette Geste«, meinte Bart Tomi mit Nachdruck, und sofort gehorchte jeder und winkte sogar. »Hassan sagt,

›Jambo‹ ist ein Gruß. Können wir das mal von euch allen hören?«

Alle wiederholten den Willkommensgruß. Der Massaimann neben Bart schien überrascht zu sein. Seine Augenbrauen schoben sich hoch, und seine Stirn legte sich in Falten. Er blieb stehen. Desgleichen die anderen hinter ihm.

Unvermittelt ging Sarah mit dem Kind, das sie festhielt, näher auf ihn zu und winkte dabei mit seinem Arm. Die Verwandlung des Massai von Überraschung zu Freude war erstaunlich. Alle lachten jetzt die Kinder an. Der Anführer kam bis an den Rand des Spielplatzes, dessen Zaun gerade bis zu seinen Knien reichte, grinste breit und sagte etwas, das für Kris klang wie ›*kasserianingera?*‹.

Sarah streckte dem Mann die Hand des kleinen Mädchens entgegen. Lächelnd, wobei er seine strahlend weißen Zähne zeigte und sich tief herabbeugte, berührte der Mann ihre Finger und tat es so sanft, daß das Kind, obgleich es ihn mit großen Augen anstarrte, seine Hand nicht zurückzog. Der Massai nickte und trat zurück, dann lächelte er alle Kinder an. Hinter ihm nickte und lächelte der Rest seines Stammes, und murmelte die Antwort auf ›*Jambo*‹.

»Gut, gut«, sagte Bart. »Das ist das erste Mal, daß überhaupt einer von ihnen reagiert hat.«

»Ich habe gehört«, meinte Sarah, »daß sie Kinder lieben. Und Rinder. Wenn sie unsere Luh-Kühe sehen, werden sie einen ganz schönen Schock bekommen.«

Das kleine Mädchen, um dessen Lippen ein Lächeln spielte, vergrub das Gesicht an Sarahs Schulter und warf dem großen Mann ab und zu einen verschämten Blick zu. Aber der Durchbruch war geschehen, und ein leises Murmeln lief durch die Schlange. Die Massai lächelten jetzt alle und schritten viel fröhlicher aus.

Bart deutete zur Kantine. Dann, indem er auf ein Blatt Papier in seiner Hand blickte, fügte er auf Swahili hinzu: »*Hapa chakula kizun!* Verstanden?«

»*Ndio, ndio*«, erwiderte der Anführer, nickte, schaute sich um und gab ein Zeichen, daß sie weitergehen sollten. »*Hapa chakula kizun?*« Er wiederholte dieselben Worte, die Bart benutzt hatte, aber mit der richtigen Modulation, und der Massai hinter ihm grinste und nickte.

»Soviel zu Hassans schneller Swahili-Lektion«, sagte Bart und lachte, während er das Papier wieder in eine Oberschenkeltasche stopfte.

In diesem Moment kam Zane mit ausgebreiteten Armen auf Kris zugerannt. »Mommy, Mommy, Mommy.«

Es war ein wahres Vergnügen, ihn in die Arme zu nehmen und an sich zu drücken und mit Küssen zu überschütten. Dann ergriff sie seinen Arm, drehte ihn ein wenig und winkte damit den Massai, als sie in ihrem fließenden, lang ausschreitenden Gang an ihnen vorbeizogen.

»Mommy?« flüsterte Zane ihr mit großen Augen ins Ohr.

»Das sind gute Leute, Zane.«

»Keine Deski, keine Rugar...«

»Nein, Massai.«

»Massssi.«

»Mas-sai«, verbesserte sie ihn, und diesmal brachte er es richtig heraus.

»Er hat wache Ohren«, sagte Sarah. »War Ihr Trip erfolgreich?«

Kris lachte innerlich und dachte, daß sie bestimmt nicht alle Einzelheiten erzählen würde.

»Alles, was wir zurückbrachten, war ein cattenischer Dissident, was im Vergleich mit der Zunahme der Flotte von Botany nicht sehr viel ist ...«

»Ein cattenischer Dissident?« Sarah bekam große runde Augen. »Erzählen Sie!«

»Haben Sie ihn nicht vor ein paar Minuten mit Zainal in der Kantine gesehen?«

»Ich wüßte nicht, aber ich kann auch nicht behaupten, daß ich überhaupt einen der cattenischen Dissidenten kenne.« Sarah lächelte. »Es ist schön zu wissen, daß wir solche Helfer beim Gegner haben. Haben wir sie denn wirklich?«

»Das erzähle ich Ihnen später.«

»Beim Mittagessen vielleicht?« fragte Sarah, und ihre Augen funkelten neugierig.

»Wenn Sie mir alles erzählen, was ich bisher noch nicht habe erfahren können.«

»Gut. Es ist fast Mittagszeit, und die Sandwiches sind fertig. Mittag!« rief Sarah.

Durch das Fenster des Speisesaals der Kindertagesstätte konnten sie die Prozession derer sehen, die Sarah die ›Wiedergewonnenen‹ nannte – hauptsächlich Afrikaner, aber auch ein paar Weiße, deren Nationalität nicht auf Anhieb zu erkennen war, da man ihnen cattenische Overalls ausgehändigt hatte.

»Nicht viele Verletzte dabei«, stellte Kris fest.

»Wir haben ausgeladen«, sagte Sarah. »Warten Sie nur ab, bis Sie sehen, was wir sonst noch bekommen haben.«

»Zainal kam mit jeder Menge Geräte zurück«, sagte Kris. »Aber es wurde so schnell ausgeladen, daß ich gar nicht weiß, was alles dabei war.«

»Haben Sie viel von dem Planeten gesehen?« fragte Sarah, während andere an ihren Tisch kamen, um sich Kris' Abenteuer anzuhören.

Kris schüttelte den Kopf und brach ein Stück von ihrem Sandwich ab, das Zane offensichtlich dem vorzog, was er auf seinem Teller hatte. »Die Schwerkraft hat mich richtig fertiggemacht. Ich blieb an Bord und bediente die Komm-Konsole. Mein Catten reicht dafür aus, aber nicht meine äußere Erscheinung. Chuck hat für uns alle die Kontakte zur Außenwelt gepflegt. Ich kann Ihnen versichern, ich war verdammt froh, als wir endlich wieder starten konnten.« Dann lachte sie. »Wir kamen dann in einen Asteroidengürtel. Der muß durch eine unglaubliche Explosion entstanden sein.«

Sie schilderte ihnen die List, derer sie sich bedient hatten, so daß die Raumstation von Catten ihnen das Andocken nicht gestattete, was die Erledigung weiterer Formalitäten erforderlich gemacht hätte und sicher nicht sehr klug gewesen wäre. So hätten sie es geschafft, auf der Oberfläche des Planeten selbst zu landen, natürlich in sicherer Entfernung von jeder Ansiedlung, damit ihre ›defekten‹ Systeme keinen größeren Schaden anrichteten.

»Und wir bekamen wirklich die schlimmsten Slums zu sehen. Da waren Rassi, die ...« sie erschauerte, »die kaum mehr als Tiere waren. Man kann sie nicht als Idioten oder schwachsinnig bezeichnen, da sie ohnehin nicht über allzuviel Intelligenz verfügen. Sie imitieren nur, was man ihnen vormacht, und sogar das muß ständig wiederholt werden. Aber Zainal und die anderen gelangten in die Stadt und nahmen mit Kamiton Kontakt auf.«

Sie schilderte ihre List mit der zurückgelassenen

Erzladung – daher der Umweg über den Asteroidengürtel – und daß sie nach Catten zurückkehren könnten, wann immer sie es wollten.

»Und was tut dieser Kamiton hier?« wollte Sarah wissen.

»Er will sich alles mit eigenen Augen ansehen«, antwortete Kris.

»Und wenn ihm gefällt, was er sieht, dann holt er weitere Dissidenten her?« fragte eine andere Frau. Kris erkannte sie jetzt erst.

Es war Jane O'Hanlan, die Rundfunkreporterin, die zu denen gehörte hatte, die sie auf Barevi aufgesammelt hatten.

»Sie haben sich ja wieder erholt!« rief Kris begeistert.

Jane lächelte traurig. »Es wird von Tag zu Tag besser. Das geht vielen so. Dorothy Dwardie ist einfach wunderbar.«

»Das ist sie wirklich«, pflichtete Sally Stoffer ihr bei und wischte Cornflakesreste vom Mund eines Babys ab. »Ich bin dort praktisch arbeitslos.«

»Tatsächlich?«

»Fünfundsiebzig Prozent der Patienten haben sich soweit erholt, daß sie wieder alleine zurechtkommen und sich selbst helfen können. Wir waren fleißig, während Sie unterwegs waren.«

»Daran habe ich keinen Moment lang gezweifelt«, sagte Kris. »Aber ich kann Ihnen kaum beschreiben, wie froh ich bin, wieder zu Hause zu sein.«

»Daddy, Daddy«, rief Zane plötzlich aufgeregt, und Kris schaute hoch und entdeckte Zainal und Kamiton in der Türöffnung. »Entschuldigung«, sagte Zane zu Sarah, rannte auf seinen Vater zu und kreischte vergnügt, als dieser ihn hoch in die Luft warf.

»Paß auf, Zainal«, rief Kris, »er hat gerade gegessen.« Gehorsam setzte Zainal sich den Jungen auf die Schultern, während Kamiton amüsiert verfolgte, wie perfekt Zainal seine Rolle als Vater spielte.

Später, während des Abendessens in der Kantine, erfuhr Kris von Sarah alles über die Wiederansiedlung der Massai. Zainal unternahm mit Zane einen Abendspaziergang. Er brachte dem Jungen außerdem Catteni bei. Wenn Kris in der Nähe war, dann plapperte Zane lieber englisch, was Zainals Bemühungen störte. »Nun, ich habe im Outback mit den Aborigines gearbeitet, daher meinten sie, Joe und ich könnten dabei eine Hilfe sein«, meinte Sarah auf ihre ruhige, bescheidene Art. »Das Problem ist, daß die Massai an einen ganz anderen Lebensstil gewöhnt sind, der in Afrika schon gelitten hatte, noch ehe die Cat ... die Eosi auf der Erde landeten.«

»Ich erinnere mich an die Hungersnöte in den achtziger Jahren«, sagte Kris.

»Daher werden sie sich hier sicherlich nicht sehr wohl fühlen, aber Chuck meint, der südliche Zipfel des Kontinents wäre ganz in Ordnung, weil dort wüstenähnliche Verhältnisse herrschen.«

»Warum nehmen wir nicht den Wüstenkontinent?«

»Später vielleicht, aber im Augenblick sollten sie lieber auf bekanntem Territorium bleiben. Ach ja, Sie hätten ihre Gesichter sehen sollen, als wir ihnen unsere Luh-Kühe zeigten!« Sarah lachte schallend. »Sie konnten nicht fassen, was sie sahen, und sie wollten nicht glauben, daß die Tiere keine Milch geben, bis eine eingefangen und genau untersucht wurde.«

»Was ist denn mit den Aasfressern? Soweit ich mich

erinnere, sind die Massai ein Nomadenvolk und ziehen mit ihrem Vieh von Weide zu Weide. Reichen ihnen dazu die Luh-Kühe aus? Außerdem haben sie Hütten, oder Krale ... etwas, worin sie wohnen.«

»Nun, heute abend findet ein Vortrag über Aasfresser statt, und alle Neuankömmlinge müssen daran teilnehmen«, sagte Sarah mit einem leicht grimmigen Ausdruck. »Wir müssen ihnen klarmachen, womit sie es zu tun haben.«

»Wie wäre es denn, wenn man einige der geschlossenen Täler nehmen würde?« fragte Kris.

»Das wäre sicherlich auch eine Lösung, aber dort gibt es kein Jagdwild, und für Fisch sind sie nicht zu begeistern. Aber Sie hätten mal sehen sollen, wie fasziniert sie von all den Pflanzen und dem Gras und anderen Dingen waren, über die wir keine Sekunde lang nachdenken würden. Hassan verschlug es beinahe die Sprache, als er für Joe und die anderen Kräuterexperten dolmetschte ...«

»Es wäre wirklich eine Hilfe, wenn bei der letzten Lieferung auch ein Buch über Swahili wäre ...« sagte Kris, als sie sich an die Kisten voller Bücher erinnerte, die in die Bibliothek von Retreat transportiert worden waren.

Sarah nickte zustimmend. »Im Augenblick stöbern sie darin herum. Hassan gehen nämlich allmählich die Vokabeln aus.«

»Das wäre mal ganz was Neues«, meinte Kris und lachte. Der ehemalige israelische Spion war ein ziemlich geschwätziger Zeitgenosse.

»Mal sehen, was es dort gibt. Einen guten Krimi lese ich immer gerne«, sagte Sarah.

»Wie wollen Sie bei all den neuen Patienten dafür noch Zeit finden?«

»Ich schaffe es schon«, lautete Sarahs Antwort. Dann seufzte sie wieder. »Das Lesen fehlt mir. Und zwar sehr.«

»Das liegt nur daran, daß Sie nicht aus einem College-Kursus herausgerissen wurden, zu dessen Aufgaben eine so lange Leseliste gehörte.« Kris hielt eine Hand in etwa ein Meter fünfzig Höhe über dem Kantinenboden.

»Demnach ist dies«, sagte Sarah und deutete mit einem ironischen Lächeln auf ihre Umgebung, »eine viel bessere Art, Ihre Zeit zu verbringen.« Ehe Kris darauf etwas erwidern konnte, fügte sie hinzu: »Tatsächlich wäre die Uni im Vergleich dazu ziemlich langweilig.«

»Prof, bekomme ich in diesem Überlebenskurs die Note ›sehr gut‹?«

»Aber klar doch«, sagte Sarah. Dann standen beide auf und trugen ihr Geschirr zur Küchendurchreiche.

Als sie den Bau betraten, trafen sie nur Dorothy Dwardie an, die Bücher auspackte und in die Regale stellte.

»Oh, schön, ein wenig Hilfe. Ich habe hier die erstaunlichsten ... Texte unterschiedlichen Inhalts gefunden. Ich habe nicht die geringste Ahnung, wie es kommt, daß diese Bücher alle in derselben Kiste gelandet sind.« Sie zeigte ihnen die Bände, die sie gerade in der Hand hielt.

»*Maler der Spätrenaissance*«, las Sarah einen Titel vor.

»*Wie die Grinch das Weihnachtsfest stahlen*«, las Kris den zweiten Titel, nahm Dorothy das Buch aus der Hand und blätterte die reich illustrierten Seiten durch. »Wir haben hier vielleicht kein Weihnachten, aber ich bin froh, daß es ein paar gute Kinderbücher gibt. Können wir Ihnen helfen?«

»Ja, gerne«, sagte Dorothy und deutete hinter sich. Kisten waren in drei oder vier Etagen aufeinander gestapelt worden, bis hin zu der Plane, die das Ende der Bibliothek sowie den Ausbau absperrte, der im Augenblick vorgenommen wurde. Schmale Gassen erlaubten den Zugang zu den Kistenstapeln.

»Wo«, fragte Sarah, »ist die Krimi-Abteilung?«

»Das weiß ich nicht«, erwiderte Dorothy und richtete sich mühsam auf. »Schauen Sie sich um. Ich kann nicht versprechen, daß es hier so etwas gibt. Ich katalogisiere, während ich auspacke und dem lieben Gott für die Computer danke. Anderenfalls würden wir nämlich niemals wissen, wieviel wir haben.«

»Sie erledigen all das doch nicht etwa ganz alleine, oder?«

»Nun, eigentlich sollte ich zum Einräumen in die Regale Helfer bekommen«, sagte Dorothy. »Wir hatten heute morgen einige Opfer hier, und ich denke, es nützt ihnen, sich an einige grundlegende Dinge zu erinnern, die sie früher einmal wußten.«

»Was suchen Sie denn?«

»Alles. Für mich ist ein Buch von Dr. Seuss über Kinderpflege weitaus wertvoller als irgendein Werk über die Spätrenaissance. Obwohl ich überhaupt nichts gegen Maler und Kunst habe. Gut wären sogar einige leichte Klassiker, die wir den Opfern vorlesen könnten. Auch Westernromane oder ein guter Krimi wären nicht schlecht.«

»Schon verstanden«, sagte Sarah, schloß die Augen, drehte sich um und deutete. Als sie die Augen wieder aufschlug, zeigte ihr Finger auf eine der Gassen zwischen den Kisten. »Kommen Sie, Kris.«

Kris lachte noch immer über Sarahs witzige Art der Auswahl, während sie eine Kiste auf den Boden setzten und sie öffneten.

»Mein Gott, wie sollen wir Ordnung in dieses Chaos bekommen?« sagte sie und betrachtete das Durcheinander: Bücher mit verbogenen Rücken und zerknüllten Seiten bildeten einen unordentlichen Haufen. Ein paar lose Seiten vervollständigten das traurige Bild.

»Indem wir oben anfangen und uns nach unten durcharbeiten. Da drüben sind ein paar freie Regalbretter«, meinte Kris und ging zu einem der Regale an der Seite. »Wir sortieren die Bücher beim Herausholen.«

»Gute Idee.« Sarah setzte sich auf den Boden und begann, Bücher aus der Kiste zu ziehen.

Sie waren jedoch ›zielsicher‹, wie Sarah bemerkte, auf eine ganze Kiste Krimis und Liebesromane gestoßen. Ihre Bemühungen, ihre zugewiesene Aufgabe zu erfüllen, wurde dadurch behindert, daß sie Bücher fanden, die sie kannten, oder Titel, die ihr Interesse weckten.

»Ein neuer Hillerman«, rief Sarah begeistert, lehnte sich mit dem Rücken gegen eine Kiste und begann in ihrem Fund zu blättern. »Ich lese nur schnell ein paar Seiten ...«

Kris arbeitete ein wenig fleißiger, aber nicht viel länger, bis sie eine Liebesschnulze von Elizabeth Peters fand und nicht widerstehen konnte, ebenfalls ›nur ein paar Seiten zu lesen ...‹

»Ah, Dr. Hessian, wollen Sie auch beim Einräumen der Bücher helfen?« hörten sie beide Dorothy fragen.

Kris wollte schuldbewußt mit dem Auspacken weitermachen, aber Sarah ergriff ihren Arm und flüsterte ihr ins Ohr: »Nein, laß uns ein wenig lauschen. Dorothy versucht an ihn heranzukommen, seitdem er seinen Verstand wiedergefunden hat. Er möchte, daß alle Opfer sich einer sachkundigen freud'schen Sitzung unterziehen. Er meint, er solle das Behandlungsteam leiten, und nicht Dorothy. Ich sehe ihn noch vor mir, wie er als Zombie durch das Krankenhaus irrte.«

Kris legte einen Finger auf die Lippen, um Sarah daran zu erinnern, sie solle gefälligst flüstern.

»Sind Sie Miss Dwardie ...?«

»Dr. Dwardie, Dr. Hessian«, erwiderte Dorothy ruhig, aber in ihrer Stimme lag ein harter Unterton, der Kris und Sarah aufhorchen ließ. Kris wäre in diesem Moment aufgestanden, aber Sarah umklammerte ihren Arm und drückte ihn mit dem Rücken gegen die Kiste.

»Sie haben sich aber glänzend erholt«, sagte Dorothy offensichtlich hocherfreut.

Unzufriedene Laute und ein deutliches »sei es, wie es sei« schienen darauf hinzudeuten, daß Dr. Hessian nicht ganz der gleichen Meinung war. Sein rauher Bariton vermittelte Kris den Eindruck von einem stattlichen Mann in vorgerücktem Alter, wahrscheinlich mit Glatze, Übergewicht und ausgeprägter Arroganz.

»Ich habe gehört, es gäbe Neuzugänge in der Bibliothek, und wollte mich von dem neuen Lesestoff bedienen.«

»Ach? Hat man Ihnen nicht auch gesagt, daß Ihre Hilfe beim Katalogisieren der neuen Lieferung dankbar begrüßt würde?«

»Einräumen? Bücher?« lautete die überhebliche und erstaunte Entgegnung. Kris dachte, daß er klang wie Lady Bracknell in *Ernst sein ist alles,* wenn sie fragt: »Koffer? Bahnhof?«

»Dr. Hessian, wir alle leisten Gemeinschaftsarbeit ...«

»Er ist eingefleischter Freudianer«, meinte Sarah leise zu Kris. »Während Dorothy aus der Soziallehre kommt ... also eine völlig gegensätzliche psychologische Schule vertritt.«

»Die Gemeinschaftsarbeit«, fuhr Dr. Hessian unerbittlich fort, »für die ich außerordentlich qualifiziert bin, besteht darin, den Opfern zu helfen, die immer noch unter schweren mentalen Störungen leiden. Ich bin durchaus bereit, alle Zeit, die nötig ist, für einige der renommierteren Opfer aufzubringen. Ich kann sicherlich die psychodynamischen Konflikte eingrenzen, die zu ihrem derzeitigen Zustand geführt haben.«

»Wir wissen, was mit ihnen geschehen ist, Dr. Hessian. Dasselbe, was mit Ihnen geschah, und es ist erfreulich, Sie wieder herumlaufen und mit allen reden zu sehen. Feststellen zu können, daß Sie wieder völlig normal sind.«

»Normal? Normal?« Die zweite Wiederholung war lauter als die erste. »Was ist denn normal ... ah ...«

»Dr. Dwardie«, ergriff Dorothy behutsam das Wort. »Sollen wir nicht einen kleinen Spaziergang machen, Dr. Hessian? Ich denke, das Katalogisieren der Bücher kann auch noch bis morgen warten.«

Sarah machte ein enttäuschtes Gesicht, und Kris reagierte genauso, denn sie konnten nicht mithören, was Dorothy Dr. Hessian zu sagen hatte. Mit einigen Büchern unterm Arm verließen sie die Bibliothek, behielten dabei aber die beiden Ärzte im Auge.

Dorothy hatte die leichte Bewegung der Plane gesehen und wollte tatsächlich das Gespräch draußen fortsetzen, wo keine Gefahr bestand, daß sie belauscht wurden. Hessian ließ sich von ihr aus der Bibliothek herausführen und sagte: »Mein ›normales‹ Selbst läßt sich wohl kaum mit dem sogenannten ›Normalzustand‹ anderer Menschen vergleichen.« Die Worte »erst recht nicht mit dem der hier Anwesenden« hingen in der Luft, obgleich der Arzt sie nicht ausgesprochen hatte. »Erst jetzt fällt mir nach und nach ein, wie außergewöhnlich *mein* normales Selbst ist. Sie können nicht erwarten ... daß *ich* ... Bücher in Regale einräume, oder etwa doch?«

»Wenn *ich* das tun kann, weshalb sollte es dann unter Ihrer Würde sein, Dr. Hessian?«

»Einen kleinen Moment mal, junge Frau.« Seine Stimme troff von Herablassung.

»Dr. Dwardie, Dr. Hessian«, erinnerte Dorothy ihn mit Nachdruck, aber immer noch freundlich. »Diese Kolonie überlebt, weil jeder ... jeder .. bereit ist, die grundlegenden Aufgaben auszuführen wie auch seine frühere Tätigkeit der Gemeinschaft zur Verfügung zu stellen, was immer diese Tätigkeit gewesen ist. Mein gesamtes Team wartet sehnsüchtig darauf, daß Sie uns bei der psychologischen Betreuung der noch verbliebenen Opfer behilflich sind. Die Behandlung von Traumareaktionen war eine derart überwältigende Aufgabe, daß sogar ich sie erledigt habe, um auch mal etwas anderes zu tun. Es gibt noch viel zu viele Opfer«, und ihre Stimme klang nicht flehend, sie wollte ihn viel mehr bitten, vernünftig zu sein, »als wir mit so wenigen Psychologen, Psychiatern und Krankenschwestern behandeln können. Wollen Sie sich unserem Team anschließen, Dr. Hessian?«

»Hmph. Ich soll Teil eines Teams sein?« Und auch diesmal klang seine Stimme für Dorothy wie die Robert Morleys, eines englischen Schauspielers, nämlich überheblich und gereizt. Hessians Augen quollen fast aus den Höhlen. »Das ist doch wohl nicht ihr Ernst, oder? Ich kann es mir kaum vorstellen. Nicht bei meinen ungewöhnlichen Qualifikationen.«

Glücklicherweise waren nur noch wenige Leute draußen unterwegs, während sich die Dämmerung auf Retreat herabsenkte. Sie steuerte ihn zu einem Steinplattenweg, über den er auch zu seinem Wohnhaus käme.

Kris und Sarah hielten sich versteckt, so daß sie das Gespräch weiterverfolgen konnten.

»Doch, es ist mein Ernst, Dr. Hessian«, sagte Dorothy freundlich. »Ich kenne Ihren beruflichen Werdegang ganz gut. Das psychologische Team hier wird jedoch von mir geleitet, und wir haben ein vielstufiges Behandlungsprogramm entwickelt, das tatsächlich die Traumata zahlreicher Opfer abgebaut hat. Während Ihre Arbeit auf dem Gebiet der Psychoanalyse sicherlich wichtige Beiträge zu Ihrem Fachgebiet liefert, haben wir uns für eine mehr soziale Ausrichtung unserer Ziele entschieden.«

»Und ich würde, so nehme ich an, dieses vielstufige Behandlungsprogramm anwenden müssen?« Erneut kam Dorothy in den zweifelhaften Genuß jener unendlichen Verachtung, die er auch in das kleinste Wort hineinlegen konnte.

»Ja, das würden Sie, da wir es als recht wirkungsvoll betrachten. Ich habe schon früher, ehe ich hier ... abgeworfen ... wurde, in der Trauma-Therapie gearbeitet. Aber zweifellos wissen Sie nichts über meine berufliche Arbeit auf diesem Gebiet.«

»Nein, das weiß ich nicht«, sagte er knapp und wischte damit jegliche Fähigkeiten, die sie vielleicht hatte, einfach weg. »Sicherlich ist Ihnen klar, daß ein

Wechsel der Therapien all jenen nutzen könnte, die sich immer noch in einem Zustand befinden, der sich nur als katatonisch beschreiben läßt. Vor allem jetzt, wo Ihnen jemand von meinem Kaliber zur Seite steht. Wenn die Hauptstreitmacht erscheint, wie in diesem Fall«, und sein überheblicher Tonfall ließ vermuten, daß er Dorothy gönnerhaft anlächelte, »werden die Hilfstruppen nicht mehr benötigt.«

Dorothy ließ sich nicht aus dem Konzept bringen. »Betrachten wir diese Situation doch einmal vom Standpunkt der Forschung aus. Ich verstehe durchaus, daß es für Sie wahrscheinlich ein großer Schock ist, festzustellen, daß es offensichtlich noch andere Behandlungsmethoden gibt, die sich als weitaus erfolgreicher erwiesen als die Methode, mit der Sie vertraut sind und die zu studieren Sie wahrscheinlich den größten Teil Ihres Lebens aufgewendet haben. Ich weiß zum Beispiel, daß Sie acht Bücher über das Leben und die Arbeit Sigmund Freuds in Theorie und Psychoanalyse geschrieben haben. Ich glaube wirklich, daß Sie für die Opfer ein enormer Lichtblick sein werden.«

Diesmal kam von Dr. Hessian keine direkte Reaktion.

»Dr. Hessian, bitte mißverstehen Sie mich nicht. Ich denke nicht daran, Sigmund Freud oder den Einfluß seiner Arbeit unterzubewerten. Ich glaube, daß Freud einer der größten Denker aller Zeiten auf dem Gebiet der Behandlung nervöser Störungen war. Es ist nur so, daß wir uns auf ein Modell mit erwiesener Erfolgsquote verlassen, während das Modell, mit dem Sie arbeiten, für ein anderes Behandlungsproblem zuständig ist. Wir haben es hier mit schweren mentalen Traumata zu tun und nicht mit Neurosen.«

Seine anfangs noch langen Schritte, mit denen er ihr fast vorausgeeilt war, hatten sich merklich verkürzt. Nun stand er mit gesenktem Kopf da und zupfte an seiner Unterlippe.

»Ich bezweifle, daß Sie, Dr. Dwardie, und ich jemals auf einer Basis gegenseitigen Respekts zusammenarbeiten können. Noch unwahrscheinlicher ist, daß wir eine gemeinsame Basis für eine angemessene Behandlung dieser unglücklichen Opfer finden werden.«

»Das kann ich akzeptieren, obgleich ich es zutiefst bedaure, Dr. Hessian. Nein, bitte, gehen Sie noch nicht weg. Es gibt da noch einen Trauma-Fall, über den ich gerne mit Ihnen reden möchte. Es war ein Fall, vor dem wir alle ziemlich ratlos gestanden haben.«

»Ach?«

»Ja, aber setzen Sie sich doch bitte wieder, Dr. Hessian.« Sie deutete auf eine strategisch geschickt aufgestellte Steinbank, von der aus man einen herrlichen Blick hinaus auf die Bucht hatte. »Dies könnte durchaus etwas länger dauern.«

»Das kann ich mir vorstellen.«

»Nun ...« Dorothy holte tief Luft, ehe sie sich in ihre Schilderung stürzte. »Da ist eine Fachkollegin, Dr. K. – eine überaus brillante Psychologin, deren Fall, obgleich erfolgreich abgeschlossen, sehr schwierig war. Sie machte die Hirn-Leerung kurz nach einer Reihe von Todesfällen unter den Opfern durch, so hat es uns jedenfalls ein Beobachter erzählt. Diese rührten von den Auswirkungen modulierter Stromkreise her. Einige der Todesfälle waren jene, die als Neuropsychologen ausgebildet waren. Führende Fachleute aus allen möglichen naturwissenschaftlichen Bereichen waren auch unter den Toten.«

»Ja, davon hab ich gehört«, gab Dr. Hessian zu, »und zwar anläßlich von Gesprächen mit Seissmann. Offensichtlich gehörte Dr. Stanley Kessler dazu. Ein tragischer Verlust auf seinem Gebiet.«

»Dem stimme ich zu«, sagte Dorothy. »Aus verschiedenen Quellen wissen wir, daß die Eosi den Strom verringert haben, um weitere Todesfälle wegen einer Überladung des Zentralnervensystems zu vermeiden. Unglücklicherweise waren die Gründe dafür weniger humanitär als selbstsüchtig. Die Eosi führten den Tod herbei, ehe sie den Leerungsprozeß abschließen konnten, durch den sie die Informationen erhielten, die sie wünschten. Um nützlich zu sein, mußte das Opfer während der Untersuchung in einem veränderten Bewußtseinszustand verharren, also am Leben bleiben.«

»Weshalb könnten sie sich für die Neuropsychologie interessieren?« fragte Dr. Hessian.

»Es ist natürlich nur eine Theorie, weil sie die Experten und Vertreter des Staates nach einem Zufallsprinzip behandelten, aber es könnte damit zu tun haben, daß sie den Grad der Willfährigkeit der Rassen erhöhen wollen, die sie beherrschen. Sie trafen bei den Erdbewohnern auf einen ungewöhnlich entschlossenen Widerstand und könnten nach einem Weg gesucht haben, deren Fähigkeit zu schwächen, Widerstand zu leisten, sie einfach ›abzuschalten‹, indem sie die Rezeptionsbedingungen an den Synapsen veränderten. Es wäre ein ähnlicher Effekt wie bei einem Computer, bei dem das System stillgelegt wird – man kann zwar die Tasten betätigen, aber nichts würde sich tun. Aus irgendeinem Grund und zum Glück für diejenigen, die für eine Hirn-Leerung vorgesehen waren, wandten die Eosi sich einer ganz anderen Methode der mentalen Untersuchung zu. Oder die Todesrate war ihnen zu hoch.«

»Was geschah mit denen, die auf diese Art und Weise untersucht wurden?«

»Einige trugen durch zu hohe Probeströme an beiden Stirnlappen organische Schäden davon. Andere litten unter den Auswirkungen psychischer Traumata, und bei einigen war beides zu beobachten. Außerdem litten viele unter Schuldgefühlen, weil sie überlebt hatten, da sie sehr wohl bemerkten, wie viele bei diesem Prozeß ihr Leben lassen mußten. Sie haben sich nach ihrem eigenen Wert gefragt, weil sie am Leben geblieben waren. Und natürlich waren viele einfach nur zutiefst betrübt. Im Falle von Dr. K. traf vermutlich beides zu.«

»Erzählen Sie weiter«, sagte Dr. Hessian, und es klang dabei für Kris und Sarah neugierig, aber auch blasiert.

»Vor ihrer eigenen Behandlung durch die eosianischen Instrumente erfuhr unsere Patientin, Dr. K., von mehreren Todesfällen unter den Wissenschaftlern und Kollegen an der Universität. Und während der das Hirn leerende Strom verringert worden war und keine weiteren Todesfälle mehr vorkamen, war sie stark traumatisiert. Sich ihre geistigen Fähigkeiten von grausamen Aliens rauben zu lassen, die sie auf einen Stuhl gefesselt und sie mit einem brennend heißen blauen Strahl grellen, laserähnlichen Lichts gequält hatten, war eine entsetzliche Erfahrung. Nachbilder des blauen Lichtstrahls verfolgten sie, zogen ihr Vorderhirn in Mitleidenschaft, drangen in ihren Kopf ein, während sie physisch und psychisch total paralysiert war und sich der Behandlung nicht entziehen konnte.«

»Hmm. Dadurch könnten tatsächlich schwere Neurosen ausgelöst werden.« Er räusperte sich. »Sie haben mir von dem Trauma erzählt, unter dem Dr. K. litt. Nun würde ich gerne etwas über ihre Vorgeschichte erfahren, über psychische Abwehrmaßnahmen und ihren prämorbiden Anpassungsgrad.«

Dorothy atmete tief ein. Jetzt kam sie zum schwierigen Teil. »Ein prämorbider Anpassungsgrad ist kein besonders nützliches Konzept bei der Behandlung post-traumatischer Streßstörungen von hochleistungsfähigen Individuen. Viel eher geht es darum, ihnen dabei zu helfen, die Kontrolle über ihre Symptome in einem bewußten Zustand zu erlangen.«

»Nun«, meinte Dr. Hessian wichtigtuerisch, »wenn Sie nicht eine prämorbide Behandlung in Erwägung ziehen, bieten sie keine umfassende Therapie an.«

»In Ihrer Theorie trifft das sicher zu, in meiner hingegen nicht«, erwiderte sie. »Stellen Sie sich mal ein nagelneues Automobil vor, das bei einem Frontalzusammenstoß völlig zerstört wird. Man wird wohl kaum danach fragen, wie gut es vor dem Unfall funktioniert hat, oder erwarten, daß es so gut wie neu aus der Werkstatt zurückkommt. Tatsächlich werden solche Wracks entsorgt. Bei Menschen hingegen gestattet der Geist ihnen oft, einen erstaunlichen Grad an Funktionalität wiederzuerlangen, so daß sie das Trauma überwinden. Ihnen beizubringen, wie sie das schaffen, indem man Techniken der kognitiven Psychologie, der Verhaltenstherapie und eine mehrstufige Behandlung anwendet, hat sich als wirksam erwiesen.«

Eine weitere kurze Pause trat ein. »Nun, dann verraten Sie mir doch mal«, sagte Dr. Hessian auch diesmal mit einem deutlich herablassenden Tonfall in der

Stimme, »welche post-traumatischen Streßsymptome waren denn am schwierigsten zu behandeln?«

Dorothy entschied, daß er Zeit zu gewinnen versuchte, um seine Strategie zu überdenken.

»Dr. K. hatte eine vorübergehende post-traumatische Amnesie und Flashbacks von dem blauen Licht. Sie konnte nicht schlafen oder wach sein, ohne daß ständig blaue Lichterscheinungen ihre Stirnlappen attackierten. Überall wurde sie davon verfolgt. Sowohl in ihren Träumen als auch im Wachzustand wurde sie von diesen häßlichen Flashbacks gequält, die ihre Gesundung in jeder Hinsicht beeinträchtigten.«

Dr. Hessian straffte sich, ein blasiertes Funkeln in den Augen, und Dorothy fragte sich, welche Mängel er nun in ihrer Methode finden würde. Wenigstens schaute er ihr jetzt in die Augen, während er wieder sein typisches herablassendes Lächeln aufsetzte.

»Deshalb ist es so wichtig, den prämorbiden Anpassungsgrad zu kennen«, sagte er. »Ich würde meinen, daß es im Vorleben der Frau irgendeinen ungelösten Konflikt gab, der sie für den Flashback besonders anfällig machte. Wissen Sie, ob es irgendwelche verborgenen Schuldgefühle gegen ein Elternteil oder irgendein ungelöstes Problem im Bereich der Sexualität gab, das sich auf diese Art und Weise bemerkbar machte?«

Mittlerweile versank die Sonne hinter den Bergen. Sie konnten hören, wie die anderen nach Hause eilten, aber niemand benutzte diesen Weg. Sie wollte den Mann nicht antreiben, aber sie müßten sich auch bald auf den Weg machen, um eine Begegnung mit den Aasfressern zu vermeiden. Sie mußte aber auch diesen Machtkampf zwischen den beiden unterschiedlichen psychologischen Behandlungsmethoden beenden. Die Grundlage ihrer augenblicklichen Diskussion, so sagte sie sich, war Macht und nicht nur die Verteidigung einer bestimmten Theorie. Dieser Streit war das reinste Tauziehen. Er zog in die eine Richtung, sie in die andere. Sie beschloß, nicht mehr zu spielen und nur zu beobachten, was geschehen würde.

»Nun«, sagte Dorothy laut, »ich würde diese Diskussion sehr gerne fortsetzen, aber wir müssen noch vor Einbruch der Dunkelheit wieder in unseren Häusern sein. Ich hätte Ihnen noch gerne geschildert, daß wir Dr. K.'s Flashbacks unter Kontrolle brachten, indem wir uns einer Fading-Prozedur, kombiniert mit intensiver Muskelentspannung, bedienten. Wir versorgten sie außerdem mit Geistbildern, was sich als außerordentlich wirkungsvoll erwies.«

Dr. Hessian schaute sie unbeeindruckt an. Er schien von praktischen Erwägungen nicht besonders angetan zu sein, auch wenn sie erfolgreich waren.

»Wir sollten am besten Feierabend machen«, sagte sie und stand auf. Seine tief verwurzelte Höflichkeit ließ ihn ebenfalls aufspringen. »Ich hoffe, Sie entschließen sich, zu uns zu kommen. Würden Sie es sich doch noch überlegen? Wir könnten Ihre Hilfe gut gebrauchen, und vielleicht könnten Sie Dr. Kesslers Arbeit ordnen und seine Ergebnisse dem Behandlungspersonal vorstellen. Es wäre eine wirklich schöne Geste, da Sie ihn ja kannten. So oder so, lassen Sie mich bitte wissen, wie Sie sich entschieden haben.«

Sie ging ein paar Schritte in Richtung des sicheren Plattenwegs, drehte sich aber noch einmal um und machte ein betretenes Gesicht. »Oh«, sagte sie, »Dr.

Hessian, ehe ich gehe, muß ich mich noch bei Ihnen entschuldigen.« Sie brachte sogar so etwas wie Gekränktheit zustande.

»Bei mir entschuldigen?« wiederholte er, offensichtlich erfreut, daß sie endlich einsah, auf dem falschen Wegzu sein.

»Ja, sehen Sie, indem ich den Fall von Dr. K. zur Sprache brachte, habe ich versucht, Ihnen die Wirksamkeit des Therapiemodells nahezubringen. Ich denke, ich habe es nicht geschafft, Sie zu überzeugen.«

»Nun«, meinte er und winkte gnädig ab, »Sie haben es immerhin versucht.«

»Die Ironie des Ganzen ist nur«, erwiderte sie leise, »daß während die meisten Falldaten den Tatsachen entsprachen, ein Punkt nicht richtig war. Ich habe das Geschlecht des betreffenden Arztes verändert.«

»Nun, ich glaube kaum, daß das von Bedeutung ist.«

»Nicht wenn es sich bei Dr. K. in Wirklichkeit um *Sie* handelt. Wir haben die sozialpsychologischen Techniken eingesetzt, um Ihren hervorragenden Geist wieder zum Leben zu erwecken, Dr. Hessian, und sie haben funktioniert.«

Sie sah, wie sein Mund aufklappte, entfernte sich eilig und ließ ihn alleine zurück, damit er Gelegenheit hatte, diesen letzten Schlag zu verdauen.

Kris und Sarah beeilten sich, ihren Lauschplatz so schnell wie möglich zu verlassen.

»Sollen wir uns bei Dorothy entschuldigen?« fragte Kris mit reuiger Miene.

»Woher konnten wir wissen, daß Hessian sich derart aufplustern und einen Streit anfangen würde? Ich hoffe, daß sie es ihm kräftig gegeben hat«, erwiderte Sarah, die kein bißchen Reue zeigte. Dann erschauerte sie. »Ich kannte ihre Theorie was die Eosi mit uns hatten tun wollen, noch gar nicht. Sie wollten Zombies aus uns machen!«

Kris verspürte eine brennende Übelkeit. Sie schüttelte langsam den Kopf. »Nein, Zainal ist überzeugt, daß die Eosi nur nach neuen wissenschaftlichen Theorien gesucht haben ...«

»Und welche, frage ich, sollen das gewesen sein?« Sarahs Stimme war eisig.

»Sicher, aber es waren nicht nur Psychologen und Psychiater, die der Behandlung unterzogen wurden. Da waren hohe Staatsbedienstete und eine Menge NASA-Personal – was immer sie finden konnten. Alle möglichen Experten und Spezialisten.« Kris wurde sich bewußt, daß sie versuchte, mehr sich selbst als Sarah zu beruhigen. Und sie war sich nicht sicher, ob sie wirklich überzeugend klang. »Nun, mit all den Informationen, die eingegangen sind, dürfte das Oberkommando«, und sie brachte ein Lächeln zustande, »zu irgendwelchen Schlußfolgerungen gelangen. Bestimmt hat Dorothy mit Leon Dane über alles gesprochen, da er mehr oder weniger der Chefmedizinier ist.«

»Nun, da würden wir ja wohl nicht fragen, oder?«

»Nein, das nicht, aber das heißt nicht, daß wir nicht rausfinden können, ob darüber gesprochen wurde«, murmelte Kris halblaut. »Das ist der Nachteil, daß wir so lange weg waren. Man kann unmöglich auf dem laufenden bleiben.«

Sarah hob eine Augenbraue und betrachtete Kris mit einem sarkastischen Grinsen. »Was höre ich denn da? Sie sind durch die Galaxien gedüst, während ich zu Hause hockte ... Autsch!« Sie ergriff Kris' Arm, dann deutete sie auf eine Ansammlung von Fackeln am dunklen Rand der Siedlung. »Die Demonstration!«

Sie waren nicht so weit entfernt, daß sie nicht das kollektive Aufstöhnen hörten, als die Neunankömmlinge das Auftauchen der Aasfresser beobachteten. Sie konnten laute Überraschungsrufe der Männer und schrille Angstschreie der Frauen hören. Sie sahen, wie die Schar der Zuschauer in Bewegung geriet, um sich so weit wie möglich von den schleimigen Bewohnern des nächtlichen Untergrundes zurückzuziehen. Ein Gesang wurde angestimmt, und an den tiefen Stimmen erkannten die beiden Freundinnen, daß es offenbar die Massai waren, die auf diese Art und Weise die Gefahr zu bannen versuchten.

»Ich bin froh, daß sie auf unserer Seite sind«, sagte Kris.

»Ich auch. Aber Joe ist nicht mehr auf meiner, wenn ich nicht schnellstens nach Hause komme«, sagte Sarah und schlug die Richtung zu ihrem Haus ein, nachdem sie sich voneinander verabschiedet hatten.

Als Kris nach Hause kam, schlief Zane schon, und Zainal saß, in einige Papiere vertieft, am Tisch, daher schaute sie erst einmal nach ihrem Sohn. Er war in den Wochen, die sie unterwegs gewesen war, deutlich gewachsen. Was hatte sie von seiner Entwicklung sonst noch versäumt?

Zainal lächelte sie an. »Er kann schon sehr schön laufen.«

Sie zog sich einen zweiten Stuhl heran, um sich neben ihn zu setzen, so daß ihre Körper sich fast berührten. Auf dem Heimweg hatte sie ständig über Dorothys Theorie nachgedacht und war nun ein regelrechtes Nervenbündel. Nun ja, wenn man jemanden belauschte, dann hörte man nur selten etwas Gutes, sei es über sich selbst oder über andere Dinge, wie sie gerade hatte erfahren dürfen. Aber vielleicht konnte Zainal sie beruhigen. Bestimmt hätte sie in dieser Nacht Alpträume, wenn sie sich an die leeren Blicke der Opfer erinnerte, als sie aus den beiden K-Schiffen herausgeführt wurden.

»Zainal?« begann sie und bemerkte dann, daß er sich mit Zahlen und Zeitangaben und Anflugfenstern für die Blase beschäftigte. »Was ist denn jetzt geplant?«

Zainal lehnte sich zurück, warf den Bleistift auf den Tisch und reckte sich, bis seine Gelenke knackten. Das Geräusch ließ sie zusammenzucken. Es erinnerte sie an das Töten von Tieren im Schlachthof.

»Kamiton hat mit einigen Führern gesprochen, ehe er nach Catten aufbrach, und ich muß einem Teil ihrer Vorstellungen beipflichten.« Zainal verschränkte die Hände hinter seinem breiten Kopf. Was Kris an ihre brennendste Frage erinnerte.

Sie legte eine Hand auf seinen Oberarm. »Die Eosi haben doch keine Möglichkeit gefunden, alle unsere Geister lahmzulegen, nicht wahr?«

Zainal warf den Kopf in den Nacken und brach in brüllendes Gelächter aus, und sie mußte ihn ermahnen, leise zu sein. Zane hatte zwar einen tiefen Schlaf, aber bei einem solchen Lärm würde auch er sehr schnell wach.

Zainal legte einen Arm um ihre Schultern und drückte sie liebevoll an sich. »Sie haben nur einen dieser mentalen Helme. Sie würden kaum mit den Millionen von Menschen fertig werden, und genau das müßten sie. Obgleich auch Ray von Kamiton wissen wollte, ob das möglich wäre. Das ist es nicht! Es wäre besser, wir könnten die Eosi unter dieses Gerät setzen.« Er verzog das Gesicht, wodurch er frappierend menschlich wirkte. Sie hatte sehr wohl bemerkt, wie überrascht Kamiton auf Zainals lebhafte Mimik reagiert hatte. Wahrscheinlich eine sehr un-cattenische Eigenschaft. »Natürlich würden ihre riesigen Köpfe nicht hineinpassen, daher können wir das Gerät leider nicht dazu einsetzen, sie auf ihre wahre Größe zurechtzustutzen.«

Sie erwiderte sein Grinsen. »Und weiter?«

»Nun, da Kamiton zurück muß, werden wir sehen, was wir alles anstellen können.« Seine gelben Augen zwinkerten ihr zu. Er ergriff wieder den Bleistift und tippte auf die verschiedenen Blätter, die er, wie sie nun sehen konnte, in einem Halbkreis auf dem Tisch ausgebreitet hatte. »Beverly möchte sie nämlich mit allen möglichen Überraschungen in Atem halten. Jeder, der zur Erde zurückgekehrt ist, ist von dieser Idee begeistert.« Sein Gesichtsausdruck wurde ernst. »Deinem Planeten ist schrecklich mitgespielt worden, und dennoch wollen seine Bewohner sich nicht den Praktiken unterwerfen, die die Eosi bisher immer sehr effektvoll eingesetzt haben. Wenn schon die Tatsache, nicht in die Blase eindringen zu können, das Ix Mentat zur Weißglut gebracht hat, warum kann man sie dann nicht auch noch woanders treffen? Sie noch mehr reizen! Sie verwirren! Sie attackieren, bis sie nicht mehr wissen, wie sie mit den verschiedenen Anschlägen fertig werden sollen.«

»Nun, es gibt Wege, einen Computer völlig zu verwirren«, sagte Kris, »ihn dazu zu bringen, daß er sich sozusagen selbst zerstört. Wäre so etwas auch bei den Eosi möglich?«

»Kamiton meint, man könnte es versuchen«, sagte Zainal mit einem hinterhältigen Grinsen. »Er meint auch, man könnte damit vielleicht sogar Erfolg haben.«

»Und?« Sie zog einen der Papierbögen zu sich heran, und Zainal schob ihn sofort wieder an seinen Platz.

»Da Kamiton Zugang zu sämtlichen ID-Codes hat und auf diese Weise in Erfahrung bringen kann, welche Schiffe welcher Klasse als zerstört oder verschollen gelten, können wir unsere Flotte beträchtlich vergrößern.«

»Indem wir die Codenamen ändern?«

»Und wo sie erscheinen. Zum Beispiel muß ich als Emassi Venlik das Erz holen, das ich im Asteroidengürtel abgeladen habe. Zuerst suche ich als Emassi Kulak einen Bergbauplaneten auf und kaufe eine Ladung ...« Er unterbrach sich. »Walter Duxie sagt, er könne nicht genug abbauen, um eine volle Ladung interessanter Erze zusammenzubekommen, deshalb gehen wir dorthin, wo es sie gibt. Dann schaffen wir diese Ladung nach Catten.« Er hielt inne und machte einen tiefen Atemzug. »Ich möchte meine Söhne hierherbringen, wo sie in Sicherheit sind.« Er blickte ihr direkt in die Augen.

»Natürlich«, sagte Kris schnell. »Sie wären in Gefahr, wenn die Eosi herausbekommen, daß sie noch am Leben sind.«

»Einen gibt es, der ganz sicher ist, daß ich noch lebe«, erklärte Zainal mit ernster Stimme.

»Dein Bruder?« Und als er nickte, fuhr sie fort: »Aber wo sind deine Söhne jetzt?«

Zainal biß für einen Moment die Zähne zusammen, ehe er antwortete: »Bei meinem Erzeuger.«

»Sind sie nicht ...?«

Sie verstummte, weil aus dem schmerzlichen Ausdruck seiner Augen und der Anspannung seines Körpers zu ersehen war, daß sie *nicht* in Sicherheit waren. »Hat Kamiton sie gesehen?«

Zainal nickte.

»Nun, das ist ein recht einfacher Weg für mich, um meine Familie zu vergrößern«, meinte sie fröhlich.

»Ich werde ihr Vater sein, aber du wirst sie nicht bemuttern können«, meinte er und überraschte sie. Er hob eine Hand. »Sie sind schon zu alt, um bemuttert zu werden. Aber wenn du ihnen eine Freundin sein könntest, wird ihnen das helfen, sich hier einzugliedern.«

»Wir haben es geschafft, alle vom Deski bis zum Massai, zu integrieren. Dann dürfte es wohl mit zwei Cattenijungen in dieser Hinsicht keine Probleme geben.«

Zainal gab einen seltsamen Laut von sich. »Hier dürften sie sicherer sein als auf Catten. Kamiton möchte seine Sprößlinge auch hierherbringen. Obgleich es ihm lieber wäre, auch seine Frau herzuholen und sie mit seinen Kindern in eins der geschlossenen Täler zu bringen und ihnen zu helfen, hier einen Haushalt aufzubauen. Wir müssen wahrscheinlich die Verantwortung für alle Kinder übernehmen, die von den Eosi als Geiseln gegen die Aktivitäten ihrer Eltern benutzt werden könnten.«

»Ich finde ...« Sie legte ihre Hand auf seine. »Okay, es ist deine Entscheidung. Wir alle gehen also mit dir zurück nach Catten?« Sie wollte es eigentlich nicht – die hohe Schwerkraft hatte sie beinahe umgebracht –, aber sie würde ihn niemals aus einem solchen vorgeschobenen Grund im Stich lassen.

»Drassi Kulik hat sich als sehr nützlich erwiesen«, meinte er grinsend.

»Was steht denn sonst noch auf der Tagesordnung, nachdem wir das Erz abgeliefert haben?«

Zainal lächelte. »Kamiton hat die anderen Orte ermittelt, wo Menschen abgeladen wurden. An einigen sieht es ziemlich übel aus, wo besonders viele Arbeiter abgesetzt wurden, und es ist möglich, daß wir dort keinen einzigen Menschen mehr finden. Aber wir werden es trotzdem versuchen.«

»Oh.«

»Drei der Schiffe mit geändertem Codenamen werden zur Erde reisen und zusehen, ob sie ... wie hat Chuck es ausgedrückt? ... befr ...«

»Befreien.« Kris grinste.

»Ob sie irgendwelche schlecht bewachten Schiffe befreien können. Wenn sie mit Diebesgut aus den Plünderungen beladen sind, starten wir einfach. Ansonsten werden wir etwas bei uns haben, das Leon eine ›Einkaufsliste‹ nennt.«

»Nun, ihr habt aber hinsichtlich der Planung wenig Zeit verloren, nicht wahr?«

»Kamiton meint, wir müßten oft und hart zuschlagen, um den anderen in unserer Gruppe zu beweisen, daß wir Mittel und Wege kennen, die Herrschaft der Eosi zu erschüttern. Sie soweit zu schädigen, daß sie keinen Gegenangriff starten können.«

»Gott steh uns bei, wenn die Blase platzen sollte«, sagte sie. »Aber es wäre sicher enorm befriedigend für dich und Kamiton, die Eosi zur Hilflosigkeit zu verdammen.«

Zainal nickte, und sein Lächeln spiegelte tiefe

Genugtuung wider. »Wir verursachen dabei noch nicht einmal einen Rassenschaden.«

»Oh, Gott, das ist ja richtig gut. Ich möchte ganz bestimmt nicht, daß die Farmer ihre gute Meinung über uns ändern. Ihre Blase ist der zentrale Faktor, der erst dafür sorgt, daß deine Pläne funktionieren.«

»Ich glaube nicht, daß die Farmer an dem, was wir unternehmen, irgend etwas auszusetzen haben. Ich denke, sie sind flexible Wesen.« Als Kris zustimmend nickte, fügte er mit einem verschmitzten Lächeln hinzu: »Was Kamiton an euch Menschen am meisten beeindruckt, ist eure Flexibilität. Diese Eigenschaft besitzen wir Catteni nicht.«

»Ha! Ihr seid genauso flexibel wie jeder andere auf diesem Planeten.«

Er strich ihr mit den Fingern durchs Haar. Sie hatte sie mindestens fünfzehnmal waschen müssen, um die schreckliche Farbe herauszubekommen. »Ich habe gelernt, so zu sein«, sagte er.

»Um so bemerkenswerter, da es in deinem ganzen vorherigen Leben immer danach ging, alles wissen des Wissen-müssens zu müssen.«

Zainal wandte sich ab und starrte in die Dunkelheit, die sie einhüllte. »Ich möchte, daß meine Söhne alles erfahren können, was sie wissen *wollen*.«

»Ich denke, manchmal vergessen wir sehr leicht, was für ein wertvolles Geschenk das freie Denken ist«, stellte Kris fest.

8. Kapitel

Am nächsten Tag flog Hassan mehrere Massai-Anführer zum südlichen Ende des Kontinents, weil die Überlebenden von fünf verschiedenen Stämmen versorgt werden mußten. Mpeti Ole Surum, Caleb Materu und Sikai Ole Sereb sprachen ein wenig Englisch und verstanden sogar noch mehr. Diese drei beruhigten die beiden anderen, Pakai Olonyoke und Tepilit Ole Saitoti, die ein exzellentes Swahili, aber dafür kein Englisch sprachen. Bart, der während des größten Teils der langen Nacht Swahiliworte und –phrasen gebüffelt hatte, nahm an der Reise der KDL teil, wie auch Yuri Palit, der eigentlich das Wiederansiedlungsprojekt leitete. Baby wäre weitaus praktischer gewesen.

Das Tub hätte viel länger gebraucht, aber die großen Massai hätten sich in dem einen zu eingezwängt gefühlt und in dem anderen wahrscheinlich unter Klaustrophobie gelitten, daher versprach Hassan, daß er nur für entsprechende Flughöhe sorgen und ansonsten so lange wie möglich im Gleitflug bleiben würde, um Treibstoff zu sparen.

»Ich sehe ... oft ... Flugzeuge«, sagte Caleb und deutete zum Himmel. Er saß in würdevoller Haltung in einem der Kommandosessel auf der Brücke. Über Nacht hatten er und viele von den älteren Männern es geschafft, sich mit Speeren aus Zeltstangenbaumholz auszurüsten. Der gerade Wuchs der Bäume hatte sie fasziniert, und Geoff, der die meisten Eisenteile in der Umgebung von Retreat herstellte, hatte Metallspitzen geschmiedet. »Ich hätte niemals erwartet, mal in einem dieser Dinger mitzufliegen.« Er schaute sich grinsend in der Brückenkabine um.

Mpeti Ole Surum stand direkt hinter Hassan, der an der Kontrolltafel saß. In seinen Augen war kein deutbarer Ausdruck zu erkennen, aber ihm entging nichts von dem, was Hassan tat.

Sikai Ole Sereb war der lockerste der drei Englischkundigen. Er glich eher einem neugierigen Kind auf einem Ausflug.

»Ich glaube, sie waren alle so sehr damit beschäftigt, sich gegenseitig zu übertreffen, daß sie gar keine Zeit hatten, Angst zu haben«, berichtete Hassan an diesem Abend dem Obersten Rat, als er den Tagesausflug analysierte. Kris, Zainal und Kamiton gehörten zu der Gruppe – so daß Kamiton demonstriert werden konnte, wie die Kolonie sich selbst verwaltete. Zainal lieferte leise Erklärungen, um die anderen Insassen im großen Hangarbüro nicht zu stören. »Sie wissen jetzt, was es mit den Aasfressern auf sich hat. Die gestrige Demonstration war sehr dramatisch und furchteinflößend. Sie wollen ihre eigenen Luh-Kühe haben, selbst wenn diese Tiere so undankbar sind und keine Milch geben. Wissen Sie, wir sollten ein paar Rinder, Ziegen und Schafe importieren. Sie wären für uns sicherlich sehr nützlich.

»Wenn man welche findet«, bemerkte Beverly.

»Richtig, aber wir können uns doch mal umschauen. Eine ganze Reihe von terranischen Tieren würde sicherlich auch hier bestens existieren.«

»Moment mal«, sagte Beverly und hob eine Hand, »wir haben Felsläufer, die uns als Proteinquelle dienen und auch noch andere Nebenprodukte liefern. Ich kann nicht versprechen, daß wir hier so etwas wie eine Arche Noah schaffen können.«

»Wie dem auch sei, wir würden sowieso nicht erfahren, ob terranische Weidetiere auf Botany gedeihen ... jedenfalls nicht bei den Aasfressern und den fliegenden Schreckenswesen.«

»Das denke ich auch. Wir müssen das Ganze behutsam in Angriff nehmen. Hier geht es uns eigentlich sehr gut, und wir wollen sicher nichts einführen, das ökologisch nicht verträglich wäre«, sagte Beverly.

»Ich denke, die Massai werden dankbar sein«, fügte Yuri Palit hinzu, »wenn sie nach ihrer eigenen Facon auf ihrem eigenen Land leben, das ihnen auf der Erde weggenommen wurde, und das Beste daraus machen können, so wie wir es getan haben und wie sie es schon immer tun mußten. Wir haben über die Notwendigkeit von Schutzhütten gesprochen, die entweder aus Holz oder aus Stein gebaut werden – was nicht ihrer Gewohnheit entspricht – oder von Plattformen, die sich hoch über dem Boden befinden und nicht von den Aasfressern erreicht werden können. Außerdem sollten die Plattformen von unten mit Stahl verkleidet werden. Ich würde mich nicht darauf verlassen, daß Aasfresser nicht auch Holz fressen, wenn irgend etwas Eßbares darauf ausgeschüttet wurde. Ich denke, sie wählen die Plattformen. Da unten herrscht ein angenehmes, gleichmäßiges Klima mit ausgesprochenen Hitzeperioden – und in Afrika ist es genauso. Jeder Stamm hat seine eigene Komm-Einheit, und ich denke, sie haben mittlerweile gelernt, anzurufen und Nachrichten entgegenzunehmen. Aber ich denke, wir sollten uns dort regelmäßig blicken lassen.«

»Sobald wir wissen, daß alle Frauen gesund sind. Einige sind schwanger«, sagte Beverly. »Was die Kinder betrifft, so gibt es nur eine kleine Schar Jungen und fünf oder sechs Mädchen knapp über zehn Jahre alt, die überlebt haben.«

»Hm, und diese Jungen stellen ein kleineres Problem dar, das wir, wie ich meine, lieber so schnell wie möglich lösen sollten«, sagte Hassan. »Fünf der Teenager sollen mit ihrer Ausbildung zu Kriegern beginnen. Sie werden dazu einige rituelle Drogen benötigen. *Olkiloriti*«, – Hassan stolperte über das fremde Wort – »ist eine davon. Joe Marley meint, es wäre nichts anderes als Acacia nilotica, das als verdauungsförderndes Mittel, zur Anregung und zur Unterdrückung von Hunger- und Durstgefühlen während irgendwelcher Kriegszüge genommen wird. Außerdem soll es dazu dienen, Erschöpfungszustände zu vermeiden und den Mut der Krieger zu steigern.«

»Haben sie hier danach gesucht?« fragte Chuck. »Sie scheinen jeden einzelnen Busch, jeden Strauch und jeden Grashalm zu untersuchen.«

Hassan lächelte. »Sie haben eine genaue Kenntnis der hiesigen Flora. Deshalb haben sie so lange überlebt ... sie wußten, was sie gegen Unwohlsein und Fieber einnehmen mußten und wie man Wunden sauberhält.«

»Nun, ich denke, wir können ihnen Akazien besorgen ...« begann Bull Fetterman. »Wenn wir sie in ihrem Teil Ostafrikas tatsächlich finden sollten.«

»Die Wurzeln müssen sauber sein«, ergriff Leon das Wort. »Wir sollten keine terranische Erde importieren, sonst führen wir am Ende noch etwas ein, das wir auf Botany gar nicht haben wollen.« Als Australier kannte Leon die Probleme, die die Vegetation aufwerfen konnte, wenn sie in eine andere Ökologie verpflanzt wird.

»Das ist ein gutes Argument.«

»Ich habe ihnen gezeigt, was wir für medizinische Zwecke anbauen«, fuhr Leon mit einem breiten Lachen fort. »Und der alte Knabe erklärte mir, alles wäre gut gegen irgendeine Krankheit, und klopfte mir auf den Rücken, als hätte ich irgend etwas Spektakuläres unternommen, damit alles zusammen an einem Ort gedeiht.

»Das haben Sie doch auch«, sagte Bull mit einem tiefen, rumpelnden Lachen.

»Wirklich«, sagte Hassan. »Zu Hause müßten sie meilenweit wandern, um dorthin zu gelangen, wo bestimmte Büsche gedeihen.«

In diesem Moment kam Dick Aarens hereingestürmt. Pete Snyder bemühte sich, mit dem langbeinigen Techniker Schritt zu halten und gleichzeitig mit ihm zu reden.

»Aber ich hab's! Ich hab's«, sagte Dick und strahlte vor Selbstzufriedenheit.

Er überging mit einem Achselzucken Petes letzten Versuch, ihn aufzuhalten, und breitete die Arme aus, um sich bei den Versammelten am Konferenztisch zu entschuldigen.

»Warten Sie, Aarens. Wir beschäftigen uns gerade mit einem anderen Problem«, sagte Ray.

»Kann irgend etwas wichtiger sein, als in der Lage zu sein, außerhalb der Blase zu *hören* und zu *sehen*?« fragte Aarens. Er hatte herausfordernd das Kinn vorgeschoben.

Indem sie den Kopf senkte und sich mit der Hand über die Stirn wischte, schüttelte Kris den Kopf über diese letzte Demonstration von Aarens' Egoismus.

»Sehen und hören?« wiederholte Ray und starrte Aarens an.

»Ich weiß nicht, wie man etwas so Simples übersehen konnte.« Aarens' Miene spiegelte Verachtung wider.

»Wie haben Sie denn dann eine so einfache Sache übersehen können, Aarens?« fragte Ray, lehnte sich in seinem Sessel zurück. Sein Gesicht blieb ausdruckslos.

Aarens schaute finster drein, da er wußte, daß er verspottet wurde.

»Sie sind wie ein offenes Buch, Dick«, sagte Pete kopfschüttelnd. Er stützte sich gegenüber Ray auf den Tisch und lieferte eine Erklärung. »Das Eosi-Schiff hat sämtliche Kommunikationseinrichtungen in der Haut der Blase zurückgelassen. Sie haben seit Monaten ihre Position nicht verändert. Ich bezweifle, daß sie sich bewegen können, auch wenn ich nicht weiß, wie das Material sie an Ort und Stelle fixiert. Aber genau das ist der Fall. Wenn Zainal oder einer der NASA-Leute eine genaue Untersuchung von außen durchführen können, können wir vielleicht auf dieser Seite der Blase einige Verbindungen herstellen und die eosianischen Geräte benutzen, um Nachrichten aufzufangen und uns zu informieren, wer uns jeweils einen Besuch abstatten will. Dank Zainal verfügen wir über die notwendigen Ersatzteile, die wir dazu brauchen. Wir können auf unserer Seite der Blase sogar einen Komm-Satelliten starten.«

»Sehen Sie«, sagte Aarens und verzog überheblich den Mund.

»Eine ganz simple Sache, und Ihnen ist sie entgangen.«

»Sie ist uns *allen* entgangen«, sagte Pete Snyder mit einem schicksalsergebenen und zugleich verärgerten Blick zu Aarens. »Ich bin mir zwar nicht ganz sicher, ob wir viel durch die Blase hereinbekommen, aber ein Versuch lohnt sich gewiß.«

»Das tut er«, sagte Zainal. Dann grinste er. »Das gefällt mir. Ihre Geräte zu benutzen, um zu beobachten und zu lauschen.«

»Das erspart uns eine Menge Treibstoff, da wir vor dem Abflug keine besondere Überprüfung vornehmen müssen«, meinte Beverly kichernd. »Was wir in Zukunft wohl sehr häufig tun müßten.«

»Kriege ich denn jemals eine Chance, mitzufliegen?« fragte Aarens, das Kinn kampflustig vorgeschoben.

Ray musterte ihn.

»Nur wenn Sie um fünfzehn Zentimeter schrumpfen, Dick«, sagte er trügerisch freundlich. »Sie sind größer als Zainal und Kamiton, und die meinen, sie wären für cattenische Verhältnisse schon sehr groß.«

»Sie haben Bert Put mitgehen lassen, und er ist fast so groß wie ich«, bohrte Aarens weiter.

»Er ist Pilot und bleibt an Bord in seinem Sessel, so daß niemand sieht, wie groß er ist«, sagte Ray. »Aber wenn Sie zur Erde zurückkehren wollen – so lange sie im Schiff bleiben, ließe sich das durchaus arrangieren. Wir reden noch mal darüber. Nachdem wir ... unseren Satelliten oben haben.«

»Eine Hand wäscht die andere, genauso wie auf der Erde«, murmelte Aarens verärgert.

»Ach, Dick, hören Sie endlich auf«, sagte Pete Snyder, legte dem hochgewachsenen Techniker eine Hand auf den Rücken und schob ihn aus dem Hangar hinaus.

»Das ist eine gute Idee, Aarens«, sagte Beverly, und die anderen nahmen das Stichwort des ehemaligen Luftwaffengenerals auf und murmelten zustimmend. »Manchmal muß nur das richtige Augenpaar hinschauen, um zu erkennen, was allzuleicht übersehen werden kann.«

»Möglich, daß es gar nicht funktioniert«, sagte Aarens, während er sich aus dem Hangar hinauskomplimentieren ließ. »Ich meine, es könnte sein, daß wir gar nicht soweit in die Blasensubstanz eindringen können, um eine Verbindung mit den Geräten herzustellen.«

»Die Idee ist hervorragend, auch wenn sie sich als nicht durchführbar erweisen sollte«, sagte Ray, dann schloß sich die Luftschleuse hinter den beiden Männern. Ray räusperte sich.

»Es wäre auf jeden Fall eine Hilfe«, sagte John Beverly.

»Er ist ein verdammt guter Techniker – in einigen Dingen sogar ein richtiges Genie«, meinte Ray.

»Aber er hat keinen Teamgeist«, schränkte Bull Fetterman ein.

»Genau.« Ray sortierte auf dem Tisch seine Notizen. »Ich würde meine Hand nicht dafür ins Feuer legen, daß er bei der erstbesten Gelegenheit nicht abhaut. Wo waren wir stehengeblieben?«

»Ich denke, was das Massai-Problem angeht, so haben wir das einstweilen gelöst«, meinte Yuri Palit und streckte sich.

»Wenn das so ist, dann gibt es nicht mehr allzuviel zu besprechen. Warten wir erst einmal ab, ob Aarens Idee sich verwirklichen läßt. Ich denke, das dürfte für heute abend alles sein«, erklärte Ray. Er stützte die Hände auf die Tischplatte und stand auf. »Vielen Dank für ihre Berichte und Ihr Interesse, Gentlemen.«

An der Innenseite der Blase, im Bereich der Eosi-Geräte, waren einige zusätzliche Arbeiten erforderlich, die von Zainal und Kamiton, die dazu Raumanzüge trugen, erledigt wurden. Einer von den für die Kommunikation zuständigen NASA-Leuten – der allerdings wenig Lust zeigte, einen Ausflug aus dem Schiff zu unternehmen – löste schließlich das Problem. Sie zogen und zerrten an dem Material der Blasenhaut, bis sie hauchdünn war, dann schoben sie die Verbindungsstecker in die dafür vorgesehenen Öffnungen. Dick Aarens hatte sich zusammen mit den Komm-Technikern an Bord geschwindelt und sich mit Bemerkungen, wie uneffektiv, dumm und unbeholfen sich jeder anstelle, derart unbeliebt gemacht, daß Zainal ihn in einen Reserveraumanzug steckte – Aarens mußte sich zusammenkrümmen, um hineinzupassen, und beklagte sich, daß der Helm Druckstellen an seinem Kopf hinterließ – und ihn durch die Luftschleuse hinausgeschoben. Es gab einige, die sich wünschten, daß Zainal die Sicherheitsleine nicht allzufest gesichert hatte.

Aarens hatte gewußt, daß er unter Höhenangst litt. Er hatte laut genug geschrien, als sie ihn auf den Kommandoposten hochhieven mußten, damit er sich anschauen konnte, wie es um die Kontrolltafeln bestellt war. Diesmal war er so scharf darauf gewesen, erzählen zu können, daß er in einem Raumanzug gesteckt und einen Ausflug ins Weltall unternommen hatte, daß er gar nicht daran gedacht hatte, daß seine Angst vor großen Höhen auch leere, schwarze weite Räume einschloß. Zainal mußte den völlig erstarrten Mann schließlich an der Leine zur Luftschleuse zurückziehen.

»Holt ihn rein. Er ist nutzlos.«

Dieser Vorfall ereignete sich ziemlich früh. Die Verbindungen wurden an die Komm-Anlage des Scout-Schiffs angeschlossen, um auszuprobieren, ob sie tatsächlich die Geräte der Eosi durch die dünne Blasenhaut einsetzen konnten. Es klappte. Lauter Jubel brach zwischen Botany und Baby aus. Der nächste Schritt würde wahrscheinlich ein wenig länger dauern, da ein Kommunikations-Satellit gebaut werden mußte. Kamiton nahm die Botschaften auf, die über die Verbindung zu hören waren, und lächelte zufrieden.

»Wir können mit unserem Plan fortfahren«, teilte er Zainal auf Catteni mit. Dann fügte er in schwerfälligem Englisch für die anderen an Bord, die nicht genug Catteni verstanden, hinzu: »Ist gut. Funktioniert. Höre alles gut.«

»Ich hab' doch prophezeit, daß es funktionieren würde«, sagte Dick Aarens, der sich an den Türrahmen klammerte. Er war immer noch leichenblaß von seinem katastrophalen Weltraumspaziergang. »Wie schnell können Sie diese Kiste nach Retreat zurückbringen?«

»Bald«, sagte Zainal und wandte sich auf Catteni wieder an Kamiton. »Wir starten mit der KDL, sobald wir zurückgekehrt sind. Ich will so schnell wie möglich nach Catten.«

»Verstanden.«

Als Kris' Name auf der Besatzungsliste der KDL für die Rückkehr nach Catten erschien, begann sie mit Hilfe der Finger zu zählen. Wenn es keine Verzögerungen gäbe, wäre sie rechtzeitig zu Zanes erstem Geburtstag wieder zurück. Zainal rechnete bei der

Umsetzung des Plans, den er Ray Scott vorgelegt hatte, nicht mit irgendwelchen Verzögerungen. Er hatte die Bitte des Ex-Admirals amüsiert zur Kenntnis genommen, aber als auch die anderen Schiffe in entgegengesetzte Richtungen starteten, hatte er die Einzelheiten nachgeliefert.

»Habe ich alles richtig gemacht?« wollte er von Kris wissen und schob ihr in ihrem Wohnzimmer die Unterlagen über den Tisch zu.

»Das solltest du lieber«, sagte Kris mit scherzhaft drohendem Tonfall, »anderenfalls wärest du keine Empfehlung für meine Fähigkeiten als Lehrerin.«

Er benutzte Druckschrift und schrieb große und kleine Buchstaben, wie verlangt. Und er buchstabierte richtig und, auch wenn er kurze Sätze benutzte, die Formulierungen waren korrekt.

»Du bekommst dafür ein ›sehr gut‹.«

»Nur ein Sehr gut?« fragte er und spielte den Enttäuschten.

»Oh, das ist das beste, was du kriegen kannst.«

»Ach, nein.« Er beugte sich über den Tisch und hob sie von ihrem Stuhl hoch, so daß sie nur noch die Beine anziehen mußte, damit die Füße nicht die Tischplatte berührten.

»Jetzt muß ich dir eine Lektion erteilen, um zu sehen, ob du auch ein ›sehr gut‹ verdient hast.«

Zane war längst eingeschlafen, daher konnten sie sich den Intimitäten hingeben, auf die sie für die Dauer ihres Trips hatten verzichten müssen.

»Ich hoffe, daß ich meine Söhne herausholen kann«, sagte Zainal später, als sie müde und zufrieden nebeneinander lagen. »Du darfst sie – zu Anfang jedenfalls – nicht wie menschliche Kinder behandeln.«

»Wie alt sind sie?«

»Neun und sieben.«

»Von derselben Mutter?«

»Nein. Gutes Catteniblut in beiden.«

»Sie müssen eine Menge lernen, nicht wahr?« Während Kris einerseits das Gefühl hatte, bereit zu sein, die Herausforderung anzunehmen, hoffte sie andererseits, ihr gewachsen zu sein. Ein anderer Punkt war, daß Zainal ihr seine eigenen Kinder anvertraute. Wie schlecht waren sie wohl behandelt worden, weil Zainal der Verpflichtung der Familie nicht gefolgt war, sich den Eosi als ›Auserwählter‹ zur Verfügung zu stellen?

»Wir alle müssen noch viel lernen«, sagte Zainal, schmiegte seine Wange an ihre und drehte sie auf die Seite, damit sie eng umschlungen einschlafen konnten.

»Jetzt kommt der lustige Teil«, kündigte Zainal der Mannschaft der KDL an, die sich auf der Kommandobrücke versammelt hatte. Sie näherten sich einem der ödesten Planeten. Wie konnte irgendwas oder irgendwer da unten leben?

Sie hatten zuerst Kamiton im Asteroidengürtel abgesetzt und lange genug gewartet, um von ihm zu erfahren, daß die Beobachtungssatelliten, die er im Gürtel zurückgelassen hatte, die Bestätigung lieferten, eine ganze Reihe Schiffe sei in nächster Nähe aufgetaucht. Sie hatten sicherlich nach Hinweisen gesucht, wo Zainal/Venlik seine restliche Ladung deponiert hatte.

Kamiton würde nach Catten zurückkehren und dort melden, daß er keine geeigneten Planeten in den drei Systemen gefunden hätte, die er angeblich erkundet hatte. Er hätte die Gelegenheit, sich mit den anderen Dissidenten in Verbindung zu setzen und ihnen zu versichern, daß Zainals Zufluchtsort uneinnehmbar wäre. Er würde außerdem Perizec aufsuchen, Zainals Erzeuger, und mit ein wenig Glück den Aufenthaltsort von Zainals beiden Söhnen erfahren. Da die Familie so viele ›Auserwählte‹ bereitgestellt hatte, hatte sie auf dem Planeten umfangreiche Besitztümer. Die beiden Jungen konnten sich wer weiß wo aufhalten.

Mit einer gestohlenen Ladung würde Zainal eintreffen. Diesmal würden sie an der Raumstation anlegen müssen.

»Es wird für dich einfacher sein, da in der Station nicht dieselbe hohe Schwerkraft wie auf Catten herrscht«, hatte Zainal Kris erklärt, die sich nicht gerade darauf freute, sich noch einmal über einen längeren Zeitraum hinweg mehr wie ein zusammengepreßter Stein als wie ein menschliches Wesen vorzukommen. »Aber du darfst wahrscheinlich das Schiff nicht verlassen. Dafür siehst du nämlich nicht cattenisch genug aus.« Dabei war er ihr mit der Hand durch ihr kurzgeschnittenes, wieder naturfarbenes Haar gefahren.

Die restliche Mannschaft war dieselbe. Gino, Ninety und Mack Dargle hatten eine Menge Catteni dazugelernt. Kamiton hatte ihnen sogar ein paar sogenannte ›Catteni‹-Witze erzählt, die nach ihrer Übersetzung bei den Zuhörern die irritierte Frage aufwarfen, was denn daran so lustig sei.

»Sie erinnern mich an alte Slapstick-Nummern«, sagte Kris, »im Stil der Marx Brothers, allerdings nicht mit der gleichen Klasse. Eher schon wie bei den Three Stooges.«

»Die waren doch nie so gut wie die Marx Brothers«, sagte Ninety.

»Sprechen Sie Catteni«, sagte Zainal und musterte sie zornig.

»Ich bitte um Vergebung«, sagte Kris mit übertriebenen unterwürfigem Tonfall und einer sehr tiefen, rasselnden Cattenistimme.

Mit der KDL, die den Identifikationscode eines Schiffs trug, das Kamiton mit der gesamten vorderen Hälfte in einen Asteroiden gebohrt vorgefunden hatte, umkreisten sie den öden Planeten und nahmen mit der Bergbaustation Verbindung auf. Es war eine riesige zerschrammte Halbkugel, die wie eine zerfurchte Blase in einer der höhergelegenen Regionen errichtet worden war. Diese Station war ausgewählt worden, weil sie über keinerlei Einrichtungen zur Erzverarbeitung verfügte, daher würde ihre gestohlene Fracht zu Zainals Geschichte, daß er solche Erze im Gürtel gefunden hätte, durchaus passen. Offenbar hatte dieser Planet einst über Ozeane verfügt, die vor Jahrtausenden einer Eiszeit zum Opfer gefallen waren und nun in fester Form unter der Oberfläche lagerten. Es gab auch noch weitere Kuppeln, die in tiefer gelegenen Gebieten, offenbar ehemaligen ozeanischen Gräben, errichtet worden waren. Während die KDL Landeerlaubnis erhielt und in den Sinkflug überging, konnten sie schwere Fahrzeuge beobachten, die zahlreiche übergroße, mit Roherz beladene Loren zu einer Art Hauptlager schleppten, wie Kris annahm.

Mehrere dieser Fahrzeuge bildeten bereits vor der Anlage lange Schlangen, wo, wie Zainal erklärte, die Fracht automatisch in die KDL geladen würde.

»Wodurch?« fragte Ninety. »Wir haben nicht genug Raumanzüge ...«

Zainal grinste und hob eine Hand. »Deshalb gibt es Luftschleusen zwischen den Hauptabteilen des Schiffs und den Frachträumen. Die KDL ist ein Vielzwecktransporter – Fracht, Sklaven, alles mögliche.«

Es gab eine kurze, heftige Diskussion, als der Stations-Emassi von Zainal verlangte, drei Catteni mit an Bord zu nehmen, die so schwer verletzt waren, daß sie keinen weiteren Nutzen mehr für ihn hatten. All dies geschah, während die Rampen durch die offene Frachtluke der KDL geschoben wurden und Ninety, in einen Raumanzug gehüllt, die Kontrollen bediente.

»Sobald die Decks voll sind, starten wir«, meinte Zainal zu Ninety. »Deshalb suchen Sie sich am besten einen sicheren Halt, wenn der Ladevorgang beendet ist.«

»Ich höre und gehorche, Drassi«, sagte Ninety und salutierte nach Catteniart, indem er sich mit einer Faust gegen die Brust schlug.

»Bekommen Sie denn keinen Ärger?« wollte Gino von Zainal wissen. Er musterte ihn nervös.

»Bereiten Sie nur einen schnellen Start vor. Diese Station hat keine Waffen«, versicherte Zainal ihm.

»Aber können Sie sich so einfach weigern, verletzte Männer an Bord zu nehmen?« fragte Gino.

»Ich nehme sie nicht auf eine zweiwöchige Reise nach Catteni mit«, sagte Zainal. »An dieser Station landen und starten ständig Frachtschiffe. Das nächste kann sie mitnehmen. Ich tue es nicht.«

So kam, daß Zainal, sobald Ninety ihm meldete, daß die vier Frachtdecks voll waren, Gino mit einem Kopfnicken das Startzeichen gab. Im selben Moment tauchten drei in Raumanzüge gehüllte Gestalten aus einer Schleuse neben dem Frachttor auf der Landeplattform auf.

Zwei Gestalten stützten die humpelnde dritte, als die drei sich dem Schiff näherten.

Zainal streckte die Hand aus und schaltete die Komm-Konsole ab und ließ damit die wütenden Beschimpfungen des leitenden Emassi verstummen.

»Wir konnten dieses Risiko nicht eingehen«, erklärte Zainal, als er in die geschockten Gesichter seiner Mannschaft blickte.

Als sie wieder im Weltraum waren, wechselten Zainal und Ninety, dem solche Raumanzug-Operationen mittlerweile besonderes Vergnügen bereiteten, die ID-Symbole auf dem Rumpf der KDL, so daß sie wieder denen entsprachen, die sie bei ihrem ersten Ausflug nach Catten benutzt hatten. Im Funkkontakt mit der riesigen Raumstation verwandelte Zainal sich wieder in Drassi Venlik, der – für einen Catteni ausgesprochen fröhlich – meldete, daß er mit dem Erz, das er im Asteroidengürtel hatte zurücklassen müssen, zurück sei.

Es gab einige gefährliche Momente für Kris, als die Raumstation offizielle Vertreter zu ihnen an Bord schickte, die sich vergewissern sollten, ob das Erz in Drohnen umgeladen und auf den Planeten gebracht werden sollte oder ob das Schiff die Erlaubnis erhalten sollte, in der Nähe der Fabrikationsanlagen zu landen, in denen das Erz benötigt wurde. Die letzte Etappe der Reise hing davon ab, ob Zainal die Genehmigung für eine direkte Anlieferung erhielt. Einer der Kontrolleure war offenbar entschlossen, den genauen

Fundort der wertvollen Erzladung in Erfahrung zu bringen.

»Es ist von Rechts wegen meine Fundstelle«, erklärte Drassi Venlik. Er stand in kampfbereiter Haltung da, die Beine leicht gespreizt, die Hände an den Seiten und die Arme nach hinten angewinkelt. Seine Entschlossenheit war für die Kontrolleure nicht zu übersehen, auch wenn sie selbst Emassi waren.

Schließlich teilten sie ihm mit, daß sein Schiff auf der Planetenoberfläche unweit des Hüttenwerks landen solle, wo das Erz verarbeitet würde. Zainal und seine Mannschaft komplimentierten die Kontrolleure vom Schiff und erhielten vom Werk sofort die Landeerlaubnis.

»Es hätte nicht besser laufen können, wenn ich selbst die Befehle gegeben hätte«, sagte Zainal auf Englisch und grinste triumphierend.

»Okay«, sagte Ninety, »aber hätten Sie sich tatsächlich mit dem Emassi angelegt?«

Zainal lachte. »Es gibt viele Drassi, die eigentlich Emassi sind, die nicht den von Eosi verlangten Standard der Auserwählten erfüllt haben. Sie haben Familien, die ihnen sofort zu Hilfe eilen. Diese Stations-Emassi wissen nur das, was sie für die Wahrnehmung ihrer Aufgaben wissen müssen.« Er demonstrierte mit einem Fingerschnippen seine Herablassung für sie.

Kris stellte fest, daß Zainal zunehmend cattenischer wurde, je mehr sie sich seinem Heimatplaneten näherten. Sie war sich nicht ganz sicher, ob ihr diese Veränderung gefallen sollte. Dann landeten sie, und die Schwerkraft Cattens zog sie wieder herab, bis sie das Gefühl hatte, als hinge ihr der Bauch bis auf die Knie. Gewöhnlich war ihr Bauch genauso flach wie Zainals. Doch nun zeigte er eine deutliche Wölbung.

Auf Zainals Anraten blieb sie in ihrer Kabine, so lange die KDL entladen wurde, während es in den Korridoren von Rassi und Drassi wimmelte. Zusammen mit Chuck und Ninety begab Zainal sich in voller Cattenikleidung, Augen und Haare entsprechend geschminkt, zum Fabrikationsbüro, um die nötigen Formulare auszufüllen und sich die Gutschrift für die Erzladung aushändigen zu lassen.

Es war höchst ungewöhnlich, daß ein Frachtschiff eine Gutschrift verlangte, aber Zainal hatte sich für diesen Fall eine entsprechende Geschichte zurechtgelegt. Sie brauchten Spezialgeräte, um die Erze auf dem Asteroiden abzubauen, und hatten die Erlaubnis erhalten, diese Anschaffungen zu tätigen, mußten jedoch die Quittung für die Gutschrift vorweisen können, um zu bestätigen, daß das Guthaben des Schiffs ausreichte.

»Das Depot ist die reinste Schatzkammer«, sagte Ninety, als er am ersten Tag von einer Inspektion des Versorgungslagers zurückkehrte. »Wohlgemerkt, vieles stammt von der Erde«, fügte er in säuerlichem Ton hinzu. »Aber ich habe das meiste von dem gefunden, was unsere Komm-Sat-Spezialisten bestellt haben.«

Kris hatte aus dem Fleisch, das Coo und Pess vom Markt in ihrer Nähe mitgebracht hatten, ein Eintopfgericht zubereitet. Bei dem ständigen Zug, den die hohe Schwerkraft auf ihre Muskeln und Knochen ausübte, hatte sie fast ihre gesamte Energie dafür aufwenden müssen. Sie war überzeugt, daß sie ein wenig geschrumpft war. Sie fühlte sich jedenfalls wie zusammengedrückt.

An diesem ersten Tag kam Zainal nicht zurück. Der

Tag-Nacht-Zyklus auf Catten dauerte nur eine Stunde länger als der terranische, aber zu Kris' großer Erleichterung tauchte er kurz nach Tagesanbruch am nächsten Morgen zusammen mit Kamiton und zwei anderen Catteni wieder auf und kam eilig durch die offene Frachtluke ins Schiff.

Die beiden Neuankömmlinge wurden als Nitin und Kasturi vorgestellt. Bolemb hatte seinen Platz noch nicht verlassen können, und Tubelin würde zusammen mit Zainals beiden Söhnen erscheinen, sobald das Schiff wieder startbereit wäre. Die Catteni zeigten offen ihre Freude darüber, die Chance zu erhalten, ihre Welt von der Unterdrückung durch die Eosi zu befreien. Damit sie glaubten, daß Zainals Schiffsbesatzung tatsächlich aus Menschen bestand, mußte jeder, Kris eingeschlossen, die gelben Kontaktlinsen herausnehmen und seine natürliche Hautfarbe an Oberarmen und Oberschenkeln vorzeigen. Kris, die zu dieser Zeit Dienst hatte, brauchte ihre verräterisch aussehenden Gliedmaßen nicht zu entblößen.

Nitin sah älter aus als Kasturi, aber später erklärte Zainal ihr, daß es genau umgekehrt sei. Nitin hatte weitaus strapaziösere Aufgaben zu erfüllen als Kasturi, und daher sah man ihm die Jahre im Dienst der Eosi viel deutlicher an. Nitin redete sehr wenig, aber Kamitons Begeisterung machte seine Schweigsamkeit mehr als wett.

Am nächsten Tag erhielten die drei echten Catteni neue Identitäten und beschafften ebenfalls Teile des Materials, das auf der Einkaufsliste aufgeführt war. Zur Überraschung der Menschen wunderten sie sich kein bißchen darüber, daß sie derart seltsame Dinge in ungewöhnlich großen Mengen beschaffen sollten – wie zum Beispiel große Eisentöpfe, wie die Rassi sie für die Zubereitung ihres Nahrungsbreis benutzten – so ziemlich das einzige, das sie, wie Nitin meinte, ohne ständige Aufsicht und Anleitung schafften. Die Töpfe waren für die Massai bestimmt, die viel gescheiter waren als die meisten Drassi, denen Kris bisher begegnet war. Sie versah ihren Schichtdienst an der Komm-Konsole und nahm Anfragen von Händlern entgegen, die sich nach der Ladung des Schiffs und seiner augenblicklichen Position erkundigten. Sie schaffte es, die Tatsache, daß sie eine Frau war, vor den neuen cattenischen Rekruten zu verbergen. Wenn Zainal es nicht für nötig hielt, dies zu erwähnen, wollte sie sich erst recht nicht dazu äußern.

Die KDL stand am Rand eines Landefeldes der Erzschmelze, um anderen Schiffen Platz zum Entladen zu machen. Zainal hatte das Schiff geschickt in die Nähe eines Nebeneingangs der Schmelze manövriert, so daß seine ›Ausrüstung‹ ins Schiff geschafft werden konnte, ohne den normalen Start- und Landebetrieb zu stören.

»Es ist ein günstiger Platz«, hatte Zainal seinen Leuten erklärt. »Viele Schiffe landen und starten. Es ist außerdem der letzte Ort, wo man nach einem Emassi suchen würde.«

Nachdem ihre Frachträume gefüllt waren, warteten sie auf eine Nachricht von Kasturi. Kamiton war unruhiger als Zainal und ging in den Korridoren auf und ab und verfluchte seine Komm-Einheit, die nicht einen einzigen Laut von sich gab. Sie warteten geschlagene zwei Tage, bis sogar Zainal die innere Anspannung anzumerken war.

Beide Catteni waren auf der Kommandobrücke, als ein flaches, knatterndes Bodenfahrzeug durch die Tore rollte und hinter die KDL gelenkt wurde.

»Es hat angehalten«, sagte Chuck und drehte sich auf seinem Platz an der Komm-Konsole um. Er schaltete die Außenkamera ein. »Drei Personen, zwei kleinere, eine größere.«

Sofort sprangen Zainal und Kamiton auf und rannten durch den Gang zur Luftschleuse des Frachtdecks.

»Bereithalten für den sofortigen Start!« rief Zainal über die Schulter, und Gino begann hastig mit den Vorflug-Checks, wie er es schon des öfteren getan hatte, um sich während der langen Wartezeit zu beschäftigen. »Und drehen Sie das Schiff leicht nach Steuerbord, um das Fahrzeug zu verbrennen.« Diese Aufforderung kam über das Interkom vom Frachtdeck.

»In Ordnung, Captain«, murmelte Gino und tippte eilends den notwendigen Code ein, damit die Antriebsdüsen das Objekt zu einem nicht mehr identifizierbaren Klumpen zusammenschmolzen.

Ihr Abflug erfolgte relativ unbemerkt. Sie stiegen auf und befanden sich längst außerhalb der Atmosphäre von Catteni, als Zainal und Kamiton grinsend nach vorne kamen.

»Wir haben sie«, sagte Kamiton, während Zainal Gino ein Zeichen gab, den Pilotensessel freizumachen. Kamiton, der seltsamerweise einen Raumanzug trug und den Helm unterm Arm hatte, lehnte sich gegen die Kabinenwand.

Damit man ihn nicht sehen kann, dachte Kris, während Zainal mit der Raumstation Sichtkontakt aufnahm, um sich die Genehmigung zum Verlassen des cattenischen Raumsektors zu holen. Aber weshalb trug Kamiton einen Anzug?

»Ich habe gleich bei Netz Vier geparkt«, sagte Kamiton, als hätte er in Gedanken ihre Frage gehört. »Schlag jetzt allmählich diese Richtung ein.«

Der Kontakt wurde hergestellt, die Genehmigung erteilt. Zainal erklärte dem Fluglotsen, daß er eine weitere Ladung von den Erzen holen wolle, die er aus dem Haufen Raumschutt herausgekratzt hatte.

»Natürlich werden sie dir wieder folgen«, sagte Kamiton. »Wir sehen uns auf Botany«, fügte er hinzu, ehe er sich den Helm über den Kopf stülpte und zur Luftschleuse hinunterstampfte. »Können Sie mich hören?« fragte er ein paar Minuten später von seinem eigenen Schiff aus.

Kris drückte mit dem Finger fester als nötig auf die Kontaktfläche – ihr Körper hatte noch nicht registriert, daß er sich nicht mehr gegen die cattenische Schwerkraft behaupten mußte – und gab ihm die Bestätigung.

Zainal nahm eine leichte Kurskorrektur vor, so daß er genau auf das Zentrum von Netz Vier zuzusteuern schien – riesige cattenische Glyphen waren auf dem Netzgewebe befestigt worden, und nur ein Blinder hätte die ›4‹ übersehen. Er bremste, so daß das Schiff beinahe stillstand, als die Kontrollichter der Luftschleuse aufflammten. Dann ließ er die KDL treiben und zählte dabei gemächlich bis zweihundert – Kris neben ihm zählte leise mit –, ehe er die Antriebsdüsen wieder aktivierte und seine Position verließ. Danach wechselte er den Kurs und gab Gino ein Zeichen, auf volle Kraft zu gehen.

Es blieb nur wenig Zeit für Tubelin, die menschliche Crew kennenzulernen, und für Zainals Söhne, Bazil und Peran, sich an die Vorstellung zu gewöhnen, daß es Menschen gab, die ihre Sprache beherrschten und keine Sklaven waren. Kris brach beinahe in Tränen aus über den Zustand der beiden Jungen. Sie waren völlig verdreckt, und ihre Kleidung war total zerfetzt; durch die ausgefransten Löcher waren an ihren Gliedmaßen deutlich Kratzer und Schnitte zu erkennen. Man konnte beinahe ihre Rippen zählen, und ihre Gesichter wirkten so hager, als wären sie kurz vor dem Verhungern. Das erste, worum sie Zainal baten – sobald sie in ihm ihren Vater erkannt hatten – war ein Schluck Wasser.

»Sie wollten nichts von mir annehmen«, erklärte Tubelin. »Sie hatten keine Angst, Zainal. Sie haben dein Blut und deinen Mut. Ich glaube, ihnen wurde Grausames zugefügt.«

Zainal selbst badete die Jungen, versorgte ihre Wunden und schien jede verheilte Narbe zu zählen. Kris reichte ihm auf Botany hergestellte Arzneien, und sie zuckten vor Schmerzen sogar unter den sanften Händen ihres Vaters zusammen. Kris konnte es kaum ertragen, wenn sie sich vorstellte, wie schlecht sie behandelt worden sein mußten ... schlechter noch als die Rassi, die einmal vor ihren Augen zur Arbeit getrieben worden waren.

Die ganze Zeit redete Zainal leise auf sie ein, nicht sanft, nicht in der gleichen Weise, wie sie selbst mit Zane reden würde, sondern so wie ein Erwachsener, der sich bemüht, ein verängstigtes Tier zu beruhigen.

Tubelin schaute durch den Türspalt herein, und beide Jungen erstarrten. Ihre Augen weiteten sich vor Angst, die sein unerwartetes Auftauchen in ihnen wachrief. Als sie Tubelin erkannten, entspannten sie sich ein wenig.

»Ich habe saubere Kleider, Zainal. Ich werde die Lumpen in den Raum schießen, wenn Sie sie mir geben, Kris.« Sie hielt die Fetzen zwischen Daumen und Zeigefinger und ließ sie in den Sammelbehälter fallen, den Tubelin ihr einladend hinhielt.

»Ich denke, vorerst sollten sie nur ein wenig klare Suppe und etwas Brot zu sich nehmen«, sagte Zainal, während er sie zur Bordküche brachte. Coo und Pess saßen allein am Tisch, und die Jungen blickten regelrecht durch sie hindurch, als existierten die beiden Deski gar nicht. Nun, dachte Kris, wahrscheinlich hat man ihnen beigebracht, daß Deski nur knapp über den Rassi stehen. Als Coo und Pess Anstalten machten, sich zu erheben, bedeutete Zainal ihnen sitzen zu bleiben. Jemand hatte bereits einen Behälter Suppe in den Heizofen gestellt, und Kris brauchte sie nur in Tassen zu füllen und Brot herauszuholen. Zainal hob einen Finger zum Zeichen, daß er auch ein Stück haben wollte. Mein Gott, dachte Kris. Wie sollen wir es nur schaffen, die schlimmen Erfahrungen aus ihrem Bewußtsein zu verdrängen? Oder werden sie sich für die üble Behandlung revanchieren, indem sie meinen Sohn drangsalieren?

Zainal nahm seinen Söhnen gegenüber neben Pess Platz, tauchte sein Brot in die Suppe und blies darauf, um sie abzukühlen. Die Jungen taten nichts, allerdings beobachtete Kris, wie die Zungenspitze des älteren Jungen, Bazil, über seine aufgesprungenen Lippen glitt. Zainal tauchte sein Brot zuerst in Bazils Tasse und danach in Perans, ehe er es aß, als wollte er ihnen demonstrieren, daß es nicht nur eßbar, sondern auch ungefährlich sei.

»Eßt. Ihr braucht Nahrung. Das ist gut.«

Peran, der Jüngere, konnte seinen Hunger nach dieser Einladung nicht mehr bändigen und verbrannte sich beinahe die Zunge, als er hastig in sein Brot biß. Bazil bedachte ihn mit einem fast herablassenden

Grinsen, hatte es aber genauso eilig, den ersten Bissen in den Mund zu stopfen.

Als sie ihre Mahlzeit beendet hatten, warteten sie und starrten den kleinen Backofen an, von dem sie wußten, daß er noch Suppe enthielt. Perans Lider senkten sich langsam über seine Augen, aber er richtete sich kerzengerade auf, sobald Bazil ihn kniff.

»Schluß damit, Bazil«, befahl Zainal in neutralem Tonfall. »Wir brauchen auch Schlaf. Wenn ihr wach werdet, gibt es noch mehr Suppe. Das verspreche ich euch!« Zainal stand auf und zeigte ihnen den Weg an. Dabei nahm er sie nicht an die Hand, wie er es wahrscheinlich mit Zane gemacht hätte, sondern zeigte ihnen nur die Richtung an, in der sie sich entfernen sollten. Coo beugte sich über den Tisch und tätschelte Kris' Hand, und Pess bot ihr ein quadratisches Stück Stoff an, als sie zu schniefen und dann zu weinen anfing.

»Emassi sein nicht einfach«, sagte Coo.

Als Pess' dünner Arm sich um ihre Schultern legte, warf Kris sich in die Umarmung der Frau und ließ ihren Tränen freien Lauf. Es war ihr egal, ob einer der anderen Catteni hereinkam und sie weinen sah.

Als Zainal zurückkehrte, hatte sie das Schlimmste schon überwunden. Er wußte, daß sie geweint hatte, weil ihre Augen gerötet waren.

»Sie haben Schlimmes erlitten«, sagte Zainal. »Das sollte man berücksichtigen, wenn das hier zu Ende ist.« Er griff nach der Flasche mit dem selbstgebrannten Schnaps und schenkte sich ein großes Glas ein. Er nahm einen großen Schluck. »Tubelin ist ein guter Emassi, aber noch nicht einmal ihm gefiel, was er sah, als er die Farm besuchte, wo sie wie Rassi arbeiten mußten.«

»Waren sie deshalb so schmutzig?« hörte Kris sich zornig fragen. »Aber weshalb wurden sie geschlagen? Sie sind erst sieben und neun Jahre alt! Außerdem waren sie halb verhungert!«

Zainal ergriff ihre Hand, mit der sie heftig gestikulierte. »Ich hatte Perizec das nicht zugetraut, aber es könnte die Idee der Gefährtin meines Bruders gewesen sein. Sie ist eine gute Catteni-Partnerin.« Seine Stimme troff vor Sarkasmus. »Es wird länger dauern, als es eigentlich sollte, aber sie werden auf Botany eine Menge lernen und danach mehr wissen wollen.«

Sie folgten dem gewundenen Kurs in das Labyrinth ihres berüchtigten und an Bodenschätzen reichen Asteroidengürtels und stellten, während Nitin, Kasturi, Tubelin und Zainals beide Söhne mit unterschiedlich großer Befremdung die gewundene Route begutachteten, den Kontakt mit Kamiton in seinem ausgehöhlten Asteroiden her.

Dann brachte Zainal die KDL mit voller Kraft auf Kurs nach Botany.

Die beiden Jungen redeten nur, wenn sie angesprochen wurden, und Kamiton, den sie beinahe besser kannten als ihren Vater, erzählte ihnen Geschichten auf eine onkelhafte und völlig untypische Art und Weise. Zainal sorgte dafür, daß sie alle zweieinhalb Stunden etwas zu essen erhielten, und zwar jedesmal nur eine kleine Mahlzeit. Schon bald füllten sich ihre Wangen, und sie bekamen Fleisch auf die Rippen. Er brachte ihnen außerdem bei, ihre Namen zuerst in cattenischen Glyphen und danach in lateinischen Buchstaben zu schreiben. Was Kris dabei erstaunte, war ihr absoluter Gehorsam.

»Es ist ihnen eingeprügelt worden, ohne Widerrede zu gehorchen, Kris«, sagte Ninety, als sie sich darüber zu den Menschen äußerte. »Wir müssen dafür sorgen, daß sie auf Botany keine heftige Kritik zu hören bekommen, mehr nicht.«

Chuck legte den Kopf leicht schief.

»Ich habe schon mal eingeschüchterte Kinder gesehen. Wir werden verdammt viel Geduld brauchen, um die beiden wieder fröhlich in die Welt blicken zu lassen.«

»Wenn sie überhaupt jemals etwas wie Fröhlichkeit oder Glück kennengelernt haben«, meinte Kris düster. »Ich glaube nicht, daß Catteni eine glückliche Kindheit haben. Oder etwas Derartiges erwarten.«

»Also, Bjornsen«, sagte Chuck Mitford und klopfte ihr auf die Schulter, »wir werden alle mithelfen.«

Und so fertigte er ein Damebrett aus einem steifen Frachtkarton an, färbte es ein und schnitt aus einem anderen Stück säuberlich die Spielsteine aus

»Wie kommen Sie darauf, daß cattenische Kinder sich mit solchen Spielen beschäftigen?« fragte Gino, als er das fertige Produkt begutachtete.

»Ah, ein *zengo*-Brett!« rief Kamiton überrascht aus, als er den Messeraum betrat.

»Gino, wie kommen Sie darauf, daß es so etwas in so einer kriegerischen Kultur nicht geben soll?« fragte Chuck und grinste Kamiton an. »Wissen Bazil und Peran denn, wie man ... *zengo* spielt?« fragte er auf Catteni.

»Hmm. Das kriege ich schon bald heraus. Oder werden Sie es ihnen beibringen, da Sie ihnen schließlich das Brett gebastelt haben?«

»Es wäre sicherlich ganz gut, wenn Sie ihnen zuerst die Züge erklären«, sagte Chuck. »Ich glaube, ich kenne die richtigen Ausdrücke gar nicht, und die sollten sie auf jeden Fall beherrschen.«

»Ich komme gleich mit ihnen zurück. Eine gute Idee, Sshuk«, sagte Kamiton und begab sich auf die Suche nach den Jungen.

»Sie waren auf der Kommandobrücke und hielten mit ihrem Vater Wache«, sagte Kamiton, als er mit ihnen erschien.

Er wies Bazil an, sich neben Chuck an die eine Seite des Tisches zu setzen, während Peran auf der anderen Seite Platz nehmen sollte. Dann ließ er sich neben Peran nieder und erkundigte sich, ob die Jungen das Spiel kannten.

Bazil schüttelte den Kopf. Peran starrte nur auf das bunte Spielbrett und auf die runden weißen Spielsteine auf seiner Seite.

»Dieses Spiel sollte jeder Catteni kennen«, erklärte Kamiton. »Es lehrte einen, seine Truppen für eine Schlacht zu sammeln und zu formieren und wie man gegen einen gleich starken Gegner gewinnt. Du bist weiß, Peran, du fängst an.

Peran hatte die Hände verkrampft im Schoß liegen, sein kleiner Körper war starr.

»Warum spielen *wir* nicht, Kamiton?« schlug Chuck vor.

»Er ist Emassi«, murmelte Bazil und funkelte Chuck an.

»Das ist er«, sagte Chuck freundlich. »Und ich bin es auch.«

Bazil blickte Kamiton überrascht an und erhielt ein bestätigendes Kopfnicken. Der Junge sackte betrübt in sich zusammen.

»Alle in diesem Schiff sind Emassi«, sagte Kamiton.

»Auch der Kleine?« fragte Bazil, wobei in seinen

matten gelben Augen sich Zweifel breitmachte. Aber sein Tonfall war und blieb höflich.

»Alle«, sagte Kamiton.

»Also spielen wir jetzt, Emassi Kamiton?« fragte Chuck so unterwürfig, wie er es als ehemaliger Sergeant der Marineinfanterie überhaupt konnte.

»Ja, zeigen wir Bazil und Peran, wie dieses alte Spiel gespielt wird, Emassi Sshuk.«

Die beiden Jungen sahen zu, wie Chuck und Kamiton vier Spiele machten, von denen jeder zwei gewann. Chuck und Kamiton erklärten jeden Zug und erläuterten das Spiel, damit die Jungen es verstanden. Dann spielte Gino gegen Chuck und gewann, doch als er gegen Kamiton spielte, gewann der Catteni. Die Jungen zeigten zum ersten Mal einen Funken Interesse. Zainal betrat den Raum, schaute ihnen kurz zu, dann deutete er auf das Brett und sagte mit harter Stimme: »Spielt! Ihr müßt es kennen!«

Er verließ den Raum, und Kris folgte ihm. Sie war über sein Catteni-Verhalten derart wütend, daß sie beinahe nicht reden konnte, als sie ihn ins Kapitänsquartier zog. Sie schloß die Schiebetür und machte ihrem Zorn in einer Weise Luft, wie sie es niemals für möglich gehalten hätte. »Diese Jungen sind schrecklich mißhandelt worden«, schimpfte sie. »Könntest du mit ihnen nicht ein wenig nachsichtiger umgehen?«

Er hörte ihr mit ausdrucksloser Miene zu.

»Ich habe noch nie derartige Verletzungen gesehen oder davon gehört, daß Kinder solchen Brutalitäten ausgesetzt waren. Was haben deine Leute ihnen angetan? Sie wegen deiner Taten unbarmherzig gequält?«

»Ja.« Seine leise, knappe Antwort und der traurige Ausdruck seiner Augen brachten sie zum Schweigen.

»Warum bist du, ihr Vater, von dem sie einiges an Zuneigung erwarten können, nicht ein wenig …«

Er hob eine Hand. »Cattenivåter zeigen keine Zuneigung.«

»Aber du tust es doch bei Zane!« Sie war entsetzt. »Wie kannst du nur solche Unterschiede machen? Alle drei sind Kinder und brauchen Liebe und Güte und Fürsorge …« Und als er den Mund öffnete, um zu reden, geriet sie derart in Rage, daß er ein wenig zurückwich und nicht einmal versuchte, dem spitzen Finger auszuweichen, den sie ihm gegen die Brust stieß, um ihre Worte zu unterstreichen. »Und sag mir bloß nicht, daß Cattenikinder eine solche Behandlung nicht erwarten dürfen.«

»Von ihren Müttern, nicht von ihren Vätern.«

»Und jetzt wirst du mir wahrscheinlich auch noch erklären, daß Bazil und Peran zu alt sind, um noch bei ihren Müttern zu sein.« Als er nickte, reagierte sie ungehaltenen. Sie war so wütend, daß sie nicht wußte, was sie als nächstes sagen sollte. »Wenn du jemals … jemals … Zane nach Catteniart zurechtweist, dann … dann bringe ich dich um!«

»Oder Pete Easley tut es«, erwiderte Zainal ruhig. So wütend sie auch war, sie konnte trotzdem den dunklen Schatten in seinen Augen erkennen. Er mochte zwar mit der Behandlung, die seinen Söhnen zuteil geworden war, gerechnet haben, aber das bedeutete nicht, daß er sie auch guthieß.

»Oh, Gott, Zainal, warum bin ich nur wütend auf *dich*?«

Sie legte besänftigend die Arme um ihn.

Erleichtert spürte sie, wie seine großen Hände sich

auf ihre Schultern legten und ein Ausdruck des Bedauerns seine Augen verfinsterte.

»Wir müssen sie – vorerst – wie Cattenijungen behandeln«, sagte er, »und ihnen nach und nach beibringen, wenn sie sich erst einmal bei uns heimisch fühlen, daß es auch noch andere Methoden gibt und daß sie lernen können, was immer sie wollen, und nicht nur das, was sie ›wissen müssen‹. Ich möchte auch, daß sie in ihrem Denken und Handeln menschlicher sind.«

»Nun, das ist besser«, sagte sie und drängte die Tränen zurück, die in ihren Augen brannten. »Ich könnte es nicht ertragen, wenn du mir gegenüber plötzlich den Catteni herauskehren würdest. Und falls du jemals ...« Sie hob drohend den Finger.

»Zane ist menschlich. Er ist dein Sohn, und ich werde ihn stets so behandeln, wie ein menschliches Kind behandelt wird.«

»So wie du es dir vorstellst ... oder?«

Er zuckte unsicher die Achseln.

»Ich werde es dir später erklären, Zainal.« Sie schmiegte sich an ihn. »Müssen wir alle zu den Jungen so streng sein?«

»Vorerst ja. Wir müssen ihnen beibringen, was sie wissen müssen ...« der Anflug eines Lächelns spielte um seine Lippen »damit sie ihr Verhalten einschätzen können. Aber wir werden fair zu ihnen sein, was andere vor uns nicht gewesen sind. Und wenn wir ihnen beibringen können, wie *zengo* gespielt wird, dann wird das eine Hilfe sein. Und wenn du nicht so streng bist wie wir, dann werden sie vor dir keine Achtung haben. Und das müssen sie haben, denn sie werden irgendwann erkennen, daß du eine Frau bist, und deshalb müssen sie jetzt, da sie an der Schwelle zum Erwachsensein stehen, begreifen, daß du ein Wesen bist, das ebenfalls Anspruch auf ihren Respekt hat.«

Sie lehnte sich an ihn und beugte sich der Last des untypischen Verhaltens, das von ihr verlangt wurde. »Ich bin doch nicht etwa schon eine Kriegerin, nur weil ich mich auf diesem Schiff aufhalte?«

»Betone das so oft wie möglich, denn sobald wir auf Botany eintreffen, werden sie sehen, daß du auch eine Frau und eine Mutter bist. Und dann werden sie sich wundern.«

»Sie müssen auf Botany schrecklich viel lernen«, sagte sie betrübt.

»Sie werden auch eine Menge wissen müssen«, erwiderte Zainal, und in seiner Stimme schwang die Andeutung eines Lachens mit.

»Demnach wäre es in Ordnung, wenn ich entsprechende Hinweise mit einem ›das müßt ihr wissen‹ einleite, oder?«

»Sie ... wie drückst du es aus ... haben eine schnelle Auffassungsgabe. Keiner von beiden ist dumm.«

»Natürlich nicht. Sie sind deine Söhne.«

Chuck hatte Zainals Methode begriffen, mit der er seine Söhne erzog. Ihm war es sicherlich leichter gefallen, dachte Kris, da er daran gewohnt war, Marineinfanteristen auszubilden. Gino, der als Italiener nichts mit den cattenischen Ideen anfangen konnte, mußte überredet werden, sich in seinem Verhalten nach Zainals Vorstellungen zu richten. Coo und Pess hatten keinerlei Probleme, und Mack Dargle brachte ihnen das Holzschnitzen bei und fertigte mit ihnen einige praktische Bastelarbeiten an. Sie lernten schnell, mit Messern umzugehen, gaben ihr Werkzeug jedoch stets sofort zurück, wenn sie es nicht mehr brauchten. Das Basteln gefiel ihnen am besten, und ihre Finger arbeiteten schnell und geschickt, sobald ihnen gezeigt worden war, was sie tun sollten.

Die anderen Catteni beachteten sie nicht, bis auf Kamiton, der ständig versuchte, Bazil zu einer *zengo*-Partie herauszufordern.

Und dann hatten sie das Botany-System erreicht, und man hielt gespannt nach Eosi-Spionen Ausschau.

»Die Arbeit auf der Mondbasis wurde eingestellt«, meldete Zainal.

»Man hat ihnen nutzloses Material geschickt«, berichtete Nitin mit spöttischer Miene. »Das war mein Werk. Sie werden einige Zeit warten müssen, da auch die regelmäßigen Lieferungen umgeleitet wurden. Es ist durchaus möglich, daß Ihnen auch Wasser und Sauerstoff ausgehen.«

Kris' Gefühl für Fairneß sträubte sich gegen solche Maßnahmen, aber sie mußte den Mund halten. Catteni konnten mit Catteni tun was sie wollten ... so lange Botany vor ihren Methoden und ihrer Moral verschont blieb.

Sie drangen am Äquator, außerhalb des Sichtfeldes des geosynchronen Satelliten, in die Blase ein. Kurz vorher hatten sie in der Ferne eine V-Formation von Cattenischiffen entdeckt, die Kurs auf Botany genommen hatten.

»Versuchen Sie mal, ob Sie nach Retreat durchkommen«, sagte Zainal zu Gino, der an der Komm-Konsole saß.

»Oh, ihr seid schon zurück?« fragte eine weibliche Stimme. Die Sichtverbindung war nicht sehr gut, und es drang nur ein verschwommenes Bild durch das dünne Blasenmaterial. Die Stimme klang ein wenig verzerrt, aber durchaus verständlich.

»Wer ist da?« wollte Gino wissen.

»Jane O'Hanlan. Da wir mittlerweile die Eosi-Geräte benutzen können, muß die Komm-Konsole rund um die Uhr besetzt sein. Ich spreche mit Gino Marrucci, nicht wahr?«

»Richtig.«

Glücklicherweise beherrschten von den fünf Catteni auf der Kommandobrücke nur Kamiton und Zainal genug Englisch, um einige Worte des Dialogs verstehen konnten. Aber die anderen drei wechselten überraschte Blicke, als ihnen klar wurde, daß auf der anderen Seite eine Frau den Funkverkehr führte.

»Haben Sie gekriegt, was Sie haben wollten?«

»Das schon, aber wir haben auch einige ...«

»Die erwarten wir bereits. Baby kam letzte Woche mit ihrem Huckepack-G-Schiff zurück und warnte uns vor dem zu erwartenden Zuwachs. Durchaus möglich, daß sie wieder los muß und andere Schiffe in die Blase lotsen muß. Wahrscheinlich werden auch Sie benötigt, da die anderen K-Schiffe immer noch unterwegs sind.«

»Wie viele Schiffe wurden diesmal gekapert?« erkundigte Zainal sich gespannt. Er reagierte immer noch ein wenig nervös auf solche Nachrichten, obgleich Kamiton, Nitin, Tubelin und Kasturi ihm versichert hatten, daß ein Verschwinden der Schiffe nicht sofort bemerkt würde.

»Cattenischiffe operieren überall in der Galaxis, und einige kommen nun mal nicht mehr zurück«, sagte Kamiton und zuckte gleichgültig die Achseln. »Das ist unser Vorteil. Wir müssen nur genügend Schiffe zusammen haben und damit die Eosi angreifen, ehe sie überhaupt ahnen, daß auf sie der Tod wartet.«

Da dies nicht die Strategie war, die Ray und die anderen Mitglieder des Obersten Rates befürworteten, widersprach Kamiton niemand an Bord, nicht einmal Zainal.

»Drei Schiffe der G-Klasse kommen von einer der Kolonien zurück, wo ebenfalls Terraner abgeworfen wurden. Die K's sind mit Nachschub und Ausrüstung und nur wenigen Flüchtlingen hierher unterwegs.«

»Wenn die G-Schiffe voll besetzt sind«, sagte Zainal, »werden wir eine Menge zu tun bekommen.«

»Die Vorbereitungen sind bereits in vollem Gange«, sagte Jane, »und Ray Scott denkt daran, die geschlossenen Täler als sichere Übergangslager zu nutzen. Da die K-Schiffe Lebensmittel und andere Nachschubgüter geladen haben, dürfte es keine wesentlichen Versorgungsprobleme geben.«

Zainal nickte und konzentrierte sich darauf, die Geschwindigkeit der KDL so weit zu drosseln, daß sie langsam durch die Blasenhaut drang. Sofort wurde das Bild von Janes Umgebung klarer.

»So ist es schon besser«, meinte sie lächelnd und entdeckte dann die vier Catteni hinter Zainal. »Aha, wir haben Gäste«, fuhr sie fort und fügte dann in sauberem Catteni hinzu: »Willkommen auf Botany, Emassi.«

»Woher weiß sie, daß wir Emassi sind?« fragte Nitin, als paßte es ihm nicht, von einer Frau als gleichrangig angesprochen zu werden.

»Warum sollte ich Botany mit Drassi belasten?«

fragte Zainal. »Diejenigen, die wir bereits haben, sind mehr als genug.«

»Du hast Drassi?« fragte Nitin verblüfft.

»Die Besatzungen der Schiffe, die wir gekapert haben, wurden in einer isolierten Gegend abgesetzt.«

»Ihr habt sie nicht getötet?« Nitin schüttelte verständnislos den Kopf.

»Und cattenische Uniformen ruiniert, die wir sehr gut gebrauchen können?« fragte Gino, und in seiner Stimme lag ein scharfer Unterton.

»Diejenigen, die sich unseren Befehlen nicht beugen wollten, mußten sterben«, sagte Zainal in einem Ton, der weitere Fragen zu diesem Thema überflüssig erscheinen ließ.

9. Kapitel

So groß der Hangar der Farmer auch war, bot er der Flotte, die die Bewohner von Botany sammelte, nicht mehr genügend Platz. Jane informierte die Besatzung der KDL, daß sie das Schiff dort entladen könnten, daß sie jedoch einen Teil der Ladung wahrscheinlich zu einem anderen Bestimmungsort bringen müßten, womit sich das Transportproblem erheblich verringern würde. »Wir brauchen weitere Bodenfahrzeuge mit großem Laderaum. Es hat wenig Sinn, auf der Erde Lastwagen zu stehlen, da wir hier nicht über Benzin und Dieseltreibstoff verfügen. Daher müssen Sie den Transport übernehmen. Sie haben nicht zufälligerweise eine Frachtliste? Dann können wir nämlich feststellen, wohin wir Sie sonst noch schicken müssen.«

»Sie ist in Catteni abgefaßt«, sagte Zainal grinsend.

»Okay, dann wird Sally Stoffers als Lademeisterin eingesetzt«, erwiderte Jane. »Schicken Sie sie runter, und ich wünsche Ihnen eine sichere Landung.«

Und so geschah es. Sofort nach der Landung war die KDL umringt von einem Trupp Schauerleute und mehreren großen Tiefladern sowie einem Gabelstapler, der ›organisiert‹ worden war. Für diesen gab es kaum noch Treibstoff, daher hatten die Techniker ihn auf Sonnenenergie umstellen müssen. Aarens und Pete Snyder waren zugegen, da Zainal auch einiges an Material mitgebracht hatte, das von den Technikern benötigt wurde. Sally Stoffers überprüfte mit Hilfe zweier Assistenten, was ausgeladen werden sollte, indem sie die cattenischen Ladelisten übersetzte.

Sie begrüßte die drei neuen erwachsenen Catteni und schloß auch Kamiton in ihre Begrüßung mit ein. Dann sah sie die beiden Jungen, die nun in einer viel besseren Verfassung waren als zu dem Zeitpunkt, als sie zum Schiff gebracht worden waren. Aber Kamiton gab ihr durch eine Geste zu verstehen, sie sollte sie weitestgehend ignorieren, was sie auch tat.

»Zainal sagt, sie müßten zum Arzt. Wir gehen zu Fuß.«

Ray Scott tauchte aus seinem Büro auf und kümmerte sich um Nitin, Tubelin und Kasturi.

»Wer ist das?« fragte Sally, als Kris die Gangway herunterkam und den Schauerleuten auswich, die leichtere Lasten auf den Schultern trugen.

»Zainals Söhne«, antwortete Kris, »und wir müssen sie genauso behandeln, wie cattenische Jungen behandelt werden.« Sie schüttelte dabei unwillkürlich den Kopf.

»Wie bitte? Auf Botany? Wir sollen eine Generation wie die heranziehen, der wir gerade neue Denkweisen beibringen?« fragte Sally ungehalten.

»Wenigstens fürs erste«, meinte Kris seufzend. »Sie hätten mal sehen sollen, in welchem Zustand sie sich befanden, als Kasturi sie an Bord brachte.«

»Sie mußten wohl für die Sünden ihres Vaters büßen, nicht wahr?« fragte Sally, die scharfsichtig wie eh und je die Situation durchschaute.

»So könnte man es nennen«, erwiderte Kris und verstummte, als sie Zainals vertrauten Schritt auf der Laderampe hörte.

Zainal schaute sich suchend um und entdeckte Kamiton, der unterwegs zum Krankenrevier war. Die Jungen folgten ihm mit zwei Schritten Abstand, was Zainal mit einem zufriedenen Kopfnicken quittierte.

Danach begab er sich zu Ray Scott und den neuen cattenischen Rekruten.

Kris schaute ihm mit gemischten Gefühlen nach und wandte sich wieder zu Sally um.

»Haben Sie irgendwelche Fragen? Chuck und Mark haben bereits während des Rückflugs für zahlreiche Frachtgüter die englischen Bezeichnungen eingesetzt. Ich kann Ihnen helfen, falls Sie mich brauchen«, bot sie sich an.

»Unsinn, Mädchen. Gehen Sie lieber duschen, und sehen Sie zu, daß Sie wieder halbwegs menschlich aussehen.« Sie reichte ihr ein Handy. »Nehmen Sie das. Wenn ich Sie brauche, melde ich mich.«

Sobald sie den cattenischen Raumsektor verlassen hatten, hatten alle menschlichen Besatzungsmitglieder der KDL ihre gelben Kontaktlinsen entfernt, was für die Neulinge eine große Überraschung gewesen war. Da jedoch der Wasservorrat begrenzt gewesen war, hatte, außer von den Händen, niemand das Cattenigrau vollkommen abwaschen können.

Kris hätte viel lieber Kamiton und die beiden Jungen begleitet, um zu erfahren, wie ihr allgemeiner Gesundheitszustand aussah, aber Zainal hatte dies abgelehnt. Es gab auf Botany keine Kinder in Bazils und Perans Alter, daher fragte sie sich, in was für eine Gruppe sie sich integrieren ließen.

Zainal löste dieses Problem, indem er sie ins Massai-Lager mitnahm. »Sie sind Krieger. Sie haben Jungen im richtigen Alter. Dort werden sie auch terranische Sitten und Gebräuche erlernen.«

»Aber doch nicht in einem Lager der Massai!« widersprach Kris vehement.

»Warum nicht?« fragte Zainal verblüfft. Er glaubte, eine gute Entscheidung getroffen zu haben.

»Weil sie ihre Frauen genauso behandeln, wie die Catteni es tun. Ich meine, sie lassen schwangere Frauen regelrecht hungern, damit die Babys klein bleiben und die Geburt einfacher wird.«

Dieser Teil der Massai-Kultur war für die meisten Angehörigen des medizinischen Personals ein großer Schock gewesen, denn zahlreiche Massai-Frauen befanden sich im letzten Drittel der Schwangerschaft. Wie die Embryos die lange Raumreise hatten überleben können, war für alle ein großes Rätsel. Alle untersuchten Frauen hatten unter Blutarmut gelitten und waren deutlich unterernährt. Hassan hatte sein ganzes diplomatisches Geschick aufbieten müssen, um die Anführer der Massai dazu zu bewegen, den Frauen die Einnahme von Vitaminpräparaten zu gestatten. Als Begründung führte er an, daß ihnen ihre traditionellen Kräuterextrakte auf Botany nicht zur Verfügung stünden. Hassan achtete außerdem darauf, daß die Tabletten keinerlei Milch enthielten, die für schwangere Massai-Frauen absolut tabu war. Daß die Präparate jedoch Calcium sowie andere Spurenelemente enthielten, wurde tunlichst verschwiegen.

Auf andere rassenbezogene Unterschiede ging Kris nicht mehr ein. Es gab dort tatsächlich Jungen im richtigen Alter. Die Massai waren Krieger, auch wenn sie lediglich über Wurfspeere verfügten, und ihre Körpergröße trug dazu bei, daß die Jungen vor ihnen Respekt hatten. »Aber sie lernen dort kein Englisch«, war der einzige Einwand, den sie vorbringen konnte.

»Jetzt nicht. Das kommt später. Sobald Jungen ihres Alters auf Botany eintreffen.«

Sie waren seine Kinder. Sie hatte kein Recht, ihm vorzuschreiben, wohin er sie schicken und wie er sie aufziehen sollte. Die Massai behandelten wenigstens ihre Frauen halbwegs zuvorkommend, und das war immerhin schon ein großer Fortschritt.

Bazil und Peran verbrachten die Nacht im Krankenrevier in einem separaten Zimmer. Beide hatten Parasiten in ihren Verdauungsorganen, deren Ausbreitung auf Botany um jeden Preis vermieden werden mußte.

»Wenn man in Betracht zieht, daß sie monatelang gehungert haben, sind sie ziemlich kräftig«, meldete Leon, als Zainal ihm entsprechende Fragen stellte. »Wenigstens haben die Massai ausreichend Verpflegung, wodurch sich ihr Allgemeinzustand ständig bessern dürfte.«

Falls Leon nicht damit einverstanden war, daß Zainal seine Jungen der Obhut der Massai überließ, so äußerte er sich jedoch nicht dazu. Er erwähnte hingegen, daß er von einem der zurückkehrenden Schiffe erfahren habe, Joe Marley hätte einige der Pflanzen gefunden, die den Massai als Nahrungsgrundlage dienten, darunter auch das *olkiloriti,* wobei er natürlich nicht dafür garantieren könnte, daß die Pflanzen auch auf Botany gediehen. Die Jungen könnten den Massai ja die Pflanzen bringen, sobald sie auf Botany eintrafen.

»Ich werde sie ebenfalls begleiten«, entschied Zainal.

Es ergab sich, daß Kasturi mit ihnen ging, da Zainal das Scout-Schiff lenken mußte, das, nachdem die K-Schiffe von der Blase bereits ›angenommen‹ worden waren, benötigt wurde, um die Schiffe der

G-Klasse in die Blase zu bugsieren. Aber Zainal verschob seinen Flug lange genug, um seinen Söhnen wichtige Anweisungen zu geben.

»Ihr geht jetzt in ein Krieger-Lager, um mit Gleichaltrigen zu trainieren, wie es eurem Rang entspricht«, erklärte er ihnen auf Catteni. »Sie gehören zu einer anderen Rasse, sind aber bekannt für ihren Mut und ...« hier folgte ein Wort, das Kris nicht kannte. »Aber ihr werdet sie als Emassi betrachten, wie ich einer bin und wie ihr es seid. Ihr werdet von ihnen lernen, da ihr auch ihre Gewohnheiten kennen müßt.«

Kleine zernarbte Fäuste schlugen in der typischen cattenischen Abschiedsgeste gegen in cattenische Uniformen gehüllte Knabenbrüste, und Bazil und Peran bestiegen widerspruchslos den Luftkissenlaster und suchten sich zwischen verschiedenen Büschen, Sträuchern, Gräsern und zwei Pflanzenschößlingen, die in Plastikbehälter voll mit hydroponischer Lösung eingeschweißt waren, halbwegs bequeme Sitzplätze. Die Mienen der beiden waren nach cattenischer Art ernst bis ausdruckslos.

Eines Tages, sagte Kris sich, würden sie auch lernen zu lachen.

Um die G-Schiffe in die Blase herein- und nach Botany herunterzuholen, war die gesamte Flotte notwendig.

»Wir mußten sie mit der Sandwich-Methode hereinholen«, berichtete Gino, als er zurückkehrte. »Und selbst dann war es verdammt schwierig. Die Blase läßt sich nicht so leicht täuschen.«

»Was passiert, wenn wir mit den Schiffen wieder rauswollen?« fragte Bert Put.

Er hatte eins der G-Schiffe gesteuert und unter vier

Augen gestanden, daß er niemals erwartet hätte, wieder nach Hause zurückzukehren. Es war sein Schiff gewesen, das die Massai-Pflanzen zurückgebracht hatte. Diese waren sorgfältig gereinigt worden, um zu gewährleisten, daß sie nicht mit terranischen Parasiten behaftet waren. Auch das Saatgut war einer Reinigungsprozedur unterzogen worden. Es wurde dringend benötigt, um den Speiseplan der Bevölkerung um wichtige Proteine zu erweitern. Felsläufer vermehrten sich schnell und in großer Zahl, aber die Bevölkerung von Botany nahm sprunghaft zu. Luh-Kühe warfen im Botany-Sommer ein Kalb. Die Geburt fand in einem engen, dichten Kreis von anderen Luh-Kühen statt, die trampelnd das werfende Tier umkreisten, um Aasfresser abzuschrecken, die von den Körperflüssigkeiten des Muttertiers angelockt wurden. Es war ein regelrechtes Wunder, daß das Jungtier nicht auch zu Tode gestampft wurde, ehe es sich auf seinen sechs wackligen Beinen aufrichten konnte.

In den G-Schiffen hatten nicht allzu viele Flüchtlinge Platz gefunden, aber man hatte einige Familien ausfindig machen können, die zum Ersten Abwurf gehört hatten, und es gab viele Tränen bei denen, die sich wiederfanden, wie auch bei den Unglücklichen, deren Angehörige offenbar als verschollen gelten mußten.

Anläßlich der Installation des permanenten Kommunikationssatelliten von Botany fand eine kleine Feier statt, in deren Verlauf er an die inneren Antennen angeschlossen wurde. Die NASA-Leute hatten es tatsächlich geschafft, einen funktionsfähigen Trabanten ins All zu hieven.

Das Krankenrevier, das mittlerweile über Filialen auf dem gesamten Planeten verfügte, hatte dringend benötigte Diagnosegeräte, einen Röntgenapparat und einen ausreichend leistungsfähigen Generator für dessen Energieversorgung erhalten sowie ausreichend Motoröl und Benzin, um ihn zu betreiben. Die leeren Fässer wurden anschließend zur Abwehr von Aasfressern und als Stützen für Pfahlhäuser verwendet.

Nitin, Tubelin und Kasturi lernten allmählich genug Englisch, um auf Begrüßungen antworten zu können, aber sie äußerten sich bei Versammlungen des Obersten Rates ausschließlich in Catteni. Dabei fungierte Kris ebenso wie Chuck Mitford, Mack und Ninety häufig als Dolmetscherin. Ihre Ausflüge auf catttenisches Gebiet hatten ihr Vokabular und dessen Gebrauch merklich verbessert. Allerdings gab es trotzdem noch zahlreiche Phrasen, deren Übersetzung keiner der Männer Kris verraten wollte. Sie entschied, daß sie wahrscheinlich beleidigend und anti-weiblich waren und sie ihre Bedeutung deshalb gar nicht erfahren wollte.

Nitin warb für eine schnelle Wiederholung ihrer Unternehmungen, um weitere Raumschiffe – und Raketen – zu beschaffen. Er träumte von einer totalen Vernichtung aller Eosi auf Catten. Er ignorierte dabei das Problem, bewaffnete Schiffe an der Raumstation vorbeischleichen zu lassen, die den Planeten vor Angriffen auch durch Schiffe der eigenen Raumflotte schützte. Die Catteni-Schiffe, die bei Angriffsmissionen zum Einsatz kamen, hatten ihren Stützpunkt in einem anderen System. Nitin hob hervor, daß er alle Codewörter kannte, um Zugang zu Befehlsorganen der Marine zu erhalten. Es gäbe sogar einen hochrangigen Offizier, der ihrer geheimen Widerstandsgruppe angehöre. Aber er sei Administrator gewesen, bis man ihn seines Postens enthoben und dafür einen viel jüngeren mit besten Kontakten zu den Eosi eingesetzt hätte. Das allein weckte in Nitin den Wunsch, sich gegen eine Hierarchie aufzulehnen, die seine vielen Jahre treuen Dienstes nicht hatte belohnen wollen.

»Das ist schon fast ein menschlicher Zug an ihm«, meinte Hassan Moussa amüsiert. »So etwas geschieht häufig in Israel.«

»Aber können wir uns angesichts dieser Einstellung seiner totalen Loyalität sicher sein?« wollte Ray von Zainal wissen.

»In Anbetracht der Tatsache, daß die Blutlinien seiner Familie bis zu den Ursprünglichen Hundert zurückreichen, ja, das können wir. Er muß diese Entlassung aus der Geschichte seiner Familie tilgen«, erwiderte Zainal.

Die letzten Nachrichten von der Erde waren sowohl gut als auch schlecht – die gute Nachricht war, daß die Eosi ihr Hirn-Leerungs-Programm abgebrochen hatten. Die schlechte Nachricht war, daß sie nun dazu übergegangen waren, Städte und Ansiedlungen jeder Größe zu vernichten.

Zainal schien keinerlei Probleme damit zu haben, mit Zane auf die zärtliche Art und Weise zu spielen, die er im Umgang mit dem Kind, das mittlerweile laufen konnte, schon immer an den Tag gelegt hatte. Wenn der Junge hinfiel, stand er aus eigener Kraft auf. Wenn er sich beim Sturz wehgetan hatte und zu weinen begann, hob Zainal mißbilligend den Kopf, und die Tränen versiegten sofort.

Kris paßte Zainals Einstellung zu durchaus verständlichen Tränen ganz und gar nicht. Sie stritten deshalb.

»Wenn er sich verletzt, dann darf er von mir aus weinen«, sagte Zainal. »Aber auf Botany muß er lernen, gelegentlich zu stürzen und wieder aufzustehen und weiterzugehen«, fügte er hinzu. »Genauso wie du es auch auf unseren ersten Märschen getan hast.«

»Ich war erwachsen und kein Baby mehr.« Es ärgerte sie außerdem, daß er diese Vorfälle wieder zur Sprache brachte, die schon so weit zurücklagen, daß sie sie längst vergessen hatte.

»Wenn Zane laufen kann, ist er kein Baby mehr.«

»Er ist mein Kind, und ich bestimme, was er tun und was er nicht tun darf.«

»Dann sag ihm, er soll mich nicht belästigen.«

»Er belästigt dich?«

»Er sucht meine Gesellschaft.«

»Und du schiebst ihn niemals weg.«

»Nein, aber ich tue es, wenn dir die Art und Weise nicht gefällt, wie ich den Sohn meiner Partnerin behandle.« Zainals Miene zeigte den kalten Catteni-Ausdruck, der sie immer noch einschüchterte, und sie gab klein bei.

»Ich möchte, daß du dich gegenüber Zane väterlich verhältst. Er könnte dein geändertes Verhalten gar nicht begreifen«, sagte sie weitaus kleinlauter, als sie es ursprünglich gewollt hatte.

»Ich tue das gleiche, was ich bei anderen Vätern hier gesehen habe, Kris«, erwiderte er in ruhigerem Tonfall. Dann streichelte er ihr Wange. »Und wenn meine eigenen Söhne erkennen, daß du wirklich eine Emassi bist, obgleich du eine Frau bist, dann sähe ich es gerne, wenn du für sie Mutter und Beraterin wärst.«

»Waffenstillstand?« fragte sie und streckte ihm die Hand entgegen.

»Waffenstillstand? Ja, einverstanden. Wir beide sollten uns wirklich nicht wegen nichts und wieder nichts streiten.«

»Nichts?« Das reichte aus, um sie gleich wieder in Rage zu bringen, aber Zainal bremste sie, indem er sie so heftig küßte, daß ihr die Luft wegblieb.

Er wird auch noch einige andere Tricks menschlicher Männer lernen, dachte sie, während er sie zu ihrem Bett trug. Es war beinahe Mittagszeit, aber sie mußten ihren Dienst erst in einer Stunde antreten, und Zane war bereits in der Kinderkrippe. Wir sind in letzter Zeit nicht allzuoft zusammen gewesen, dachte sie. Kein Wunder, daß wir uns ständig streiten.

Nachdem sie ihr sehr zufriedenstellendes Intermezzo beendet hatten, wollte Kris von Zainal wissen, wie weit die Pläne für die nächste Serie von ›Ausflügen‹ gediehen wären. Trotz der Unannehmlichkeiten, sich verkleiden und maskieren und die höhere Schwerkraft von Catten ertragen zu müssen, erkannte sie, daß es in ihrer Familie einen gewissen Hang zur Piraterie – vielleicht auf das Vorhandensein von Wikingern zurückzuführen – gab, der sie solche Unternehmungen voller Freude auskosten ließ. Es machte einen Riesenspaß, sich direkt vor der Nase der Catteni anzuschleichen und mit fetter Beute wieder zu verschwinden. Allerdings erschauerte sie bei dem Gedanken, was geschehen könnte, wenn ihre Tricks nicht funktionierten. Sie beeilte sich, diese Überlegungen schnellstens abzubrechen und auf einen späteren Zeitpunkt zu verschieben.

»Der Rat denkt bereits über den nächsten Schritt nach. Wir«, und damit deutete Zainal mit dem Daumen auf sich selbst, so daß Kris wußte, daß er auch die anderen Catteni meinte, »müssen uns mit all jenen in Verbindung setzen, die uns helfen können, die Herrschaft der Eosi zu brechen.«

»Heißt das vielleicht, daß nur du mitgehen wirst?« fragte sie. Nachdem sie endlich wieder mit ihm zusammen war, haßte sie es, sich erneut von ihm trennen zu müssen. Nicht, daß sie an Bord der größeren KDL irgendwelchen Intimitäten frönen könnten, aber sie würde ihn schmerzlich vermissen, ganz gleich, wie kurz die Trennung wäre.

Bei Einbruch der Nacht hatten die Einwohner ein anderes Problem. Einige von denen, die das letzte G-Schiff mitgebracht hatte, waren junge Leute zwischen fünf und zwölf Jahren gewesen, Kinder, die unter cattenischer Herrschaft zur Welt gekommen waren. Die meisten waren Waisen oder von ihren Eltern getrennt worden, und drei konnten sich noch nicht einmal an ihre Namen erinnern. Dorothy Dwardie schickte die Gewalttätigsten zu Dr. Hessian, da seine Freudianische Ausbildung in diesen Fällen hochwillkommen war. Ihre Kindheit, falls man diesen Begriff überhaupt benutzte, war so traumatisch gewesen, daß sie, wenn keine Therapie angewandt wurde, schon in ihrer Kindheit neurotisch wurden.

»Kinder können die schrecklichsten Umstände verkraften«, sagte Dorothy, während sie zu denjenigen sprach, die sich freiwillig bereit erklärt hatten, die Waisen zu beherbergen, »aber das einzige, was sie haben und was den Erwachsenen meistens fehlt, ist eine gewisse Flexibilität. Freundlich zu sein, sich vor allem fair zu zeigen wird erheblich dazu beitragen, sie zu dem zu bringen, was wir hier auf Botany als ›normales‹ Benehmen betrachten.«

Einige der Wildesten mußten für die Dauer der gesamten Reise ruhiggestellt werden. Laughrey, der Kapitän des gestohlenen Schiffs gewesen war, berichtete, daß seine Mannschaft mit dieser Gruppe überhaupt nicht zurechtgekommen sei. »Das stellten wir fest, als wir sie aufs Schiff brachten.« Er verzog das Gesicht. »Das erste Mal waren wir für sie menschliche Kollaborateure und nahmen sie mit, um sie sich als Sklaven totschuften zu lassen. Als wir sie wieder einsammelten, mußten wir ihnen Beruhigungsmittel verabreichen. Die meisten waren übersät mit entzündeten Hautausschlägen und Wunden – nun, Sie haben ja ihre Narben gesehen. Meiner Meinung nach sind sie in einem noch schlechteren Zustand als die Opfer. Und sie sind genauso Opfer der Eosi wie die Hirn-Geleerten.«

Während der nächsten Wochen wurde alles versucht, um die Kinder zu integrieren. Die Zuteilung erwies sich nicht in allen Fällen als ideal, obgleich Sarah und Joe mit einem fünfjährigen Mädchen großes Glück hatten. Sobald sie begriff, daß sie in Sicherheit war, weigerte sie sich, von ihren Pflegeeltern getrennt zu sein, und Sarah oder Joe hatten sie ständig im Schlepptau. Die Kleine redete nicht, aber Dorothy Dwardie war überzeugt, daß sie den Mund schon aufmachen würde, sobald sie sich wirklich sicher und heimisch fühlte.

»Kinder übernehmen Sprachmuster von ihren Betreuern. Wenn sie keine Betreuer haben, ganz gleich welcher Art . . .« Dorothy zuckte die Achseln. »Es liegt bestimmt keine Funktionsstörung ihrer Sprechorgane vor.« Die Psychologin lachte und erinnerte die Pflegeeltern an die Schreie, die das Kind ausgestoßen hatte, als es seine Dreifach-Injektion erhielt. Zwei der Kinder an Bord des G-Schiffs hatten Masern gehabt, daher waren Präventivimpfungen nötig gewesen.

Sarah und Joe hatten ihrem Pflegekind den Namen Maizie gegeben. Mit staunenden Augen nahm das Mädchen zur Kenntnis, daß es zu jeder Mahlzeit soviel essen durfte, wie es wollte. Ähnlich verwundert betrachtete es die sauberen Laken eines Bettes, das offenbar ihm allein gehörte und das es nicht mit jemandem teilen mußte. Die Kleine gewöhnte sich an, ständig das Kopfkissen mit sich herumzutragen. Damit verstärkte sich nicht nur ihr Sicherheitsgefühl, sondern es war auch ganz praktisch, weil das Kind dazu neigte, gelegentlich ein kleines Nickerchen einzulegen, wobei das Kissen gute Dienste leistete.

»Ich glaube, die Kleine hat auf der Erde überhaupt nicht geschlafen«, meinte Sarah zu Kris. »Wenn es so weitergeht, brauchst du kein zweites Kind mehr zu bekommen.« Sie lächelte Kris verschmitzt an. »Zumal Zainal jetzt seine beiden Söhne hierher geholt hat.«

»Kasturi hat seine eigene Familie versteckt, ehe er flüchtete, und er will sie auch hier haben. Er hat Töchter. Ich hoffe nur, daß er sie nicht auch nach Massai-Art erzieht«, sagte Kris mit einem feindseligen Tonfall.

»Wenn Sie mich fragen, würde es einigen unserer jüngsten Neuankömmlingen nicht schaden, für einige Zeit zu Häuptling Caleb Materu geschickt zu werden«, sagte Sarah.

»Ich glaube, daran haben unsere edlen Führer auch schon gedacht. Dorothy ist dagegen«, meinte Kris.

»Und Sie auch«, stellte Sarah fest. »Aber wenn ich einen von ihnen erwische, wie er wieder mal die kleineren Jungen ärgert, bekommt er von mir eine Abreibung.«

Es gab eine Gruppe von achtzehn Jugendlichen, die sich zu einer Bande zusammengeschlossen hatten: sechs Schwarze, acht Weiße, zwei Japaner, ein Chinese und ein Franzose. Der jüngste war sieben, der älteste ein achtzehnjähriger Schwarzer, der ihr Anführer war. Sie waren ursprünglich von den Catteni eingesammelt worden, weil sie alt genug waren, um die lange Reise im Betäubungszustand zu überstehen. Laughrey befreite sie aus dem Deportationslager, wo sie darauf warteten, abtransportiert zu werden. Sie hatten sich zu einer Gruppe zusammengefunden, vierzehn Jungen und vier Mädchen, die sich nun das Diplomatische Corps nannten. Und sie waren noch immer eine Gruppe, obgleich sie längst Pflegeeltern zugeteilt worden waren. Sie verweigerten jegliche Arbeit, schafften es jedoch immer wieder, sich ausreichend Nahrungsmittel zu beschaffen. Mehrere Aufenthalte ihres Anführers, eines achtzehnjährigen Schwarzen namens Clune, und seiner beiden ›Konsuln‹ Ferris und Ditsy im Gefängnis hatten nichts an ihrer Grundhaltung ändern können. Zweimal war die Gruppe aus Retreat verschwunden und mußte von Rugarianern und Deski unter Chuck Mitfords Führung aufgespürt werden. Beim zweiten Mal ließ er sie ohne Pause zurückmarschieren.

Nicht einmal eine Demonstration der Gefahren, die von den Aasfressern ausging, konnte sie davon abbringen, immer wieder aus Retreat zu flüchten. Die Dinge, die sie bei beiden Gelegenheiten zusammengetragen hatten, zeigten, daß sie an alles herankamen, was sie haben wollten, darunter sogar Komm-Einheiten, und sie waren so raffiniert gewesen, als sicher geltende Lager aufzubrechen und sich von den dort gelagerten Waffen zu bedienen.

Seltsamerweise befanden sich unter den aus dem Krankenrevier gestohlenen Gegenständen auch Kondome.

Ein Angehöriger der Gruppe, die Siebzehnjährige, die sich Floss nannte, hatte gemeint, daß keins der Mädchen schwanger werden dürfe – ein unerwartetes Zeichen von gesundem Menschenverstand.

Nach den ersten zwei Wochen wurde deutlich, daß sie nicht die Absicht hatten, sich zu integrieren. Nach Leons medizinischem Urteil waren sie körperlich nicht fit genug – schließlich hatten sie vier oder fünf Jahre lang nur von dem gelebt, was sie auf ihren Raubzügen hatten zusammentragen können –, um auf sich allein gestellt in einem der abgeschlossenen Täler zu leben, was anfangs als sinnvolle Maßnahme gegen ihr widerspenstiges Verhalten vorgeschlagen worden war. Floss hatte sich um die medizinische Versorgung der Gruppe gekümmert, da sie vor der Invasion einen Erste-Hilfe-Kursus besucht hatte – aber sie wäre nicht in der Lage gewesen, die manchmal schweren Verletzungen oder die zahlreichen Infektionen zu behandeln, die die jungen Leute von Zeit zu Zeit heimsuchten.

»Wir können sie nicht so einfach sich selbst überlassen, und diese Floss müßte sich einer kleineren Operation unterziehen«, erklärte Leon. »Mary meint, es wäre nicht akut .. noch nicht. Aber das kann sich schnell ändern.«

»Warum schicken wir sie nicht für einige Zeit zu Häuptling Materu?« lautete Laughreys Vorschlag.

»Damit sie mal einen richtigen Eindruck vom einfachen Leben erhalten.«

»Haben sie nicht schon genug einfaches Leben gehabt?« fragte Dorothy, obgleich sie keinen anderen Vorschlag machen konnte. Fast alle anderen Kinder, die gerettet worden waren, fügten sich ein oder reagierten positiv auf ihre Trauma-Therapie.

»Kein einfaches Leben nach einem bestimmten Muster«, sagte Ray Scott. »Ich fände es besser, sie würden darauf vorbereitet, ihr eigenes Leben zu führen, wenn es keine andere Möglichkeit gibt, eine solche Gruppe in den Griff zu bekommen. Ich werde mal mit Häuptling Materu sprechen.«

Häuptling Materu war einverstanden. Es überraschte Kris nicht im mindesten, daß Zainal sich daran beteiligte, das Diplomatische Corps zur südlich gelegenen Siedlung der Massai zu bringen. Sie lachte insgeheim bei dem Gedanken, welches Tempo Zainal dabei vorlegen würde. Chuck, die beiden Doyle-Brüder, Joe Latore, Coo und Slav schlossen sich der Gruppe an, »um ein wenig für ihre Fitness zu tun«, wie sie es ausdrückten.

Als Chuck zurückkam, berichtete er Kris, daß der Ausflug für alle Beteiligten eine interessante Erfahrung gewesen sei. »Häuptling Caleb trennt die Mädchen von den Jungen, was ihnen überhaupt nicht gefällt. Und es paßt ihnen genauso wenig, daß sie nur mit Frauen zusammen arbeiten. Aber arbeiten müssen und werden sie. Ein Glück, daß die Massai so groß sind.« Er grinste zufrieden, weil dieses Projekt sich so erfolgversprechend anließ.

»Hm – und wie machen sich Zainals beide Söhne?«

Chuck wiegte den Kopf. »Bestens. Sie beherrschen sogar ein paar Brocken Massai. Zainal hat erlaubt, daß man sie auch mal anlächelt, und sie sind wie verwandelt. Sie haben neuerdings Probleme mit ihrer Haut, aber die Massai verfügen jetzt über die entsprechenden Arzneipflanzen, um fast jede Krankheit zu heilen.«

Diese Auskunft beruhigte Kris sehr. »Haben unsere Problemkinder sich von den großen Massai-Kriegern ein wenig einschüchtern lassen?« fragte sie.

Chuck lachte. »Das kann man wohl sagen. Es stellte sich raus, daß zwei von den Schwarzen aus Afrika kommen. Sie kannten die Massai bereits und beherrschen genügend Swahili, um die wichtigen Anordnungen und Befehle zu verstehen.« Chuck nahm einen tiefen Schluck von seinem Bier und faltete die Hände auf dem Bauch. »Das war wirklich eine gute Idee, die Laughrey hatte.«

Drei Tage später wurden Zainal und Leon von Häuptling Materu dringend um Hilfe gebeten. Das Hautleiden der beiden Catteni-Jungen hatte nicht auf die Behandlung der Massai reagiert, und die Jungen hatten mittlerweile hohes Fieber, das durch keine der bekannten Behandlungsmethoden gesenkt werden konnte.

Kris bot an, ebenfalls mitzukommen, und Zainal war derart besorgt, daß er dieses Angebot sogar annahm.

Leon packte alles zusammen, was er für nötig hielt, und schnürte den Mikroskopkasten sowie einige andere Geräte und Arzneien sorgfältig ins Transportnetz des Scout-Schiffs.

»Hautinfektionen sind bei Catteni eher ungewöhnlich«, meinte er zu Kris, während Zainal sich auf das

Lenken des Scout-Schiffs konzentrierte. »Das gleiche gilt für Fiebererkrankungen. Zainal hat bisher keinerlei allergische Reaktion auf die Umweltbedingungen Botanys gezeigt. Zumindest wüßte ich von keinen.« Der Australier schaute Kris fragend an, doch sie schüttelte den Kopf. »Nun, wir müssen abwarten. Ich denke und hoffe, nicht zu lange.«

Zainal landete Baby so nahe wie möglich bei der hochgelegenen Plattform des Häuptlings. Materu hatte das Scout-Schiff bereits gehört und winkte ihnen zu, ihm zu folgen.

Das Fieber der Jungen war ausgesprochen hoch, auch als Leon das Thermometer auf die typischen Catteni-Werte einstellte. Die Geschwüre gaben eine gelbliche Flüssigkeit von sich, die einen ekelerregenden Geruch verströmte. Leon nahm schnell ein paar Proben und untersuchte sie unter dem Mikroskop. Kopfschüttelnd kam er vom Scout-Schiff zurück. »So etwas habe ich noch nie gesehen. Es ist eine Art ... allergische Reaktion, die diese entzündlichen Prozesse auslöst.«

»Kann man bei den Catteni Antihistamine einsetzen?« fragte Kris. Ihre Miene drückte größte Besorgnis aus. Zainal machte ebenfalls ein düsteres Gesicht, als rechnete er fest damit, daß die Jungen sterben müßten. Desgleichen Häuptling Materu und sein Medizinmann, oder wie immer er in Swahili genannt wurde.

»Damit kann ich es versuchen. Das einzige, was bei den Menschen diesen Geschwüren ähnelt, ist Pyoderma gangrenosum«, sagte Leon. »Und das könnte eine Folge von Colitis sein. Bei keinem der beiden wurde etwas Derartiges festgestellt, als ich sie untersuchte.« Dann erkundigte er sich, was die Jungen bisher gegessen hatten, und schüttelte den Kopf, als die Liste komplett war. »Sie hatten an Bord nichts anderes als frisches Felsläuferfleisch und Fisch, und sie haben sich bei Zainal nicht beschwert. Sonst nichts, Häuptling Caleb?«

Es war der Medizinmann, der ihnen als Parmitoro Kassiora vorgestellt worden war, der nun etwas in Swahili zum Häuptling sagte. Materu übersetzte: »Er sagt, er hätte ihnen eine winzig kleine Dosis *olkiloriti* gegeben, weil sie zuviel gegessen und über Bauchschmerzen geklagt hätten. Es wäre viel weniger gewesen, als er bei unseren Jungen nehmen würde, weil sie anders sind.«

»Wird dieses Zeug nicht aus den Akazienpflanzen gewonnen, die kürzlich hergebracht wurden?« fragte Leon.

Parmitoro fügte noch etwas hinzu. »Er sagt, daß einige der Catteni, die sie gefangennahmen, ebenfalls erkrankten, diese Geschwüre bekamen und starben«, meinte der Häuptling und strahlte zufrieden.

»Hey, mit der Allergie könnten Sie wahrscheinlich recht haben, Kris.« Leon ging die Arzneien durch, die er mitgebracht hatte, und las die Aufschriften auf den Flaschen. »Ihr Organismus funktioniert trotz der Ähnlichkeit mit uns ein wenig anders. Geben Sie mir mal Ihren Arm, Zay«, sagte er.

Nachdem Zainal seinen Arm entblößt hatte, führte Leon mit allen drei Arzneien, die in Frage kamen, einen Reaktionstest durch. Dann stieß er einen leisen Pfiff aus, als er die Reaktionszeiten stoppte. Hinter ihm wälzten die Jungen sich in heftigen Fieberphantasien und murmelten leise.

»Absolut nichts«, murmelte Leon, nachdem der kritische Zeitraum verstrichen war. »Wenigstens sind sie nicht gegen Antihistamine allergisch.« Dann schaute er Zainal direkt in die Augen. »Habe ich Ihre Erlaubnis, es zu versuchen, Zainal? Wenigstens glaube ich, daß die Injektionen keinen weiteren Schaden anrichten.«

Zainal nickte. Leon deutete vor dem Medizinmann der Massai, der seine Maßnahmen interessiert beobachtet hatte, eine Verbeugung an. Häuptling Materu hatte ihm mit leiser Stimme einige Erklärungen gegeben.

»Verletze ich Parmitoro Kassiora, wenn ich unsere Medizin benutze?«

Caleb Materu lächelte, wobei er seine sehr weißen und sehr gleichmäßigen Zähne entblößte. »Ganz und gar nicht. Die Jungen sind in Ordnung, und sie sind keine Massai. Wahrscheinlich wirkt deshalb unsere Medizin nicht bei ihnen.« Materu drehte sich zu Zainal um. »Dafür entschuldigt er sich.«

»Nicht nötig.«

Zainal nickte Parmitoro gnädig zu.

»Das nenne ich ärztliche Ethik«, meinte Leon in trockenem Tonfall. »Ich gebe Bazil und Peran je eine Injektion, so daß wir noch eine in Reserve haben ...«

Er verabreichte ihnen die Injektionen.

Danach warteten sie. Einige der Frauen, darunter auch die rebellische Floss, brachten Speisen und frisches Wasser. In der Hütte war es nicht nur stickig, sondern es roch auch höchst unangenehm nach dem Eiterausfluß. Kris suchte die Nähe der Eingangsöffnung.

»Ich will raus hier«, murmelte Floss, als sie und eine ältere Massai-Frau mit einem frischen Eimer Wasser zurückkamen.

»Erst wenn du gelernt hast, dich zu benehmen, Schätzchen«, erwiderte Kris genauso leise.

»Wissen Sie, was sie hier mit Frauen anstellen?« fragte Floss, und in ihren Augen flackerte nackte Verzweiflung.

»Um so mehr Grund für dich, deine Einstellung zum Leben auf Botany zu überdenken«, sagte Kris. Sie hatte bereits einiges über die Verstümmelung weiblicher Genitalien gehört, die von einigen afrikanischen Stämmen praktiziert wurde.

Floss machte eine plötzliche Bewegung, die eine Attacke gegen Kris sein sollte und von der Kris meinte, daß sie sie als Reaktion auf ihre bissige Bemerkung durchaus verdient hätte, als die Massai-Frau auch schon eingriff, Floss packte und aus der Hütte hinauswarf. Kris konnte den dumpfen Laut hören, als das Mädchen unsanft auf der harten Erde landete. Sie nahm sich vor, dafür zu sorgen, daß die weiblichen Angehörigen des Diplomatischen Corps während ihres Aufenthalts bei den Massai nicht allen Ritualen unterzogen wurden. Sie hätten jemanden mitnehmen sollen, der Swahili beherrschte. Wie sollte sie diesen Punkt nur erklären?

Sie warteten. Sie kämpften mit kalten Umschlägen gegen das Fieber der Jungen und benetzten die mit Geschwüren bedeckten Körper.

Es war schon dunkel, als Leon ein Thermometer aus Bazils Achselhöhle zog und ausrief: »Das Fieber sinkt!«

Kris war gerade im Begriff, einen kalten Umschlag zu wechseln, als sie bemerkte, daß aus den Geschwüren keine Flüssigkeit mehr austrat. Überdies hatte auch der unangenehme Geruch merklich nachgelassen.

»Hey! Seht mal!« Sie deutete auf ein Geschwür. »Es trocknet aus.«

Zainal entfernte sofort Perans Verbände. Sein jüngerer Sohn schien ebenfalls auf die Behandlung zu reagieren.

»Vier Stunden sind vorbei«, sagte Leon. »Zeit, ihnen eine weitere Injektion zu geben.«

Während der nächsten vier Stunden schienen die Geschwüre schubweise auszutrocknen, angefangen auf der Brust und in Richtung der unteren Gliedmaßen fortschreitend. Die Temperatur der Jungen sank auf einen normalen Wert, und die beiden fielen in einen tiefen Schlaf.

»Erfahrungsgemäß seid ihr Catteni gegen die vielfältigen Leiden, mit denen wir Menschen uns herumschlagen müssen, nicht gefeit«, sagte Leon, als sie die Hütte verließen und in die frische Nachtluft hinaustraten.

»Haben sie dieses *olkiloriti* genommen?« wollte Zainal wissen.

Materu nickte. »Es wird sehr fein zermahlen und dann mit Wasser eingenommen.«

»Könnte es sein, daß ich weiß, was Sie denken, Zainal?« fragte Leon, und ein Lächeln spielte um seine Lippen.

»Das Problem wäre, ›wie‹.«

»Ja, das wäre es«, sagte Leon.

Kris hatte keinerlei Schwierigkeiten, ihrem Gedankengang zu folgen, aber sie hatte wirklich keine Idee, wie man den Eosi das *olkiloriti* verabreichen sollte. Wie sollten sie die Eosi außerdem dazu bringen, eine tödliche Dosis zu schlucken? Oder wenigstens soviel, daß es heftige allergische Reaktionen hervorrief.

»War die allergische Reaktion für die Jungen

lebensgefährlich?« wollte sie von Leon wissen. Sie selbst war in ihrem ganzen Leben noch nicht einmal mit Gift in Berührung gekommen.

Er wiegte den Kopf. »Wenn die Antihistamine nicht gewirkt hätten, wären sie wahrscheinlich nicht mehr aufgewacht.« Er schaute zu der Hütte zurück. »Sie brauchen immer noch sehr viel Pflege ... und keine weitere Kräutermedizin. Ich hoffe, daß Parmitoro deswegen nicht allzu beleidigt ist.«

»Er wäre sicherlich erst recht beleidigt gewesen, wenn Sie gekommen und die Jungen gestorben wären«, meine Caleb Materu und lachte.

»Ich habe eine Salbe, die ich auch eingesetzt habe, um Wunden der Catteni zu heilen«, sagte Leon und öffnete seinen Arztkoffer. »Sie dürfte beim Abheilen der Geschwüre helfen. Auch das Meerwasser hat eine heilende Wirkung. Können sie schwimmen, Zainal?«

»Jetzt können sie es«, erklärte Caleb mit seiner tiefen Stimme, und im Licht der Taschenlampen funkelten seine Augen.

»Sobald die Geschwüre sich ganz geschlossen haben, sollten sie im Meer schwimmen. Das Salz besitzt eine hervorragende Heilwirkung.«

»Sollen sie denn in meiner Obhut bleiben?« wollte der Häuptling von Zainal wissen.

»Ich wünsche es«, erwiderte Zainal mit Nachdruck.

»Und wie geht es den anderen, Chief?« erkundigte Leon sich und grinste vielsagend.

»Sie lernen ständig etwas Neues.«

Kris zupfte an Leons Ärmel, damit er hörte, was sie ihm zuflüsterte. »Floss hat schreckliche Angst, daß die Massai irgend etwas mit ihr tun ... da unten.« Sie deutete auf die entsprechende Stelle.

Leon hatte Mühe, nicht in schallendes Gelächter

auszubrechen. »Das kann ich mir gut vorstellen. Aber keine Sorge. Hassan hat deutlich gemacht, daß die Frauen im gleichen physischen Zustand zurückkehren müssen, in dem sie hergebracht wurden. Er ließ außerdem durchblicken, daß Häuptling Materu bereits eines der moderneren Stammesoberhäupter ist.«

Kris atmete zischend aus.

»Aber beruhigen Sie sie nur nicht«, warnte Leon. »Es tut ihr ganz gut, wenn sie Angst hat. Dorothy und ich haben uns darüber unterhalten, daß ein Aversionszustand wie Angst dazu benutzt werden könnte, bestimmte erwünschte Reaktionen hervorzurufen wie zum Beispiel die Bereitschaft zu kooperativerem Verhalten. Wenn es tatsächlich etwas gibt, wodurch das hartgesottene Biest eingeschüchtert wird, dann sollten wir es ruhig erhalten, oder?«

»Stimmt.«

Leon gab den Jungen eine dritte Injektion. Er zählte Tabletten ab und füllte sie in ein Glas für Parmitoro, damit er sie während der nächsten zehn Tage den Jungen gab. Dann verabschiedeten die beiden Mediziner sich förmlich voneinander.

Die drei Besucher begaben sich zum Schlafen ins Scout-Schiff, und die Botany-Nacht war noch nicht einmal zur Hälfte vorüber, als die Jungen sich zu erholen begannen. Am Morgen, als Leon nach seinen jungen Patienten schaute, hörte Kris ein merkwürdiges Geräusch. Es war zwar sehr leise, aber eindeutig fremd.

Sie gab Zainal ein Zeichen und deutete auf den Laufgang. Zwei Mädchen aus dem Diplomatischen

Corps, Floss war eine von ihnen, versuchten sich in das Frachtabteil zu zwängen. Es war das Öffnen der Schiebetür, das Kris geweckt hatte. Zainal hatte sich Floss geschnappt und Kris das andere, jüngere, Mädchen, als vier Massai-Frauen erschienen.

»Wenn du dich anständig benimmst«, sagte Kris ernst, während die vier Massai-Frauen das Kommando über die verhinderten blinden Passagiere übernahmen, »wird sich niemand an dir vergreifen. Aber wenn du weiterhin so störrisch bist, nun ...« Kris hob die Hände, um anzudeuten, daß sie auf die weitere Entwicklung keinen Einfluß mehr hätte.

Floss wurde unter der Sonnenbräune, die sie mittlerweile erworben hatte, totenblaß. Dann raffte sie sich auf, um heftig zu widersprechen, aber sie wurde von der führenden Massai-Frau derart heftig gekniffen, daß das Schimpfwort, das sie Kris entgegenschleudern wollte, in einem Schmerzensschrei unterging. Zainal zog Kris mit sich ins Schiff. »Sie mag dich nicht, oder?«

»Ich kann es ihr nicht übelnehmen, aber sie hat es sich selbst zuzuschreiben. Wer nicht hören will, muß fühlen.« Sie deutete auf Floss, die einen großen Korb auf dem Kopf balancierte und zwischen zwei großen Massai-Frauen eingeklemmt war. Sie bewegten sich mit einer Eleganz und Grazie, die Floss noch erlernen mußte. Das Mädchen schluchzte leise vor sich hin. Die führende Frau hatte ihren Arm energisch ergriffen.

Kris gefiel der von den Massai praktizierte Sexismus überhaupt nicht, aber wenn Floss dadurch Disziplin beigebracht wurde, kehrte sie vielleicht als nützliche Siedlerin nach Retreat zurück.

Die Einzelheiten dieses medizinischen Vorfalls wurden umgehend Ray Scott mitgeteilt, und die anderen Catteni versammelten sich. Nachdem Zainal sich dazu äußerte, was er mit dem *olkiloriti* zu erreichen versuchen wollte, schüttelten Nitin und Kasturi sofort den Kopf.

»Eosi sind sich sehr wohl bewußt, daß sogar die Emassi in ihrer nächsten Umgebung eine Gelegenheit ergreifen würden, sie zu vergiften. Alles, was sie zu sich nehmen, wird zuerst von einem Catteni getestet«, meinte Ninety düster.

»Vielleicht wirkt das Zeug auch nur bei jungen Organismen, die noch keine Abwehrstoffe gegen gefährliche Substanzen produziert haben«, sagte Kamiton.

»Wollen Sie nicht mal versuchen?« sagte Leon und holte ein Röhrchen hervor, das eine kleine Menge von zermahlenem *olkiloriti* enthielt. Der Australier hatte einen seltsamen Humor.

Zainal streckte die Hand aus, aber Kamiton griff zuerst zu. Er zog den Korken heraus und roch daran.

»Sehen Sie? Es ist nicht gefährlich ...« Seine gelben Augen begannen zu flackern, und er verfiel in krampfhafte Zuckungen und er rutschte vom Stuhl, auf dem er saß, hinunter.

Leon wurde aktiv. Glücklicherweise hatte er seinen Arztkoffer bei sich. Halblaut vor sich hin murmelnd, welche Dosis wohl ausreichen mochte, um die Reaktion zu mildern, füllte er eine Spritze. Zainal und Kasturi versuchten Kamiton daran zu hindern, sich bei seinen heftigen Anfällen selbst zu verletzen, und da sie sehr stark waren, hatten sie Schwierigkeiten, ihn festzuhalten. Leon versuchte zweimal, die Cattenihaut mit seiner Spritze zu durchstoßen, äußerte fluchend Vergleiche mit Elefantenhaut und Krokodilsschuppen und schaffte es schließlich, ihm das Medikament in den Kreislauf zu spritzen.

Die Krämpfe ließen nicht sofort nach. Kris beobachtete den Kranken besorgt, denn sie mochte Kamiton sehr. Die Krämpfe schienen allerdings schon viel weniger heftig zu sein. Leon bereitete die nächste Spritze vor und füllte sie aus einer anderen Flasche. Dabei benutzte er die längste Injektionsnadel, die Kris je gesehen hatte. »Wir wollen nur hoffen, daß ihre Herzen solche Überfälle heil überstehen«, sagte er, während Kamitons Wirbelsäule sich grotesk verkrümmte. »Da, halten Sie das mal, Kris. Halten sie es hoch.«

Er gab ihr die Spritze und holte sein Stethoskop hervor. »Können Sie seine Arme festhalten, Zainal, Kasturi?« fragte er auf Catteni. Was er außer Kamitons Schmerzlauten zu hören bekam, schien ihm große Sorgen zu machen. »Mir gefallen die Geräusche in seinen Lungen überhaupt nicht. Das Inhalieren war wirklich eine verdammt törichte Idee. Die Folge könnte ein plötzlicher Herzstillstand sein. Kris, rufen Sie im Krankenrevier an, sie sollen so schnell wie möglich das Notfall-Team herschicken.«

»Ich habe bereits den medizinischen Notdienst alarmiert«, meldete Ray. Er stand mit dem Komm-Apparat in der Hand vor dem sich windenden Körper des Catteni. »Ich glaube, die Spritze beginnt zu wirken.«

»Meinen Sie?« Leon verfolgte aufmerksam die Bewegungen seines Patienten. »Sie haben recht. Die Krämpfe scheinen nicht mehr so heftig zu sein.«

»Eosi atmen doch, nicht wahr?« meinte Kasturi auf Catteni zu Nitin, während sie ihren Kollegen betrachteten.

»Ja, sogar Eosi atmen«, bestätigte Nitin. »Aber ihre Wohnquartiere sind derart streng bewacht ...«

»Man könnte es versprühen wie ein Insektizid«, sagte Leon, während er mit den Fingern Kamitons Hals abtastete. »Sein Puls rast noch immer. Verdammt dumm von ihm, diesen Blödsinn mit einer Substanz zu versuchen, von der er wußte, daß sie gefährlich ist.«

»Aber typisch für einen Catteni«, sagte Kris. Sie wagte kaum sich auszumalen, welche Folgen Kamitons unsinnige Tat haben konnte. »Muß ich das immer noch festhalten?« fragte sie und deutete mit einem Kopfnicken auf die Spritze, die sie immer noch in der Hand hielt.

»Wenn Sie wollen. Ich hätte natürlich lieber ein kontrolliertes Experiment durchgeführt, aber der empirische Test war durchaus aufschlußreich«, meinte Leon mit einem Unterton der Bewunderung in der Stimme.

Kamitons Körper zuckte nur noch verhalten, aber der Catteni atmete immer noch mühsam und hatte sein Bewußtsein noch nicht wiedererlangt.

»Insektizide?« fragte Zainal und sah sie fragend an, da er Leons Vorschlag nicht verstanden hatte.

»Das wurde bei uns auf der Erde praktiziert, wenn Schädlinge bekämpft werden mußten. Flugzeuge haben dann die entsprechenden Substanzen über große Flächen verteilt.« Dabei beschrieb sie mit der Hand einen großen Kreis.

»Was hat sie gesagt?« erkundigte Nitin sich, dessen Englischkenntnisse noch sehr mangelhaft waren.

Nachdem Zainal ihn aufgeklärt hatte, schüttelte Nitin erneut den Kopf.

»Über von Eosi bewohntem Gebiet ist jeglicher Flugverkehr verboten.«

»Es gibt sicherlich noch andere Wege, um ihnen beizukommen«, sagte Kris.

»Kommt Zeit, kommt Rat«, meinte Leon.

»Ich denke, wir werden uns etwas einfallen lassen«, erklärte Ray Scott zuversichtlich.

In diesem Moment traf das Notfall-Team ein.

»Es *muß* irgendeine Möglichkeit geben«, sagte Kris.

»Wir werden sie finden«, versprach Zainal und machte Platz, damit der Rettungsdienst sich um Kamiton kümmern konnte.

Leon erklärte den Sanitätern, was geschehen war und welche Maßnahmen sie einleiten sollten, sobald sie Kamiton ins Krankenrevier gebracht hätten. Während er den Leuten folgte, als sie Kamiton auf einer Tragbahre hinausbrachten, nahm er Kris im Vorbeigehen die Spritze, die sie immer noch festhielt, aus der Hand.

»Kommen denn schon mal Dissidenten in Eosi-Schiffe hinein?« fragte Kris.

»Wenn dieses Zeug über die Belüftungsanlage verteilt wird, dürfte jeder an Bord zu Grunde gehen«, stellte Ray fest, während er die Flasche mit dem Stopfen verschloß und sie außer Reichweite der Catteni deponierte.

»Wir brauchen eine ganze Menge mehr von diesem Stoff«, sagte Zainal und betrachtete den kleinen Behälter mit deutlichem Respekt.

»Warum?« fragte Nitin und kehrte auf seinen Platz zurück. »Es gibt keine Möglichkeit, das Zeug auf eine Art und Weise zu verteilen, so daß die Eosi es einatmen.«

»Das glaube ich einfach nicht«, widersprach Zainal und schlug mit der Faust auf den Tisch, so daß die kleine *olkiloriti*-Flasche hochhüpfte. Ray Scott nahm sie vorsichtshalber sofort wieder an sich.

»Irgend etwas wird uns sicher einfallen«, meinte Kasturi und schaute Nitin herausfordernd an.

»Vorerst haben wir andere Probleme«, sagte Ray. »Ich freue mich zwar, daß Ihre Söhne den kleinen Unfall heil überstanden haben, Zainal, aber wir dürfen unser Ziel nicht aus den Augen verlieren. Wir sollten heute zusammenkommen, um zu beraten, was wir gegen die fortschreitende Zerstörung der Erde unternehmen können.«

Mit einem Kopfnicken entließ er die Anwesenden, zog eine Tastatur zu sich heran und rief ein Programm auf, von dem er sich einige sinnvolle Hinweise für die Lösung dieses Problems erhoffte.

Zainal, Kris, Kasturi und Nitin verließen das Hangarbüro in nachdenklichem Schweigen.

»Was hat es mit dieser für die Eosi tödlichen Substanz auf sich?« erkundigte Raisha sich, als Kris erschien, um Zane aus dem Kinderhort abzuholen.

Kris nahm ihren Sohn, der ihr jubelnd entgegenkam, auf den Arm. »Donnerwetter, die Gerüchteküche arbeitet aber verdammt schnell.«

Raisha grinste breit. »Naja, wir haben den Notdienst zum Hangar rasen sehen und wollten natürlich den Grund dafür wissen. Gott sei Dank ist Zainals Söhnen nichts Schlimmes zugestoßen.«

»Ja, es war eine ziemlich heikle Situation. Wer hat denn nun die Neuigkeiten verbreitet? Sie oder Sarah?«

»Mavis war es, die hinunterlief. Sie war gerade im Begriff, ihre Tochter zu holen, weil ihre Schicht zu

Ende war.« Als Kris, die sich mit ihrem Sohn beschäftigte, nicht den Mund aufmachen wollte, fügte Raisha hinzu: »Und?« Dabei hob sie die Augenbrauen.

»Ja, es gibt eine Substanz, die bei jungen wie alten Catteni eine heftige allergische Reaktion hervorruft. Aber ob sie gezielt eingesetzt werden kann, ist im Augenblick noch höchst fraglich. Daher sollten Sie sich keine allzu großen Hoffnungen machen.«

»Ich werd's versuchen, aber leicht wird es nicht sein«, gab die Pilotin zu. »Es muß doch irgendeine Möglichkeit geben ...«

»Wir werden sie finden. Vielleicht erfahren wir etwas von den Farmern. Der Zustand dauert ja schon lange genug an«, sagte Kris und hoffte, Raisha abzulenken.

»Hm. Ich setze eher auf den Einfallsreichtum von euch Yankees«, meinte Raisha und grinste.

»Bis später. Sag ›Auf Wiedersehen‹, Zane, und bedank dich bei Raisha.«

»Auf Wiedersehen und danke«, murmelte das Kind gehorsam.

»Ihr solltet euch ein zweites anschaffen, ehe der Kleine noch älter wird«, sagte Raisha.

»Ha! Das wird wohl nicht nötig sein, wenn wir weitere Kinder hierher holen.«

»Hat diese ausgeflippte Gruppe sich bei den Massai eingelebt?«

Kris kicherte leise. »Sie hatte keine andere Wahl.«

Raisha nickte zufrieden.

»Ich glaube, Zane muß über Nacht hierbleiben ... heute abend findet nämlich eine Versammlung statt. Ich werde ihn aber vorher füttern und baden.«

»Der Junge ist immer herzlich willkommen.«

Zainal war nicht in der Hütte, daher ließ Kris Zane draußen spielen und räumte auf, nachdem sie am Vortag ziemlich überstürzt aufgebrochen waren. Dabei dachte sie ständig über Möglichkeiten nach, sich gegen die Eosi zur Wehr zu setzen, doch was immer sie an Ideen produzierte, verlangte genauere Kenntnisse eosischer Verhaltensweisen und Gewohnheiten, Kenntnisse, die sie nicht hatte. Auch wenn Nitin sich ausschließlich pessimistisch geäußert hatte, schienen Zainal und Kasturi grundsätzlich zuversichtlich zu sein.

Ihr Handy summte, und Beggs setzte sie auf seine typische kurzangebundene Art davon in Kenntnis, daß sie sich gegen 20 Uhr anläßlich einer Versammlung des gesamten Rates im Hangar einfinden sollte. Sie wollte sich bei ihm bedanken, doch er hatte die Verbindung bereits unterbrochen, ehe sie einen Laut herausbekam. Sie mochte ihn nicht besonders, und das wußte er, aber er würde stets seine Pflicht erfüllen, auch wenn es ihm noch so schwer fiele. Danach rief sie im Krankenrevier an, um sich nach Kamitons Zustand zu erkundigen.

»Er ist weg«, lautete der Bescheid der aufgeregten Krankenschwester vom Dienst. »Dr. Dane hat versucht, ihn zur Beobachtung hierzubehalten, aber er ist einfach rausgegangen.«

»Dann ist er wieder völlig in Ordnung«, sagte Kris amüsiert. »Kein Catteni vom Rang eines Emassi würde sich durch eine Begegnung mit dem Tod ans Bett fesseln lassen.« Demnach käme er ebenfalls zur Versammlung. Das bedeutete, daß Tubelin sich wahrscheinlich auf Zainals Seite schlagen würde, deshalb wären drei Catteni dafür und einer dagegen.

Sie schüttelte den Kopf und korrigierte sich. Die

Versammlung würde sich mit ganz anderen Dingen befassen. Während eine Vernichtung der Eosi sicherlich viele Probleme lösen würde, wäre sie nicht das Patentrezept für alle Schwierigkeiten, mit denen die Menschheit zur Zeit konfrontiert war.

John Beverly wandte sich an die Versammelten im Hangar. Als der zur Verfügung stehende Platz nicht mehr ausreichte, wurde schnell eine Lautsprecheranlage installiert, damit auch diejenigen, die draußen bleiben mußten, der Diskussion folgen konnten. Kris stellte zufrieden fest, daß sich auch die fünf Massai-Häuptlinge eingefunden hatten, die aufmerksam Hassan Moussas Simultanübersetzung lauschten.

»Unser letzter Ausflug zur Erde hat uns gezeigt, was die Eosi mit unserem Planeten anstellen ... sie holen sich alles, was für sie irgendwie von Wert ist, und zerstören alles, was sie nicht verstehen und wofür sie keine Verwendung haben. Sie schaffen außerdem Menschen weg und machen sie zu Arbeitssklaven. Die Alten und die Jungen, die Schwachen, die Kranken und die Verwundeten werden sich selbst überlassen, und viele werden sterben. Wir hier auf Botany können ihnen nicht mehr helfen, so gerne wir es tun würden. Unsere Möglichkeiten sind begrenzt.

Kamiton hat uns jedoch Informationen über die anderen Planeten liefern können – einige von ihnen genauso bewohnbar wie Botany –, auf denen Menschen wie wir abgesetzt wurden, um sich dort so gut wie möglich einzurichten. Diese wollen wir uns ansehen. Wenn nötig, unterstützen wir sie mit Werkzeug, Medizin und anderen wichtigen Gütern. Damit kehren gesunde Menschen zur Erde zurück, wenn sie erst einmal wieder uns gehört. Ich brauche Freiwillige, die sich mit unseren ...« er hielt inne, um seiner Bitte Nachdruck zu verleihen »... G-Schiffen auf die Reise machen, um ihnen zu zeigen, was sie tun müssen. Es gibt fünf weitere Abwurf – ...« und er grinste bei der Benutzung dieses Begriffs, »Planeten, von denen wir Kenntnis haben, die wir auch besuchen wollen. Wir kennen außerdem vier weitere Einrichtungen, wo laut Kasturi Menschen unter entsetzlichen Bedingungen Sklavendienste leisten müssen. Einige unserer Massai-Freunde wurden auf einen Eisplaneten geschickt. Wir wollen so viele wie möglich befreien. Sie den Catteni sozusagen vor der Nase wegschnappen.« Beverly gestattete sich ein knappes Lächeln, als jemand wissen wollte, wie er sich das vorstellte. »Wir tun so, als wären wir Catteni, die den Auftrag haben, Arbeitspersonal auszuwechseln. Außer Zainal haben wir nämlich mittlerweile Helfer im anderen Lager.« Er drehte sich halb zur Seite und deutete auf die vier anderen Catteni, die ebenfalls am Konferenztisch saßen.

»Wir können zwar nicht alle Sklaven befreien«, und auf dem Gesicht des Luftwaffengenerals erschien wieder dieses verwegene Grinsen, »aber wir können es wenigstens versuchen ...«

»Warum?« rief jemand. »Sie sind wahrscheinlich halbtot. Ich habe nichts dagegen, ab und zu als Helfer aufzutreten, aber doch nicht ständig.«

Dieser Einwand fand große Zustimmung.

»Ich weiß, ich weiß«, sagte John Beverly. »Altruismus kann auch zu weit gehen. Und wenn es möglich ist, werden wir diese Leute auf die anderen Planeten verteilen, die wir mittlerweile kennen. Vergeßt nicht, daß mit diesen Aktionen Verwirrung unter den Eosi und den Emassi gestiftet werden soll, indem völlig unerwartete Personalwechsel durchgeführt werden und eine Menge Material spurlos verschwindet. Die Eosi haben für solche rätselhaften Vorkommnisse überhaupt nichts übrig.«

»Schön, aber werden sie nicht reagieren, indem sie noch mehr Menschen auf der Erde entführen oder gar töten?«

»Durchaus möglich – wenn sie eine Verbindung erkennen«, erwiderte John Beverly. »Wir werden Catteni-Schiffe benutzen, von denen sie noch gar nicht wissen, daß sie längst in unserem Besitz sind. Warum sollten sie die Erde dafür verantwortlich machen, wenn sie es ausschließlich mit Catteni zu tun haben? Unterdessen werden cattenische Dissidenten aktiv – und es gibt viele Catteni, die sich genauso wie wir von der Vorherrschaft der Eosi befreien wollen.«

»Wollen Sie diesen Staub einsetzen, um diese Schweine zu töten?« rief jemand.

John Beverly hielt für einen Moment belustigt inne. »Gerüchte solcher Art machen auf Retreat schnell die Runde, nicht wahr?«

Gelächter wurde laut.

»Wir verfügen jetzt über die Mittel, aber wir wissen noch nicht den Weg, wie wir sie einsetzen sollen.«

»Dann setzen Sie doch ein Mittel-und-Wege-Komitee ein!« rief irgendein Witzbold, und Gelächter quittierte diesen Vorschlag.

»Das haben wir bereits. Gute Ideen sind jederzeit herzlich willkommen.« John Beverley schaute auf seine Notizen. »Im Augenblick geht es darum, daß wir einen weiteren Ausflug zur Erde unternehmen, um Nachschub zu holen. Außerdem wollen wir andere Planeten besuchen, auf denen ebenfalls Menschen abgesetzt wurden, daher möchte ich, daß einige

Angehörige des Ersten Abwurfs mitkommen, für den Fall, daß unsere Hilfe gefordert ist. Zainal fliegt wieder nach Catten, um dort Verbindung mit weiteren Dissidenten aufzunehmen.«

Plötzlich kam Gino Marrucci, der auf der Kommandobrücke an der Komm-Konsole Wache gehalten hatte, auf die Bühne gerannt und flüsterte etwas in Rays Ohr.

Scott stand auf. »Wahrscheinlich können wir uns nicht gleich mit den Plänen dafür befassen«, verkündete er. »Gino meldet gerade, daß eine umfangreiche Angriffsformation im Anmarsch ist. Möglich, daß wir die Eosi zu sehr geärgert haben.«

»Was tun wir jetzt?« jammerte eine Frau in der Stille, die auf Scotts Ansage folgte.

Kris erkannte die Frau sofort. Es war Anna Bollinger.

»Ich denke, wir verschwinden jetzt durch die Hintertür«, sagte Zainal und forderte John Beverly durch ein Handzeichen auf, seine Schiffsbesatzungen zu nennen.

»Und was ist, wenn die Blase platzt?« schrie Anna.

»Reden Sie doch nicht so törichtes Zeug, Frau!« Aarens war aufgesprungen und funkelte sie zornig an. »Die Farmer-Technik ist viel besser als die der Eosi.«

Kris unterdrückte ein lautes Auflachen. Annas Panik griff nicht auf die anderen Anwesenden über. Diejenigen, die am Konferenztisch saßen, standen auf, um die Ruhe wiederherzustellen. Beverly verlor keine Zeit, sondern deutete auf all jene, die er sich als Besatzung für seine Schiffe wünschte. Er nahm sie gleich mit und sammelte weitere Männer und Frauen ein, als er den Hangar verließ. Die Halle leerte sich schnell, als viele hinausrannten, um zum Himmel zu blicken und die Blasenhaut in der Ferne zu betrachten.

Viele verfolgten den Ansturm der Eosi die ganze Nacht hindurch.

An einigen Stellen ließ die geballte Energie des Angriffs die Blase hellorange aufleuchten. Im Raum selbst war natürlich kein Laut zu hören, dafür aber über die Verbindung mit dem Komm-Sat. Diejenigen, die sich auf den Kommandobrücken von Baby und den beiden K-Schiffen im Hangar versammelt hatten, lauschten gebannt den scharfen Befehlen der Catteni- und Eosi-Kommandanten. Kris hatte sich zu Zainal und den anderen Catteni auf der in Rays Büro installierten Brücke gesellt, wo der Ex-Admiral und die restlichen Angehörigen des Rates den Verlauf des Angriffs verfolgten.

»Das Ix Mentat scheint den Oberbefehl zu führen«, sagte Ray und schaute zu Zainal. »Alle Befehle werden offensichtlich in seinem Namen gegeben.«

Zainal nickte nur, griff nach Papier und Bleistift und stellte mit Kamitons Hilfe eine Liste der Streitmacht auf, die versuchte, die Blase aufzubrechen.

»Beide neuen AA-Schiffe«, sagte Kamiton, »und fünf von den großen H-Schiffen, die mit Raketen bewaffnet wurden.«

»Ah.« Nitin faßte ein wenig Mut. »Ich höre gerade, daß Niassen eins der H-Schiffe kommandiert. Er ist absolut nutzlos.«

»Er braucht nichts anderes zu tun, als Befehle zu befolgen«, meinte Kasturi grinsend.

»Ist Redinit nicht in diesem H-Schiff?« fragte Tubelin.

»Ja, ich glaube schon«, sagte Nitin. Er hatte Zainal Details über die Kapitäne und die Mannschaften der meisten Schiffe genannt, die die Eosi gegen die Blase einsetzten.

»Haben wir nicht drei auf der HHT?« fragte Kasturi.

»Nicht auf Kommandoposten, leider«, erwiderte Kamiton seufzend.

»Können Sie mir vielleicht verraten, wie groß die von Ihnen erwähnte Dissidentengruppe ist?« fragte Ray.

»Ungefähr dreitausend, die sich auf den gesamten von den Eosi beherrschten Raumsektor verteilen«, sagte Kamiton.

Nitin warf Kamiton einen vorwurfsvollen Blick zu, doch der Catteni überging diesen Tadel mit einem Achselzucken.

»Nur dreitausend?« meinte Ray enttäuscht. Er hatte mit einem weitaus größeren Kontingent subversiver Kräfte gerechnet.

Zainal lachte. »In diesem Fall ist die Struktur der Gruppe viel wichtiger als ihre Anzahl. Die meisten sitzen in strategisch wichtigen Positionen. Da zählt Qualität mehr als Quantität.«

»Das stimmt auch wieder«, gab Ray zu.

»Autsch«, stieß Gino hervor und zuckte leicht zusammen, als sich die Blase oberhalb des Komm-Sat leuchtend rot färbte. »Offenbar hoffen sie, daß die Blase in der Umgebung der Antenne schwächer ist.«

»Hält sie denn?« fragte Ray, und in seiner Stimme schwang unüberhörbar Nervosität mit.

»Sie hält«, beruhigte Gino ihn, »aber sie wird ganz schön auf die Probe gestellt.«

Irgendwann erschien auch Ainger mit einer Nachricht von John Beverly. Er wirkte ziemlich ungehalten.

»Ich mag es gar nicht, zu Botendiensten eingesetzt

zu werden, nur weil ich gerade mal nichts zu tun hatte«, brummelte er, während er den zusammengefalteten Zettel aus der Tasche holte und weitergab.

»John verschwindet mit allen G-Schiffen durch die Hintertür«, sagte Ray stirnrunzelnd, als er die Nachricht gelesen hatte.

»Setzt er sich damit nicht über bestehende Anweisungen hinweg?« fragte Ainger in zweifelndem Ton. »Es sei denn, natürlich, Sie wollen, daß er die Eosi angreift.«

»Mit G-Schiffen, die nur minimal bewaffnet sind?« fragte Zainal überrascht. »Nein, er sorgt für ein Ablenkungsmanöver, so wie es geplant war.«

»Er ist weg«, meldete Gino grinsend.

»Hat er sich etwa per Funk gemeldet?« fragte Ainger erregt.

»Er hat gemorst«, sagte Gino und lachte. »Ich hab's gerade aufgefangen. Zuerst habe ich das Ganze für atmosphärische Störungen gehalten, aber er hat die Nachricht wiederholt. Ich gebe ihm lieber Bescheid, daß ich alles empfangen habe.« Er betätigte einige Schalter auf der Komm-Konsole, lauschte einen Moment lang gespannt und nickte dann zufrieden. »Ja, er hat alles mitbekommen.«

Der Angriff auf die Blase dauerte die ganze Botany-Nacht hindurch bis in den Morgen, aber das Material der Kugel gab nicht nach. Das helle Sonnenlicht überstrahlte die Farben, die das Bombardement hervorrief, und Bert Put, der die Frühschicht als Komm-Offizier übernahm, berichtete später, er hätte deutlich die Befehle für weiteren Beschuß der Blase mithören können.

»Das dürfte das Ix Mentat ziemlich in Rage bringen«, sagte Zainal und lächelte zufrieden.

»Zu schade, daß es keine Möglichkeit gibt, seine Wut zu unserem Vorteil auszunutzen«, sagte Ray.

»Ach, die gibt es doch.«

Zainals Lächeln wurde breiter, während er einen Finger in die Höhe reckte.

»Wie denn?« fragte Nitin. »Wie sollen wir denn diesen Staub ...« Kamiton erschauerte, was für ihn völlig untypisch war.

»Nach seinem Versagen muß das Mentat seine Niederlage gegenüber seinesgleichen begründen«, sagte Zainal und rieb sich die Hände. »Und eine solche Versammlung *könnte* uns zum Vorteil gereichen.«

»Wie denn? Wir verfügen zwar über den Staub, haben aber keine Möglichkeit, ihn zu verteilen, um alle zu töten, selbst wenn sie sich gleichzeitig am selben Ort aufhielten«, sagte Ray.

Ein längeres Nachdenken setzte ein, das Jim Rastancil schließlich beendete. »Wo versammeln sie sich denn gewöhnlich?« fragte er.

»Nun, das sollten wir doch in Erfahrung bringen können«, sagte Zainal, »und zwar so schnell wie möglich.« Er deutete mit einer Kopfbewegung auf die anderen Dissidenten. »Nitin, worauf würdest du tippen?«

»Worauf ich tippen würde?« Nitin schien verblüfft zu sein, daß ihm eine solche Frage gestellt wurde.

»Dort, wo sie anscheinend am sichersten sind, natürlich«, sagte Kamiton und schnippte mit den Fingern.

»Wo?« fragte Jim und sah Zainal an, damit dieser ihm eine Erklärung lieferte.

»Auf Catten«, erwiderte Zainal.

»Höchstwahrscheinlich«, pflichtete Kasturi ihm bei und nickte bekräftigend mit dem Kopf.

»Nein«, widersprach Nitin und runzelte die Stirn. »In der Raumstation, wo jeder durchsucht und überwacht werden kann. Die Sicherheitsmaßnahmen sind dort bestimmt überaus gründlich.« Nitin erschien so pessimistisch wie nie zuvor. »Niemand schafft es, dort hineinzukommen.«

»Sie werden Raketen brauchen, um die zu ersetzen, die sie gegen die Blase abgefeuert haben«, meinte Zainal fröhlich. »Emassi Venlik und eine Ladung überaus nützlicher Erze würden sicherlich mit offenen Armen aufgenommen.«

»Ihr habt unten im Süden nicht mehr als nur ein paar mickrige junge Büsche *olkiloriti*«, meinte Kris.

»Baby könnte sich anschleichen und verschwinden, ohne bemerkt zu werden, nicht wahr?« fragte Ray. »Um mehr Büsche aus Ostafrika zu holen?«

»Ihr solltet lieber jemanden mitnehmen, der genau weiß, wo genügend Büsche zu finden sind«, fügte Kris hinzu.

»Nur ein einziger Atemzug war nötig, um mich völlig außer Gefecht zu setzen«, erklärte Kamiton.

»Man bräuchte mehr als nur eine Nase voll für jeden, um alle Eosi zu erwischen«, brummte Nitin unfreundlich.

»Es dürfte einige Zeit dauern, bis die Versammlung der Eosi komplett ist, weißt du«, sagte Kasturi. »Falls diese Sache eine umfangreiche Untersuchung nötig macht.«

»Oh, das wird sie«, sagte Nitin und versank wieder in seinen finsteren Grübeleien.

»Ich verlasse mich auf die Untersuchung und auf die Zeit, die es dauern wird, um eine ausreichende

Anzahl von Mentats zusammenzurufen«, sagte Zainal zu Nitin. Dann wandte er sich an die anderen. »Was die Beschaffung ausreichender Mengen der Substanz betrifft, so denke ich, daß Parmitoro Kassiaro oder gar Häuptling Materu uns dabei behilflich sein werden.«

»Leisten nicht die Massai-Frauen die eigentliche Arbeit?« fragte Kris. Sie konnte sich unmöglich den Häuptling dabei vorstellen, wie er Blätter in einem Mörser zerstampfte.

Zainal zuckte die Achseln. »Wir benutzen es schließlich als Waffe. Das dürfte vielleicht seine Meinung ändern.«

»Die Massai haben den Catteni den Krieg erklärt, wissen Sie«, sagte Ray Scott mit einem schiefen Grinsen. »Ich glaube daher nicht, daß es schwer sein wird, ausreichende Mengen des Zeugs heranzuschaffen.«

»Das heißt«, fügte Jim vorsichtig hinzu, »wenn noch genügend davon vorhanden ist. Man hat große Schwierigkeiten gehabt, festzustellen, was genau sie zurückgebracht haben.«

»Dann müssen wir das, was auf Anhieb gefunden werden kann, schnellstens holen lassen«, sagte Zainal. »Ich werde persönlich den Häuptling um Hilfe bitten.«

Und, dachte Kris, dich gleichzeitig davon überzeugen, daß Bazil und Peran wieder vollständig genesen sind. Auf seine eigene cattenische Art sorgte Zainal sich um sie.

10. Kapitel

Retreat summte geradezu vor ungebremster Erregung, als Kris Zane in den Kinderhort brachte, ehe sie sich zum Antritt ihrer Schicht als Komm-Wache im Hangar zur Stelle meldete. Einiges von dem Gerede klang ziemlich schlimm, und es hatte auch einige Meinungsverschiedenheiten gegeben, als darüber diskutiert wurde, andere Problemgruppen aufzunehmen, wie zum Beispiel kranke und arbeitsunfähige Ex-Sklaven. Die Opfer hätten unmöglich auf Barevi zurückgelassen werden können. Das räumte jeder ein, jetzt, vor allem angesichts der Tatsache, daß alle bis auf dreißig Angehörige der ersten Gruppe positiv auf die Trauma-Therapie reagiert hatten. Die restlichen, berichtete Dorothy, wären bereits zu stark geschädigt gewesen, um bei ihnen noch etwas ausrichten zu können. Aber die Psychologen waren trotzdem der Meinung, daß die Erfolgsquote sehr hoch sei. Sogar Dr. Hessian mußte zugeben, daß ihr Programm richtig gewesen war ... zumindest was diese Situation betraf. Er arbeitete bereitwillig daran mit, die gestörten Kinder mit einer, wie Dorothy mit todernstem Gesicht erklärte, Mischung aus beiden traditionellen Therapien zu behandeln.

Kris brachte Zane stets sehr zeitig in den Hort, so daß sie noch ein paar Minuten übrig hatte und in die große Kantine ging, um sich einen Eindruck von der allgemeinen Stimmungslage zu verschaffen.

»Versuchen sie noch immer, die Blase aufzubrechen?« fragte Fred Gambino, der Kaffee austeilte. »Für jeden gibt es nur eine Tasse.«

»Das ist besser als nichts. Meine tägliche Dosis Koffein hat mir wirklich gefehlt«, erwiderte sie. »Und was Ihre Frage betrifft, nein, die Blase hält.«

Fred beugte sich über den Tresen. »Ich habe mir einen Platz gesucht, wo mich niemand findet.«

»Tatsächlich?« Kris verlieh ihrer Stimme einen überraschten und amüsierten Ausdruck. »Ich glaube nicht, daß Sie ihn brauchen.«

»Sind Sie sicher?«

»So sicher, wie man sich bei etwas anderem außer Tod und Steuern sicher sein kann, und Steuern zahlen wir hier nicht, oder?«

»Hmm. Nun, dazu könnte es durchaus kommen ... Zu Steuern, meine ich.«

»Waren Sie nicht auch bei denen, die mit den Farmern zusammentrafen, Fred?«

Er sah sie prüfend an. »Ja ...«

»Haben sie nicht genau das getan, was sie versprochen haben? Hier auf Botany für unsere Sicherheit gesorgt?«

»Ja ...«

»Nun, dann sollten Sie das nicht vergessen, denn die Blase da draußen wird halten.«

»Schön, aber wo sind die Farmer, wenn wir sie brauchen? Sie haben keine Satelliten wie die Catteni, die uns ständig umkreisen ... Entschuldigung, wie die Eosi, meine ich natürlich.«

»Wer behauptet, daß sie keine haben?« Seine Augenbrauen ruckten hoch. Kris legte einen Finger auf die Lippen und zwinkerte verschmitzt. Es war eine harmlose Notlüge, die durchaus erlaubt war, wenn dadurch eine allgemeine Panik verhindert würde.

»Ich dachte, den Farmern wäre eine Nachricht geschickt worden.«

»Das ist auch geschehen. Ich nehme an, sie müssen sich auch noch um eine Reihe anderer Planeten und Systeme kümmern. Wenn wir ernsthaft in Schwierigkeiten geraten, werden sie wohl zur Stelle sein. Sie mögen es nicht, wenn irgendeine Rasse drangsaliert wird.«

»Ich kenne eine, deren Vertreter ich am liebsten einzeln vernichten würde«, sagte Fred und vollführte mit den Händen entsprechende Gesten.

Kris lächelte nur dazu, nahm ihren Kaffee und ein Stück Brot und suchte sich einen Tisch am Rand, von wo aus sie die anderen Anwesenden gut im Auge hatte. Fred hatte wahrscheinlich genau das ausgesprochen, womit alle anderen sich beschäftigten. Nur hatte er sich schon jetzt ein Versteck gesucht. Das war interessant.

Fetzen einer teilweise erhitzt geführten Debatte drangen zu ihr. Die meisten befaßten sich mit der Möglichkeit, daß die Blase aufgesprengt werden könnte. Sie hörte teilweise Klagen darüber, daß sie mit weiteren Gruppen belastet würden, die ihre eigene Lage verschlechterten. Der Gemeinschaftsdienst wäre schon fast zu umfangreich, und weshalb müßten sie eigentlich weitere Leute aufnehmen? Sie wären bereits genug. Einige äußerten sich tatsächlich abfällig über die traurigen Verhältnisse auf der Erde und fragten sich, ob sie wohl dorthin zurückkehren und beim Wiederaufbau helfen müßten, wo doch Botany allmählich erste Annehmlichkeiten bot. Wo könnte man auf diesem Planeten Kaffee anpflanzen? Na schön, dank der Rationierung bekam jeder täglich eine Tasse, aber wenn man daran gewöhnt war, so viel trinken zu können, wie man wollte, reichte eine Tasse kaum aus. Wie stark müßte die Landwirtschaft intensiviert werden, um weitere Neuankömmlinge satt zu bekommen? Was geschähe, wenn es tatsächlich einem cattenischen Kriegsschiff gelänge, in die Blase einzudringen? Oder wenn eins ihrer eigenen Schiffe gekapert und dazu benutzt würde, den eosianischen Schiffen den Weg in die Blase zu öffnen? Das wäre doch möglich, nicht wahr? Es gab sicherlich Menschen, die schlecht genug waren, um mit den Catteni gemeinsame Sache zu machen, oder nicht? Schlimm, seinen eigenen Leuten derart in den Rücken zu fallen.

An einem der Tische in ihrer Nähe, der ausschließlich mit Frauen besetzt war, unterhielt man sich darüber, wie man auf das teilweise ausgesprochen schlechte Benehmen der Pflegekinder reagieren sollte. Die verwahrlosten Kinder schienen anfangs glücklich gewesen zu sein, daß ihre Grundversorgung gesichert war und sie nicht gezwungen waren, ständig um ihr Überleben kämpfen zu müssen, so daß man hätte annehmen können, daß sie sich dafür dankbarer zeigen würden, genug zu essen zu haben und anständig untergebracht zu sein. Statt dessen beschwerten sie sich über die Aufgaben, die man ihnen zugeteilt hatte. Jeder arbeitete auf Botany. Diese Kolonie duldete keine Schnorrer.

Es schadete niemandem, wenn er schwitzte. Ziegel herzustellen war keine schwere Arbeit. Oder in der Landwirtschaft zu helfen.

Dann dachte Kris daran, daß es für sie Zeit wurde, zum Hangar zu gehen und ihre Schicht anzutreten.

Das Scout-Schiff war nicht da. Es war unterwegs, um soviel *olkiloriti* wie möglich heranzuschaffen. Eins der K-Schiffe war ebenfalls im Einsatz, aber nicht die

KDL, in der sie so oft mit Zainal mitgeflogen war. Sie löste Matt Su bei der Komm-Wache ab.

»Sie schießen noch immer«, informierte er sie, während er von seinem Platz aufstand. »Meine Ohren klingeln von dem, was sie über uns und darüber erzählen, was sie tun werden, wenn sie erst mal in die Blase eingedrungen sind.«

»Nun, soweit wird es ganz bestimmt nicht kommen«, sagte Kris, denn sie erkannte in den dunklen Augen des Chinesen einen Anflug von Sorge. »Sie haben es doch schon mit den schwersten Waffen versucht, nicht wahr?«

»Warum sind sie dann nicht schon längst wieder abgerückt?« fragte Matt zweifelnd.

»Wahrscheinlich fällt es ihnen schwer, zu begreifen, daß sie versagt haben.«

»Dieses Ix Mentat scheint ein ganz übler Knochen zu sein«, erzählte Matt. »Es brüllt ständig herum und hat bereits einige Schiffskapitäne gefeuert. Ich höre immer wieder neue Namen.«

»Vielleicht hat es irgendwann einen richtigen Wutanfall und stirbt«, sagte Kris und wünschte sich, daß so etwas möglich wäre. Dabei hatte sie keine Ahnung, welchen Einfluß Lenvecs unterdrückte Persönlichkeit auf den Eosi-Wirt ausüben konnte. Sie müßte Zainal fragen. Auf jeden Fall wollte der Eosi Zainal vernichten.

Sie absolvierte ihren Dienst, holte danach Zane ab und spielte eine Zeitlang mit einigen der Fünfjährigen, die gerettet worden waren. Den meisten von ihnen mußten Spiele erklärt werden, die andere Kinder ganz instinktiv beherrschten.

»Nun, keins der Kinder hatte eine richtige Kindheit«, erklärte Anna Bollinger in betont reserviertem Ton, als wäre Kris daran schuld. »Einige von ihnen haben Gewohnheiten, die einfach abstoßend sind.«

Aha, dachte Kris, sie möchte nicht, daß ihre kleinen Lieblinge verdorben werden, oder? »Zumindest haben sie jetzt gute Vorbilder«, sagte sie ruhig und deutete auf Annas eigenen Jungen, der mit zwei Jungen schwatzte, die derart unterernährt waren, daß Annas Dreijähriger älter und kräftiger aussah als sie.

»Mir wäre lieber, wenn Jackie gleichaltrige, wohlerzogene Spielkameraden hätte.«

»Jackie scheint irgendwie zu spüren, daß es seine Aufgabe ist, ihnen einiges beizubringen«, sagte Kris. Indem er in einem fort plapperte, zeigte Jackie den beiden Kindern, wie man aus Holzklötzen ein Haus baute. Sie schauten ihm mit ausdruckslosen Gesichtern zu, die nun sauber, ein wenig wohlgenährter und gesünder aussahen.

Einer der Jungen stieß mit dem Fuß gegen das kleine Holzhaus und brachte es zum Einsturz. Anna stöhnte besorgt auf, aber Kris hielt sie am Arm zurück. »Wir sollten erst mal abwarten, wie Jackie diese Situation meistert.«

»Also wirklich, Kris, Sie überschreiten Ihre Befugnisse. Ich bin verantwortlich für ...« Anna verstummte, als Jackies Stimme laut wurde.

»Das war sehr unartig von euch«, sagte er, stemmte die Hände in die Hüften und klang genauso wie seine Mutter. »Ihr sammelt jetzt alles ein, und wir fangen von vorne an. Auf Botany stellen wir Dinge her. Wir zerstören sie nicht. Das tun nur die Catteni, und ihr wollt doch nicht so sein wie sie, oder?«

Die Jungen schauten zu den Frauen herüber. Annas

Gesichtsausdruck war streng genug, um jedem Angst einzujagen. Kris grinste und machte eine Geste, die andeutete, daß es besser wäre zu gehorchen. Nach kurzem Zögern, wahrscheinlich um zu demonstrieren, daß sie ihren Entschluß aus eigenen Stücken trafen, bückten sie sich, um die Bauklötze aufzuheben.

Ein kleines Mädchen in einer anderen Gruppe verletzte sich einen Finger an einer scharfen Kante und kam weinend zu ihnen gerannt. Annas Haltung änderte sich, und sie war voller Sorge und Mitgefühl. Kris schaute zu, wie sie dem Mädchen Erste Hilfe leistete und es tröstete. Trotz ihrer Fehler war Anna eine sehr gute Mutter, und die Kinder – zumindest die auf Botany geborenen – hatten großes Vertrauen zu ihr.

Zainal war in der Hütte, als sie mit Zane und ihrem Abendessen von der Kantine nach Hause kam. Er arbeitete an einem Tisch, der mit Listen und Diagrammen bedeckt war und auf dem ein seltsames Objekt lag, in dem Kris bei näherem Hinsehen einen Inhalator erkannte. Solche Geräte waren auf der Erde in Gebrauch, um damit drohenden Asthmaanfällen vorzubeugen.

»Glaubst du, du kommst nahe genug an ein Mentat heran, um ihm damit eine Ladung *olkiloriti* zu verpassen?« fragte sie.

Zainal schaute zu ihr hoch, sah den Inhalator und nahm ihn ihr aus der Hand. Er drückte auf den kleinen Blasebalg.

»Es ist nichts drin«, sagte er, als sie instinktiv zurückwich und das Gesicht abwandte.

Ihr Herz raste, und sie atmete zischend aus. »Du sollst mich nicht so erschrecken.«

Zainal lachte leise.

»Ist Baby gut weggekommen? Das Ix gab immer noch keine Ruhe, als meine Schicht zu Ende war.«

»Sie haben offenbar Versorgungsschiffe für den Nachschub, damit das Mentat ohne Pause weitermachen kann«, vermutete er.

»Das Mentat, das mal dein Bruder war«, sagte sie und fuhr fort, als er nickte: »Gibt es da irgendeine Verbindung? Ich meine, würde ... könnte die Lenvec-Persönlichkeit das Mentat in irgendeiner Form beeinflussen?«

Zainal lehnte sich zurück und trommelte nachdenklich mit einem Bleistift auf den Tisch.

»Möglich wäre es, aber ich wüßte nicht, wie. Die Übernahme betrifft die gesamte Persönlichkeit, und dann hat das dominierende Mentat die totale Kontrolle inne.« Er überlegte. »Obgleich es das Ix Mentat, also mein früherer Bruder, war, der Ayers Rock überprüfte und dann über dem Meer suchte, in dem wir in sicherer Tiefe tauchten ... wahrscheinlich hat er nach mir gesucht.«

Kris begann Teller und Besteck fürs Abendessen zu verteilen.

Zane spielte mit seinen Puzzlesteinen, die Zainal für ihn geschnitzt hatte. Er konnte sich stundenlang damit beschäftigen. Als sie sich vorbeugte, um Zainal ein Trinkglas hinzustellen, erhaschte sie einen Blick auf die Diagramme. »Ist das nicht die Raumstation?«

Er nickte.

»Wann brechen der tapfere Emassi Venlik und seine Mannschaft denn zu einer weiteren Erzsuche auf?«

Zainal zuckte die Achseln. »Zuerst muß Baby zurückkommen. Dann müssen wir abwarten, was

Beverly über die anderen Abwurf-Planeten herausbekommt.«

»Viele sagen, daß die Bevölkerung von Botany mittlerweile umfangreich genug ist«, entgegnete sie.

»Das wissen wir«, antwortete er und schrieb etwas in Catteni und Englisch auf. Er lächelte sie an, als sie leise kichernd den Sprachmischmasch las. »Ich habe mittlerweile Schwierigkeiten, mich daran zu erinnern, in welcher Sprache ich nachdenken muß, um die Worte zu finden, die ich brauche.«

Das Bombardement der Blase dauerte an, doch bei weitem nicht mehr so heftig wie zu Anfang. Alle fünf Catteni fanden das belustigend und beruhigend.

»Es dauert seine Zeit, Mentats und ältere Eosi in ausreichender Anzahl zusammenzurufen, um etwas gegen fixe Ideen wie die von Ix zu unternehmen«, erklärte Zainal. »Ich würde mir größere Sorgen machen, wenn das Bombardement aufhörte.«

In den nächsten Wochen und vor allem während Baby unterwegs war, spürte Kris, daß Zainal irgend etwas verbarg. Sie hatte keine Ahnung, was es war, da sie bisher noch nie Geheimnisse voreinander gehabt hatten, und er redete bereitwillig über jedes Thema, vor allem die bevorstehenden Ausflüge. Mehrmals wurde er während ihrer Schlafperiode aus dem Bett geholt, um zum Hangar zu eilen und über die Komm-Verbindung mit einigen cattenischen Dissidenten zu reden, wobei er sich eines Codes bediente, der sich als erfolgreich erwiesen hatte. Zumindest war niemand aus ihrer Gruppe von der Eosi verhaftet oder von den Kontrolleuren der Hohen Emassi verdächtigt worden.

Das Bombardement fand nur noch sporadisch statt,

und gelegentlich wurde versucht, an einer anderen Stelle oder sogar an mehreren Punkten gleichzeitig in die Blase einzudringen, da es nicht gelungen war, sie mit geballter Feuerkraft aufzusprengen.

Kasturi, Tubelin und Kamiton – nicht so sehr Nitin, obgleich er trotz seines Pessimismus' eine wesentliche Rolle bei der Durchführung subversiver Aktionen spielte – konnten mit Hilfe sorgfältig entwickelter Codes mit vielen ihrer Anhänger in Kontakt bleiben. Was vorbereitet wurde, verriet Zainal nicht, oder auch nur, ob überhaupt irgend etwas geplant war. Es mußte jedoch Kontakt aufgenommen werden, und zwar vor allem mit den Dissidenten, die Kommandoposten auf anderen von Catteni beherrschten Planeten innehatten.

»Wir müssen sichergehen, daß unsere Leute gewarnt werden und bereit stehen, zuzuschlagen. Sie müssen die Kontrolle an sich reißen«, erklärte Zainal. »Wir können ein oder zwei von ihnen verlieren, aber mehr wäre eine Katastrophe. Es hat uns verdammt viel Zeit und Mühe gekostet, unsere Männer auf die Posten zu bringen, die sie zur Zeit besetzen.«

»Ein gutes Argument. Haben Sie auf allen von den Eosi kontrollierten Planeten und in ihren Einrichtungen jemanden unterbringen können?«

Er schüttelte den Kopf. »Das wohl kaum. Es gibt erheblich mehr wichtige Posten, als wir Personal haben, auf das Verlaß ist. Aber die absolut wichtigsten Posten sind mit unseren Leuten besetzt.«

Baby kehrte mit einer ganzen Ernte *olkiloriti* zurück. Raisha machte Häuptling Materu darauf aufmerksam, daß dieser Staub eine Waffe von erheblicher Wirksamkeit war, daher half er mit, den Grundstoff entsprechend zu präparieren. Parmitoro hatte ihnen gezeigt, wie er am liebsten das Pulver mahlte, und hatte neben den anderen Angehörigen der Besatzung ebenfalls am Mörser gearbeitet.

Obgleich der größte Teil der Arbeit während des Heimflugs erledigt worden war, kommandierte Leon dienstfreies Personal aus dem Krankenrevier ab, um die Zubereitung des Pulvers zu vollenden.

Unter den Dingen, die Baby hatte mitbringen können, befand sich auch ein kleiner, sehr schmutziger Karton voller Inhalatoren, deren Blasebalg noch intakt war.

»Wir haben überall nachgeschaut«, berichtete Raisha und überreichte Leon feierlich den Karton. »Ich hatte die Absicht, uns aus Apotheken zu bedienen, die noch nicht völlig geplündert waren. Aber dann nahmen wir Verbindung mit der Untergrundbewegung auf, und die besorgte uns diese Exemplare. Sind es genug?«

Leon wischte den Schmutz ab, um die Mengenangabe lesen zu können. »Drei Dutzend müßten eigentlich ausreichen.«

»Ausreichen wofür?« fragte Kris.

»Um den Job zu erledigen.

»Es gibt hundert Eosi«, sagte sie.

»Wenn wir sie alle gleichzeitig an einem Ort versammeln können, dann kommen wir mit dieser Stückzahl aus.«

»Außerdem haben wir noch Nasenklemmen aus einem Fachgeschäft für Tauchausrüstungen besorgt, wie Bert Put vorgeschlagen hat.« Raisha präsentierte einen kleineren rechteckigen Karton.

»Damit sie nicht zu tief einatmen«, sagte Kris und

war erleichtert, als sie sah, daß Zainal und seine Freunde keine Selbstmordaktion geplant hatten und sich nicht opfern würden, um alle Eosi zu eliminieren.

John Beverly kehrte mit freudigen Neuigkeiten zurück. Und mit schlechten, denn zwei der Planeten, die sie überprüft hatten, waren lebensfeindlich für Menschen. Überreste der typischen Catteni-Kisten und Versorgungsgüter waren gefunden worden sowie zahlreiche Lederreste, auf denen eindeutig herumgekaut worden war, aber von Menschen war nichts zu sehen gewesen, obgleich sie Aufklärungsflüge in niedriger Höhe durchgeführt hatten. Auch von Deski, Rugarianern, Turs oder anderen bekannten ›Sklaven‹-Rassen hatten sie keine Spur entdeckt. Auf den anderen drei Planeten, die die Catteni als Stützpunkte für Versuchskolonien ausgesucht hatten, hatten die Leute aus dem, was sie dort vorfanden, offenbar das beste gemacht. Auf einem der Planeten hatten die Menschen sich gruppenweise über ein weites Gebiet verteilt. Sie wünschten keinen Kontakt mit anderen Gruppen, speziell mit Vertretern fremder Rassen. Auf den anderen Planeten herrschte keine Form von Anarchie oder Gesetzlosigkeit, sondern dort gab es Gemeinschaften, die denen auf Botany durchaus ähnlich waren.

»Dort herrschte der gesunde Menschenverstand vor«, berichtete John Beverly denjenigen, die sich im offenen Hangar eingefunden hatten, um sich seinen Bericht anzuhören. »Sie waren allerdings sehr dankbar für einige der Dinge, die wir mitgebracht hatten.«

»Haben sie Ihnen so etwas wie eine Wunschliste mitgegeben?« rief Sandy Areson.

»Na klar«, sagte Beverly. »Unsere Landsleute auf Dystopia ...« Einige Zuhörer stöhnten, andere lachten, »haben uns eine erstaunliche Menge Metalle, Edelsteine, Gold, Silber und anderes angeboten, wenn wir ihnen ein Schiff überlassen würden.«

»Das würde ihnen nicht viel nützen, so lange sie keinen Emassi haben«, meinte jemand anderer, und Kris lächelte verstohlen über dieses versteckte Lob für Zainal.

»Als wir ihnen das erklärten, erwiderten sie, sie dächten noch nicht einmal daran, mit einem Emassi zusammenzuarbeiten, wenn dies daraus resultieren würde«, und er deutete auf ein G-Schiff. »So haben wir jetzt freundliche Nachbarn, die das Banner der Menschheit hochhalten. Irgendwie gut zu wissen.«

Nathan Baxter hatte in Ausübung seines alten Berufs als Photograph zu Beverlys Mannschaft gehört. Er hatte Bilder von den anderen Planeten mitgebracht, sowohl aus dem Raum wie auch von der Planetenoberfläche aus aufgenommen. Darunter befanden sich auch einige Photos von Bewohnern und davon, wie sie sich eingerichtet hatten. Als diese Photos entwickelt waren, bildeten sich lange Schlangen von Leuten, die sich die Bilder am Schwarzen Brett vor der Kantine ansehen wollten.

Da Kris an zahlreichen Versammlungen des Obersten Rates teilgenommen hatte, wußte sie, daß die medizinische Lage auf Dystopia und auf NoName – so genannt, weil bisher niemand einen Namen vorgeschlagen hatte, für den sich eine Mehrheit hatte finden können – und daß die Haltung der Bevölkerung von Dorado gegenüber fremden Rassen die drei Planeten für Hilfsaktionen nicht gerade prädestinierte. Dystopia und NoName brauchten dringend medizinische Geräte und Arzneien, die das vervollständigen würden, was die Kolonisten mit der gleichen Trial-and-Error-Methode herausgefunden hatten, die auch auf Botany angewendet worden war. Bei der Versammlung wurde beschlossen, daß Standardarzneien und alles an medizinischem Gerät, das man entbehren konnte, so bald wie möglich dorthin transportiert werden sollte.

Im Krankenrevier wurden mehr Arbeitsunfälle als Krankheiten behandelt, so daß sie mit dem, was Kris auf Barevi beschafft und was andere auf der Erde hatten auftreiben können, genug hatten, um es mit anderen zu teilen. Ein zweiter Flug, diesmal mit drei Frachtdecks voll Weizen sowie Dörrfleisch von Felsläufern und Luh-Kühen, wurde geplant. Hinzu kamen Mikroskope, chirurgisches Besteck und andere Grundversorgungsgüter. Auf Dystopia lebten ausschließlich Menschen, während die Bevölkerung von NoName aus Menschen und Deski bestand. Daher wurde auch *Plersaw* für die Deski geladen. Dorado hatte nur Menschen, obgleich der Gouverneur, wie er sich selbst bezeichnete, andeutete, daß die Bevölkerung ursprünglich gemischt gewesen sei. Irgendwann hätten die Turs sich auf eine Art Raubzug begeben, hätten die Angehörigen der anderen fremden Rassen und sich anschließend gegenseitig während einer blutigen Schlacht umgebracht, in deren Verlauf auch zahlreiche Menschen ihr Leben hätten lassen müssen.

Auf keinem der anderen Planeten hatte jemals eine einigermaßen präzise Volkszählung stattgefunden, aber nach seinen Vorbeiflügen schätzte John Beverly, daß die Bevölkerung auf allen drei größer war als auf

Botany. »Hinsichtlich der Annehmlichkeiten haben wir einen erheblichen Vorsprung«, teilte er dem Rat mit. »Ich schlage vor, daß wir so bald wie möglich eine Komm-Verbindung einrichten ...«

»Aber auf keinen Fall, solange damit gerechnet werden muß, daß die Catteni-Schiffe weitere Abwürfe vornehmen«, wandte Rastancil ein.

»Was mich gleich zu einer weiteren Frage bringt«, sagte Ray. »Haben Sie verstärkten Catteni-Verkehr beobachten können, John?«

»Wir haben sämtliche Komm-Kanäle offengehalten und auf einigen lebhaftes Geplapper gehört, aber ich hatte leider niemanden an Bord, der genug Catteni beherrscht. Es gab auch erhebliche Interferenzen. Ich tippe auf Störsender.«

»Wahrscheinlich waren es verschlüsselte Meldungen«, sagte Zainal, nachdem er Kamiton auf Catteni eine knappe Frage gestellt hatte. »Waren es viele?«

»Die Komm-Wachen haben sie aufgelistet, falls Sie genaueres wissen wollen«, sagte John.

Kasturi beugte sich gespannt vor. »Fragen Sie nach, ob sie auch die Stimmen aufgezeichnet haben«, sagte er auf Catteni.

»Na klar«, erwiderte Beverly und entblößte grinsend die Zähne. »Wir haben uns schon gedacht, daß Sie vielleicht einige von ihnen erkennen würden.«

»Sie haben sie?«

Kasturi stand auf und streckte begierig die Hand aus.

Der Ex-Airforce-General lachte, als er sich bückte und nach dem Sack griff, den er zu Beginn der Versammlung neben sich auf den Boden gestellt hatte. Er reichte ihn dem Catteni. »Jede Stimme, die wir auffangen konnten.«

»Wir gehen. Wir hören. Wo?« wollte Kamiton von Ray wissen.

Ray warf Kris einen kurzen Blick zu, dann deutete er mit dem Daumen auf sein persönliches Büro. Sie schob den Stuhl zurück, um vorauszugehen. Sie blieb bei ihm, um ihm zu helfen.

Kamiton hatte zwar fast genauso schnell Englisch gelernt wie Zainal, hatte jedoch Schwierigkeiten mit dem Schreiben. Daher nahm Kasturi die ersten Transkriptionen vor, und sie und Kamiton übersetzten sie anschließend.

»Sie rufen tatsächlich die Mentats zusammen«, sagte Kamiton plötzlich, als sie etwa die Hälfte der Aufnahmen abgehört hatten. Er stieß beide Fäuste in die Luft und strahlte geradezu.

»Und wie wollen Sie sie bestäuben?« fragte Kris, lehnte sich zurück und massierte ihre verkrampfte Nackenmuskulatur.

»Bestäuben?« fragte Kamiton verständnislos.

Sie imitierte tiefes Einatmen und neigte sich dann zuckend zur Seite, wie Kamiton es bei seinem Selbstversuch getan hatte.

»Ah, Pflanzenstaub. Ja, wir denken darüber nach.«

Als sie an diesem Abend nach Hause kamen, gab Zainal ihr auf diese Frage die gleiche Antwort. Sie hatte Zane wieder im Kinderhort zurücklassen müssen, wo er schlief, aber sie hatte instinktiv zu seinem Bettchen hinübergeschaut, als sie die Hütte betrat.

»Ihm geht es gut«, sagte Zainal leise, legte einen Arm um ihre Schultern und schob sie sanft in Richtung Schlafzimmer.

»Das weiß ich«, sagte sie beinahe mürrisch. »Tut mir leid«, fügte sie sofort hinzu und massierte wieder ihren Hals. »Dieses ständige Hin und Her zwischen zwei Sprachen war ziemlich anstrengend, und ich habe Kopfschmerzen.«

Seine starken Finger schoben ihre Hände weg, und er übernahm nun die Entspannungsmassage, wobei er weiterhin auf ihr Schlafzimmer zusteuerte. Sie lachte leise. Sie hatte nichts dagegen. Erst recht nicht, als die Finger seiner anderen Hand eine ganz andere Stelle zu massieren begannen.

Als sie ziemlich spät am nächsten Morgen erwachte, war der Platz neben ihr im Bett leer. Sie genoß es, langsam wach zu werden. Sie brauchte dringend eine Dusche und erlaubte sich auch diesen Luxus, da die Solarzellen das Wasser in der Zisterne bereits ausreichend angewärmt hatten. Ihr Haar war wieder nachgewachsen, aber sie würde es für den nächsten Ausflug der KDL nach Catten wieder kurz scheren lassen müssen. Als sie sich abseifte, bemerkte sie eine leichte Wölbung ihres Bauchs und betastete sie. Fest und ... Sie hielt inne und rührte sich nicht, bis das Wasser kalt war, weil der Tank sich geleert hatte. In Gedanken stellte sie einige schnelle Berechnungen an, berücksichtigte die Länge eines Botanytages sowie die Anzahl der Tage seit ihrer letzten Periode. Hatte sie etwa auf Catten ein fruchtbare Phase gehabt? War sie vielleicht von Chuck Mitford schwanger? Er war doch viel zu betrunken gewesen, um ... oder etwa nicht?

Aber als sie den Gürtel ihres Overalls schloß, stellte sie fest, daß sie ihn um zwei Löcher weiter lassen mußte. Sie setzte sich hin, und zwar nicht nur, um ihre Schuhe anzuziehen, sondern auch um ihre Gedanken zu ordnen. Nicht, daß es ihr etwas ausmachte, Chuck Mitfords Kind zur Welt zu bringen. Aber ihr war bisher morgens noch nicht übel gewesen, und auch ihre Brüste waren nicht schmerzempfindlicher als sonst ... schön, im Moment stimmte das nicht ganz, aber das waren Nachwirkungen der vergangenen Nacht.

»Mach dir nicht selbst was vor, Kris Bjornsen«, sagte sie laut.

Nun, es könnte schlimmer sein. Aber sie könnte Zainal unmöglich informieren. Zumindest nicht gleich. Er würde sie bestimmt nicht mit der KDL mitfliegen lassen, jedenfalls nicht, wenn sie in die hohe Gravitation Cattens zurückkehrte. Die Gravitation dürfte eigentlich keine schädliche Wirkung auf ihre Schwangerschaft ausüben, wenn sie noch nicht einmal das übliche Unwohlsein bei sich feststellen konnte. Sie rechnete noch einmal nach. Sie befand sich im dritten Monat. Aber sie wollte nichts darüber verlauten lassen, daß sie schwanger war, wo die Dinge sich doch ausgerechnet jetzt so aufregend entwickelten. Und Zainal würde ihre Hilfe dringend brauchen, oder nicht?

Sie schaute auf die Uhr. Dann rechnete sie die Zeit auf den längeren Botanytag um, verstellte entsprechend die Uhr auf die Ortszeit und rechnete sich aus, daß sie noch genug Zeit hätte, um Zane zu besuchen, ihn zum Frühstücken in die Kantine mitzunehmen und anschließend noch ein wenig mit ihm zu spielen. Lieber Himmel, sie würde später einiges zu erklären haben, wenn jedes ihrer Kinder wissen wollte, weshalb es einen anderen Vater hatte. Aber warum sollte man es ihnen überhaupt erklären? So wäre es auf Botany nun mal üblich, ganz anders als auf der Erde. Und selbst, wenn sie es schaffen sollten, die Erde zurückzuerobern ... Nein, Kris Bjornsen, nicht falls, sondern *wenn* die Erde erst mal wieder ihren alten

Besitzern und Regierungen gehörte ... sie hatte die feste Absicht, auf Botany zu bleiben. Catteni, sogar Helden wie Zainal, wären auf der Erde sicherlich für einige Zeit nicht gerade gefragt.

Heute mußte sie sich der Arbeitsmoral Botanys beugen, die von jedem verlangte, auch ›schmutzige Arbeiten‹ zu verrichten. Sie war für den Küchendienst eingeteilt worden, aber das geschah so selten, daß sie eine solche Gelegenheit beinahe als erholsam empfand. Es war auf jeden Fall eine durchaus willkommene Abwechslung.

Sie frühstückte zusammen mit Zane, der von den Cornflakes nicht genug bekommen konnte. Sarah leistete ihnen mit ihren drei Kindern Gesellschaft und bot an, Zane anschließend in den Kinderhort mitzunehmen.

»Maizie ist mir allmählich eine große Hilfe«, sagte Sarah und lächelte das kleine Waisenkind an, das sie aufgenommen hatte. »Nimmst du Zane mal an die Hand, Maizie?«

Maizie nickte, nachdem sie Zane prüfend gemustert hatte. Dann griff die Kleine mit einer für die Fünfjährige beinahe tollkühnen Geste über den Tisch und nahm sich eine Scheibe Toast aus dem Brotkorb. Geistesabwesend schob Sarah ihr das Glas mit der Beerenmarmelade hin. Mit einem Seufzer der Erleichterung bediente Maizie sich davon.

»Ja, ich hab's gesehen«, sagte Sarah, ohne sich zu Maizie umzudrehen. »Die Kleine macht sich. Wir müssen sie nur noch zum Reden bringen ... ich weiß nämlich, daß sie jedes Wort versteht, das ich sage. Vielleicht hätte ich von ihr verlangen sollen, daß sie um den Toast bittet.« Sarah runzelte nachdenklich die Stirn, dann zuckte sie die Achseln. »Aber wer will schon entscheiden, was in einem solchen Fall richtig oder falsch ist?«

»Was meint Dorothy denn?«

Sarah schaute schuldbewußt drein. »Daß ich ihr nicht sofort geben soll, was sie will, sondern daß ich sie dazu bringen soll, ausdrücklich darum zu bitten.« Dann lachte sie verlegen. »Wenn ich mir vorstelle, wie streng ich mit Tony war ...« Sie brach kopfschüttelnd ab.

»Vielleicht fängt sie ganz von alleine an, sobald sie begreift, daß sie hier wirklich und wahrhaftig in Sicherheit ist, nicht wahr, Maizie-Schatz?« sagte Kris und beugte sich lächelnd zu dem kleinen Mädchen vor.

»Ja«, sagte Maizie klar und deutlich und leckte sich mit ihrer rosigen Zungenspitze einen Marmeladenrest von den Lippen.

Kris und Sarah sahen sich verblüfft an.

»Möchtest du noch eine Scheibe Toast, Maizie?«

»Ja.« Sie streckte die Hand nach dem Brotkorb aus.

Sarah schob ihn schnell ein Stück weg, und Maizie duckte sich erschrocken.

Schnell schob Sarah den Korb wieder zurück, aber nun mischte Kris sich ein.

»Zuerst einmal gehört es sich, ›danke schön‹ zu sagen. Meinst du, du schaffst das?«

Maizies Gesicht entspannte sich allmählich, als sie von Kris zu dem Korb blickte, den Sarah noch immer festhielt.

»Danke schön«, erklang die fast unhörbare Antwort.

»Gern geschehen«, sagte Kris förmlich und zog die Hand zurück.

Sie immer noch fixierend, nahm Maizie die Toastscheibe, wagte aber nicht, nach dem Löffel zu greifen und Marmelade auf das Brot zu streichen.

»Möchtest du Marmelade auf deinen Toast?« fragte Sarah.

»Ja ... danke schön.« Diesmal war es schon deutlicher zu hören.

»Du kannst auch zum Tee Marmelade haben, wenn du möchtest«, sagte Kris, die auf Maizies Fortschritte mindestens genauso stolz war wie Sarah.

Da es für Kris allmählich Zeit wurde, ihren Dienst anzutreten, kniete sie sich neben ihren Sohn. »Maizie bringt dich in den Hort, Zane. Gib mir zum Abschied einen Kuß.«

Zane schlang die Arme um ihren Hals, und sie spürte, daß sie jetzt mit Marmelade beschmiert war, weil sie einen kleinen Rest übersehen hatte, als sie ihm kurz zuvor den Mund abgewischt hatte. Dann legte sie seine Hand in Maizies und beobachtete gerührt, wie die beiden Kinder Sarah folgten, die ihren Jüngsten auf dem Arm trug.

Baby erreichte den hohlen Asteroiden, in dem Kamiton sein Raumschiff versteckt hatte. Sie durften kein Risiko mit einem Schiff zweifelhafter Identität eingehen. Nitin, stets der Pessimist, hatte seine große Sorge darüber geäußert, daß vor allem angesichts einer Versammlung von Mentats, die zusätzliche Sicherheitsmaßnahmen notwendig machte, ein Schiff, das vermutlich zerstört worden war oder als verschollen galt, unmöglich plötzlich wieder auftauchen konnte. Sie müßten jede Abweichung vom Üblichen verschleiern, darunter auch die Anwesenheit der beiden nicht-cattenischen Mannschaftsangehörigen. Chuck Mitford wurde schließlich eingeteilt, und seine Kenntnisse über Catten und Barevi waren ein Vorteil. Der schlanke und hochgewachsene Australier Bert Put, der Kamitons Schiff hätte lenken können, würde niemals mit einem Catteni verwechselt werden. Für ihn müßte ein spezielles Versteck gebaut werden.

Es war Bert selbst, der dies vorschlug. Die untere Mannschaftskoje in jeder Reihe besaß drei Schubladen für persönliche Gegenstände. Das bedeutete, daß unter der untersten Koje genügend Platz für Bert blieb, wenn die Schubladen offenstanden. Da in den Mannschaftsquartieren, außer anläßlich einer Inspektion durch einen Hohen Emassi, niemals Ordnung herrschte, wären halboffene Schubladen, aus denen ihr Inhalt herausquoll, sicher nichts Ungewöhnliches. Die Referenzen, die Nitin den cattenischen Angehörigen der Mannschaft besorgt hatte, waren echt und wurden durch entsprechende Unterlagen in den Archiven der Verwaltung bestätigt. Sie würden auch der kritischsten Prüfung standhalten.

Es erwies sich als richtig, daß auch kleinen Details große Aufmerksamkeit geschenkt wurde, denn Kamitons Schiff mußte fünf gründliche Inspektionen über sich ergehen lassen, ehe seine Landung auf Catten gestattet wurde. Es wären noch mehr gewesen, wenn die Verschwörer versucht hätten, an der Raumstation anzudocken.

Es hatte einen sehr heiklen Moment gegeben, als ein Emassi-Kapitän, der Kamiton recht gut kannte, sich als Kontrolloffizier entpuppte. Er hatte sich das Schiff und das Logbuch nur flüchtig angesehen und anschließend die Messe aufgesucht, um sich von Kamitons jüngsten Unternehmungen erzählen zu lassen. Kamiton hatte seine Rolle mit lobenswertem Gleichmut gespielt und Chuck und Nitin befohlen, ihrem Gast etwas zu essen zu servieren. Bert, der schwitzend in seinem Versteck lag, machte sich Sorgen wegen Zainal, Tubelin und Kasturi, die ebenfalls in der KDL waren. Doch die KDL war mit verschiedenen Erzen beladen – alle gehörten zur nützlichen Platingruppe –, die bewirkten, daß mögliche Zweifel an ihrer Echtheit bereitwillig verdrängt wurden. Nitin hatte die nicht-cattenischen Mitglieder der Mannschaft mit ebenso echten Dokumenten ausgestattet. Da ihr Bestimmungsort die Hüttenregion des Planeten war, die von der Hauptstadt ziemlich weit entfernt war, durften sie dort eigentlich nicht in Gefahr sein.

Nitin hatte an diesem ersten Teil des gesamten Schwindelunternehmens herumgemäkelt, doch nun begann sogar er allmählich an ihre Erfolgschance zu glauben. Was den Rest betraf, so war er sicher, daß er alles getan hatte, um einen möglichen Erfolg zu gewährleisten – nicht, wie er schnell hinzufügte, daß er ihn auch für wahrscheinlich hielt.

»Zu viele Dinge können schiefgehen. Unsere Gruppe könnte infiltriert, und unsere Pläne könnten verraten worden sein ...«

»Höchstens ein winziger Teil des Plans«, meinte Kamiton. »Wenn«, fuhr Kamiton fort und betonte dieses erste Wort, »wir erst mal auf Catten sind und mit unseren Anhängern Kontakt aufgenommen haben, dann sollten eigentlich auch Sie an die Wahrscheinlichkeit eines Erfolgs glauben.«

Kamiton drehte den Kopf so weit, daß er sehen konnte, wie Zainal ein paar Schlucke Wasser trank. Das war alles, was er sich zugestand, seit er seine Rolle in dem Plan festgelegt hatte. Er hoffte, daß Zainal diese Beschränkung, die er für das Gelingen ihrer

Strategie für unerläßlich hielt, nicht allzusehr übertrieb. Man sollte einen Emassi mit Zainals erwiesenen Fähigkeiten nicht unterschätzen. Er war jedoch froh, in sein eigenes Schiff umzusteigen und anderen zu überlassen, alles Notwendige zu tun, um Zainals Tarnung zu vervollkommnen.

Nun, sobald dieser Heini verschwand, dachte Kamiton, konnten sie weitermachen. Dies schien die letzte Inspektion zu sein. Er hatte noch nie so viele Schutzboote und andere Schiffe um den Planeten herumschwirren sehen. Naja, während seines bisherigen Lebens hatte auch keine Versammlung aller Mentats stattgefunden. Und mit ein wenig Glück wäre dies die letzte. Die größte Anzahl, die jemals zusammengekommen war, seit er seine Erwachsenenpflichten wahrnahm, waren zehn gewesen. Er bezweifelte, daß einige der von Catten am weitesten entfernt Lebenden die lange Reise antreten würden, aber wer immer sich einfand, würde für seine Mühe nachhaltig belohnt werden. Er dachte auch an diejenigen, die in der KDL waren. Er wollte die Angehörigen auf jeden Fall nach Botany in Sicherheit bringen. Zainal hatte sich das in mehrfacher Hinsicht gut überlegt. So hatte er daran gedacht, daß Kasturi und Tubelin Töchter und damit potentielle Partnerinnen für Bazil und Peran hatten. Auf diese Weise würden einige ihrer Familien das Blutbad überleben, das einem eventuellen Scheitern ihres Vorhabens ganz sicher folgen würde. Aber diesmal würden sie nicht scheitern. Kamiton lächelte, und glücklicherweise traf sein Lächeln mit einer scherzhaften Bemerkung des Sicherheits-Emassi zusammen. Kamiton stand auf zum Zeichen, daß er ihre Unterhaltung als beendet betrachtete.

Sie landeten auf dem Feld, das ihnen vom Sicherheitsdienst zugewiesen worden war. Dann setzten sie, wie geplant, ihren Weg in einem Bodenfahrzeug fort und begaben sich zu Kamitons Behausung in einem abgeschiedenen Teil der Stadt, wo zahlreiche Emassi vorübergehend untergebracht waren. Als Kamiton das Alarmsystem deaktivierte, zeigte es an, daß Personen, die sich noch immer in der Wohnung aufhielten, es erst vor kurzem ausgeschaltet hatten. Kamiton warnte die anderen, indem er stumm auf die Nachricht deutete, holte seinen Betäubungstrahler hervor und schaltete ihn auf mittlere Energieleistung.

»Kamiton?« Es war Zainals Stimme. Kamiton schob die Waffe mit einem erleichterten Seufzer zurück ins Halfter.

Er blieb in der Türöffnung stehen, geschockt über Zainals verändertes Aussehen, und ließ den Blick schnell hinter den hageren Mann zu den anderen Angehörigen der KDL-Gruppe springen, wobei er Zainals geschundenen und von Nervenpeitschen gezeichneten Körper ignorierte.

Zainal blieb zurück, als die anderen sich auf den Weg machten, um weitere Dissidenten zu treffen und die nächsten Phasen ihres Plans in Angriff zu nehmen. Als einige der Familienangehörigen sich dagegen wehrten, mitten in der Nacht ihre komfortablen Quartiere zu verlassen und nur die nötigsten Dinge mitzunehmen, wurden sie durch die Aussicht auf schlimme Konsequenzen, etwa eines schrecklichen Todes oder einer traurigen Zukunft, falls sie sich entschlossen, zurückzubleiben, zum Schweigen gebracht. Schon im ersten Morgengrauen des nächsten Tages war die KDL, deren Erzladung gelöscht worden war, wieder unterwegs und mußte nur einige allgemeine Anfragen der Sicherheitspatrouillen beantworten, als sie mit mäßiger Geschwindigkeit den cattenischen Raumsektor verließ. Sobald sie relativ freien Raum erreicht hatte, nahm die KDL ihre Höchstgeschwindigkeit auf, damit die Familienangehörigen auf Botany in Sicherheit waren, ehe die letzten Mentats eintrafen, und von denen kamen immer mehr in ihren schnellen und komfortablen Schiffen am Versammlungsort an.

Am fünften Tag, nachdem die KDL Catteni verlassen hatte, erreichte Kamiton eine kurze verschlüsselte Nachricht ihres Verbündeten in der Raumstation.

»Ugred sagt«, berichtete Kamiton, nachdem er die Nachricht übersetzt hatte, »daß nur noch zwei Mentats und vier Junioren erwartet werden. Bis zum Morgen müßten sie vollzählig sein.«

»Ist alles andere bereit?« fragte Zainal. Er verbrachte die meiste Zeit auf dem Bauch liegend in einem weichen Bett in Kamitons Quartier, da sein Rücken von Nervenpeitschen bearbeitet worden war. Er dachte, daß Kasturi an diesem Spiel ein wenig zu viel Spaß gefunden hatte, aber die Tarnung mußte jeder noch so genauen Inspektion standhalten. Er war sich nicht ganz sicher, was Zainal am meisten störte – die notwendigen Blessuren oder das ebenso notwendige Hungern. Ihr Sympathisant in der Raumstation war ein Arzt. Er hatte Injektionen vorbereitet, die Zainal kräftigen sollten, aber sie hielten nicht allzu lange vor und würden erst im letzten sicheren Moment in der Raumstation verabreicht werden. Falls sie es überhaupt bis dorthin schafften.

»Alles, was für das Gelingen der Operation von

Bedeutung ist, wurde entsprechend vorbereitet, lautete Ugreds letzte Meldung«, sagte Kamiton. »Zugegeben, die Anwesenheit so vieler Mentats hat jeden nervös gemacht, aber ein weiteres Sicherheitsschiff wird sicherlich nicht besonders auffallen. Und Ugred wird dem Offizier vom Dienst sicherlich eine Sondererlaubnis hinterlassen haben, für den Fall, daß er selbst nicht dabei sein kann.«

»Warten fällt immer schwer«, sagte Kasturi.

Auf eine solche Binsenweisheit wußte niemand etwas zu erwidern.

»Gibt es Nachrichten von Chuck und Bert?« fragte Zainal und brach damit das allgemeine Schweigen.

Kamiton schüttelte den Kopf. »Keine Nachricht ist ein gutes Zeichen.«

Zainal sank in einen leichten Schlaf, was ihm öfter passierte, als ihm lieb war, aber er konservierte dadurch seine Energie. Wenn er aufwachte, ging er Schritt für Schritt den Plan durch und dachte voller Sorge daran, daß Chuck und Bert, die in Kamitons Schiff zurückgeblieben waren, entdeckt werden könnten. Er beruhigte sich damit, daß der ehemalige Marinesergeant, der Barevi und Catteni beherrschte, mit jeder Eventualität fertig werden würde. Er könnte auf dem großen Feld umhergehen, könnte sich jedes Gerücht in der Kantine anhören, wo andere Drassi auf die Rückkehr ihrer Kapitäne warteten. Die meisten Gespräche drehten sich um die Reise der Mentats nach Catten und darum, was dies eigentlich zu bedeuten hatte.

Die Vielfalt der Spekulationen amüsierte Chuck. Er steigerte das Ganze noch, um festzustellen, wie beliebt das Regiment der Eosi war. Das war es nicht. Niemand sagte das in aller Deutlichkeit, denn das war gefährlich, aber viele Drassi waren mit ihrem Los, mit ihren Emassi und dem verrückten Planeten, der sich so unerwartet heftig widersetzte, unzufrieden. Einige Drassi prahlten mit der Beute, die sie und ihre Offiziere zurückgebracht hatten, obgleich vieles von dem Zeug, das nicht eß- oder trinkbar war, nicht den Treibstoff zu lohnen schien, um es nach Catten zu bringen.

Da es normal war, daß ein Schiff, wenn es entladen war, zur Sicherheit verriegelt wurde, folgte auch Chuck diesem Beispiel, so daß Bert sich ein wenig die Füße vertreten konnte. Chuck hatte ein Stichwort mit ihm vereinbart, so daß Bert schnell wieder in sein Versteck zurückkehrte, falls jemand um das Scout-Schiff herumschleichen sollte. Außerdem konnte Bert mögliche Alarmmeldungen annehmen, die sie nach Botany zurückriefen. Die neuen Identitätszeichen waren am ersten Tag durch einen Expressboten gebracht worden, was sie Kamiton in Form eines unauffälligen Routineberichts seines Drassi meldeten, der besagte, daß das Schiff den Service durchlaufen hätte und jederzeit startbereit zur Verfügung stünde.

Chuck war das Abwarten noch nie leichtgefallen, und unter der höheren Schwerkraft Cattens empfand er es als doppelt unangenehm. Wenigstens konnte er mit Bert, wenn sie allein im Schiff waren, ausgiebig pokern. Im Augenblick schuldete Bert ihm ein kleines Vermögen, und er hatte daher zur Abwechslung einige Runden Bezigue vorgeschlagen. Chuck hatte dieses Spiel bei einem gemeinsamen Einsatz von englischen Soldaten gelernt, und obgleich er nicht sehr häufig gewann, hielten sich seine Verluste in Grenzen.

Auf Botany beim Küchendienst eingesetzt zu sein hatte gewisse Vorteile wie zum Beispiel sich als erster seine Mahlzeit holen zu können, ehe die Scharen der Hungrigen hereinströmten. Es gab immer mehrere Möglichkeiten, satt zu werden, nämlich Sandwiches, die man sich einpacken lassen und mitnehmen konnte, oder ein Imbiß aus Suppe und Brot an einem der Stehtische oder ein umfangreicheres Menü, zu dem man an einem der Tische Platz nahm. An einem schönen Sommertag wie diesem zogen die Leute es vor, ihre Verpflegung nach draußen mitzunehmen und das Wetter auszukosten. Das bedeutete, daß der Spüldienst weniger Arbeit hatte. Man hatte kurz über die Einführung von Papptellern diskutiert, aber Papier war einfach zu wertvoll, um vergeudet zu werden, wenn genügend Steingut zur Verfügung stand. Steingut und sogar gutes Porzellan, da Sandy wieder über einen leistungsfähigen Brennofen verfügte, der sogar noch größer war als die Öfen in Ayers Rock, auf dem Kontinent der Farmer. Diejenigen, die sich einen Porzellanteller angeschafft hatten, aßen nicht davon – vor allem nicht von den handbemalten, die zur Dekoration an Wände gehängt oder auf Kaminsimse gestellt wurden.

Da diese Art mechanischer Arbeit keinen größeren geistigen Einsatz erforderlich machte, dachte Kris darüber nach, ob sie etwas von ihrer Schwangerschaft verlauten lassen sollte oder nicht. Sie führte imaginäre Diskussionen mit Mavis, die als Hebamme tätig war, über die Auswirkungen höherer Schwerkraft auf ungeborene Kinder. Sie konstruierte mehrere Szenarios, in denen sie Chuck offenbarte, daß er Vater würde – auch wenn sie beide viel zu betrunken gewesen waren, um genau zu wissen, was sie taten. Das war in gewisser Hinsicht schade, in anderer Hinsicht aber auch wieder durchaus günstig. Chuck könnte zutiefst verletzt auf die Vorstellung reagieren, sie mißbraucht zu haben, obgleich sie sich hätte wehren können. In letzter Zeit war er des öfteren mit Dorothy Dwardie zusammen gesehen worden. Kris hoffte, daß Chucks Kind diese Beziehung nicht störte. Sie wäre durchaus bereit, Dorothy die näheren Umstände zu erklären. Es war sicherlich nicht gewollt gewesen... schon gar nicht unter diesen Schwerkraftverhältnissen! Sie schüttelte unwillkürlich den Kopf, denn sie versuchte verzweifelt, sich vorzustellen, wie sie überhaupt hatten zusammenkommen können, da sie beide ziemlich erschöpft und vom Alkohol angeschlagen gewesen waren. Aber offensichtlich doch nicht vollständig, sagte Kris sich. Blicken wir den Tatsachen ins Auge. Ich muß ganz einfach aufhören, mehr als ein Glas von dem selbstgebrannten Gesöff zu trinken, wenn Zainal nicht bei mir ist.

Plötzlich wurde ihr bewußt, daß sie keinen Angehörigen des Rates in der Kantine gesehen hatte. Sie war oft genug draußen im Speisesaal gewesen, um die Tische für die nächsten Esser abzuwischen oder um Tassen und Gläser einzusammeln. Es gab immer noch welche, die nicht gelernt hatten, ihre Plätze aufgeräumt und gesäubert zu hinterlassen.

Sie hatte noch eine Stunde Ruhe, ehe sie beim Austeilen des Abendessens mithelfen mußte. Ihre Füße und Beine schmerzten, und obgleich sie den Wunsch hatte, die Zeit mit Zane zu verbringen, wollte sie sich lieber gründlich ausruhen, um an diesem Abend ihren Dienst zufriedenstellend zu versehen.

Sie schlief beinahe ein, doch sie wurde dadurch wachgerüttelt, daß jemand in der Küche einen Wasserkessel fallen ließ, und sie sprang auf und stürzte sich wieder in ihre Arbeit.

Kris war todmüde, als sie nach Hause kam, um mit Zane zu duschen, was ihm besonders viel Spaß machte, ehe sie ihn ins Bett steckte. Dann streckte sie ihre müden Beine und wehen Füße auf dem Bett aus und schob die Kissen unter ihrem Kopf zusammen. Es war zwar noch heller Tag, aber sie wollte trotzdem ein kleines Nickerchen machen.

Als es dunkel war, wurde sie geweckt, wußte aber nicht, wodurch oder von wem. Zainal war noch nicht von seiner Arbeit zurückgekommen. Er war mit den anderen Catteni zum Dienst im Hangar eingeteilt. Wahrscheinlich wurde er vom berüchtigten Mittel-und-Wege-Komitee aufgehalten. Dieser Gedanke amüsierte sie. Sie drehte sich auf die andere Seite und schlief wieder ein.

Am nächsten Vormittag hatte sie frei, am Nachmittag mußte sie zur Wache an der Komm-Konsole antreten. Aber als sie und Zane zum Frühstück in die Kantine kamen, machte dort gerade die aufregende Meldung die Runde, daß die Eosi-Schiffe irgendwann im Laufe der Nacht ihre Attacken abgebrochen hätten und verschwunden wären.

Kris war genauso aufgeregt wie alle anderen und fragte sich, wo Zainal und die anderen Catteni waren. Man ging allgemein davon aus, daß die Eosi nur eine kleine Pause eingelegt hatten, um neue Munition oder anderes zu holen.

Sie hielt Ausschau nach Chuck, konnte ihn aber nirgendwo sehen. Sie sollte ihn über seine bevorstehende Vaterschaft informieren. Sie sollte auch, so sagte sie sich entschlossen, in der Krankenstation einen Termin für eine erste Schwangerschaftsuntersuchung vereinbaren. Und sich über die Auswirkungen der veränderten Schwerkraft auf das Ungeborene informieren. Wie hatte der Titel des Buchs noch gelautet? Sie kramte in ihrer Erinnerung herum, fand aber nichts. Dieser Buchtitel gehörte zu einem völlig anderen Leben.

Plötzlich kam Mavis eilig auf sie zu. »Kris, können Sie uns helfen? Wir haben einen Patienten mit Gehirnerschütterung. Wir brauchen jemanden, der sich um ihn kümmert, und wir sind im Augenblick ein wenig knapp an Personal, weil John ein paar Leute auf seinen Trip nach Dystopia und zu den anderen beiden Planeten mitgenommen hat.«

»Ich müßte eigentlich gleich die Komm-Wache antreten«, erwiderte sie, und Mavis machte eine wegwerfende Handbewegung.

»Das kann Beth übernehmen. Sie beherrscht mittlerweile genug Catteni. Es ist Bart, und ich weiß, daß Sie ihn mögen und er Sie.«

»Bart?« Kris sprang sofort auf. »Was ist passiert?« fragte sie, als sie die Halle verließen. »Ich bringe nur eben Zane weg. Wie kommt Bart zu einer Gehirnerschütterung?«

»Er ist beim Dachdecken von der Leiter gefallen. Er hat sich auf den Steinplatten ziemlich übel den Schädel aufgeschlagen. Er erholt sich wieder, aber wir brauchen jemanden, der ihn beobachtet, für den Fall, daß sein Zustand sich verschlechtert.«

»Das kann ich tun.«

Maizie stand am Tor im eingezäunten Bereich und blinzelte vergnügt, als sie Zane auf Kris' Armen entdeckte.

»Eines Tages wird das Kind sich selbst überraschen und lachen«, sagte Mavis.

»Maizie, Maizie, Maizie«, rief Zane, streckte nach dem Mädchen die Arme aus, und Kris hob ihn über den Zaun.

»Vielen Dank«, sagte Maizie klar und deutlich.

»Gern geschehen«, erwiderte Kris und meinte zu Sally Stoffers: »Ich bin im Krankenrevier.«

Nach fünf Stunden hätte Kris liebend gern mit jedem den Job getauscht. So froh sie auch war, nach dem Küchendienst vom Vortag sitzen zu können, genug war genug. Bart war an einen der kardiologischen Monitore angeschlossen, doch der lieferte nicht sehr viele Hinweise darauf, was sich in seinem Schädel abspielte. Seine Hautfarbe, normalerweise ein dunkles Kaffeebraun, wirkte fahl und schlaff. Die Wunde war genäht und verbunden worden, einem weiteren der Produkte, die aus den Krankenhausdepots auf der Erde ›ausgeliehen‹ worden waren. Sie konnte am Zustand der Wunde und am Verband deutlich Mayocks geschickte Handarbeit erkennen. Neun Stiche von der Haargrenze bis hinunter zur rechten Braue. Ein ziemlich großer Riß, aber es war der Knochenbruch unter der Haut, der Anlaß zur Sorge gab. Falls eine Röntgenaufnahme gemacht worden war, so befand sie sich bestimmt im Schwesternzimmer. Ob bisher niemand auf der Erde bemerkt hatte, daß eine moderne Röntgenanlage spurlos verschwunden war?

In seinem klimatisierten Büro auf der Erde schlug Emassi Plovine sich mit den Ausdrucken von Schiffs-ID's herum, die auf Catteni-Feldern rund um den Globus registriert worden waren. Er war über einige Ungereimtheiten in den Aufzeichnungen irritiert. Er hatte einen heftigen Verweis von dem Mentat einstecken müssen, das den Einsatz von drei G-Schiffen bei der Bombardierung dieses entsetzlichen abgeschirmten Planeten gefordert hatte, und Plovine hatte sie nicht einmal lokalisieren können. Er hatte sich mit vier entrüsteten Emassi unterhalten, die sich, wie befohlen, zu den Docks begeben hatten, wo die G-Schiffe hätten warten sollen, und sie verwaist vorgefunden. Zwei vom Hauptlandeplatz der Catteni, früher Houston genannt, und eins vom östlichen Kontinent. Die Meldungen vom Start dieser Schiffe erschienen völlig normal, und die Schiffe waren absolut problemlos gestartet. Außer daß den diensthabenden Offizieren erklärt worden war, daß die Einsatzbefehle geändert worden seien. Da dies gegenwärtig oft genug geschah, waren die Mentats noch unberechenbarer als sonst, und niemand hatte die Änderungen in Frage gestellt. Bis das Ix Mentat vom Mentat, das den Kampf gegen die terranischen Rebellen leitete, verlangt hatte, alle G- und anderen Schiffe für die Bombardierung des Planeten zur Verfügung zu stellen, der sich immer noch der Kontrolle durch die Eosi entzog.

Plovines Suche war gründlich, aber das Ergebnis völlig rätselhaft gewesen. Tatsächlich war ein Frachtschiff voller Sklaven, die auf einen der kalten Planeten geschickt werden sollten, auf dem unverhältnismäßig viele Sklaven den Tod gefunden hatten, termingemäß gestartet, jedoch niemals an seinem Bestimmungsort angekommen. Der Gouverneur-Emassi dieses Planeten forderte nun weitere Sklaven an, weil er sonst seinen Betrieb einstellen müßte. Sogar Rassi könnten diese Art von Arbeit erledigen. Wahrscheinlich sogar besser. Aber, laut Erlaß der Eosi, wurde kein Rassi jemals von Catten geholt.

Da waren auch noch die hohen Abbuchungen von den Konten der drei K-Schiffe, die, wie Plovine schließlich festgestellt hatte, als nicht mehr im Dienst befindlich abgeschrieben worden waren: eins war im Raum explodiert und hatte immerhin genügend Trümmer hinterlassen, die eine eindeutige Identifikation der KDL ermöglicht hatten. Ein anderes war während eines Routineflugs verschwunden. Das dritte war mitsamt seiner Fracht von Barevi gestartet, aber nie am Ziel eingetroffen, und es hatte sich in Begleitung einer KDI befunden, die, wie es schien, doppelt vorhanden war.

Ganz zu schweigen von der Verdoppelung von Frachtschiffen, die zu einem Bergbauplaneten geschickt worden waren, um Erz zu laden. Die Fracht war von einem Transporter aufgenommen worden, und das Erz tauchte später in der Schmelze auf Catteni wieder auf, aber ein zweites Schiff war zwei Tage später auf dem Bergbauplaneten erschienen und hatte verlangt, sofort beladen zu werden. Der Kapitän hatte eine formelle Beschwerde eingereicht, da er warten mußte, bis der Grubenleiter – der die Arbeitszeit seiner Leute verlängern mußte – genügend Erz gefördert hatte, um das zweite Schiff zu füllen. Der Emassi des Frachtschiffs lieferte als Begründung, er hätte keine Lust, mit leerem Schiff zurückzukehren und sich einen Tadel von seinen Vorgesetzten einzuhandeln.

»Sehr ungewöhnlich, sehr ungewöhnlich«, sagte Emassi Plovine, als er das Ergebnis seiner Ermittlungen schriftlich fixierte. Wenigstens hatte er den konkreten Beweis, daß das, was er festgestellt hatte, auch nachgeprüft werden konnte. Nur, wohin waren so viele Schiffe verschwunden? Und war es von Bedeutung?

Als Befehle von neunzehn Mentats ergingen, daß das Ix Mentat seine Versuche, die Blase aufzusprengen, einstellen sollte, rechneten Ix' Untergebene damit, daß es einen zweiten Wutanfall hätte. Das Ix Mentat durfte einen solchen Befehl jedoch nicht mißachten. Es mußte die entsprechenden Befehle zur Beendigung der Bombardierung geben, obgleich Nachschubschiffe bereits unterwegs zu diesem Quadranten waren.

Das Ix reagierte auf den Einstellungsbefehl, indem es eine Versammlung aller Mentats forderte, um über eine alarmierende und gefährliche Situation zu diskutieren, eine Situation, der so schnell und wirkungsvoll wie möglich begegnet werden müsse.

Da das Ix Mentat die Macht besaß, eine solche Versammlung einzuberufen, und die meisten anderen ebenfalls an einer Versammlung interessiert waren, um herauszufinden, weshalb das Ix Mentat soviel Energie darauf verwendete, um eine offensichtlich unüberwindliche Barriere zu zerstören, wurde der Ruf in codierten Impulsen an jene ausgesandt, die zu einer solchen Versammlung gehörten. Eine Einberufung von Mentats fand selten genug statt und löste unter den Emassi, die ihre Mentats sorgfältigst schützten, erhebliche Spekulationen aus. Für einige bedeutete es eine seltene Gelegenheit, die Heimatwelt und ihre Familien zu besuchen, die sie in den Jahrzehnten ihres Dienstes für die Mentats nicht mehr gesehen hatten. Für andere bedeutete es, komfortable Heime aufzugeben und sich in irgendwelche Quartiere pferchen zu lassen, die in der Raumstation zur Verfügung standen. Natürlich wären die Mentats in der Station in Sicherheit, sicherer als in ihren luxuriösen Behausungen auf der Planetenoberfläche.

Viele Emassi, die nicht im persönlichen Service für die Eosi tätig waren, beschlossen, die Gelegenheit zu nutzen und mit den Mentats persönliche Verhandlungen über weitere Vergünstigungen oder geänderte Arbeitsbedingungen zu führen. So kamen in den folgenden Wochen viele Schiffe nach Catten, als die Mentats von ihren weit verstreut liegenden Ländereien zurückkehrten. Codes wurden festgelegt, und wenn die eintreffenden Schiffe darauf die richtigen Antworten gaben, gestatteten ihnen die Wachschiffe, die die Raumstation beschützten, zu passieren. Einige konnten es nicht und wurden umgehend auf einen der Monde Cattens verbannt, bis die Mentat-Versammlung beendet war.

Schiffe, die Catten verließen, wurden weder angehalten noch von den Patrouillen durchsucht. Allerdings wurde ihr Start in den Dienstprotokollen vermerkt.

Wäre Emassi Plovine von der Erde zurückgerufen worden, hätten einige seiner Fragen beantwortet werden können: zwei Schiffe, eins der K-Klasse und ein Scout, beide als im Raum verschollen gemeldet, wären für ihn von besonderem Interesse gewesen. Aber er hatte seinen Bericht an das Gouverneur-Mentat der Erde geschickt.

Als die KDL mit den Partnerinnen und Familien von fünfzig Emassi nach Botany zurückgekehrt war, hatte Kris bereits in Erfahrung gebracht, daß Zainal zusammen mit seinen cattenischen Kollegen Botany verlassen hatte und das Mittel-und-Wege-Komitee aufgelöst worden war. Eine Reihe ihrer Freunde, die niemals als Raumschiffbesatzung eingesetzt worden waren, fehlte ebenfalls. Schließlich entdeckte sie Coo, die sie mit einem breiten Deskilachen begrüßte und meinte: »Alle weg. Tal vorbereiten.«

»Vorbereiten? Für was vorbereiten, Coo?« Obgleich die Vorstellung daß die Eosi für den Rest ihres unnatürlichen Lebens in einem abgeschlossenen Tal gefangen waren, einen nicht geringen Reiz auf sie ausübte, glaubte sie nicht, daß sie die erwarteten ›Gäste‹ waren.

»Ich gehe helfen. Gute Idee.«

Niemand sonst schien etwas darüber zu wissen, nicht einmal Bart, der gewöhnlich Gerüchte aufschnappte, die anderen Leuten entgingen. Er war für einen leichten Dienst eingeteilt, da er aufgrund seiner Schädelverletzung immer noch auf der Krankenliste geführt wurde.

»Ich weiß es nicht, Kris, und ich muß Ihnen gestehen, daß ich es verdammt schlimm finde, nichts zu wissen.«

Sie stimmte Bart aus vollem Herzen zu. Leon Dane war ebenfalls im Krankenhaus nicht anzutreffen, und alles, was Mavis dazu sagen konnte – und sie sagte die Wahrheit –, war, daß er sich ein paar Tage freigenommen hätte, um sich ›auszuruhen.‹

Kris hatte Zane bei sich, und als sie erfuhr, daß Sarah und Joe ebenfalls verschwunden waren und Maizie und Tony im Kinderhort zurückgelassen hatten, bat sie um eine Dienständerung und arbeitete im Hort statt im Hangar. Maizie schien sie zu mögen, und da Zane allmählich sprechen lernte, hielt sie es für eine gute Idee, Maizie an den Unterrichtsstunden teilnehmen zu lassen.

Ray Scott ging ihr in keiner Weise aus dem Weg, und sie konnte ihm fast glauben, als er erklärte, er wüßte nicht, wo Zainal sei, aber daß sie sich auf den Weg gemacht hätten, um mit anderen Dissidenten Verbindung aufzunehmen.

»Jede wichtige Position muß von einem Emassi besetzt werden, dem man bedingungslos vertrauen kann, wissen Sie.«

»Warum?«

»Das weiß ich nicht. Zainal hält sich hinsichtlich seiner Strategie ausgesprochen bedeckt«, sagte Ray, und er schien darüber nicht wenig verärgert zu sein.

Bull Fetterman wußte nichts. Jim Rastancil war offenbar mit den anderen unterwegs. Ainger machte einen derart verärgerten Eindruck, daß sie ihn auch dann nicht gefragt hätte, wenn er der einzige gewesen wäre, der Bescheid wußte.

Maizie lernte »bitte«, »danke«, »darf ich bitte ...« und andere nützliche Redewendungen und sprach sie viel deutlicher aus als Zane. Maizie schien sich bei ihm und Tony sicherer und wohler zu fühlen als mit allen anderen Kindern, sogar mit denen aus der Waisengruppe.

Dann, eines Morgens im Hort, meldete sich Kris' Handy mit einem aufdringlichen Piepen. Es war Beggs. »Admiral Scott bittet Sie, sofort in den Hangar zu kommen und sich darauf vorzubereiten, wahrscheinlich mehrere Tage auf Ihrem Posten auszuharren.«

»Wie viele? Kann ich Zane mitbringen?«

»Ich habe Ihnen alles an Informationen weitergegeben, was ich hatte, und nein, das Kind wäre nicht von Vorteil.«

Es war typisch Beggs, Zane als ›Vorteil‹ zu betrachten. Sie gab ihm einen dicken, schmatzenden Kuß, erklärte Maizie, daß sie schon in Kürze wieder zurück sei, und ließ sie mit Zane zurück, an den sie sich zu klammern schien, als wäre er der ältere der beiden. Das besserte Kris' Stimmung nicht gerade. Sie lieh sich einen Rutscher, begab sich in ihre Hütte und stellte fest, während sie Kleidung zum Wechseln und andere notwendige Gegenstände in eine Tasche stopfte, daß ihre Kleidung auf der Vorderseite mit Tropfen übersät waren. Glücklicherweise hatte sie noch frische Kleidung und zog sich um. Sie fluchte halblaut, als sie den Gürtel festzurren wollte und ihn um ihren gewölbten Bauch am Ende doch nicht schließen konnte. Kris stürmte hinaus und wurde immer wütender auf Beggs und Scott. Sie war auf halbem Weg zum Hangar, als sie das vertraute Geräusch eines landenden Raumschiffs hörte. Ihr Herzschlag beschleunigte sich. Sie schob den Geschwindigkeitshebel so weit wie möglich nach vorne und stand bereits auf dem Landefeld, als die KDL einschwebte und aufsetzte.

»Und nun, Emassi Zainal«, murmelte sie, »erwarte ich von dir eine erschöpfende Erklärung.«

»Kris, nun kommen Sie schon. Es landet nur ganz kurz, um uns einsteigen zu lassen!« rief Scott mit lauter Stimme, um den Düsenlärm des Raumschiffs zu übertönen, und winkte ihr, sie sollte sich beeilen. Er musterte sie mit einem sehr admiralhaften Blick von Kopf bis Fuß.

»Wenn Sie mir nicht verraten, was das alles soll, Admiral Scott ...« setzte sie an, während die Rampe sich so weit herabsenkte, daß sie mit einem Sprung die offene Personenluke in der Tür zum Frachtdeck erreichte.

»Ich erkläre Ihnen alles, sobald wir unterwegs sind. Kommen Sie schon an Bord.«

Sie tat es, weil er an ihrem Arm zerrte und sie keine Lust hatte, sich helfen zu lassen, auch wenn es Admiral Ray Scott war, der sich um sie bemühte. Sie erhaschte einen flüchtigen Blick auf eine Menge Leute, die im Frachtraum lagen oder saßen, und dann führte er sie schon weiter zur Brücke, vorbei an Ninety, der offenbar Wache hielt, was durchaus möglich war. Sie hatte sehr wohl bemerkt, daß sie in cattenische Gesichter geblickt hatte.

»Was zum Teufel ...?«

»Das sind die Frauen und Kinder der Dissidenten, die auf Catten wohnten und daher in Gefahr schwebten«, sagte Ray und drängte sie weiter zur Brücke.

Nun, sie begriff schon, daß es klug war, Angehörige vor Repressalien der Eosi in Sicherheit zu bringen. Die Qualen, denen Zainals beide Söhne ausgesetzt gewesen waren, machten das zu einer vordringlichen Maßnahme. »Hat Zainal sie rausgeholt?«

»Mehr oder weniger. Wir setzen sie im größten der abgeschlossenen Täler ab. Dort sind sie in Sicherheit.«

Das war vernünftig. Nicht alle der Gebäude der Verwaltungszentrale waren abgerissen worden, daher bot es sich geradezu an, sie wiederzuverwenden und gegebenenfalls zu vergrößern. Die Tal-Lösung war auch noch unter einem anderen Aspekt sinnvoll: ein oder sogar vier Catteni hätten in Retreat sicherlich wenig Aufsehen erregt und kaum Ablehnung ausgelöst, doch eine derart große Schar von Gefährtinnen und Kindern würde durchaus lautstarken Protest hervorrufen können.

Gino winkte ihr flüchtig zu, und Raisha drehte sich kurz um, als die beiden Piloten das Schiff wieder starten ließen. Alle anderen auf der Brücke nickten oder lächelten ihr zu. Alle, stellte Kris automatisch fest, gehörten zu denen, die Catten recht gut kannten.

»Kris ...« begann Gino mit belegter Stimme und hielt inne, um sich zu räuspern. »Sie sollen gegenüber unseren Gästen als ... Emassi auftreten. Zainal meinte, Sie hätten die nötige Erfahrung. Er sagte weiterhin, wenn sie wüßten, daß jemand sie führt, könnte das auf lange Sicht für sie eine große Hilfe sein.«

»Auf wie lange Sicht?« fragte Kris beiläufig.

Eine längere Pause folgte. »Ach, die Idee ist uns rein zufällig gekommen.«

»Gino, Sie waren noch nie ein guter Lügner«, sagte Kris und verschränkte die Arme vor der Brust. Sie schaute Ray Scott konsterniert an.

»Es war tatsächlich eine ganz spontane Idee«, sagte Ray und brach damit dieses Thema ab. »Wir haben uns bereit erklärt, den Angehörigen von Kasturi, Tubelin, Kamiton und einigen anderen wichtigen Dissidenten Zuflucht zu gewähren. Als Vorsichtsmaßnahme. Sobald sich die Lage ein wenig beruhigt hat, können sie zurückkehren.«

»Ich habe einen Brief von Zainal, in dem er alles erklärt ...« Gino hielt erneut inne. »Er liegt in meiner Hütte. Lassen Sie mich nur schnell landen und helfen Sie uns, diese Leute unterzubringen. In dem Brief wird alles erklärt. Aha, wie ich sehe, sind wir fast da.«

»Ich bin keine Närrin«, sagte Kris und schaute sich auf der Brücke mit zornig funkelnden Augen um.

»Das hat Ihnen auch niemand unterstellt«, sagte Ray. »Aber Sie sind groß, respekteinflößend, Sie sprechen ein gutes Catteni, und Sie treten von Natur aus wie ein Emassi auf. Das macht es uns einfacher, die Angehörigen hier abzusetzen. Ich werde so tun«, und Ray lächelte und deutete eine kleine Verbeugung an, »als stünde ich unter Ihrem Kommando. Also übernehmen Sie es!«

Seine letzten Worte klangen wie ein Befehl, von dem er erwartete, daß sie ihn ausführte. Sie blickte ihm lange und zwingend in die Augen, und er zuckte nicht mit der Wimper.

Er hielt sie jedoch fest, als das Schiff mit einem leichten Ruck beim Landen aufsetzte.

Sie fuhr herum und schaute hinaus auf das stille Panorama des Tals. Das Hauptgebäude, erst zur Hälfte vorhanden, als sie das letzte Mal hier gewesen war, war nun fertiggestellt. Rauch kräuselte aus seinen Schornsteinen hoch. Mehrere große Häuser mit Aufbauten, die als Schlafräume dienen sollten, wechselten sich mit kleineren Bauten ab, die verstreut im Wald der Zeltstangenbäume standen. Die neuen Gäste wären auf jeden Fall weitaus besser untergebracht als die Angehörigen des Ersten Abwurfs.

Sie holte tief Luft. »Ninety!« rief sie, machte auf dem Absatz kehrt und marschierte durch den Korridor zurück.

»Yo!« erklang Ninetys unerwartet militärische Antwort.

»Entladen vorbereiten«, sagte sie auf Catteni und hatte keine Mühe, einen rauhen, harten Tonfall anzuschlagen. »Gibt es eine Liste, wer wer ist?« fragte sie auf Englisch über die Schulter.

Ray reichte ihr ein Klemmbrett, verbeugte sich

gleichzeitig und zeigte so den Frauen, daß Kris die Position eines leitenden Offiziers bekleidete. Kris warf einen Blick auf das Brett. Alle Namen waren in cattenischen Glyphen, die sie nicht lesen konnte, und in Englisch aufgeführt. Dabei erkannte sie, daß die englische Schrift den prägnanten Stil Zainals zeigte. Unvermittelt füllten ihre Augen sich mit Tränen. Sie wischte sie verstohlen weg und blinzelte, als würde sie von der Sonne geblendet. Dann nahm sie ihren Platz am oberen Ende der Rampe ein.

Ninety hatte mittlerweile die Frachtluke geöffnet und die Laderampe heruntergelassen.

»Nur diese Ladeebene, Drassi?« fragte sie auf Catteni.

»Ja, Emassi Khriss«, antwortete er und blickte starr geradeaus.

Emassi Khriss wandte sich an die Passagiere. Der Sonnenschein drang herein. Die Frauen standen mittlerweile, und die Kinder, die jüngsten mit angsterfülltem Blick, drängten sich stumm und wachsam um sie.

»Wenn die Namen aufgerufen werden, treten die jeweils Genannten vor und verlassen das Schiff. Folgen Sie dem Drassi, der Sie zu Ihren Unterkünften bringen wird.« Kris bemerkte, daß hinter jedem Namen eine Zahl stand, die den Platz in der Gruppe angab. Als sie das oberste Blatt umschlug, stellte sie fest, daß jeder Familie bereits ihr Quartier zugewiesen worden war. Sie brauchte nur die Namen aufzurufen. Dabei hatte sie keine Probleme mit den cattenischen Zahlworten. Sie konnte sich auch an das erinnern, was Zainal ihr über cattenische Frauen erzählt hatte, daß sie beinahe genauso unterwürfig reagierten wie Drassi oder Tudo und daß man ihnen stets genau zeigen mußte, was sie tun sollten. »Sie sind hier in Sicherheit.«

Eine Frau trat vor und räusperte sich, machte eine Verbeugung, weil sie einen Emassi anredete, ohne dazu aufgefordert worden zu sein. »Uns wurde erklärt, daß kein Eosi hierherkommen kann. Stimmt das?«

»Sie sind . . .?« fragte Emassi Khriss und wartete auf eine Antwort.

»Sibbo, Kasturis Gefährtin. Dies sind seine Söhne.« Sie verbeugte sich wieder.

Nun, wenigstens hat eine von ihnen ein wenig Mumm, dachte Kris erleichtert.

»Oh, ich kenne Kasturi recht gut. Er war hier«, sagte Kris. »Eosi haben den Schirm nicht aufbrechen können, der diesen Planeten umschließt«, fügte sie mit einem überheblichen Lächeln hinzu, wie sie es schon des öfteren auf einem Cattenigesicht gesehen hatte. »Sie sind hier sicher. Wir sorgen für Ihre Sicherheit. Gehen Sie mit diesem Drassi zu Ihrem vorbereiteten Quartier, Sibbo. Platz 12.«

Sibbo und ihre Kinder rafften ihre Bündel zusammen und gingen hinter Ninety die Rampe hinunter. Mannschaftsangehörige übernahmen die Führung jeder Gruppe, die aufgerufen wurde.

Sie brauchte einige Zeit, um sich die Liste hinunterzuarbeiten. Dabei wurde sie einmal durch eine ältere Frau unterbrochen, die sich vor ihr verbeugte.

»Drassi Khriss«, sagte sie und machte erneut eine beinahe beschämend tiefe Verbeugung, »sind keine Rassi oder Sklaven hier, um uns zu helfen?«

Kris war so verblüfft, daß sie blinzeln mußte, während sie krampfhaft nach einer Antwort suchte.

Sie tat so, als würde sie ihre Liste zu Rate ziehen.

Dies war die älteste der Frauen ... ach ja, Nitins Frau. Es paßte zu ihm, daß er eine so kritische Frau hatte. »Rassi gehen nicht von Catten weg, wie Sie vielleicht wissen, Milista. Auf diesem Planeten gibt es keine Sklaven. Sie werden alles Nötige selbst tun müssen.«

»Aber«, und das faltige Gesicht der Frau zeigte einen Ausdruck echter Bestürzung, während sie die Hände in einer Geste der Hilflosigkeit spreizte, »wir waren niemals ohne Sklaven.«

»Oh, mein Gott«, murmelte Gino hinter Kris. »Daran haben wir gar nicht gedacht.«

»Schön, mein Gott«, lautete Scotts ebenso leise, aber von unterdrücktem Zorn gefärbte Bemerkung, »dann werden sie lernen müssen, ohne sie auszukommen.«

»Die Lebensmittel stammen von den Catteni, mit Bildern auf den Säcken oder den Kisten«, sagte Ninety. »Das haben wir extra geladen.«

»Auch Rezepte?« fragte Gino hoffnungsvoll.

»Keine Ahnung. Soviel Catteni kann ich nicht lesen«, erwiderte Ninety.

»Mist«, meinte Gino.

»Gibt es irgendwelche Proviantriegel?« erkundigte Kris sich.

»Ja, eine ganze Menge.«

»Dann sollen sie die essen«, bestimmte Kris und stellte erschrocken fest, daß sie damit Marie Antoinette imitierte. Sie wandte sich wieder an Milista. »Es reicht, daß Sie in Sicherheit sind und genug zu essen und ein Dach über dem Kopf haben. Sie werden annehmen, was Ihnen zugeteilt wird, und dafür dankbar sein.«

Kris hatte danach keine Mühe mehr, ihre Catteni-rolle perfekt auszufüllen. Sie war richtig ungehalten. Sicherlich hätten Kasturi oder sogar Tubelin oder einer der anderen daran gedacht, jemandem zu erklären, daß die Frauen an umfangreiches Hilfspersonal gewöhnt waren. Nicht, daß sie daraufhin irgend jemanden gebeten hätte, die Cattenifrauen zu bedienen. Sie konnten verdammt noch mal ruhig lernen, für sich selbst zu sorgen, wie die Kolonisten es getan hatten.

»Alle Arbeiten werden gemeinsam ausgeführt, Milista. Das sollten Sie sich von Anfang an merken.« Sie entließ die Frau, die ein Stück rückwärts ging, ehe sie sich umdrehte, mit einem knappen Kopfnicken. Empörung und Zorn lagen in der Haltung, in der Milista die Rampe hinunterstolzierte. Sie trug ein kleines Bündel, das sie abwechselnd über ihre Schulter hängte oder von einer Hand in die andere nahm. Kris fragte sich kurz, was sie wohl mitgenommen hatte, das so schwer war. Sie wußte nicht, ob Cattenifrauen Schmuck besaßen, aber wenn das alles war, was Milista anstelle frischer Kleidung mitgenommen hatte, dann würde sie die Sachen, die sie am Leibe hatte, sicherlich schon bald leid sein.

Mit einer Mischung aus Entrüstung und Zorn, wobei letzteres vorherrschend war, rief Kris den nächsten Namen auf.

Wie unverschämt von dieser Frau, verlangt Diener und eine sichere Unterkunft. Vielleicht, wenn sie ein einziges Mal am eigenen Leib erfährt, wie ... beruhige dich, Kris, es ist doch nicht Milistas Schuld.

Sie fertigte die restlichen unerwarteten und fast ausnahmslos unglücklichen Gäste ab. Dabei war sie so sehr damit beschäftigt gewesen, sie aus dem Schiff zu komplimentieren, daß sie nicht mitbekommen hatte, daß auf der anderen Seite der Rampe Menschen an Bord der KDL gingen. Einige trugen lediglich

Werkzeuge, während andere überzähliges Baumaterial an Bord schleppten.

Die letzten trafen ein, als die letzte Cattenifamilie von insgesamt sieben Personen zu Hütte 35 gebracht wurde. Es verschlug Kris den Atem, als Sarah augenzwinkernd an ihr vorbeiging. Joe befand sich dicht hinter ihr, beladen mit Zimmermannswerkzeug. Sandy stieg als letzte die Rampe hinauf.

»Sie haben Diener verlangt«, meinte Kris mit kaum unterdrücktem Zorn leise zu Sandy, die in schallendes Gelächter ausbrach.

»Soweit kommt das noch. Habt ihr gehört, was Kris gerade erzählt hat?« Und Sandy gab die Bemerkung weiter und löste damit Gelächter und überraschte Rufe aus.

Kris war im Begriff, die Rampe wieder einzufahren, aber dann hielt sie inne und schaute hinunter auf das stille Tal.

Die Szene war irgendwie fremd, beunruhigend. Nicht eine Menschenseele war zu sehen, und die Kantine und die Wohnquartiere wirkten genauso leer und verlassen wie zu dem Zeitpunkt, als das Schiff gelandet war.

»Kris?« Sandy kam zu ihr und blieb neben ihr stehen. »Was ist los?« Sie runzelte die Stirn. »Was stimmt mit ihnen nicht? Sind sie uns böse?«

Kris lauschte aufmerksam, aber abgesehen von einem gelegentlichen seltsamen mechanischen Knarren oder Quietschen oder einem Zischen in einer Versorgungsleitung hörte sie noch nicht einmal ein Weinen oder zornige Stimmen.

»Zum Teufel, jedes normale Kind wäre längst draußen, um sich umzuschauen.«

»Vielleicht kommen sie heraus, wenn wir erst einmal weg sind«, sagte Kris. »Sie dürften einen ganz schönen Schock erlitten haben.«

»Heh! Es wird allmählich Zeit!« Sandy ergriff Kris' Arm und zog sie ins Schiff. »Wissen Sie, wie man das schließt?«

Beinahe geistesabwesend betätigte Kris den rechten Schalter, und die Rampe schob sich zusammen und verschwand im Schiff. Die Frachtluke gab ein tiefes, gut geöltes Rumpeln von sich, als sie sich schloß. Kris schlenderte danach durch den Korridor zur Brücke.

»Sind wir soweit?« fragte Raisha und schaute von ihrem Vorflug-Check hoch.

»Kann ich auf einem Schirm einen Blick nach hinten bekommen, Raisha, und würden Sie bitte langsam aufsteigen, hm?«

»Klar, Emassi Khriss, wie Sie wünschen, Emassi Khriss.« Kris lächelte über Raishas Scherz.

»Sie spielen die Emassi einfach perfekt«, sagte Gino und tauchte aus der Kabine des Kapitäns auf. Er hatte einen Umschlag in der Hand, und sein Gesicht war ausdruckslos, als er ihn ihr reichte.

»Bitte alles auf Startposition«, verkündete Raisha in warnendem Tonfall. Allerdings war es bei einem derart langsamen Aufstieg nicht nötig, sich anzuschnallen.

Kris betrachtete den hinteren Sichtschirm so lange sie konnte, aber das Tal wirkte noch immer völlig unbewohnt, soweit sie erkennen konnte. Dann hatte die KDL die das Tal abschließende Mauer überflogen und ging auf Heimatkurs in Richtung Retreat.

»Gut gemacht, Kris«, sagte Ray und legte ihr anerkennend eine Hand auf die Schulter. Dann deutete er schweigend auf die Kapitänskabine, die Gino soeben verlassen hatte.

Kris betrachtete den Briefumschlag in ihrer Hand, als sie sich zu der Kabine begab, in der sie ungestört wäre. Sie hatte eine schreckliche Ahnung, was sie wahrscheinlich in dem Brief zu lesen bekam. Sie schloß die Schiebetür, ließ sich auf der nächstbesten Sitzgelegenheit nieder und betrachtete die Nachricht. Sie stand auf dem Kopf, und Zainals prägnante Handschrift erzeugte aus diesem Blickwinkel ein hübsches Muster aus ihrem Namen.

Sie drehte den Brief um. »Kris.« Sie las den Namen laut vor.

»Nun, auch wenn ich noch länger warte, wird sich am Inhalt sicher nichts ändern«, murmelte sie und öffnete den zugeklebten Umschlag mit einem Fingernagel. Sie holte den Brief heraus und strich den Umschlag auf der Tischplatte glatt. Dabei riß sie eine Ecke des Briefumschlags ab.

Es waren zwei Bögen Briefpapier. Nun, er neigte dazu, quer über eine ganze Seite zu schreiben, wobei die Linien absolut gerade waren ... als ob er sich beim Schreiben an ein vorgegebenes Raster hielt.

Liebe Kris,
blick nicht zurück im Zorn, und sei niemandem böse, wenn ich nicht zu dir zurückkehre. Das alles war allein mein Plan.

Sie unterbrach die Lektüre. Ihre Augen füllten sich vor Angst, was er als nächstes schreiben würde, mit Tränen.

Es gibt nur einen Weg, wie man in die Mentat-Versammlung eindringen kann, und den werden wir versuchen.

Er hatte ›wir‹ geschrieben. Er hatte eindeutig von ›wir‹ und nicht nur von sich selbst gesprochen. Aber was meinte er damit? Gehörte der alte Pessimist Nintin ebenfalls zu dieser Gruppe, die sich hinter dem ›wir‹ verbarg?

Du verstehst sicher, weshalb die Gefährtinnen und die Kinder in Sicherheit gebracht werden mußten. Das Mittel-und-Wege-Komitee hat seine Zustimmung gegeben, so wie Scott es dir erklären wird. Wir ...

Irgendwie konnte Kris nicht an diesen Plural glauben. Zainal *führte* die anderen. Er würde sie bei allem führen, was er zu tun beschlossen hatte. Aber das hieß noch lange nicht, daß ihm nichts zustoßen würde und er dabei absolut sicher wäre.

... wir wissen, daß, falls die Dinge sich nicht so entwickeln, wie wir sie geplant haben,

Laß ihn ja in Ruhe, Murphy, ist das klar? Dein verdammtes Gesetz hat im cattenischen Raumsektor keine Gültigkeit, hast du verstanden, Murphy?

Du und die anderen Kolonisten von Botany sie in Frieden leben lassen werden. Der Rat uns das versprochen, und du verstehst sicher, weshalb Menschen lernen müssen, mit Catteni friedlich zusammenzuleben, weil auch in unserer Rasse ein guter Kern steckt, der lediglich von jenen mißbraucht wurde, die uns so lange unterdrückt haben.

Falls wir scheitern und ich nicht [sie schluchzte auf, als sie die dicke Unterstreichung sah] *nach Botany zurückkehre, gibt dieser Brief dir und Chuck Mitford das Recht, für meine Söhne zu sorgen und sie aufzuziehen, so daß sie gute Catteni, aber noch bessere Botanier werden. Sie werden alles Nötige von dir und Chuck lernen. Er wird ihnen beibringen, was junge Männer wissen müssen. Chuck und Bert werden mit Baby nach Hause zurückkehren. Wir haben jedoch die feste Absicht, ebenfalls in dem Schiff zu sein, wenn es auf Heimatkurs geht.*

Ich habe meinen Plan vor dir, die einen festen Platz in meinem Geist und meinem Herzen hat, nicht gerne geheimgehalten. Ich hätte niemals erwartet, daß der Reichtum deiner Liebe einmal mir gehören würde. Und ich war mit dir so glücklich, daß sogar dieser Catteni sich vor Sehnsucht nach dir verzehrt. Du hättest darauf bestanden, mitzukommen. Und einer solchen Gefahr konnte ich dich nicht aussetzen.

Du warst immer meine einzige große Liebe.

Der letzte Buchstabe war ein großes Z, das er so gerne als Unterschrift benutzte.

»Nun, du hattest also recht, nicht wahr, Mädchen?« murmelte sie halblaut, und ihre Stimme klang in der Stille der Hütte heiser und bedrückt. »Er hatte etwas Gefährliches vor. Und er rechnet offenbar nicht damit, dieses Abenteuer zu überleben.«

Sie faltete die beiden Blätter sorgfältig zusammen und verstaute den wertvollen Brief wieder im Umschlag. Dabei strich sie immer wieder über die rauhen Kanten, bis sie glatt waren. Sie öffnete die Tür und winkte Ray Scott zu sich. »Okay, ich habe den Brief gelesen. Was haben er und diese anderen Verrückten denn nun wirklich vor?«

Ray atmete aus und betrachtete sie lange. »Ich weiß es auch nicht«, erklärte er langsam. »Er wußte genau, daß ich versucht hätte, ihm sein Vorhaben auszureden, wenn ich nicht vom Erfolg überzeugt gewesen wäre. Daher gehe ich davon aus, daß er ein unannehmbares Risiko eingeht.« Eine weitere Pause trat ein, in der Ray auf seine Hände starrte und an einem Fingernagel herumkratzte, ehe er wieder hochschaute. »Ich hätte niemals geglaubt, daß ich so etwas mal von einem Catteni behaupten würde, aber ich bewundere diesen Mann. Ich halte enorm große Stücke auf ihn. Und ich hoffe inständig, daß er schafft, was er sich vorgenommen hat.«

»Ich bin froh, daß auch Sie ihn unterstützen, Ray. Was Sie sicherlich nicht getan haben, als Sie hier ankamen, aber lieber spät als gar nicht«, meinte Kris ein wenig bitter. »Gibt es hier an Bord wenigstens einen Vorrat von Mayocks Spezialgetränk?«

Ray trat zu einem Wandfach und zog eine Schublade heraus. Sie hörte ein Klirren, als er zwei Gläser und eine Flasche mit dem leicht bernsteinfarbenen Alkohol hervorholte.

Er füllte die Gläser und reichte ihr eins.

»Runter damit!« sagte Ray und prostete Kris mit seinem Glas zu.

»Murphy«, meinte Kris und hob ihr Glas, »halt dich bloß von meinem Mann fern!«

Sie leerten ihre Gläser und drehten sich danach um, um sie nach einem uralten terranischen Brauch an der nächsten Wand zu zerschmettern.

II. Kapitel

»Wir haben den Gefangenen«, sagte der Kommandant-Emassi. Er trug eine Uniform des Sicherheitsdienstes. Er deutete mit einer Kopfbewegung auf die kraftlose Gestalt, die von zwei Angehörigen seines Kommandos mitgeschleift worden war. Die feucht glänzende Haut des nackten Gefangenen wies ein dichtes Muster kreuz und quer verlaufender feuerroter Striemen von wiederholten Folterungen mit einer Nervenpeitsche auf, und seine Arme und Beine waren blutig von anderen Wunden.

»Gefangener?« fragte der diensthabende Drassi. »Ich weiß nichts von einem Gefangenen, der von einem Mentat herbestellt wurde. Die Versammlung ist im Gange«, fügte er hinzu, als wäre dies ein besonders heiliger Augenblick.

»Das Ix Mentat hat lange nach diesem Mann gesucht.« Der Emassi trat zurück und hob den herabhängenden Kopf, und man sah ein hageres, halbverhungertes Gesicht. »Seit Monaten. Ich glaube, sein Name lautet Zainal.« Ein überhebliches Lächeln signalisierte, daß der Name allein ausreichte, um ihnen den Zutritt zu ermöglichen.

»Zainal?« Der Name war dem zweiten Drassi-Wächter offenbar vertraut, und er beriet sich augenblicklich mit seinem Kollegen. »Ich informiere das Pe Junior. Es ist ganz in der Nähe.«

Die Tür wurde gerade weit genug geöffnet, um den Wächter durchzulassen. Er ließ sie in seiner Eile, die Neuigkeit loszuwerden, offenstehen.

Der Sicherheits-Emassi wippte ungeduldig mit dem

Fuß und stöhnte verhalten. Dann näherte er sich dem ersten Wächter, hob die rechte Hand, als wollte er damit seine Worte dämpfen, und der Wächter beugte sich zu ihm vor. Ein sanfter Lufthauch traf auf seine Nasenlöcher, und er schnüffelte reflexartig.

»Wie lange werden die Sicherheitsmaßnahmen denn noch ...«, begann der Sicherheits-Emassi im Konversationston. Dann fing er den sich plötzlich aufbäumenden Körper des Türwächters auf und legte ihn behutsam zu Boden. Sofort kamen zwei Mitglieder seines Trupps zu ihm. Einer schleifte den Wächter den Korridor hinunter, während der zweite seinen Platz an der Tür einnahm, die in diesem Moment aufgestoßen wurde.

Die groteske Gestalt des Pe Junior kam heraus und ging direkt zu dem Gefangenen. Es zog seinen Kopf hoch und starrte in das schmutzige und blutbeschmierte Gesicht.

»Weckt ihn auf. Wenn er wieder bei Bewußtsein ist, klopft an die Tür, und bringt ihn sofort herein.« Das Gesicht des Pe Junior leuchtete, und es massierte die Hände heftig vor Freude über das erfolgreiche Ende einer langen Suche. Es kehrte in den Saal zurück. Sobald die Tür sich geschlossen hatte, kam der schlaffe Gefangene ohne fremde Hilfe auf die Füße. Dabei atmete er zischend aus und lockerte die von der Nervenpeitsche gepeinigten Muskeln. Seine ebenfalls mit Schmutz und Blut beschmierten Hände, gefesselt mit cattenischen Handschellen, waren seltsam gefaltet.

»Lange genug?« fragte der Emassi leise.

»Sind die anderen ausgeschwärmt?« fragte der Gefangene genauso leise.

»Ja.«

»Dann sollten wir weitermachen.« Er trat zurück und nickte, während die beiden Wächter wieder seine Ellbogen ergriffen.

Der Sicherheits-Emassi klopfte, und die Tür schwang auf. Das Kommando konnte in einen langgestreckten Saal hineinschauen, in dem mehrere Reihen Eosi einander gegenübersaßen. Nur wenige Plätze waren noch frei. Er ließ sich angesichts der überschaubaren Zahl von Eosi die Erleichterung nicht anmerken. Sein Gesichtsausdruck blieb gleichgültig.

»Bringt ihn her!« Das Ix Mentat, das seinen Platz auf der einen Seite etwa in der Mitte des rechteckigen Saales hatte, erhob sich und deutete auf einen Punkt vor sich.

Der Sicherheits-Emassi winkte denen, die den Gefangenen festhielten, ihm zu folgen, während die restlichen Angehörigen seiner Truppe sich auf beiden Seiten des Saales verteilten, um einen Sicherheitskordon zu bilden und auf diese Weise die Eosi zu schützen. Danach trat der Emassi zurück, drehte sich um und deutete mit einer dramatischen Geste auf den Gefangenen.

»Wie Sie befohlen haben, Ix Mentat, ist hier der Auserwählte, der sich nicht zur Verfügung stellen wollte. Seine physischen Daten bestätigen, daß es tatsächlich der Zainal ist, den Sie gesucht haben.«

Das Ix Mentat betrachtete die Gestalt vor sich. Der Mann neigte den Kopf, als wollte er damit seine Bereitschaft zur totalen Unterwerfung anzeigen. Das Ix ragte bedrohlich vor dem Gefangenen auf, und der Triumph dieses Augenblicks schien den mächtigen Eosischädel anschwellen zu lassen.

»Sieh mich an, Zainal«, verlangte das Ix. Die Stimme zitterte von einer Wut, die seit der Übernahme Lenvecs von Moment zu Moment gewachsen war.

»Dich, Lenvec? Oder das Ix?« fragte Zainal ruhig, während er aufschaute und nicht länger die Rolle des besiegten und eingeschüchterten Gefangenen spielte. »Bist du immer noch neidisch auf mich, Bruder, weil ich es war, der auserwählt wurde? Du hast am Ende doch gesiegt.«

Dann hob er die Hände in einer, wie es schien, Bitte um Gnade. Das Ix atmete angesichts einer solchen Reaktion scharf ein. Eine Wolke konzentrierten Staubs wallte zwischen Zainals Fingern hervor und drang in Ix' Nasenlöcher ein. Der Gefangene wandte sich dem Mentat neben dem Ix zu und erzeugte eine zweite Staubwolke.

»Was ist das?«

Die Fesseln fielen von Zainals Händen ab, und mit einer Kraft, die für jemand derart Abgemagerten und Mißhandelten erstaunlich war, drückte der ehemalige Gefangene den Blasebalg und zielte auf den nächsten Eosi, der aufgesprungen war und den Mund öffnete, um zu protestieren. Die Wachen, die sich ihre Halstücher vor den Mund hielten, folgten Zainals Beispiel und sprühten den tödlichen Nebel in ein Gesicht nach dem anderen. Die erschrockenen Eosi, die niemals damit gerechnet hatten, in diesen abgeschotteten Räumen in der mehrfach geschützten Raumstation angegriffen zu werden, atmeten überrascht den tödlichen Staub ein. Tatsächlich war der langgestreckte Raum schon bald mit winzigen Partikeln erfüllt, die im grellen Schein der Beleuchtung funkelten, während sie langsam zu Boden sanken.

Das Ix Mentat brach als erster der Anwesenden zusammen. Sein Körper zuckte und krümmte sich gepeinigt, als der Staub, den es unabsichtlich eingeatmet hatte, seine Lungen erreichte ... und sie mit tödlichen Allergenen füllte. Auch andere Eosi faßten sich an den Hals und wanden sich in Krämpfen, als sich die Substanz in den Körpern auflöste.

»Was geht da vor?« rief eine Stimme vom Bildschirm am Ende des Saales. Nicht alle Eosi befanden sich in dem Raum. Die vierzehn, die persönlich nicht hatten erscheinen können, verfolgten das Geschehen über eine visuelle Verbindung. »Ix! Pe! Co! Se! Antwortet! Wenigstens einer von euch!«

Im Saal, in dem Cattenikörper in allen möglichen Verrenkungen verstreut lagen, ging Zainal ein paar Schritte auf den Schirm zu, stützte die Hände auf die Hüften, stellte sich in Positur und antwortete auf die ungeduldige Frage.

»Diese Eosi sterben. Wir, Emassi Catteni, haben sie getötet für zweieinhalbtausend Jahre Ausbeutung und Versklavung, für die entsetzlichen Verbrechen an hilflosen Planeten, die zu begehen sie, und ihr, uns gezwungen habt. Ihr solltet euch lieber eine neue Zuflucht suchen, denn wir, die Catteni«, und er schlug sich mit der Faust vor die Brust, »werden euch jagen und vernichten, so wie wir diese dort vernichtet haben. Für euch wird es in dieser Galaxis keinen sicheren Ort mehr geben. Also verlaßt sie, und laßt euch nie mehr blicken!«

Er wandte den Eosi auf dem Bildschirm den Rücken zu. Das Entsetzen auf ihren Gesichtern war wahrscheinlich die erste ehrliche Reaktion, die sie seit Jahrhunderten zeigten. Er hörte, wie sie auf diese Beleidigung ihrer Würde zischend die Luft einsogen.

»Sind alle tot?« fragte Zainal und ging an der Reihe der Eosi entlang, die nun nichts mehr waren als schlaffe Haufen zitternden, stinkenden Fleisches, bis er die Überreste dessen erreichte, was einst sein Bruder gewesen war. Der Eosi-Wirt, der Lenvec übernommen hatte, besaß noch letzte Spuren seiner jungen, deutlich erkennbaren Gesichtszüge. Aber das Gesicht verwandelte sich schnell in eine häßliche Fratze, und der Körper schrumpfte auf die Größe des ursprünglichen Wirts. Von Lenvec war nur noch wenig übrig, obgleich der Eosi ihn nur kurze Zeit überlagert hatte. Aber immerhin lange genug, um einen törichten und sinnlosen Krieg gegen den Planeten zu führen, der Zainal beherbergte.

»Ich denke, das war's«, stellte der Sicherheits-Emassi fest und klappte seinen Helm auf, unter dem Kamiton zum Vorschein kam – ein ungemein erleichterter Kamiton. »Ich hätte nicht gedacht, daß wir es schaffen würden, wirklich nicht.«

»Ich wußte die ganze Zeit, daß es der einzig gangbare Weg war, sie alle zu vernichten«, sagte Nitin und stieg über ein kleines Rinnsal mehrfarbiger Flüssigkeit.

»Das haben wir auch nicht«, bemerkte Tubelin und deutete auf die Schirme, von denen einige sich bereits geleert hatten.

»Diese vierzehn werden schnellstens verschwinden. Sie haben nicht genug Macht, um das Kommando wieder zu übernehmen«, sagte Zainal. »Wir brauchen im Augenblick nichts anderes zu tun, als aus dieser Ebene zu verschwinden. Und zwar je eher, desto besser.«

Er ging zur Tür. Dabei schwankte er ein wenig, denn sein abgemagerter Zustand und die Striemen von den Nervenpeitschen waren durchaus echt, auch wenn die Wunden durch das gezielte Hinzufügen von

Blut und anderem Ausfluß schlimmer aussahen, als sie wirklich waren. Er lehnte sich gegen die Wand und schüttelte den Blasebalg, der zwischen seinen Energiefesseln versteckt gewesen war.

»Wer hat das Zeug?« Er schaute sich suchend um.

»Ich.« Kasturi kam heran. Er hatte die kleine Flasche und den kleinen Trichter in der Hand, mit dessen Hilfe er vorsichtig den tödlichen Staub in Zainals harmlos aussehende Vorrichtung füllte.

»Am besten sollten alle nachladen«, sagte Kamiton, »so lange wir nicht beobachtet werden können.«

Tubelin schüttelte den Kopf. »Selbst mit den Nasenklemmen ist der Gestank entsetzlich. Halten die Türen den Gestank lange genug zurück?«

»Wer betritt denn den Eosi-Saal, ohne ausdrücklich dazu aufgefordert worden zu sein?« wollte Zainal wissen. »Überprüfen Sie das draußen, Nitin. Schauen Sie nach, ob noch jemand anderer im Korridor ist.«

»Keine Seele«, antwortete Nitin grimmig. »Es sei denn, sie haben keine andere Wahl.«

Schnell sammelte die Truppe sich draußen.

»Habt ihr's geschafft? Ich kann riechen, daß es geklappt hat«, sagte ihr falscher Wächter und betastete seine Nase, um sich zu vergewissern, daß seine Nasenklemme an Ort und Stelle saß.

»Ist jemand vorbeigekommen?« fragte Zainal, und ihr Kollege schüttelte den Kopf. Seine Miene zeigte Erleichterung.

»Dann sollten wir von hier verschwinden«, sagte Kamiton und rückte den Helm auf seinem Kopf wieder zurecht. Er wartete, bis der Sicherheitstrupp sich wieder formiert hatte, und nickte zufrieden. Zainal nahm wieder seine Position zwischen seinen ›Bewachern‹ ein. Er hatte keine Mühe, eine Miene selbstzufriedenen Stolzes zu zeigen, als er mit seinem Trupp auf dem Weg zurückkehrte, auf dem sie hergekommen waren.

Die Dissidenten waren noch nicht in Sicherheit. Jederzeit konnte jemand im Korridor erscheinen, der einem Mentat eine wichtige Nachricht überbringen müßte. Als erstes würde das Fehlen von Wachen an der Tür auffallen, und dann würde der faulige Gestank in den Korridor dringen. Da es sich um eine Raumstation handelte, gäbe es überall Einrichtungen, die ungewöhnliche Veränderungen der Atemluft anzeigen würden.

In der Raumstation, unten auf dem Planeten und im von den Catteni besetzten Raumsektor warteten andere Dissidenten auf die Nachricht, daß die Exekution erfolgreich verlaufen war. Es gab genug Dissidenten, um die wichtigsten eosianischen Einrichtungen zu sichern. Einmal von irgendwelchen Befehlen befreit, wären viele andere Catteni sicherlich derart verwirrt, daß sie nicht gegen ihre neuen Emassi-Herren protestieren würden. Sie waren zu gründlich darauf abgerichtet worden, nur auf Befehl zu handeln und nicht auf eigene Initiative. Wie Zainal gesagt hatte, gab es unter den Emassi nicht allzu viele Dissidenten, doch die meisten befanden sich in wichtigen Positionen oder konnten sie schnell einnehmen. Einer von ihnen, der im Sicherheitsdienst einen hohen Rang einnahm, hatte die Personaleinteilung in der Raumstation dahingehend geändert, daß mehr Rebellen Dienst machen mußten. Außerdem war er darauf vorbereitet, die Kontrolle über die Raumstation zu übernehmen, falls die Exekutionen stattgefunden hätten. Er konnte nicht viel tun, ehe er genau wußte, daß der Coup sein wesentliches Ziel erreicht hatte.

Es war Ugred in der Zentralen Kommunikations- und Sicherheitsabteilung der Station, der die codierte Meldung aussenden konnte an diejenigen, die sehnsüchtig darauf warteten, endlich losschlagen zu können. Sobald die Nachricht gesendet war, würden all jene, die fast ein ganzes Leben lang auf eine solche Gelegenheit gewartet hatten, aktiv werden und Maßnahmen in die Wege leiten, die die Vorherrschaft der Eosi für immer beenden würden.

Zuerst mußten sie jedoch die Station verlassen, ehe loyale Catteni die Toten entdeckten und ihrerseits die Rebellen eliminierten. Der befehlshabende Emassi konnte nicht viel mehr tun, um den Dissidenten zu helfen. Und die anderen würden einige Zeit brauchen, um die Übernahme abzuschließen.

Das erste Signal war die Rückkehr der Gruppe mit dem Gefangenen.

»War das Ix Mentat schließlich zufrieden?« fragte ein den Hohen Emassi angehörender Flottenoffizier und verfolgte, wie der Gefangene vorbeigeschleift wurde und dabei eine Blutspur hinterließ.

»Das Ix hat schon wieder einen Anfall gehabt«, sagte Kamiton selbstgefällig. Er mußte ein nervöses Lachen über diese im doppelten Sinn zutreffende Bemerkung unterdrücken.

»Was geschieht mit ihm?« Der Emassi deutete mit einem Kopfnicken auf den Gefangenen.

Kamiton lachte heiser. »Sie wissen doch, was die Eosi mit denen tun, die ihnen mißfallen. Ich bin froh, daß ich ihn abliefern kann.« Kamiton deutete nach unten. »Er kommt in die Zellen, bis die Versammlung beendet ist.«

Mit einer angemessenen Verbeugung vor einem Emassi von höherem Rang gab Kamiton seinem Trupp ein Zeichen, weiterzumarschieren und den Hauptkorridor der Raumstation zu durchqueren. Er bemerkte das Hochsicherheitsfenster der Raumstationskontrolle und ordnete dies dem allgemeinen Überblick zu, den er sich verschaffte. Er überprüfte den festen Sitz seines Helms und ging zum Gravitationsschacht hinüber, der seinen Trupp und seinen Gefangenen in die tiefer gelgenen Etagen bringen würde.

Nachdem er die richtige Etage erreicht hatte, marschierte der Trupp weiter, immer noch den Gefangenen zwischen sich, den Korridor hinunter und zu den Schiffsplätzen, die auf einem Ring rund um die Station angeordnet waren. Gruppen anderer Emassi kümmerten sich nicht um die, die ihren Pflichten nachkamen.

Sie erreichten ihr Ziel. Kamiton tastete den Sicherheitscode für den verriegelten Raum ein und winkte den beiden Männern, sie sollten Zainal als ersten hineinbringen. Die anderen folgten schnell. Sobald die Tür sich schloß, kam Zainal auf die Füße. Kamiton reichte ihm feuchte Handtücher, damit er sich das Blut, den Schmutz und auch den Schleim abwaschen konnte, der in Wirklichkeit eine Antihistamincreme war, die ihn vor dem tödlichen Staub schützen sollte. Kasturi zog einige der künstlichen Peitschenstriemen ab – er tat dies mit äußerster Vorsicht, da die innerste Schicht durchaus echt war. Tubelin wusch seine Beine, während Zainal das gleiche mit den Armen machte. Beide gingen auch dabei behutsam zu Werke, denn die sichtbaren Risse und Schnitte waren ebenfalls echt, allerdings künstlich vergrößert. Nitin öffnete einen Schrank, holte die Sicherheitsuniform der Drassi heraus und gab sie und einen Helm an Zainal weiter. Der ehemalige Gefangene schob sich die Polster, die Sandy Areson für sein erstes Rollenspiel angefertigt hatte, unter seine nunmehr gesäuberten Wangen. Er nahm die Perücke ab, zuckte vor Schmerz zusammen, als der Kleber für einen kurzen Moment an seiner Stirn haften blieb, und enthüllte darunter einen täuschend echten Drassi-Haarschnitt. Er schlüpfte in die Uniform, danach wurden ihm die Stiefel angezogen.

Die Verkleidung war schon nach wenigen Sekunden perfekt. Niemandem wäre eine Verzögerung aufgefallen, als der Trupp den Vorraum verließ und auf die Fähre zumarschierte, in der das Kommando angekommen war.

»Hast du eine Belohnung bekommen?« fragte der Emassi, unter dessen Kommando das Hangardeck stand, und stoppte sie für einen Moment auf ihrem Weg zur Fähre des Sicherheitsdienstes.

»Ich erwarte, bei der nächsten offiziellen Zeremonie belobigt zu werden«, sagte Kamiton und warf sich in die Brust. Das entsprach sogar der Wahrheit, denn Kamitons Belohnung bestand im Kommando über den Planeten.

»Du hast deine Sache gut gemacht, Emassi.«

Kamiton nickte flüchtig. Zainal öffnete in seiner Rolle als aufmerksamer, diensteifriger Drassi die Einstiegsluke der Fähre, damit sein Offizier einsteigen konnte. Der Rest der Gruppe folgte ihm. Glücklicherweise dachte der Hangar-Emassi nicht daran, die Mitglieder der Patrouille zu zählen, sonst hätte er nämlich eine falsche Zahl festgestellt. Die Luke schloß sich und wurde von innen verriegelt. Der Hangar-Drassi winkte ihnen zum Abschied zu und nahm mit der Hangar-Kontrolle Funkverbindung auf, um dem Sicherheitsdienst zu melden, daß die Fähre starten durfte.

Kris hielt, so gut es ging, durch, obgleich ihr die Tage und Nächte immer länger wurden und sie sich vor Sehnsucht nach Zainal verzehrte. Schließlich fing sie an, während ihres Dienstes alberne Dinge zu tun, wie zum Beispiel Meldungen verfälscht über ihr Handy weiterzugeben. Oder in Tränen auszubrechen, wenn Zane sich nur einen kleinen Kratzer zuzog, und Sarah mußte heftig einschreiten, um ihre hysterischen Anfälle zu beenden.

Am Ende empfahl Dorothy Dwardie ein leichtes Beruhigungsmittel und ließ ihr das Medikament von Leon Dane verabreichen.

Selbst in ihrer Benommenheit, in der sie sich in den langen Wochen befand, bemerkte sie, daß jemand in ihrer Nähe war: Sandy, Sarah, Dorothy und gelegentlich auch Peggy oder Marge. Die Tatsache, daß sich unter ihren Betreuern ehemalige Opfer befanden, amüsierte sie insgeheim: Hier wurde einmal dem Helfer geholfen. Aber sie hatte nicht die Energie, sich entsprechend darüber zu äußern. Dorothys Anwesenheit war ein Trost, zumal Kris in einem wachen Moment erkannte, daß Dorothy offensichtlich ebenfalls litt. Chuck hatte sich des öfteren mit der Psychologin getroffen, aber da Dorothy ein sehr zurückhaltender Mensch war, konnte Kris nicht sicher sein, ob diese Treffen auf Gegenseitigkeit beruhten.

»Ich muß mich entschuldigen, Dorothy«, sagte sie eines Nachmittags, als sie dazu eingeteilt worden war,

Dorothy dabei zu helfen, die Waisenkinder zu unterrichten.

»Warum? Sie leisten doch hervorragende Arbeit.«

»Dafür, daß ich meine Gefühle nicht richtig im Griff habe.«

»Ach?« Dorothy lächelte sie freundlich an. »Sie reagieren sehr menschlich, Kris, und dies ist sicherlich eine schwere Zeit für Sie.«

»Für Sie doch auch, nicht wahr?«

»Für mich?«

Kris nahm für einen Moment an, sie hätte die Grenzen des Anstands verletzt, aber dann errötete Dorothy und wandte das Gesicht ab.

»Sie haben das Recht, sich wegen Chuck Sorgen zu machen, Dorothy. Ich tue das auch, wenn ich mal nicht so egoistisch bin und erkenne, daß auch er in Gefahr schwebt.«

Dorothy betrachtete ihre Hände, mit denen sie an einer ausgefransten Naht ihres Overalls herumzupfte. »Es wurde nicht darüber gesprochen ... ich meine, ich genieße seine Gesellschaft. Er ist wirklich eine erstaunliche Persönlichkeit. Diese rauhe Schale, und schlecht sieht er auch nicht aus, allerdings ist er als Mann eigentlich gar nicht mein Typ ...«

Kris lächelte nachsichtig. »Chuck ist nicht so, wie man auf den ersten Blick meinen könnte.«

»Nein ...« Dorothy lächelte wehmütig. »Das ist er nicht. Ja, Dick, was ist?« Ihr Tonfall wurde sofort wieder professionell und neutral, als eins der Kinder zu ihr kam und ihr seine Schiefertafel hinhielt, damit sie mögliche Fehler korrigierte.

Damit war dieser Augenblick der Wahrheit beendet. Schließlich war es Zane, der sie aus ihrem Zustand der Niedergeschlagenheit herausholte. Es verunsicherte ihn sehr, seine Mami weinen zu sehen, wenn er sie fragte, wo Daddy sei. Daher hörte er auf, sie zu fragen, was ihr das Herz noch schwerer machte. Als ihr bewußt wurde, daß er nicht mehr fragte, fing sie an, ihm jeden Abend, wenn sie ihn zu Bett brachte, Geschichten von Zainal zu erzählen. Er hörte diese Geschichten viel lieber als die, die sie ihm gelegentlich vorlas. Sich an ihre ersten gemeinsamen Abenteuer zu erinnern half Kris, sich wieder in den Griff zu bekommen. Außerdem bewirkte es, daß der Mann ihr nicht mehr so sehr fehlte. Die heimliche Beobachtung wurde abgebrochen, und die Leute waren ausnahmslos nett zu ihr, egal zu welcher Arbeit sie eingeteilt war. Nicht zu nett, natürlich, denn sie hätte eine Haltung falschen Mitleids bei Janet oder Anna Bollinger niemals toleriert. Diese beiden müßten insgeheim ihre Situation eigentlich auskosten, da sie ›sich die Suppe selbst eingebrockt hatte. Was gibt sie sich auch mit so einem ab ... einem Catteni.‹

So dehnten die Tage sich zu Wochen und die Wochen zu einem Monat und mehr, und Kris gewöhnte sich beinahe an Zainals Abwesenheit, aber sie weigerte sich, zu akzeptieren, daß sie zu einem Dauerzustand wurde. Zainal würde auch diese Operation überleben, wie er schon so vieles überlebt hatte – wie zum Beispiel den Flitzerabsturz am ersten Tag, als sie ihn kennengelernt hatte. Sie klammerte sich an diesen Gedanken, weil sie sicher war, daß ihr Unterbewußtsein ihr aufgrund der physischen wie auch emotionalen Innigkeit ihrer Beziehung im Falle seines Todes sicherlich längst ein Zeichen gegeben hätte. Sie glaubte nicht ernsthaft, daß sie alleine wegen ihrer cattenischen Sprachkenntnisse so oft zur Komm-Wache auf der Brücke eingeteilt wurde. Sie erkannte, daß sogar Ray Scott trotz allem ein Herz hatte. So würde sie die erste sein, die Zainals Stimme hörte, wenn er sich wieder meldete. Aber es herrschte wenig Funkverkehr. Sogar erstaunlich wenig. Trotzdem war sie Zainal auf diese Weise immer noch am nächsten, ganz gleich, wo er war und was er gerade tat.

Sie wurde gebeten, an allen Sitzungen des Rates teilzunehmen, daher zwang sie sich dazu, sich genau anzuhören, was John Beverly berichten konnte. Dystopia war für den Nachschub sehr dankbar gewesen, desgleichen NoName. Beverly hatte von jedem Planeten eine Delegation mitgebracht, und sie waren willkommen geheißen worden. Falls es ironische Bemerkungen von einigen der Besucher gab, die neidisch auf die auf Botany erzielten Fortschritte waren, so ließ sich daran nichts ändern. Natürlich wollten sie alles über die Farmer wissen. Sie sahen ihre Maschinen auf dem Großen Kontinent in Betrieb, sahen, was die Menschen aus den Einzelteilen zusammengebaut hatten, und beneideten die Botanier um ihre schützende Blase, die sie geradezu in Ehrfurcht erstarren ließ.

Keiner von ihnen sprach Catteni oder gar Barevi, und einige Vertreter von NoName betrachteten die Deski und die Rugarianer voller Mißtrauen. (John erzählte während dieser Versammlungen sehr wenig über die Bewohner von Dorado – zumindest bis die KDL die Besucher mit weiteren Vorräten und Ausrüstungsgegenständen, die Botany entbehren konnte, zurückbrachte.) Als Laughrey und seine Mannschaft starteten, um die Besucher zu ihren jeweiligen Planeten zurückzubringen, erklärte er dem Rat, daß er Dorado von seiner Liste gestrichen hätte. Die Menschen dort hätten ihm stolz erzählt, wie schnell sie alle Aliens gleich nach ihrem Abwurf getötet hätten. »Sie sind wohl nur deshalb getötet worden, weil sie ›anders‹ waren und nirgendwo in der Bibel als Gottes Kreaturen aufgeführt sind«, sagte John. »Und ich kann auch nicht behaupten, daß mir der Respekt zuteil wurde, den ich in meinem Rang erwarten kann. Tatsächlich haben sie mich sogar ignoriert, wo sie konnten, aber meine Mannschaft hat das nicht zugelassen, Gott sei Dank.«

»Dann sollten wir sie aus unseren weiteren Überlegungen streichen, nicht wahr?« sagte Jim Rastancil und zerriß die Liste mit der Überschrift *Dorado*. Andere taten dasselbe, und Kris empfand trotz ihrer Bedrücktheit ein Gefühl der Genugtuung.

In ihrer Funktion als für die Flüchtlinge verantwortliche Emassi mußte sie sie in ihrem Tal besuchen. Vorwiegend beschwerten sie sich über den Mangel an Annehmlichkeiten und verlangten zusätzliche Kleidung, da keiner von ihnen genug davon mitgebracht hatte. Sie versorgte sie mit cattenischen Schiffskombinationen, worüber Milista geradezu entsetzt war, denn sie ertrank, wie die meisten Frauen und vor allem die Kinder, geradezu in den standardisierten Kleidungsstücken. Sarah überließ ihr auch einige Bahnen Stoff, da sie bei ihrem letzten ›Einkaufstrip‹ ein ganzes Stofflager ausgeräumt hatten. Sarah hatte zudem ein Buch mit Nähanleitungen für Kinder mitgebracht, nach dessen ausführlichen Illustrationen sich sogar die Catteni-Frauen richten konnten.

Sandy Areson hatte außerdem eine Bestandsaufnahme ihrer Nahrungsvorräte in der Kantine vorgenommen und kam gleichermaßen aufgebracht wie auch belustigt zurück. »Sie haben ausschließlich von den Proviantriegeln gelebt, von denen nichts mehr übrig ist.« Sie schüttelte den Kopf. »Ein völlig nutzloser Haufen. So etwas habe ich noch nie gesehen.«

»Ich könnte für sie kochen«, sagte Bart. Er hatte sich freiwillig zu diesem Inspektionsflug gemeldet.

Alle drei Frauen attackierten ihn entrüstet.

»Niemals, Freundchen!« sagte Emassi Khriss. »Aber wer beherrscht genügend Catteni, um ihnen das Kochen beizubringen? Und es muß eine Frau sein. Ich will nicht, daß sie erfahren, daß menschliche Männer kochen können und es auch regelmäßig tun.«

»Zainal bereitet einen absolut sensationellen gegrillten Felsläufer zu«, sagte Sarah und errötete dann, als ihr klar wurde, wie Kris auf die Erwähnung ihres Gefährten reagieren mußte. »Entschuldigen Sie, meine Liebe.«

»Ich wünschte, Sie würden alle nicht ständig versuchen, dem Thema Zainal auszuweichen. Aber wir können unmöglich halbverhungerte Frauen zurückschicken.«

»Ha! Keine von ihnen wirkt halbverhungert, und die Kinder tun das, was alle Kinder tun – sie spielen«, sagte Sandy.

»Nur die jüngeren«, meinte Kris einschränkend.

»Vielleicht sollten wir die älteren ins Lager der Massai schicken, damit Bazil und Peran ein wenig Gesellschaft haben«, schlug Bart vor.

Kris ließ sich das durch den Kopf gehen. Sie hatte sogar in Erwägung gezogen, die Jungen ins Tal zu bringen. Aber noch hatte sie nicht das Recht, solche Entscheidungen zu treffen, und sie hoffte, daß sie niemals solche Entscheidungen für die beiden würde treffen müssen. Nun, Chuck würde im Umgang mit ihnen schon das richtige Fingerspitzengefühl entwickeln ... falls Chuck zurückkam. Sie ertappte sich dabei, wie ihre Hand sich auf ihren Bauch legte, und zog sie schnell zurück. Es hätte keinen Sinn, ihrer Umgebung weiteren Gesprächsstoff zu liefern.

»Wie wäre es, wenn wir Janet diese Art von Ausbildung überlassen würden?« sagte Bart mit einem belustigten Augenzwinkern. »Das wäre ihre Christenpflicht.«

Kris brach in schallendes Gelächter aus, bis ihr die Tränen kamen. Schniefend und sich die Augen wischend, grinste sie in die Runde, nachdem sie sich ein wenig beruhigt hatte. Die anderen schienen sich über ihre Reaktion zu freuen.

»Das war richtig gemein von Ihnen, Bart Tomi«, stellte sie fest. »Ich wünschte, ich hätte den Mut, eine entsprechende Anordnung zu treffen.«

»Ich denke«, sagte Sandy und schaute Kris vieldeutig an, »Sie könnten Ray Scott auch befehlen, mit den Kindern Seil zu springen, und er würde es tun.«

»Beth Isbell kann kochen – und sie erledigt das Backen in der Kantine. Hinzu kommt, daß sie Catteni spricht«, sagte Sarah. »Wir können sie ja mal fragen, ob sie bereit ist, diese Aufgabe zu übernehmen. Wenn ja, sollten wir lieber Bart und zwei weitere Männer hier zurücklassen, damit ihre Sicherheit gewährleistet ist.«

»Weshalb sollen wir uns mit ihnen solche Mühe geben, wenn sie sogar so dumm sind, ihr Feuer ausgehen zu lassen«, fragte Raisha und deutete auf den Schornstein. Sie war mit Joe Marley erschienen, um sich zu erkundigen, wie lange sie ihren Flug unterbrechen würden.

»Zainal«, erwiderte Kris, ohne bei seinem Namen innezuhalten, »hat versprochen, sie in Sicherheit zu bringen, und dazu gehört auch, daß sie genug zu essen haben und sich nicht über einen Mangel an Gastfreundschaft bei uns beklagen können. Außerdem müssen wir sie mit Kleidung versorgen. Einige von uns mußten ebenfalls die grundlegendsten Dinge erlernen, als sie hierherkamen. Ich werde mal nachschauen und mich umhören.«

»Bei uns gab es auch keine Lords und Ladies«, sagte Raisha und seufzte dann. »Aber Sie haben recht. Weshalb sollten wir sie wegen ihres ignoranten Verhaltens schelten, wo wir alle doch lernen mußten, Dinge zu tun, die wir nie zuvor getan haben?«

Sally Stoffers erklärte sich bereit, Beth, mit der sie befreundet war, zu begleiten. Sally nähte gerne und unterwies einige der älteren Waisenkinder in dieser Fertigkeit. Außerdem sprach sie ein hervorragendes Catteni. Zu gegebener Zeit kehrten Lenny Doyle, Dowdall und Bart, drei ehemalige Soldaten vom letzten Abwurf und Patti Su zurück und schlugen für sich und die drei weiblichen Lehrkräfte Zelte auf.

Und auch dieser Punkt wurde geregelt. Nicht, daß die Catteni-Frauen darüber erfreut waren, ›Sklavenarbeit‹ zu leisten. Die drei Soldaten brachten den älteren Jungen bei, wie man Fische aus dem Bach fing. Die Jungen hatten die ganze Zeit untätig herumgesessen, obgleich sie alt genug waren, um irgendeine Ausbildung zu beginnen. Sie waren froh, sich zu einer kleinen Gruppe zusammenzufinden und hin und zurück zu marschieren. Auch schienen ihre Mütter froh zu sein, daß sie beschäftigt waren.

»Ich kann nicht behaupten, daß ich jemals essen möchte, was sie kochen«, sagte Beth, als sie zurückkamen, »aber wenigstens können sie jetzt ein Feuer entfachen, eine Dose oder ein Glas öffnen sowie etwas herstellen, das sie ›Brot‹ nennen. Sie können übrigens auch frischen Fisch braten, was sie übrigens sehr gerne tun. Eine von ihnen dürfte eine ganz gute Schneiderin sein. Zumindest hatte sie eine Idee, wie sie die Raumanzüge ändern könnte. Die anderen waren einfach nur froh, endlich etwas Neues zu tragen, auch wenn sie die Hosenbeine umschlagen müssen, damit sie nicht schon nach kurzer Zeit ausgefranst sind. Wer hätte denn vermutet, daß Catteni-Frauen Sarongs tragen?«

»Darin sehen die meisten von ihnen aus wie wandelnde Zelte«, sagte Sally lachend. »Sogar die Schiffskombinationen sind da figurbetonter.«

»Genau darauf scheinen die Catteni-Frauen nun mal keinen Wert zu legen«, stellte Lenny mit einem spöttischen Grinsen fest.

Die Fähre drang in die Atmosphäre Cattens ein, verlor schnell an Geschwindigkeit und steuerte auf die Regierungsgebäude zu. Sie verharrte über den Dächern. Sofort erschien ein Wachboot, um die Fähre zu überprüfen, erkannte die Symbole des Sicherheitsdienstes auf dem Rumpf und zog sich ohne weitere Anfrage zurück.

»Ein strenges Protokoll hat doch etwas für sich«, meinte Kamiton fröhlich. Er trug jetzt eine frische Emassi-Uniform, die mit den höchsten Rangabzeichen versehen war, die ein Emassi erlangen konnte. »Haben Tiboud und Valicon sich schon gemeldet?«

»Ich habe soeben ihre Signale aufgefangen«, rief Tubelin von der Komm-Konsole herüber. »Sie haben ihre Position eingenommen.«

»Sie sollen weitermachen«, befahl Kamiton kühl, wohl wissend, daß weitere ahnungslose Catteni, die ihren eosianischen Herren treu ergeben waren, in Kürze sterben würden. Er wandte sich um und warf einen prüfenden Blick auf seinen ehemaligen Sicherheitstrupp. Die Männer trugen ähnliche Uniformen wie er. Es amüsierte ihn, daß alle Angehörigen des Gefangenentransports mit Beförderungen belohnt worden waren. »Wir alle wissen, was wir als nächstes tun müssen.« Er ließ alle noch einmal den Sitz ihrer Nasenklemmen überprüfen, dann gab er Zainal, der den Platz des Piloten innehatte, das Zeichen zum Landen.

Sobald das geschehen war, gab er den anderen das Zeichen, vorauszugehen, ehe er sich noch einmal zum Piloten umwandte. »Viel Glück, Zainal, ich halte dich auf dem laufenden.«

»Das solltest du auch tun. Ich muß nämlich eure Familien zurückbringen. Sie werden euch zweifellos erzählen, wie schlecht sie auf Botany behandelt wurden.«

»Das bezweifle ich nicht, denn sie sind an einen Luxus gewöhnt, den es auf eurem Planeten nicht gibt.«

Zainal lächelte bedauernd. »Dann los, beende das Werk, Kam.«

Kamiton straffte sich und salutierte nicht nur vor Zainal, sondern bekundete durch eine Verbeugung auch seine Hochachtung vor ihm. Er sprang von der Rampe, und Zainal schloß die Luke.

Zainal schwenkte die Fähre herum und schaltete die Komm-Konsole auf Breitbandempfang, damit er alles hören konnte, was gesprochen wurde ... und wußte, wann der Schlag den schlafenden Planeten traf.

Nitin mochte zwar ein Pessimist sein, aber er war

auch Realist, und sie würden sehr bald an die Ausführung seines Plans zum Wiederaufbau der Welten gehen, die die Eosi einst beherrscht hatten.

Sie hatten keinen Dissidenten in eine wichtige Position auf der Erde manövrieren können, aber Zainal ging davon aus, daß die Terraner, sobald die Nachricht von den Ereignissen auf Catten zu ihnen gedrungen war, ihre Bemühungen verdoppeln würden, die Kontrolle über ihren Planeten wiederzuerlangen. Auch gab es nicht genug Verbündete in den verschiedenen Flottenverbänden, um die AA- und einige Schiffe der H-Klasse unter Kontrolle zu bringen, aber Catteni waren so sehr daran gewöhnt, stets zu tun, was man ihnen befahl, daß Kamitons herrisches Auftreten und seine tatkräftige Unterstützung der Verschwörer am Ende sicherlich die Kapitulation der Unterdrücker zur Folge haben würden. Bestimmt hatte kein Catteni die Vorherrschaft der Eosi mit Vergnügen ertragen, auch wenn viele, einzeln oder in Familienverbänden, sich Vorteile dadurch verschafft hatten, daß sie sich Wesenheiten unterwarfen, die sie noch nie zuvor bekämpft hatten.

Häufig mußte Zainal während seines Flugs zum Hauptlandefeld der Sicherheitstruppen die Augen vor den grellen Scheinwerfern anderer Wachschiffe abschirmen. Aber das entwendete Schiff besaß die richtigen Markierungen sowie die Erlaubnis, auch während der Nachtstunden benutzt zu werden. Zainal setzte das Schiff am Rand der durch ein Kraftfeld geschützten Landezone ab.

Er erhob sich schwerfällig, als die Schmerzen von seiner Tortur durch die Nervenpeitsche wieder aufbrandeten. Es war ein notwendiges Übel gewesen, ebenso wie seine Hungerkur auf dem Weg nach Catteni, aber er mußte genauso aussehen, wie seine Rolle es verlangte. Unverletzt und wohlgenährt wäre er nicht besonders glaubhaft gewesen. Seine Knie schmerzten, weil man ihn über den Boden geschleift hatte, aber diese Haltung hatte es ihm gestattet, den Kopf hängenzulassen und die Augen geschlossen zu halten, als wäre er bewußtlos.

Nun brauchte er nur noch das Scout-Schiff Baby zu suchen, das mittlerweile die Sicherheitsmarkierungen eines anderen autorisierten Vehikels tragen mußte. Er mußte energisch ausschreiten, und jeder Schritt schüttelte seinen gepeinigten Körper schmerzhaft durch. Kasturi hatte nicht so hart zugeschlagen wie bei einem echten Übeltäter, aber immer noch heftig genug. Die Schläge, die er von seinem Vater bekommen hatte, waren weitaus harmloser gewesen. Sein Magen schmerzte vor Hunger, und als er die erste Reihe unbeleuchteter Schiffe auf dem Asphalt abgeschritten hatte, waren sein Mund und seine Kehle wie ausgedörrt. Er nahm sich Zeit, um aus der Flasche zu trinken, die er aus dem Schiff mitgenommen hatte, indem er das Wasser zuerst in seinem Mund kreisen ließ und dann tropfenweise durch seine Kehle rinnen ließ. Dann nahm er das Stimulans aus der Tasche, spülte es mit einem großen Schluck Wasser hinunter, damit es in seinem leeren Magen seine Wirkung entfaltete. Er würde schon bald Nahrung im Überfluß haben. Vierte Reihe links, hatte Chuck erklärt, das zweite Schiff. Chuck hatte einen sicheren, abgelegenen Parkplatz gefunden, aber der war sehr weit von der ersten Reihe entfernt.

Er bewegte sich nun zur Mitte des Landefeldes, durch die geparkten Boote und Schiffe vor Blicken geschützt. Dann ging er an einem weiten Wendekreis vorbei und wandte sich in Richtung der vierten Reihe geparkter Schiffe. Er mußte sich für einen kurzen Moment gegen den Rumpf des Scout-Schiffs lehnen, um wieder zu Atem zu kommen. Wenigstens brannte in dem Schiff Licht, das ihm signalisierte, daß er richtig war. Er klopfte in vereinbarter Weise gegen die Luke, um die Insassen von seiner Ankunft zu unterrichten.

Die Luke schwang sofort auf.

»Bleiben Sie verdammt noch mal zurück, Bert«, schimpfte Chuck, und der Australier verschwand aus der hell erleuchteten Öffnung. Chuck sprang die Stufen hinunter, um die schwankende Gestalt zu stützen. Er atmete erleichtert auf, als Zainals beruhigendes Kopfnicken verriet, daß, bisher zumindest, alles glattgegangen war.

»Wir müssen schnellstens von hier verschwinden«, sagte Zainal.

»Ja«, pflichtete Chuck ihm bei. Seine Stimme zitterte bewegt, als er Zainal dabei half, die kurze Treppe zur Luke hinaufzusteigen. »Noch haben wir es nicht geschafft.«

»Aber wir sind schon einen Riesenschritt weiter«, meinte Zainal.

Chuck schloß die Luke. »Haben Sie alle erwischt?« fragte er. Zainal ging langsam zur Pilotenkabine. Bert nahm den anderen Platz ein. Er hatte es Chuck überlassen, Zainal zu helfen.

Sie hatten es viel schwerer gehabt, wußte Zainal. Sie hatten warten müssen, ohne die Komm-Anlage benutzen zu können, weil sie damit vielleicht ihre Position verraten hätten und das Scout-Schiff gefunden worden wäre.

»Wir haben alle bis auf die vierzehn erwischt, die

nicht gekommen sind«, berichtete Zainal und stellte fest, daß bereits ein Flugkurs programmiert worden war. Er nickte Bert anerkennend zu, der soeben den letzten Vorflug-Check abschloß. »Es ist unwahrscheinlich, daß sie dort bleiben, wo sie gerade sind. Sie sind viel zu weit im Raum verstreut, um sich zusammenzuschließen. Wenn sie erst einmal erfahren, was passiert ist, beschließen sie vielleicht sogar, die Galaxis zu verlassen, wie wir es ihnen empfohlen haben. Sicherlich sind längst Meldungen von der Raumstation an unsere anderen Kollegen ausgesandt worden, die auf ein Zeichen von uns warten. Kamiton gelangte bis ins Zentrum, ehe die Exekution publik gemacht werden konnte ...« Er zuckte die Achseln und verzog gequält das Gesicht, als diese Geste mit neuerlichen Schmerzen belohnt wurde. »Wenn es überhaupt dazu gekommen ist. Oder Ugred hat uns mehr Zeit verschaffen können, indem er eine entsprechende Meldung verzögerte. Anderenfalls hätten wir nämlich nicht in nächster Nähe des Gebäudes landen können. Doch das konnten wir. Kamiton hat sich darum gekümmert, daß all jene, denen nicht zu trauen ist, eliminiert wurden. Aber lassen Sie uns lieber von hier verschwinden. Nur für alle Fälle.«

»Das sollten wir tatsächlich«, stimmte Bert Put ihm zu. »Sind Sie angeschnallt, Chuck?«

»Erst sollte Zay etwas in den Magen kriegen«, sagte Chuck und reichte Zainal einen Proviantriegel über die Schulter.

»Das habe ich auch nötig«, sagte Zainal. Er riß die Verpackung auseinander und biß ein großes Stück ab. »Holen Sie sich schon mal die Starterlaubnis für dieses Landefeld, Chuck.«

Der Ex-Sergeant beugte sich über die Komm-Konsole. Sie mußten auf eine Antwort warten. »Sie langweilen sich«, sagte Chuck, während Zainal gleichmütig seinen Proviantriegel kaute.

Bert kaute auch, aber auf seiner Unterlippe. Sie warteten, bis die Verbindung hergestellt wurde.

»*Schkelk*«, sagte Chuck mit seiner heiseren Cattenistimme. »Emassi hat gerufen. Ich starte. Freigabe?«

»Erteilt«, lautete die müde Antwort, und die Verbindung wurde unterbrochen.

Das Schiff stieg langsam über der dicht besetzten Parkzone auf und entfernte sich von der Stadt.

Nachdem er seine kleine Zwischenmahlzeit beendet hatte, öffnete Zainal die allgemeine Komm-Verbindung und ging sämtliche Kanäle durch, um sich anzuhören, welche Meldungen ausgetauscht wurden. Sie waren längst im freien Raum und entfernten sich immer weiter von der Raumstation, als die erste Botschaft gesendet wurde.

»Hier spricht der Oberste Emassi Kamiton. Ich setze Sie von einem Regierungswechsel auf Catten und von der Hinrichtung von sechsundachtzig Mentats und Junioren in der Raumstation in Kenntnis, die sich jetzt unter meiner Kontrolle befindet. Der Hohe Emassi Ugred ist der neue Kommandant der Raumstation ...«

»Der Oberste Emassi?« fragte Chuck und grinste.

»Das ist der Titel, den er sich ausgesucht hat.«

»Und was ist Nitin?«

»Er ist Sprecher des Parlaments ...«

»Sprecher?« fragte Bert erstaunt.

»Ihr habt doch gar kein Parlament«, protestierte Chuck.

»Aber wir werden schon bald eins haben.«

»Sie haben eine ganze Menge erfahren, wovon wir

auf Botany keine Ahnung hatten, nicht wahr?« erwiderte Chuck, und aus seiner Stimme sprach offene Bewunderung. »Hey! Sehen Sie doch! Unidentifzierte Schiffe bei drei Uhr, und sie kommen verdammt schnell näher. Können wir nicht etwas mehr Tempo machen? Möglich, daß wir ihnen durch die Lappen gehen.«

Kris machte wie immer Wachdienst an der Komm-Konsole, abgesehen von ihren wöchentlichen Besuchen im geschlossenen Tal und bei den cattenischen Gästen. Sie reagierte nicht einmal mehr auf die Beschwerden der Catteni, sondern sorgte dafür, daß die Vorratsgüter nahe genug abgeladen wurden, so daß sie problemlos in die Kantine getragen werden konnten. Sie hatte an diesem Abend gerade in Scotts Büro Dienst, als Ray Scott und Jim Rastancil hereinstürmten. »Was ist da oben im Gange, Kris?«

»Wo oben?«

»Oben in der Nähe der Blase.«

Kris schüttelte den Kopf und setzte wieder den Kopfhörer auf. »Nichts. Nichts, das ich hören könnte, da keine codierten Botschaften mehr hin und her geschickt werden.«

»Irgend etwas kommt herunter. Gino meint, es wären eine Art Sternschnuppen. Nur, in diesem Raumsektor gibt es keine, vor allem nicht, wenn die Blase ...«

Ray brach mitten im Satz ab und rannte hinaus. Rastancil folgte ihm.

Kris war sich unschlüssig, ob sie auf ihrem Posten bleiben oder sie nach draußen begleiten sollte, um nachzusehen, was Ray und Jim zu dieser schnellen

Reaktion veranlaßt hatte. Sie hörte erschreckte Schreie, einige voll nackter Panik, dann wieder laute Jubelrufe. Ihre Neugier war stärker und riß sie aus ihrer Untätigkeit. Sie ließ ihren Dienst Dienst sein und eilte rasch zu den anderen vor dem Hangar auf dem Landefeld. Es war noch nicht ganz dunkel, aber der Flammenschein und die Lichtblitze waren mit bloßem Auge deutlich zu erkennen. Der Schauer – oder was immer es war, von dem Gino meinte, daß es in den oberen Schichten der Atmosphäre brannte – hielt nicht sehr lange an, auch wenn eine Reihe winziger Blitze folgte.

Es war offensichtlich, daß die Blase verschwunden war. Der Himmel über ihnen war so klar wie zu dem Zeitpunkt, ehe die Blase sich um ihren Planeten gelegt hatte. Einer der Monde war zu sehen. Es war der, auf dem die Catteni eine Basis hatten errichten wollen. Kris schluckte. Sie war erstarrt und unfähig, auf Anhieb die Bedeutung dieser Entwicklung zu begreifen. Das Bombardement hatte kurz vor den dicht aufeinander folgenden Starts von Baby und der KDL aufgehört. Sie strengte ihr Augen an, versuchte irgendeinen Lichtreflex zu entdecken, der ihren eigenen ComSat oder sogar den Beobachtungssatelliten markierte, den die Catteni in einen dreißigstündigen Orbit geschossen hatten.

Weshalb war die Blase zusammengebrochen? Hatten die Farmer die Absicht, sie zu besuchen? Aber dazu brauchten sie Blase sicherlich nicht zu entfernen. Oder etwa doch?

Ray schüttelte sie leicht. »Zurück auf Ihren Posten, Kris. Melden Sie uns, was Sie hören können.«

»Aber da oben ist nichts. Die Blase ist weg. Wie konnten die Eosi sie auflösen . . .?«

Nun schob Ray sie in Richtung Hangar. »Erzählen Sie uns, was Sie hören können. Wir müssen wissen, ob der Com-Sat noch arbeitet.«

Kris fragte nicht, wie sie das feststellen sollte, wenn sie nur atmosphärisches Rauschen hörte. Aber vielleicht war genau dies der Beweis dafür, daß der Com-Sat immer noch funktionierte. Aber er war mit den eosianischen Geräten verbunden worden, die bei dem Versuch, einzudringen, von ihrem Schiff abgerissen worden waren.

Was sie am Himmel hatten brennen sehen, waren sicher die einzelnen Teile, die abstürzten, weil die Blase sie nicht mehr festhielt. Alles würde abstürzen. Nein, nein, das war nicht ganz richtig. Pete Snyder hatte ihnen erklärt, daß der Com-Sat unabhängig war. Er verfügte über Segel zum Auffangen der Sonnenenergie, damit er vollkommen unabhängig funktionierte. Aber was war mit den Geräten, mit denen er verbunden war? Sie hatte die lebhafte Vorstellung von einem Regenschirm mit einer Krücke, dessen Dach nach unten gerichtet war, während die Krücke nach oben ragte.

Ray nahm sie mit ins Büro und setzte sich dann selbst den Kopfhörer auf und lauschte stirnrunzelnd. Jim Rastancil, Gino Marrucci und andere, die sich im Hangarbüro aufgehalten hatten, warteten gespannt auf seinen Bericht.

»Ich höre nur ein Rauschen«, sagte Ray und gab Kris den Kopfhörer zurück. Sie setzte ihn auf und ließ sich auf ihren Platz sinken. Dabei hörte sie das gleiche Rauschen, das vielleicht eine ganze Flut sehr schwacher Funksprüche war. »Demnach befindet der Com-Sat sich noch immer in seiner alten Position und arbeitet. Suchen Sie sich trotzdem eine kleine Mannschaft zusammen, Gino, und steigen sie mit der KDL auf, um den Satelliten zu überprüfen.«

»Ohne Blase?« Ginos normalerweise dunkle Haut wurde blaß.

»Ja, verdammt noch mal. Um nachzusehen, ob sie tatsächlich verschwunden ist. Wir müssen wissen, was wir tun sollen, wenn sie tatsächlich verschwunden ist. Es sei denn, die Farmer geben uns irgendeinen sicheren Hinweis, daß wir sie nicht mehr brauchen.«

Kris hob die Hand. »Ich bekomme etwas herein ...«

»Sehen Sie!« Jim deutete auf den Brückenschirm, auf dem zu sehen war, wie der Mond aufging. Außerdem war ein winziger funkelnder Punkt zu erkennen, der kein Raumschutt sein konnte, weil er sich mit erstaunlicher Geschwindigkeit ins Innere des Systems bewegte.

»Oh, mein Gott ...« Rays Stimme war zu einem ehrfürchtigen Flüstern herabgesunken. »Haben sie uns die ganze Zeit beobachtet?«

»Heißt das, daß Zainal erfolgreich war?« fragte Jim Rastancil.

Zum ersten Mal in ihrem Leben wurde Kris ohnmächtig.

Als sie zu sich kam, die Stirn mit einem feuchten Handtuch bedeckt, lag sie in Rays spartanischem Quartier im Hangar. Sie konnte durch die offene Tür männliche Stimmen hören. Vorsichtig, in der Hoffnung, daß der Schwindelanfall vorüber war, setzte sie sich auf, wobei sie das Handtuch festhielt, weil es sich auf ihrer Stirn angenehm anfühlte, und schwang die Beine über den Rand der Koje. Wie konnte Ray nur auf diesem ungemütlichen Ding schlafen? Dann kam die Erinnerung zurück, und sie schluchzte auf.

Ray Scott war sofort bei ihr. »Tut mir leid, Kris.«

In diesem Moment verspürten beide ein fast elektrisches Kribbeln, wie sie es schon früher erlebt hatten.

»Wir brauchen mehr als das!« rief Ray und hob in einer herausfordernden Geste die Fäuste.

Aber es war alles, was sie kriegten, und jeder, den sie während der nächsten halben Stunde befragten, bestätigte die Empfindung. Der Rat berief eine Sitzung seiner wichtigsten Mitglieder im Hangar ein. Glücklicherweise schlief der größte Teil der Bevölkerung von Retreat und hatte wahrscheinlich von dem leichten elektrischen Schlag überhaupt nichts mitbekommen. Andere meldeten sich und beschrieben, was sie als ›Sternschnuppen‹ betrachteten. Gino hatte ihre Beobachtungen einfach bestätigt. Nur wenige bemerkten, daß die Blase verschwunden war, und Ray dachte bei sich, daß eine allgemeine Bekanntgabe dieser Tatsache Zeit hätte, bis der Rat wußte, was zu tun wäre.

Dorothy Dwardie ließ sich am Ende des Tisches auf den Stuhl neben Kris sinken. Die Psychologin hatte Notizen über die klinischen Sitzungen des Tages mit einigen schwer zugänglichen Waisenkindern studiert, als sie das Kribbeln gespürt hatte. Diese Empfindung war so ungewöhnlich, daß sie sofort in Erfahrung bringen wollte, ob noch jemand anderer dieses Phänomen verspürt hatte. Sie war nicht weit vom Krankenrevier entfernt, daher stellte sie eine Verbindung zum diensthabenden Offizier im Revier her, der soeben angewiesen worden war, Leon Dane von einem Sondertreffen im Hangar zu unterrichten. Dr. Dwardie sollte ebenfalls hingehen. Sie gehörte schließlich auch dem Rat an, oder etwa nicht? Und ja, sie hatte das Kribbeln ebenfalls verspürt. Es war davor nur ein einziges Mal geschehen.

Dann entschuldigte sie sich, um eine weitere Anfrage zu beantworten. Dorothy hatte kaum die Verbindung unterbrochen, als sie angefunkt wurde, sie würde im Hangar dringend gebraucht.

Sie hatte sich bereits ein paar hundert Meter von ihrer Hütte entfernt, als Dorothy begriff, daß sie die Sterne sehen konnte.

Dann schien der Mond durch eine Lücke im Dach der Zeltstangenbäume. Sie legte den Rest des Weges zum Hangar im Laufschritt zurück und kam dort atemlos an.

»Die Blase ist verschwunden?« murmelte sie, und Kris nickte, ohne sie direkt anzusehen.

Dann hörten alle das unverwechselbare Geräusch eines startenden Schiffs, und das grelle Leuchten der Antriebsaggregate in der Dunkelheit des Landefeldes brachte sie dazu, ihre Augen abzuschirmen.

»Wer fliegt wohin?« fragte Dorothy leise und bemühte sich, ein Gefühl der Angst zu ersticken.

»Sie schauen nach dem Com-Sat. Alles andere ist von da oben regelrecht herabgeregnet«, sagte Kris.

»Ich habe so ein seltsames Kribbeln verspürt, als wäre ich von einem elektrischen Strom durchflossen worden«, fügte Dorothy hinzu.

»Das tun die Farmer gelegentlich. Sie führen eine Volkszählung durch«, erwiderte Kris.

»Die Farmer? Haben wir denn von ihnen endlich eine Nachricht erhalten?« Sie beugte sich zu Kris vor, nachdem ihr in diesem Moment klargeworden war, daß Kris ziemlich gedämpft klang. »Sie sehen furchtbar blaß aus.« Für einen kurzen Moment hielt sie inne und blinzelte, als sie in Gedanken zu einer logischen Schlußfolgerung gelangte. »Woher können die Farmer wissen, daß wir die Blase nicht mehr brauchen? Wenn das der Fall ist, dann muß Zainal Erfolg gehabt haben!«

In diesem Moment schlug Ray Scott mit der Faust auf den Tisch. »Wie, zum Teufel, können wir aus einem verdammt kurzen Kribbeln eine beruhigende Nachricht herauslesen?« fragte er mit lauter, frustrierter Stimme Iri Bempechat neben sich. »Sind sie so sehr damit beschäftigt, das restliche Universum zu kontrollieren, daß wir keiner Erklärung mehr wert sind?«

Richter Iri Bempechat hob eine Hand. »Ich denke, die Nachricht ist völlig klar. Wir brauchen den Schutz der Blase nicht mehr. Sie haben den gesamten Planeten inspiziert und uns erneut gezählt. Ich bin der Meinung, wir sollten dankbar sein für das, was sie getan haben, anstatt ... wenn ich diesen vulgären Ausdruck benutzen darf ... ständig herumzumeckern.«

»Der Richter hat recht.«

Kris stand auf. Sie hatte genug Spekulationen gehört. Mehr konnte sie nicht ertragen. Noch nicht einmal die Ruhe, die Dorothy ihr zu vermitteln versucht hatte, war eine Hilfe gewesen. »Die Farmer haben die Blase entfernt, weil Zainal und die anderen ihren Plan, wie man sich von den Eosi befreit, in die Tat umgesetzt haben.«

»Nur für den Fall des Falles«, erhob Ray seine Stimme über das sofort einsetzende Stimmengemurmel. »Ich möchte, daß alle Besatzungen der anderen Schiffe sich startbereit halten.«

»Warum?« fragte Dorothy beinahe belustigt. Offensichtlich war es das, was ein Ex-Admiral als angemessen betrachtete. »Zu viele von uns werden jetzt evakuiert, und wo sollten wir hingehen?«

»Zur Erde, natürlich«, sagte Geoffrey Ainger, der sich über ihre Begriffsstutzigkeit ärgerte.

»Ich wurde abgeworfen, also bleibe ich«, sagte Kris und verließ erhobenen Hauptes das Treffen.

12. Kapitel

Die drei unidentifizierten Schiffe, die direkt auf sie zuzufliegen schienen, hatten sie aber nur begrüßt, daher setzten Zainal und die anderen ihre Rückkehr zum Asteroidengürtel fort.

»Ich sehe keine Notwendigkeit, daß wir jetzt sofort das Scout-Schiff holen müssen«, sagte Chuck, da dieser Abstecher ihre Heimreise erheblich verlängern würde.

Bert versetzte ihm einen Stoß in den Rücken und hielt einen Finger hoch, verzog das Gesicht zu einer Grimasse und danach zu einem seligen Lächeln. Dann deutete er auf seinen Körper und krümmte sich.

Chuck Mitford hatte sich noch nie als schwer von Begriff betrachtet, aber die Angst vor dieser Schwadron, die auf sie zuraste – und sie dann passierte – hatte sich auf ihn übertragen und in ihm den Wunsch geweckt, so schnell wie möglich nach Botany zurückzukehren.

Also wollte Zainal Baby holen. Zum Teufel, weshalb wollte Kamiton das Schiff zurückhaben? Er hatte eine umfangreiche Flotte zur Verfügung, aus der er sich bedienen konnte. Aber Berts andere Vermutung – daß Zainal seine Verkleidung so gründlich wie möglich ablegen wollte – ergab mehr Sinn. Obgleich Chuck dabeigewesen war, als die erste Schicht der ›Verkleidung‹ aufgetragen wurde, war er schockiert gewesen, als er Zainal im Schein der Kabinenbeleuchtung gesehen hatte.

Sie hatten nicht gewagt, Lebensmittel von Botany in Kamitons Schiff zu laden. Einiges davon befand sich an Bord des Scout-Schiffs. Chuck hatte frische Lebensmittel in der Küche, nachdem er täglich mit den Lieferanten herumgefeilscht hatte, die mit ihren Karren und Körben zu den besetzten Schiffen hinauskamen. Vieles war nicht sehr frisch. Wahrscheinlich durfte es nicht auf den Märkten der Stadt angeboten werden, aber es war auf jeden Fall besser als das, was in der Messe serviert wurde, in der Chuck als Angehöriger einer Drassi-Besatzung hatte essen dürfen. Jahrelange Marine-Verpflegung hatten ihn dazu gebracht, alles zu verzehren, was halbwegs eßbar erschien, und einige Schweinereien, die den Drassi-Besatzungen vorgesetzt wurden, erschienen wirklich halbwegs eßbar. Aber er hatte so getan, als hätte es ihm besonders gut geschmeckt, auch wenn er nicht so viele Portionen gegessen hatte wie sie. Er hatte langsamer gegessen, so daß es aussah, als wäre er genauso schnell wie die, die das Essen nur so in sich hineinschaufelten.

Nun bereitete er einen Gemüseeintopf, von dem er schließlich eine Portion pürierte, damit Zainals lädierte Organe ihn auch vertrugen. Er servierte ihm nur kleine Portionen, dafür aber öfter.

Später begegneten sie einer Schwadron Bergbau-Schiffe, und Bert mußte sich schnellstens in sein Versteck verkriechen, als das größte Schiff ihnen mitteilte, es würde eine Pinasse zu ihnen herüberschicken.

»Wir könnten ihnen entkommen«, sagte Chuck, der überzeugt war, daß ihre Glückssträhne damit ein Ende hatte. Die Wachschiffe hatten sie nicht belästigt, aber Bergbau-Schiffe konnten nur nach den wertvollen Erzen suchen, die von Emassi Venlik gefunden worden waren. Manchmal kommt es vor, daß man sich selbst überlistet, dachte Chuck.

»Nein. Sie haben Raketenwerfer und Traktorstrahlen. Für das eine Schiff sind wir ein leichtes Ziel, und das andere ist viel zu nahe«, sagte Zainal. Er nahm Verbindung mit dem führenden Schiff, der DMW, auf, und teilte mit, daß er die Ankunft der Pinasse erwarte und gespannt sei auf interessante Neuigkeiten.

Die Hauptneuigkeit besagte, daß alle Eosi getötet worden waren und daß von nun an jeder Raumschiffkapitän frei sei und tun und lassen könne, was er wolle.

Kapitän Kabas war halbbetrunken, und er und sein Pilot, Wenger, der nüchtern war, brachten dasselbe widerliche Zeug mit, an das Chuck sich nur zu gut von seinem ersten Aufenthalt auf Catten erinnerte.

Es entsprach Zainals Rolle, daß er einen ausführlichen Bericht mit allen Einzelheiten verlangte.

Falls jemand die Tatsachen verdrehte, so wüßten Chuck und Zainal sofort Bescheid, denn sie kannten den genauen Hergang, und das war gut so.

Sie bekamen ganz hervorragende Nachrichten zu hören, und ihre Freude war echt, als sie erfuhren, daß die meisten Hohen Emassi, die nicht zu den Verschwörern gehört hatten, nun auf Seiten des Hohen Emassi Kamiton standen und ihn in jeder Hinsicht unterstützten.

Als man schließlich darauf zu sprechen kam, weshalb Zainal sich ausgerechnet in dieser Gegend aufhielt, erwiderte er, daß er in einem fernen Quadranten unterwegs gewesen sei, daß er dann den Asteroidengürtel gesichtet und überlegt habe, ob er nach seiner Rückkehr darüber Meldung machen solle. Einige der größeren Trümmer sahen aus, als enthielten sie wertvolle Erze.

»Nun«, sagte Kapitän Kabas, »das können Sie jetzt

uns überlassen. Wir sind jetzt alle unsere eigenen Herren, wissen Sie. Ich möchte Sie nicht aufhalten.«

»Sehr freundlich von Ihnen.« Zainal wandte sich in vertraulichem Ton an Chuck. »Genaugenommen haben wir einen Ort gesehen, wo wir jetzt viel lieber wären.«

Er hob seinen Becher, der mit einer harmlosen Flüssigkeit gefüllt war, und prostete seinem Gast zu. »Mögen Sie finden, was Sie verdient haben, Kapitän«, sagte er.

Der Kapitän, der weitergetrunken hatte, während er seine Neuigkeiten loswurde, hatte mittlerweile eine weitere Flasche fast geleert. Er lachte heiser über Zainals Trinkspruch, leerte sein Glas in einem Zug, rülpste laut, schloß müde die blutunterlaufenen Augen und sackte auf dem Tisch zusammen.

»Hey, Drassi, helfen Sie Wenger, ihn in die Pinasse zu schaffen«, befahl Zainal und verschluckte dabei die Worte, als hätte auch er mehr als genug von dem berauschenden Getränk konsumiert. Er bedeutete ihnen mit einer vagen Geste, den bewußtlosen Raumschiffkapitän zu entfernen.

»An Ihrer Stelle«, sagte Wenger, »würde ich so schnell wie möglich aus dieser Gegend verschwinden. Der Käpt'n ist nicht der einzige, dem es nicht paßt, daß Sie hier im Gürtel herumschnüffeln.«

»Einverstanden«, sagte Chuck, setzte die Füße des Kapitäns auf den Boden und half dabei, ihn in seinem Sitz festzuschnallen.

Als er zurückkehrte, saß Zainal bereits im Pilotensessel. »Schnallen Sie sich an, Chuck, wir sehen zu, daß wir von hier wegkommen.«

»Das hat mir auch der andere Pilot noch einmal nahegelegt.«

Als sie glaubten, sich weit genug entfernt zu haben, bestand Zainal darauf, zurückzukehren und Baby zu holen, obgleich Bert Chucks Rolle übernahm und ihm davon abriet.

Sie benutzten einen riesigen Asteroiden, um ihre Rückkehr zu tarnen.

Ihre Begegnung mit den Bergleuten hatte sie erheblich von dem Kurs abgelenkt, der sie zu dem hohlen Felsen führen würde. Es gab einen ganz bestimmten Weg durch den Gürtel, um ihr Ziel zu erreichen. Daher waren sie gezwungen, gegen die Rotation des Gürtels zu fliegen. Als sie wieder in Gefahr gerieten, von den Bergleuten bemerkt zu werden, fanden sie den versteckten Eingang in das Trümmerfeld des Asteroidengürtels.

Chuck bestand darauf, mit Zainal zurückzubleiben. »Sie müssen anständig essen. Ich habe keine Lust, mir Kris' Vorwürfe anzuhören, wenn Sie zurückkommen wie eine verdammte Vogelscheuche.«

»Vogel? Scheuchen?«

Chuck erklärte ihm den Begriff. »Vielleicht haben Sie jetzt sogar die Chance, so ein Gebilde auf der Erde zu sehen. Lieber Himmel, ich war zwar froh, auf Botany weitgehend in Sicherheit zu sein, aber ich hätte nichts dagegen, mal wieder vor einer Vogelscheuche zu stehen oder ein Stündchen im Schaukelstuhl auf der Veranda zu sitzen, falls beides überhaupt noch existiert.«

Bert blieb als Eskorte an Backbord neben ihnen, so daß Chuck, als er bemerkte, daß Zainal Mühe hatte, wach zu bleiben, den Vorschlag machte, den Autopiloten einzuschalten und eine Kleinigkeit zu essen. Dabei mischte er ein paar Tropfen von dem Beruhigungsmittel, das Leon der Erste-Hilfe-Ausrüstung beigepackt hatte, in das Felsläufergulasch, das er für Zainal anwärmte.

Es kostete einige Anstrengung, den reglosen Catteni hinter dem Tisch hervorzuziehen und in seine Koje zu wuchten. Chuck zog ihm die Stiefel aus, lockerte seinen Gürtel und deckte den Schnarchenden zu. Dabei fragte er sich unwillkürlich, ob Zainal wohl immer schnarchte und wie Kris ... An dieser Stelle brach er seine Überlegungen taktvollerweise ab und ging nach vorne, um Bert über seine letzten Aktivitäten zu informieren.

»Gute Idee, Sarge, auch wenn er Ihnen die Hölle heiß machen wird, sobald er aufwacht. Okay, und so lenke ich die beiden Schiffe«, sagte Bert und erklärte Chuck ausführlich, was er tun mußte. »Wir haben einige Tage Flug vor uns, daher sollten wir uns auf einen Dienstplan einigen, damit wir auch mal schlafen können. Ich weiß, daß Zainal sich mit mir abwechseln wollte. In dieser Gegend dürften wir kaum auf irgendwelche Hindernisse stoßen. Hier gibt es nichts als planetenloses Urgestein. Völlig wertlos für jeden.«

»Ich habe während unseres Aufenthaltes auf dem Landefeld geschlafen«, sagte Chuck. »Daher übernehme ich für uns beide die erste Wache. Okay?«

»Prima.«

Und so bewältigten sie die vierundzwanzig Stunden, die Zainal an einem Stück schlief.

Als er aufwachte, raste er vor Wut, weil Chuck ihn mit dem Schlafmittel überlistet hatte, doch er beruhigte sich schnell, als er feststellte, daß er wieder frische Energie getankt hatte und einen gesunden Appetit entwickelte. Und daß jeder der Piloten hatte ausreichend schlafen können.

Die Kolonisten in Retreat erfuhren vom Erfolg der Mission, als ein Kreuzer der cattenischen Marine sich über den Com-Sat bei ihnen meldete und um die Erlaubnis bat, auf Botany zu landen.

»Ray!« brüllte Matt Su und grinste über die finstere Miene des Ex-Admirals, als er auf die Brücke stürmte. »Ein Kreuzer der cattenischen Marine bittet um Landeerlaubnis.«

Ray begab sich an die Komm-Konsole. »Identifizieren Sie sich«, schnappte er auf Catteni. »Schalten Sie mal die visuelle Verbindung ein, Matt. *Tikso.*«

»Wir ... kommen ... von ... Catten. Oberster Emassi Kamiton. Wir ... ho-len Catteni-Frauen und Jungmänner.«

Ray und Matt wechselten erschrockene Blicke. Ein Catteni sprach sie auf Englisch an ... oder er versuchte es zumindest.

Das Bild auf dem Schirm klärte sich. »Hier ist der Hohe Emassi Kapitän Tiboud«, und in der Stimme des Catteni schwang Erleichterung mit, denn er durfte wieder seine eigene Sprache benutzen. Der Mann neben ihm hatte einen Bogen Papier in der Hand, von dem er offenbar den Text in phonetischem Englisch abgelesen hatte. »Alle Eosi tot oder verschwunden. Catteni wieder Besitzer von Catten ... und allen früher in fremder Hand befindlichen Planeten und Einrichtungen ...«

»Er will, daß wir das ganz deutlich verstehen ...« murmelte Matt halblaut.

»... bis auf die Menschenplaneten, Erde, und, natürlich, Botany. Die Erde wird ihren rechtmäßigen Eigentümern und Bewohnern als Dank für die Hilfe, die die Menschen beim Kampf gegen die Vorherrschaft der Eosi geleistet haben, zurückgegeben. Die

Verteidigung Botanys gegen die Macht der eosianischen Marine wurde von vielen, wenn auch nur heimlich, bewundert. Wir Catteni bewundern Tapferkeit.«

»Wie nett von ihnen«, meinte Matt wieder halblaut und wich dem Fußtritt aus, den Ray ihm unter dem Tisch geben wollte, damit er endlich den Mund hielt.

»Das sind sehr gute Neuigkeiten, Käpt'n«, sagte Ray würdevoll. »Weiß meine Heimatwelt schon Bescheid über das Ende der eosianischen Herrschaft?«

»Die Nachricht wurde vom Obersten Emassi persönlich über eine spezielle Verbindung verkündet.« Tiboud verbeugte sich respektvoll. »Das sind für Sie sicherlich gute Nachrichten.«

»Das sind Sie, und vielen Dank für die Übermittlung.«

»Ist es möglich, mit dem hervorragenden Emassi Zainal zu sprechen?«

»Er ist nicht hier«, sagte Ray, und seine Freude über die Nachricht von der Befreiung der Erde erhielt einen kräftigen Dämpfer. Matts Gesicht spiegelte einen heftigen Schock wider.

»Nicht da?« Dann flüsterte der kleine Drassi, der die Botschaft auf Englisch verlesen hatte, hastig etwas ins Ohr seines Vorgesetzten. »Aha, der hervorragende Emassi Zainal befand sich an Bord eines Scout-Schiffs, das nicht so schnell ist wie dieses Schiff hier. Er wird sicher schon bald eintreffen.«

»Demnach ... lebt er, und es geht ihm gut?«

»Das ist das, was wir wissen«, erwiderte Tiboud und verbeugte sich erneut. »Wir ... alle Catteni ... verdanken unsere Freiheit dem Hervorragenden Emassi Zainal.«

»Wir hier auf Botany haben ihm sicherlich genausoviel zu verdanken«, erklärte Ray und verbeugte sich ebenfalls. Dann fügte er halblaut hinzu: »Verdammt noch mal, Matt, sagen Sie Kris schnellstens Bescheid, daß Zainal lebt. Ich komme hier schon alleine klar.«

Matt nickte mit großen Augen und verschwand. Ray hörte, wie er im Hangar jemandem etwas zurief, und dann hörte er noch, wie Werkzeug klirrend fallengelassen wurde, als die Nachricht verbreitet wurde, und wie Hochrufe erklangen.

»Wir haben die Ehre, die Partnerinnen und den Nachwuchs jener abzuholen, denen Sie Schutz und Zuflucht gewährt haben«, fuhr der Kapitän der Hohen Emassi fort.

An der Tür erklangen laute Rufe, und Ray wandte sich um und bat um Ruhe. Dieser Planet wurde ordentlich geführt, und Fragen nach Einzelheiten würden erst beantwortet werden, wenn er das Gespräch mit dem im Anflug befindlichen Schiff beendet hätte. »Immer mit der Ruhe, Leute, ich habe noch zu tun, aber sagt schon mal dem Rat Bescheid, er soll schnellstens herkommen.« Er drehte sich wieder zum Bildschirm um. »Brauchen Sie die Koordinaten des Landefeldes?«

»Das würden wir begrüßen. Wir gehen davon aus, daß der Kontinent, zu dem die Lieferungen früher gebracht wurden, nicht mehr zur Verfügung steht.«

»Das ist richtig«, erwiderte Ray mit dem Anflug eines Lächelns auf den Lippen. Er gab die Koordinaten des Landeplatzes durch. Die protokollarischen Rituale wurden genauestens eingehalten.

»Verstanden«, sagte der Kapitän nach einer weiteren Verbeugung. »Der Kurs ist eingestellt. Wir rechnen mit einer Landung in zwei Stunden Ihrer örtlichen Zeitrechnung.«

Der Kontakt wurde unterbrochen. Ray mußte sich

erst einmal an seinen Schreibtisch setzen. Dabei fragte er sich, weshalb Erfolg einen immer zu schwächen schien, während Mißerfolg dazu führte, daß man sich mit allen Kräften dagegen auflehnte? Demnach hatte Zainals verrückter Plan tatsächlich funktioniert, wie immer er ausgesehen hatte. Und Kamiton hatte die Führung an sich gerissen. Nun, vielleicht hatte Zainal sie gar nicht gewollt. Nicht bei einer Frau wie Kris, die auf ihn wartete. Aber vielleicht nahm er sie mit zurück nach Catten. Nein, nicht bei dieser hohen Schwerkraft. Mitford hatte angedeutet, daß sie damit zurechtgekommen war, aber nur unter Mühen. Mitford hatte diese Verhältnisse auch nicht gerade als angenehm empfunden, aber Marineinfanteristen wurden mit allem fertig.

Nur, wo genau in der neuen Machtstruktur, überlegte Ray Scott, rangierte ein hervorragender Emassi, wenn es bereits einen Obersten Emassi gab? Er fragte sich, welche Sonderauszeichnung an Kasturi, Nitin und Tubelin gegangen war? Für Catteni waren sie ganz anständige Kerle.

Er hatte nur ein paar Sekunden Zeit, ehe die Leute ihn wieder wegen Einzelheiten bestürmten. Er erzählte ihnen, was er wußte, und warnte sie vor der Ankunft eines ›freundlich gesonnenen‹. Beverly und Richter Iri Bempechat kamen zusammen an, Rastancil kurz nach ihnen. Die vier hatten beschlossen, daß zuerst so etwas wie eine Ehrenwache zusammengestellt werden müßte. Nun, da Botany ebenfalls befreit worden war, hatte der Planet ein Recht auf eigene protokollarische Gepflogenheiten.

»Warum haben Sie ihnen nicht einfach erklärt, wo diese Meckerziegen hocken, und dafür gesorgt, daß sie schnellstens wieder von hier verschwinden?«

fragte Beverly und krauste mit einem Ausdruck des Mißfallens die Stirn. »Wenn ich daran denke, wie sie Kris das Leben schwergemacht haben ... Ah, Kris.« Sie stand in der Türöffnung und war so weiß wie ein Laken. Hinter ihr stand Matt und machte alle möglichen unverständlichen Gesten. Er wollte ihn warnen, erkannte Ray schnell, und dann fiel ihm auf, daß Kris ihre Emassi-Uniform angezogen hatte. Aber der Ausdruck ihres Gesichts ... Er ging zu ihr hinüber.

»Er ist okay, Kris. Er lebt. Und er ist bereits auf dem Rückweg hierher. Der Kreuzer, der gleich landen wird, war lediglich schneller und kam auf direktem Kurs hierher ...«

Als er ihre Hände ergriff, waren sie eiskalt.

»Kris, ihm geht es gut«, wiederholte er, nahm sie in den Arm, tätschelte ihre Schultern und strich ihr übers Haar, als sie in Tränen ausbrach. Gewöhnlich waren Tränen etwas, wovor Ray Scott die Flucht ergriff, aber hier ging es um Kris. Die lange, quälende Wartezeit war endlich vorbei.

»Er hat es geschafft, Kris. Er hat es geschafft, und die Erde ist frei. Botany ebenfalls.« Er hielt sie auf Armeslänge von sich. »Verstehen Sie? Die Erde gehört wieder uns, genauso wie Botany.«

»Botany auch?« Sie hatte tief Luft geholt, als er anfing, mit ihr herumzutanzen.

»Botany auch. Und sie haben ... sie haben um Erlaubnis gebeten, hier zu landen, was das verdammt erste Mal ist, daß die Catteni das getan haben.« Er fragte sich, ob Zainal seinen hohen Rang in der neuen Regierung gegen die Freiheit der von den Menschen besiedelten Planeten eingetauscht hatte.

»Das ist wirklich mal was ganz anderes«, erwiderte sie mit einem krampfhaften Lächeln. Dann schlug sie die Hände vors Gesicht und begann wieder zu weinen.

»Kommen Sie, Kris, meine Liebe.« Dorothy Dwardie führte sie ein Stück weg, wobei sie Ray Scott mit dem vernichtendsten Blick bedachte, den er sich eingefangen hatte, seit er seine Generalsstreifen trug.

Es blieb genug Zeit, um eine angemessene Zeremonie vorzubereiten, ehe der Kreuzer landete. Trommeln, Pfeifen und zwei Trompeter wurden zusammengeholt, und die Ratsmitglieder zogen ihre besten Kleider an. Nun konnten sie welche aus der Schiffsladung mit konfiszierter Kleidung aussuchen, die für die kurzfristig ausgebürgerten Catteni bestimmt war. Kris entschied, bei ihrer cattenischen Uniform zu bleiben, da sie diese Aufgabe offiziell Kapitän Tiboud übergeben würde. Und sie tat es wirklich gern.

Der Kreuzer, der schließlich in Sicht kam, war so neu, daß sein Rumpf noch nicht einmal Meteorspuren aufwies.

Außerdem hatte er eine völlig andere äußere Gestalt als die übrigen Schiffe der Eosi.

Nicht sehr kunstvoll, dachte Kris, aber wahrscheinlich hatten die Eosi mit Kunst auch wenig im Sinn gehabt. Wenigstens die benutzten Glyphen und Schriftzeichen wiesen unterschiedliche Farben auf. Sie konnte es kaum erwarten, Zainal zu fragen, was sie im einzelnen bedeuteten.

Als die Mannschaft, von Kapitän Tiboud geführt, vor der Abordnung von Botany aufmarschierte, brachte Ray sie in Verlegenheit, indem er sie Kris als erste vorstellte. Der Hohe Emassi Kapitän Tiboud verblüffte sie, als er sich besonders tief vor der Frau verbeugte, die ihm als Zainals Lebensgefährtin vorgestellt wurde.

»Hervorragende Emassi«, sagte der Kapitän, während er sie aufmerksam betrachtete. Dann, indem er eine für Catteni völlig untypische Heiterkeit an den Tag legte, deutete er auf ihre Schulterspiegel. »Das sind nicht die richtigen.« Er schnippte mit den Fingern, gab seinem Adjutanten einen rauhen Befehl. Er hörte aufmerksam zu und rannte dann hinüber zum Kreuzer, wo er sich beinahe den Kopf am oberen Rand der Einstiegsluke einrannte. »Zainal ist hierher unterwegs, hat mir der Oberste Emassi Kamiton mitgeteilt, als er sein schnellstes Schiff losschickte, um all jene zu holen, die zu beschützen Sie so freundlich waren.«

Kris konnte ihre Reaktion nicht ganz unterdrücken, hoffte aber, daß Tiboud nicht erkannte, daß es hauptsächlich Erleichterung war. »Wir haben sie an den sichersten Ort auf Botany gebracht, aber ich fürchte, daß der Standard ihrer Quartiere nicht dem entsprach, woran sie zu Hause gewöhnt sind.«

Der Adjutant kam zurück. Er verbeugte sich und öffnete einen großen Kasten, der zahlreiche Paare prächtiger Rangabzeichen enthielt. Aber das Paar, das er aussuchte, war das auffälligste, was die Verwendung von Platin, Gold und funkelnden Diamanten betraf.

»Ich wurde vom Obersten Emassi und von den Hohen Emassi Nitin, Kasturi und Tubelin angewiesen, daß Sie, Khriss Buyorzen«, wie ihr skandinavischer Name klang, wenn er von einem Catteni ausgesprochen wurde, »die erste sein sollen, die die Ehrenzeichen erhält, die ich mitgebracht habe.«

Nach einem fragenden Blick zu Ray trat Tiboud vor und ersetzte mit geschickten Griffen die Schulterstücke. Die neuen funkelten von Diamanten, die Halbkugeln aus Platin besetzten. Sie salutierte, weil sie meinte, dies wäre eine angemessene Reaktion auf die Ehrung. Er verbeugte sich tief, und sie erwiderte die Verbeugung, allerdings nicht so übertrieben. Schließlich, so dachte sie bei sich, war ein Hervorragender Emassi immer noch ranghöher als ein Hoher Emassi.

Dann wandte Tiboud sich Ray zu. Er runzelte leicht die Stirn, als er sah, daß Ray keine uniformähnliche Kleidung trug, an der man die Rangabzeichen hätte anbringen können.

Ray hob eine Hand, ehe der Kapitän seine Ansprache beginnen konnte. »Eine Sache noch, Kapitän Tiboud«, sagte er und räusperte sich. »Sie haben verlauten lassen, daß die Erde ihren rechtmäßigen Eigentümern und Regierungen zurückgegeben wurde und daß Botany die Unabhängigkeit erhalten hat. Wir wissen noch von drei weiteren von Menschen besiedelten Welten. Welches Arrangement wurde für sie getroffen?«

Der Hohe Emassi Kapitän Tiboud lächelte verständnisvoll. »Diese Selbstlosigkeit kann man wirklich nur von einem Menschen erwarten, Ray Scott. Es liegt nicht in meiner Macht, über diesen Punkt zu verhandeln und zu entscheiden, aber da wir den Menschen ganz allgemein viel zu verdanken haben, würde ich meinen, daß auch diesen drei Welten die Unabhängigkeit zuerkannt werden dürfte.«

»Vielen Dank«, sagte Ray, doch seine Worte gingen im Jubel und Pfeifen der versammelten Siedlerschar unter.

»Gern geschehen. Aber nun zurück zur Tagesordnung, Admiral Scott. Für Ihre Unterstützung des

Höchsten und des Hohen Emassi in ihrem Bemühen, die Herrschaft der Eosi abzuschütteln und zu stürzen, erhalten Sie diese Abzeichen und den Titel eines Höchsten Emassi.« Der Kapitän überreichte Ray ein Paar wunderschöne Rangabzeichen, die in diesem Fall mit Rubinen besetzt waren, in denen sich funkelnd die Sonnenstrahlen fingen.

Die Auszeichnung wurde fortgesetzt vom Hohen Emassi Leon Dane (dafür, daß er Kamiton das Leben gerettet hatte) bis zu Sally Stoffers und Beth Isbell (für ihre Übersetzungstätigkeit) und den Emassis Dick Aarens und Peter Snyder (für die Montage des ComSat aus den Resten der Anlage der Catteni). Mittlerweile bediente sich auch jeder von den Getränken und den anderen Erfrischungen, die die Köche während der zwei Stunden Wartezeit hatten herrichten lassen.

»Sie scheinen es nicht sehr eilig zu haben, die Meckerziegen endlich auf die Reise zu schicken, nicht wahr?« flüsterte John Beverly Kris ins Ohr.

»Muß ich denen etwa auch die verdammte Ehre erweisen?« fragte sie.

Beverly grinste sie an. »Oh, ich denke, das sollten Sie tun, Hervorragende Emassi Lady Khriss. Erst die Arbeit, dann das Vergnügen.« Sein Grinsen verflüchtigte sich, und er legte ihr die Hände auf die Schultern und meinte ernst: »Wenn alle erzählen, daß Zainal am Leben ist und sogar befördert wurde, dann müßte er bald hier erscheinen.«

»Wie bald ist *bald*? Verdammt noch mal!«

Kris hatte keine Wahl. Sie wurde zusammen mit Leon Dane, Ninety, Ray Scott, Dorothy und Richter Iri Bempechat, die sie auf dieser Reise begleiten würden, an

Bord gebracht. Raisha folgte in der KDL zusammen mit einer hastig zusammengestellten Mannschaft, die die Botanier nach Retreat zurückbringen sollte. Kapitän Tiboud hatte darum gebeten, sofort starten zu dürfen, wenn die Flüchtlinge sicher an Bord gebracht worden wären.

»Ich gehe davon aus, daß Sie für die Emassi-Damen angemessene Quartiere vorbereitet haben«, sagte Kris.

Die gelben Augen des Kapitäns glitzerten. »Sie werden es gemütlich haben, das versichere ich Ihnen. Sie werden feststellen, daß ihre neuen Quartiere auf Catten ihren Träumen entsprechen, sie vielleicht sogar noch übertreffen.«

»Haben Sie eine Gefährtin, Kapitän Tiboud?«

»Die habe ich.« Und in seinen Augen erschien ein Ausdruck, der Kris andeutete, daß wahrscheinlich alle Catteni-Frauen genauso waren wie jene, die er ihren Männern zurückbringen sollte.

Die Frauen, vor allem Sibbo und Milista, wollten nicht mitgenommen werden, noch nicht einmal nach wiederholten Beteuerungen und handgeschriebenen Mitteilungen ihrer jeweiligen männlichen Partner. Sie hatten schreckliche Angst, daß es sich um einen üblen Trick der Eosi handelte.

»Ist Ihre Komm-Anlage leistungsfähig genug für eine direkte Verbindung mit Catten?« fragte Kris, die diese Mätzchen endgültig leid war. »Dann rufen Sie ... den Hohen Emassi Nitin, und bitten Sie ihn, Milista die Richtigkeit Ihrer Befehle zu bestätigen. Sie ist diejenige von den Frauen, die überzeugt werden muß.«

Milista sagte nichts, als Nitin, ungehalten darüber,

gestört und aus einer wichtigen Sitzung der Regierungsspitze herausgerufen zu werden, um seine Gefährtin zu beruhigen, ihr offenbar heftige Vorwürfe machte. Sie erbleichte und begann sich unterwürfig zu verbeugen. Dabei verbeugte sie sich immer tiefer, um ihre Bereitschaft, zu gehorchen, kundzutun. Sie machte einige kurze, leise Bemerkungen zu den anderen Frauen. Kris dachte, sie hätte sie mißverstanden. Kannten Cattenifrauen eine solche Sprache?

Sobald die Frauen an Bord gebracht und von jungen Kadetten in ihre Quartiere geführt worden waren, gab Kris ihren Gefährten ein Zeichen, daß sie ihrer Pflicht genüge getan hatten. Vielleicht war Zainal längst in Retreat gelandet, während sie sich hier mit den schrecklichen, undankbaren Catteni-Frauen herumärgern mußte.

Kapitän Tiboud hingegen hielt inne und schaute hinaus auf das Tal, das nun wieder still und friedlich dalag, abgesehen von kleineren Gepäckstücken, die den Weg zur Rampe des Kreuzers markierten. »Ich glaube nicht, daß die Frauen die Schönheit dieses Tals richtig gewürdigt haben«, meinte er zu ihrer Überraschung. Er seufzte. »Ich hätte es getan. Leben Sie wohl, Hervorragende Emassi Lady Khriss.«

Sie verbeugten sich voreinander, wobei sie ihrem höheren Rang entsprechend nur leicht den Kopf neigte. Dann schritt sie die Rampe hinunter. Vielleicht hatten die Farmer die Täler als Erholungsorte für bestimmte Vergnügungen genutzt. Das war eigentlich keine allzuweit hergeholte Idee. Raisha kreiste in der KDL über ihnen, weil auf dem Feld nicht zwei Schiffe gleichzeitig landen konnten, ohne entweder die Häuser oder die Wälder aus Zeltstangenbäumen zu beschädigen. Der Catteni-Kreuzer stieg über die

Begrenzungsmauer und nahm Geschwindigkeit auf, so daß das andere Schiff landen konnte. Bei dieser Gelegenheit bemerkte Kris, daß jemand neue ID-Zeichen auf den Rumpf gemalt hatte: BSS 2. War demnach Baby BSS 1? Und wo war Baby? Ihre Erheiterung über das neu hergerichtete Schiff verflüchtigte sich rasch.

An Bord der BSS 2 suchte sie Zuflucht auf der Brücke, während die anderen in ihrer Begleitung sich in die Kantine begaben, um einen Kaffee zu trinken und sich zu entspannen.

»Er ist bald hier, Kris.«

»Oh, ja«, sagte sie bedrückt. Tief in ihrem Innern glaubte sie nicht, ihn jemals wiederzusehen. Andererseits fragte sie sich, welche Bedeutung sein neuer Rang als Hervorragender Emassi für seine weitere Arbeit haben würde? Würde er Bazil und Peran nun nach Catten mitnehmen, um sie dort so großzuziehen, wie es sich für anständige Catteni-Jungen gehörte? »Ein netter Einfall, das Schiff umzubenennen«, sagte sie schließlich, weil sie wußte, daß man von ihr einen Kommentar zu dieser Änderung erwartete.

Als Raisha die BSS 2 über den Hügel und in Richtung Landefeld lenkte, hatte Kris einen ungehinderten Überblick.

Kein Scout-Schiff war dort zu sehen.

»Sie können es kaum erwarten, ihn in die Arme zu schließen, nicht wahr?« sagte Raisha und nickte Kris zu, als wüßte sie ganz genau, wie inständig Kris gehofft hatte, ihn dort anzutreffen.

»Da haben Sie völlig recht!« Allmählich begann sie sich über Zainal wegen dieser unverständlichen Verspätung zu ärgern. Wie konnte er sie nur so lange in diesem Stadium der Ungewissheit verharren lassen? Hatte er überhaupt eine vage Vorstellung davon, wie sehr sie während seiner Abwesenheit gelitten hatte? Vor allem seit dem Moment, in dem ihr klar geworden war, daß er die Rolle des Opferlamms spielte? Daß er sich ganz bewußt in höchste Gefahr begab, da dies der einzige Weg war, sich zum Ix Mentat Zugang zu verschaffen.

Raisha landete und führte sämtliche Checks durch. »Das Schiff kann heute draußen bleiben. Es ist der sichtbare Beweis für unsere Statusänderung. Offen gesagt, Kris, bin ich ein wenig erschöpft nach so vielen guten Nachrichten und Gefühlsausbrüchen und dieser ganzen ermüdenden Zeremonie. Sie nicht auch, Hervorragende Emassi Lady?« Sie tippte auf eines der Rangabzeichen auf Kris' Schulter. »Das sind sehr schöne Diamanten.«

Kris war unglaublich müde. Raisha war durch einen Laufgang nach unten verschwunden und schien die anderen um sich zu sammeln, denn die Stimmen entfernten sich.

Sie hörte Schritte. Jemand kam, um sie zu holen, daher sollte sie ebenfalls gehen. Zane wartete sicher schon, daß sie ihn abholte und mit ihm nach Hause ging. Wenn sie ihn nicht gehabt hätte ...

Sie stemmte sich aus dem Sessel hoch und hatte den Laufgang erreicht, als sie erkannte, daß er durch eine ... vertraute Gestalt versperrt wurde.

»Ich dachte schon, du kämst nie mehr raus«, sagte Zainal, »deshalb bin ich reingekommen, um dich zu holen. Du kannst mir die Meinung sagen, wenn wir unter uns sind.«

»Ich dir die Meinung sagen?« Kris wiederholte

seine Worte, denn sie wollte ganz sicher sein, daß er es wirklich war.

»Raisha meinte, du wärest sehr zornig auf mich ...«

»Das bin ich auch.« Sie schlang die Arme um seinen Hals. »Aber wenn du noch einmal so einfach verschwindest, dann ... dann ...« Er verschloß ihren Mund mit seinen Lippen. Schließlich mußte sie Luft holen, sie streichelte sein Gesicht, seine Schultern, bis sie spürte, wie seine Muskeln sich spannten.

»Du hast es getan, nicht wahr? Du bist als Opfer gegangen, oder?« Sie zog ihn ins Licht und sah die Spuren des Leidens und des Hungers in seinem Gesicht: Zeichen, die nur noch ein waches und liebendes Auge bemerken konnte.

»Es hat funktioniert.« Er lächelte, seine Hände berührten ihr Haar, ihr Gesicht, wischten die Tränen auf ihren Wangen weg. »Und das liegt jetzt alles hinter mir. Hinter uns.« Dann trat er einen Schritt zurück, betrachtete sie und bemerkte die Wölbung ihres Bauchs. Er hob eine Augenbraue. »Du hattest mich schon aufgegeben?«

»Nein, niemals! Es ist Chuck, genauso wie du es wolltest.«

»Auf Catten?« Er war erstaunt, lächelte aber vergnügt. »Donnerwetter.«

»Wir wußten beide nicht, was wir taten, hatten selbstgebrannten Fusel und irgendein Zeug getrunken, das Chuck von diesem Feldwächter gekriegt hatte. Versprichst du mir, daß du nie mehr weggehst, wenn ich betrunken bin?« flehte sie ihn an.

»Ich verspreche es«, sagte er ernst, kreuzte die Hände vor seiner Brust, ehe er wieder die Arme nach ihr ausstreckte.

»Einen Moment noch.« Sie schob seine Hände weg,

richtete sich zu ihrer vollen Größe auf und musterte ihn mißtrauisch. »Wo stehst du denn jetzt innerhalb der cattenischen Hierarchie, Hervorragender Hoher Emassi Zainal?«

»Ach, ›Hervorragend‹ ist der Titel, den sie nützlichen Fremden verleihen. Ich wurde hier abgeworfen, also bleibe ich auch.« Und seine gelben Catteni-Augen glitzerten, als er sie in die Arme schloß. »Wie steht es denn mit Ihnen, Kris Bjornsen? Wollen Sie zur Erde zurückkehren?«

Sie schüttelte den Kopf. »Ich wurde abgeworfen, also bleibe ich.«

Tatsächlich kehrten nur wenige zur Erde zurück. Einige von den Spezialisten gingen, um beim Wiederaufbau ihrer stark beschädigten Heimatwelt zu helfen. Die meisten von denen, die zurückkehrten, taten es nur, um zu suchen, wer von ihren Angehörigen noch am Leben war, um diese dann nach Botany zu holen. Chuck Mitford brachte zwei Cousinen, eine Vogelscheuche und den reparierten Schaukelstuhl zurück, der am Tag, als die Catteni einfielen, auf der Vorderveranda seines Hauses gestanden hatte.

Nachwort

Als das nächste Mal ein Scout der Farmer Botany überprüfte, meldete er, daß die Bevölkerung sich verfünffacht hatte. Eine Entscheidung wurde getroffen, weil diese neuen und unerwarteten Schutzbefohlenen sich als höchst ideenreich und unabhängig erwiesen hatten. Als das Wartungsvehikel auf dem Planeten landete, transportierte es nicht nur die Nahrungsmittel ab, die auf den landwirtschaftlich genutzten Kontinenten geerntet worden waren, sondern auch sämtliche Maschinen. Sie räumten außerdem ihre Gebäude, damit die Eingeborenen sich weiter ausbreiten konnten, wie es bei Eingeborenen üblich ist.

Eine ungewöhnliche Rasse hatte eine Menge geleistet. Die Farmer konnten ihre Aufmerksamkeit wieder dorthin lenken, wo eine ähnlich diskrete und sorgfältig bemessene Hilfe erforderlich war.

ENDE

Greg Mandel, Ex-Mitglied des MINDSTAR-Batallions, verdient sich sein Geld inzwischen als Privatdetektiv mit einer ausgefallenen Eigenschaft: Er kann Gedanken lesen. In einer High-Tech-Zeit, in der Verbrechen über Computernetze verübt werden, in einer Zeit künstlicher Intelligenz ist Greg Mandel derjenige, der gerufen wird, wenn es hart auf hart kommt. So auch, als ein Saboteur die mächtige Organisation EVENT HORIZON bedroht. Doch diesmal ist das Netz der Intrigen, in das Mandel verstrickt wird, besonders dicht. Wertvolle wissenschaftliche Entdeckungen stehen auf dem Spiel – und sogar die Zukunft der Erde . . .

Lange mußte die SF auf einen Autor wie Hamilton warten: Bei ihm verbindet sich auf geniale Weise die Tradition der Space Opera mit den modernsten Entwicklungen in der SF. Somit führt Hamilton das Genre einen Schritt weiter in die Zukunft, und das völlig unaufdringlich in einem erstklassigen Krimi!

ISBN 3-404-23202-X

BASTEI LÜBBE

Einsam steht sie auf Iapetus, einem Mond des Saturn: die riesige Statue eines außerirdischen Wesens, mit einer Inschrift, die allen Entschlüsselungsversuchen trotzt. Sie ist nicht das einzige Relikt. Nach Entwicklung des überlichtschnellen Antriebs entdecken Forscher weitere geheimnisvolle Bauwerke – und alle auf Welten, die von kosmischen Katastrophen heimgesucht wurden. Die Archäologen von der Erde stehen vor einem Rätsel. Gibt es einen Zusammenhang zwischen den fremden Wesen und dem Untergang so vieler Zivilisationen? Und wohin sind die Monument-Erbauer verschwunden?
Doch es bleibt nicht mehr viel Zeit, Antworten zu finden, denn die Erde, die sich am Rande einer ökologischen Katastrophe befindt, kann keine weiteren Gelder für Forschungen bereitstellen – selbst wenn in ihnen der Schlüssel für das Überleben der ganzen menschlichen Rasse liegen könnte ...

Ein neuer, ungewöhnlicher SF-Roman aus der Feder des Philip-K.-Dick-Anward-Preisträgers JACK McDEVITT.

›Interstellare Archäologie mit erstaunlichen Ideen, einer beeindruckenden Atmosphäre und der Spannung eines ausgeklügelten Krimis. Unwiderstehlich!‹‹ *Gregory Benford*

ISBN 3-404-24208-4

BASTEI LÜBBE